S0-BAR-398

Sor Juana Inés de la Cruz nació en San Miguel Nepantla (actual Estado de México) en 1648. Muy jovencita pasó un tiempo en la corte de los virreyes Mancera, y después entró al convento de San Jerónimo, donde profesó. Fue muy precoz intelectual y artísticamente, y célebre desde niña por sus muchos saberes. Escribió sobre todo poesía, religiosa y profana, pero también comedias y autos sacramentales (en verso, al uso de la época), una polémica argumentación teológica y ejercicios espirituales. Dejó dos cartas, una dirigida a su confesor, el jesuita Antonio Núñez de Miranda, y otra al obispo de Puebla, Manuel Fernández de Santa Cruz; las dos contienen valiosísima información autobiográfica. Sus obras se publicaron en España, en tres volúmenes: *Inundación castálida* (1689), *Segundo volumen* (1692) y *Fama y Obras póstumas* (1700). Murió en la Ciudad de México en 1695.

Martha Lilia Tenorio es doctora en literatura hispánica por El Colegio de México, donde se desempeña como profesora-investigadora. Se especializa en poesía de los Siglos de Oro y en poesía novohispana. Ha dedicado buena parte de su trabajo al rescate y edición de la poesía de Nueva España, y ha dado a conocer autores de la Colonia no muy sonados, como Eugenio de Salazar o José López Avilés, o menos ignorados, pero con obras inéditas, que es el caso de Francisco Javier Alegre. Ha impartido cursos dentro de su área de especialización en varias instituciones en México y en el extranjero.

SOR JUANA INÉS DE LA CRUZ

"Ecos de mi pluma"
Antología
en prosa y verso

*Edición, prólogo, notas
y cronología de*

MARTHA LILIA TENORIO TRILLO

Índices

LÁZARO TELLO PEDRO
Y JOSÉ DE JESÚS PALACIOS SERRATO

Penguin
Random House
Grupo Editorial

Universidad Nacional
Autónoma de México

"Ecos de mi pluma". Antología en prosa y verso

Primera edición en Penguin Clásicos: enero de 2018
Fecha de término de edición: agosto de 2017

D.R. © 2017, Universidad Nacional Autónoma de México
Ciudad Universitaria, delegación Coyoacán,
C. P. 04510, Ciudad de México,
Instituto de Investigaciones Filológicas
Circuito Mario de la Cueva s. n., Ciudad Universitaria
www.filologicas.unam.mx
Departamento de Publicaciones del IIFL
Tel. 5622 7347 fax 5622 7349

D.R. © 2017, Penguin Random House Grupo Editorial S. A. de C. V.
Boulevard Miguel de Cervantes Saavedra 301, piso 1,
colonia Granada, delegación Miguel Hidalgo, C. P. 11520
Ciudad de México

www.megustaleer.com.mx

Belem Clark de Lara y Luz América Viveros Anaya,
coordinadoras de la colección

Penguin Random House Grupo Editorial y la UNAM apoyan la protección del *copyright*. El *copyright* estimula la creatividad, defiende la diversidad en el ámbito de las ideas y el conocimiento, promueve la libre expresión y favorece una cultura viva. Gracias por comprar una edición autorizada de este libro y por respetar las leyes del Derecho de Autor y *copyright*. Al hacerlo está respaldando a los autores y permitiendo que PRHGE continúe publicando libros para todos los lectores.

Queda prohibido bajo las sanciones establecidas por las leyes escanear, reproducir total o parcialmente esta obra por cualquier medio o procedimiento así como la distribución de ejemplares mediante alquiler o préstamo público sin previa autorización. Si necesita fotocopiar o escanear algún fragmento de esta obra diríjase a CemPro (Centro Mexicano de Protección y Fomento de los Derechos de Autor, http://www.cempro.com.mx).

ISBN: 978-607-02-9541-6 (UNAM)
ISBN: 978-607-316-076-6 (Penguin Random House)

Impreso en México – *Printed in Mexico*

El papel utilizado para la impresión de este libro ha sido fabricado a partir de madera procedente de bosques y plantaciones gestionadas con los más altos estándares ambientales, garantizando una explotación de los recursos sostenible con el medio ambiente y beneficiosa para las personas.

Penguin
Random House
Grupo Editorial

ÍNDICE

PRÓLOGO. PARA LEER A SOR JUANA   9
NOTA EDITORIAL   37

ANTOLOGÍA EN PROSA Y VERSO   41

CRONOLOGÍA 381
BIBLIOGRAFÍA 383
ÍNDICE DE PRIMEROS VERSOS 389
ÍNDICE DE AUTORES 393
ÍNDICE DE TÉRMINOS ANOTADOS 397

Prólogo
PARA LEER A SOR JUANA

En la historia de la poesía hispánica, sor Juana Inés de la Cruz ocupa un lugar que quizá no se ha resaltado lo suficiente, opacado por la fascinación que ha ejercido (y sigue ejerciendo) su persona. Sor Juana trabajó, se aplicó, para demostrar que no era una especie de mujer "amaestrada" que escribía versos; sino ante todo, sobre todo y más que ninguna otra cosa, poeta: es en sus versos donde hay que buscarla. Antonio Alatorre (quien más aportó, junto con Alfonso Méndez Plancarte, al conocimiento de su obra) la considera "broche de oro del Barroco hispánico": cerró brillantemente una etapa brillante (valga la redundancia); después de ella no volvió a haber gran poesía en español sino hasta ya entrado el siglo XX.

El objetivo principal de la antología que el lector tiene ante sus ojos es invitarlo a hacer un recorrido vital y artístico por el mundo poético de sor Juana. En sus versos podrá ir descubriendo sus pasiones, sufrimientos, alegrías, necesidades, obsesiones; las cuales además podrá corroborar en las dos cartas autobiográficas que figuran al final. Éstas le darán varias claves de la personalidad de la monja y le depararán una gran sorpresa: la muy elocuente viveza narrativa de la prosa sorjuanina.

Es natural que haya gran interés por conocer la biografía de una figura tan asombrosamente sugerente: mujer, monja, sabia, poeta, defensora de la mujer, teóloga amateur, etc.; sin embargo, la documentación para poder reconstruir su vida es muy escasa. Contamos con tres documentos biográficos, de los cuales dos son autobiográficos: la *Carta* al padre Núñez, de 1682, que sor Juana le escribió para "despedirlo" como confesor, y la *Respuesta a sor Filotea de la Cruz*, nueve años posterior, carta dirigida al obispo de Puebla, y la biografía del padre Diego Calleja (jesuita español con el que la monja mantuvo correspondencia por aproximadamente veinte años), publicada como "Aprobación" en los preliminares del tercer tomo de sus obras (*Fama y Obras póstumas*, Madrid, 1700).

Según noticias de Calleja, sor Juana nació al pie de los volcanes, en San Miguel Nepantla, actual Estado de México, en "el año de mil seiscientos cincuenta y uno, el día doce de noviembre, viernes a las once de la noche",[1] de la "legítima unión" de Pedro Manuel de Asbaje e Isabel Ramírez de Santillana. Pero en 1952, Guillermo Ramírez España (supuesto descendiente de sor Juana) y Alberto G. Salceda (editor del t. 4 de las *Obras completas*) encontraron su acta de bautismo, que dice: "En 2 de diciembre de 1648 bauticé a Inés, hija de la Iglesia".[2] Todo parece indicar que no nació en 1651, sino en 1648, y era "hija de la Iglesia", como se llamaba entonces a los hijos habidos fuera del matrimonio.

---

[1] Alatorre, *Sor Juana a través...*, t. 1, p. 239. En el romance "¡Válgate Apolo por hombre!" sor Juana alude jocosamente a su nacimiento: "...donde sucedió a mi madre / mala noche y parir hija". ¡Pobre madre: toda la noche con los dolores de parto; tanto esfuerzo, y parir una hija! ¡Otra mujer: la tercera!

[2] Salceda, "El acta de...", p. 7.

Ser "hijo de la Iglesia" no era una situación excepcional (había muchísimos); tampoco era un estigma que marcara para siempre a la persona al grado de impedirle llevar una vida "normal". Es probable que Calleja no lo supiera; es seguro que sor Juana no lo anduvo contando a diestra y siniestra, pero es un hecho que tampoco guardó un púdico silencio al respecto. Alguna vez que alguien se metió con ella, echándole en cara su origen "bastardo", la monja le contestó, en verso y con enorme desenfado e ironía:

> El no ser de padre honrado
> fuera defecto, a mi ver,
> si como recibí el ser
> de él, se lo hubiera yo dado.
>   Más piadosa fue tu madre,
> que hizo que a muchos sucedas:
> para que, entre tantos, puedas
> tomar el que más te cuadre.

Dice Méndez Plancarte[3] que este epigrama es "tan sangriento, que nos duele en sor Juana". Juan León Mera, el único crítico (no mexicano, por cierto, sino colombiano) que, en el siglo XIX, dedicó un estudio serio y completo a sor Juana (*Biografía de sor Juana Inés de la Cruz, poetisa mejicana del siglo XVII, y juicio crítico de sus obras*, Quito, 1873), resalta la gracia y la buena factura del epigrama, pero le parece que "las ideas que encierra [...] no [son] dignas de una monja, ni siquiera propias de una dama de la delicadeza y pulcritud de corazón de Juana Inés".[4] Yo creo que es admirable que la "monjita", con toda desfachatez y violando el decoro de

---

[3] *Obras completas*, t. 1, p. 292.
[4] Alatorre, *Sor Juana a través…*, t. 2, p. 264.

lo "políticamente correcto", se defienda con tanta gracia y contundencia del "deslenguado" que la llamó bastarda, llamándolo, a su vez, 'hijo de…' (la madre tuvo varias parejas para que él pudiera escoger un padre). Sor Juana no sólo se atrevió a componer el epigrama, reconociendo abiertamente su bastardía, sino que lo publicó. Aquí está su espíritu libre en todo el esplendor de su genio.

En la *Respuesta a sor Filotea* (el lector tendrá ocasión de leerlo por sí mismo con todos los detalles) sor Juana habla de su precocidad intelectual: yendo como acompañante de su hermana con la maestra, aprendió a leer a los tres años de edad. Calleja abunda un poco más en este prodigio biográfico; refiere que desde sus más tiernos años fue admirable su capacidad para hacer versos; que todos los que la trataron de niña quedaban asombrados al "ver la facilidad con que salían de su boca o su pluma los consonantes y los números; así los producía, como si no los buscara en su cuidado, sino que se los hallase de balde en su memoria".[5] Evidentemente, el biógrafo adorna un poco la narración; lo importante es que si Calleja supo de esta facilidad, de esta proclividad hacia la poesía, fue porque la propia sor Juana se lo dijo; lo que significa que ella descubrió muy pronto no sólo su vocación, sino su genio, y que, sin arrobos de falsa modestia, lo reconoció.

Calleja nos cuenta otra anécdota, muy trivial, pero que dibuja muy claramente la personalidad de sor Juana. Todavía no llegaba a los ocho años, cuando la iglesia de su pueblo le pidió que compusiera una loa para la fiesta del Santísimo Sacramento; la niña aceptó el encargo porque le ofrecieron de premio un libro. No era ni siquiera adolescente, y ya co-

---

[5] Alatorre, *Sor Juana a través…*, t. 1, p. 240.

diciaba el conocimiento que podía adquirirse en los libros; era apenas una niña y ya corría la fama de su capacidad para hacer versos.

Se sabe que más o menos hacia 1659 se trasladó a la Ciudad de México, capital de Nueva España, ciudad con una efervescente vida cultural y literaria. Al parecer vivió con unos parientes, los Mata, hasta más o menos 1664, cuando, a los 16 años —según explica Calleja—, sus familiares se dieron cuenta del riesgo en que estaba la joven de ser perseguida por "discreta" (inteligente) y, desgracia no menor, por hermosa. La llevaron a la corte del virrey marqués de Mancera, adonde entró como criada de la virreina. Fue la corte el escenario de uno de los episodios más célebres de su vida. Lo cuenta, "con certitud no disputable", Calleja, a quien se lo refirió (¡y "dos veces"!) un testigo de primera mano: el mismísimo virrey marqués de Mancera. La joven Juana se había hecho famosa en el palacio por la inmensidad y diversidad de sus conocimientos. El virrey no podía creer que alguien tan joven y de origen tan humilde supiera tanto. Para desengañarse, reunió a cuarenta sabios, especialistas en diversas disciplinas, con la tarea de examinarla. La muchachita demostró que todo aquello que se decía era cierto. Dice Calleja que el virrey narraba que "a la manera que un galeón real se defendería de pocas chalupas que le embistieran, así se desembarazaba Juana Inés de las preguntas, argumentos y réplicas que tantos, cada uno en su clase, la propusieron". Luego, el jesuita preguntó a su amiga qué había sentido ante semejante triunfo; ella contestó que la misma satisfacción que cuando le chuleaban su costura en la escuela. ¿Falsa modestia? ¿Ante un amigo de tantos años? No lo creo: simplemente, sor Juana no ve por qué ha de sentirse orgullosa si lo único que ha hecho es seguir su "natural inclinación", el genio que Dios le dio.[6] Tan es así, que nada cuenta al respecto en la *Respuesta*.

No sabemos mucho más de la vida de sor Juana antes del convento, pero estas pocas noticias están preñadas de sentido; encierran, como en clave, lo esencial de su personalidad; nos dicen lo tempranamente que aparecieron los dos motores de su vida: lectura y escritura. Siempre entrelazados, ambos motivo de la más rendida admiración de sus contemporáneos. Ojalá se descubrieran más documentos. Qué hallazgo sería, por ejemplo, encontrar la correspondencia entre sor Juana y Calleja; cartas más personales, a un amigo, no a una autoridad eclesiástica. Pero, mientras eso sucede, estos pocos episodios, unidos a la originalidad y elocuencia de sus versos, son suficientes para explicarnos su pulsión artística y vital.

Algunos estudiosos han hablado de los "silencios" o "misterios" en la vida de sor Juana para referirse a aquellas zonas que resultan oscuras por falta de pruebas documentales. Uno de esos silencios tiene que ver con la identidad de su padre. El acta de bautismo encontrada por Ramírez España resolvió la cuestión. Otro misterio está relacionado con su decisión de entrar al convento. No hay mucha información al respecto, es verdad, pero la poca que hay es clarísima: la da la propia sor Juana y la corrobora Calleja. A pesar de la retórica de la *Respuesta* este pasaje suena asombrosa y descaradamente sincero, tratándose de una monja escribiéndole a un obispo:

---

[6] Dice en la *Respuesta* que no hay que ensoberbecerse de los talentos recibidos, pues no son mérito: "es menester estar con mucho cuidado y tener escritas en el corazón aquellas palabras del apóstol: *Quid autem habes quod non accepisti? Si autem accepisti, quid gloriaris quasi non acceperis?* ("Pues ¿qué tienes que no hayas recibido? Luego, si lo recibiste, ¿por qué gloriarte, como si no lo hubieras recibido?", I Corintios 4:7) (véase p. 377).

Entréme religiosa, porque aunque conocía que tenía el estado cosas (de las accesorias hablo, no de las formales), muchas repugnantes a mi genio, con todo, para la total negación que tenía al matrimonio, era lo menos desproporcionado y lo más decente que podía elegir en materia de la seguridad que deseaba de mi salvación; a cuyo primer respeto (como al fin más importante) cedieron y sujetaron la cerviz todas las impertinencillas de mi genio, que eran de querer vivir sola; de no querer tener ocupación obligatoria que embarazase la libertad de mi estudio, ni rumor de comunidad que impidiese el sosegado silencio de mis libros.

Reconoce que se decidió por el claustro no por una vocación apremiante, sino por conveniencia, pues era lo que menos se oponía a sus verdaderas inclinaciones. En su momento, comunicó sus dudas al padre Calleja: "Temía —dice el jesuita— que un coro indispensable ni le podía dejar tiempo, ni quitar el ansia de emplearse toda en los libros".[7] Dado su espíritu racional, debió de tomar la decisión después de mucha reflexión, y es seguro que las vacilaciones no cesaron ya dentro del convento: "Pensé que yo huía de mí misma —escribe en la *Respuesta*—, pero, ¡miserable de mí!, trájeme a mí conmigo". Con esto en mente, habría que leer el soneto "Si los riesgos del mar considerara" (núm. 44; la numeración es la de las composiciones en esta antología), en el que se dice que el hombre más intrépido se atrevería a todo: a desafiar al mar, a enfrentar un toro embravecido, a correr un caballo desbocado, haría todo, menos tomar un "estado que ha de ser toda la vida".

---

[7] Alatorre, *Sor Juana a través…*, t. 1, pp. 242-243.

Finalmente, Juana entró en 1667 al convento de San José de las carmelitas descalzas. Probablemente la dura disciplina de las carmelitas fue mucho para su vocación más bien tibia, y dejó el convento tres meses después. Regresó a la corte, donde pasó poco más de un año. En febrero de 1669 hizo profesión de fe en el convento de San Jerónimo. No hay, pues, ningún misterio en su elección de hacerse monja. La razón es muy evidente: la necesidad de disponer libremente de su tiempo para dedicarse a la poesía y al estudio. Los votos la obligaban a cierta disciplina y ciertas tareas, pero también le aseguraban un sustento indefinido y seguro.

Durante su breve regreso al palacio, al salir del convento carmelita, sor Juana empezó a ejercer como escritora profesional: en un impreso de 1668 (*Poética descripción de la pompa plausible...*) se publicó su primer poema y se la presentó, cuando apenas tenía 19 años, como "glorioso honor del Mexicano Museo". Los hábitos no interrumpieron este ejercicio de la escritura. Como puede leerse en la *Carta* al padre Núñez, varias catedrales le encargaban la composición de villancicos para las diferentes fiestas litúrgicas. Con todo, no pudo escribir mucho en esos primeros años en el convento: se lo impidió su confesor, Antonio Núñez de Miranda, empeñado como estaba en hacer de ella una monja ejemplar, y, en una de ésas, una santa; con lo que su vida como orientador espiritual se consagraría.

Tanto en la *Carta* a Núñez como en la *Respuesta,* el lector puede enterarse de todos los obstáculos que sor Juana tuvo que sortear para ejercer su vocación intelectual; algunos propios de la época (la idea de que la mitad del género humano, las mujeres, carece de inteligencia), aunque, sin duda, el dique más poderoso fue el celo de su confesor. Por fortuna en

1680 sucedió algo que cambió el rumbo de su vida: llegó un nuevo virrey. En Nueva España se acostumbraba recibir a las nuevas autoridades con arcos triunfales, que eran aparatosas construcciones efímeras, hechas de madera y tela, decoradas con pinturas y versos relacionados con algún aspecto del personaje entrante. Por petición de fray Payo Enríquez de Ribera, entonces virrey de Nueva España y también arzobispo de la Ciudad de México, el Cabildo de la catedral pidió a sor Juana con voto unánime la composición del arco. Ella se lució con el *Neptuno alegórico* y sedujo a los nuevos virreyes, que a partir de entonces fueron sus protectores incondicionales; sobre todo la virreina, María Luisa, su gran amiga. Contando con esta seguridad, sor Juana se deshizo de su gran censor, el padre Núñez, y dio rienda suelta a su genio. Así empezó su etapa creativa más brillante y prolífica.

Hasta 1981, cuando el padre Aureliano Tapia descubrió y publicó la *Carta* a Núñez, se creyó que el confesor, harto de la rebeldía e indocilidad de la monja, había renunciado a seguir confesándola. Juan Antonio de Oviedo, biógrafo de Núñez, cuenta que el padre trató de "contener el natural afecto e innata inclinación de la madre Juana en los límites de una decente y moderada ocupación", pero que, viendo "que no conseguía lo que deseaba, se retiró totalmente de la asistencia a la madre Juana".[8] No voy a arruinar al lector el gozo de descubrir la sublime arrogancia de la "madre Juana", su inteligente ironía, la fuerza de su convicción, la lúcida y apasionada defensa de su genio. El caso es que, "con cajas destempladas", despidió a su confesor y se buscó uno más moderado, el padre Arellano.

---

[8] Alatorre, *Sor Juana a través…*, t. 1, p. 377.

De 1680, con el *Neptuno alegórico*, a 1691, sor Juana llevó a cabo una actividad poética febril: villancicos, composiciones a los virreyes, sonetos amorosos, filosóficos, morales y hasta obscenos; comedias además de autos sacramentales. Trató todos los temas posibles de la poesía hispánica de su tiempo, sin importar qué tan propios o impropios fueran para su condición de mujer y de monja. Además, vivió lo que muy pocos poetas de su época: la publicación de sus obras, compiladas en tres tomos, los tres publicados en España: la *Inundación castálida*, en 1689, el *Segundo volumen*, en 1692, y la *Fama y Obras póstumas*, en 1700. Los dos primeros tomos se reimprimieron varias veces.[9] Por casi cuarenta años, sor Juana fue un auténtico *best-seller*.

En ese periodo de intensa actividad hay dos momentos definitivos: uno es la composición del *Primero sueño* (entre 1690 y 1691), su obra cumbre; otro, su incursión en teología con la *Crisis de un sermón* (1690), crítica a un sermón del célebre predicador portugués Antonio Vieira. Su segunda carta autobiográfica, la *Respuesta,* es precisamente consecuencia de la *Crisis de un sermón.* Para entender la génesis de su único escrito teológico hay que recrear las tertulias intelectuales que había en el convento de San Jerónimo alrededor de sor Juana. En el prólogo a la *Inundación castálida,* Francisco de las Heras cuenta que había en Madrid varios personajes importantes que habían estado y hablado con la jerónima en México, y que certificaban la calidad intelectual de esas con-

---

[9] El primero, con el título de *Poemas* (cambio que hizo seguramente sor Juana; quizá no le gustó eso de "inundación con aguas de Castalia", la fuente de las Musas), se reeditó, de 1690 a 1725, ocho veces. El segundo, con el título de *Segundo tomo* o de *Obras poéticas*, de 1693 a 1725, se reimprimió tres veces.

versaciones. A más de medio siglo de la muerte de sor Juana, la fama de las tertulias seguía. Hacia 1750, Juan José de Eguiara y Eguren (*Biblioteca mexicana*) refiere que todavía había recuerdos muy concretos de cómo grandes letrados novohispanos visitaban a la monja buscando su asesoría intelectual; uno de esos visitantes fue fray Antonio Gutiérrez. Este español, recién llegado a Nueva España, había oído las maravillas que se contaban de la jerónima. Un tanto escéptico, le llevó el borrador de un escrito teológico; la monja le hizo varias sugerencias, y el hombre quedó convencido y satisfecho.[10]

La *Crisis* comienza: "Muy señor mío: De las bachillerías de una conversación que, en la merced que me hace, pasaron plaza de vivezas, nació en vuestra merced el deseo de ver por escrito algunos discursos que allí hice de repente, siendo algunos de ellos, y aun los más, sobre los sermones de un excelente orador…".[11] Antonio Alatorre y yo[12] pensamos que ese "Muy señor mío" pudiera ser fray Antonio Gutiérrez, con quien, probablemente en alguna de aquellas tertulias, sor Juana habló de un sermón del padre Vieira y cuestionó sus argumentos. Es fácil imaginar que fray Antonio le haya dicho: '¡Hombre, no está mal! Debería usted escribir todo esto', y que, fascinada con el desafío, sor Juana haya puesto manos a la obra. Una vez terminada, mandó la *Crisis* a fray Antonio; éste se puso a hacer traslados (copias manuscritas) y lo hizo circular. Así llegó a manos del obispo de Puebla, Manuel Fernández de Santa Cruz, quien, admirando genuinamente el texto, lo publicó con el título de *Carta atenagórica* ('digna de la sabiduría de Atenea') y se lo mandó a sor

---

[10] Quiñones Melgoza, "Sor Juana: una figura…", pp. 529-536.

[11] *Obras completas*, t. 4, p. 412.

[12] Alatorre y Tenorio, *Serafina y sor…*, pp. 19-20.

Juana con una carta (*Carta de sor Filotea de la Cruz*). En ella se decía que viera en letra de molde de lo que era capaz su intelecto, el cual debía dedicar a objetivos más altos, como el acercamiento de Dios; que se dejara de versitos, ya que su entendimiento no estaba para abatirse "a las rateras noticias de la tierra".[13] Sor Juana contestó con la *Respuesta a sor Filotea de la Cruz.*

Algunos estudiosos pretenden que, tras la publicación de la *Atenagórica*, hubo un pleito entre el obispo de Puebla y el arzobispo de la Ciudad de México, Francisco de Aguiar y Seijas, y que sor Juana quedó en medio de un fuego cruzado. Otros piensan que esta incursión teológica, impensable en una mujer, fue el pretexto para que la jerarquía eclesiástica anulara a la monja. ¿Cómo explicar, entonces, que todavía en noviembre de 1691 el obispo de Oaxaca, Isidro de Sariñana, encargara a sor Juana la composición de los villancicos para la fiesta de santa Catarina? Nunca lo habría hecho si, de existir esa conjura contra la monja, el encargo le implicara algún costo político. Es un hecho que, en el estrecho mundillo intelectual de Nueva España, la *Atenagórica* causó revuelo, no tanto porque la autora fuera una mujer, cuanto porque era la famosa monja-poeta de San Jerónimo. Como es natural en una sociedad que gozaba con este tipo de ejercicios intelectuales, hubo quienes aplaudieron su osadía al criticar a Vieira (el primero, el mismo obispo de Puebla), y quienes la reprobaron. Hasta aquí llegó la cosa; no hay necesidad de más especulación.

Lo que sucede es que, a la luz de lo que pasó después en la vida de sor Juana, se ha querido ver en la *Atenagórica* (exagerando mucho sus consecuencias) la clave que contex-

---

[13] *Obras completas*, t. 4, p. 696.

tualiza sus años finales, tan difíciles de entender; éstos sí, un auténtico misterio. En marzo de 1691, cuando escribió la *Respuesta*, nada había cambiado respecto a lo que había escrito en la *Carta* a Núñez; sus convicciones eran las mismas y la firmeza con que las defendía era igualmente contundente y apasionada. No sólo eso: para cuando respondió al obispo de Puebla sor Juana ya había compuesto el *Primero sueño*, el poema de su vida, cuya envergadura ella conocía mejor que nadie. Podríamos pensar que la autora estaba en su mejor momento; sin embargo, ese mismo año de 1691 hizo confesión general con el padre Núñez, a quien le había pedido que volviera a ser su confesor. Escribió una petición en forma *causídica* (como de un reo ante un tribunal de justicia), pidiendo perdón por sus pecados al Tribunal Divino; aquí, en medio de las fórmulas propias de este tipo de escritos piadosos, vemos a sor Juana como nunca la habíamos visto: rendida, postrada. Hacia 1693 vendió toda su biblioteca y sus instrumentos "músicos y matemáticos" (dice Calleja) y dio las ganancias a obras de caridad; ese mismo año dejó de escribir. Es decir, renunció a los que habían sido los motores de su vida: lectura y escritura. ¿Por qué esa renuncia? ¿Qué le pasó?

Es muy probable que nunca lleguemos a conocer sus razones. Octavio Paz[14] piensa que en la crisis de sor Juana pudieron haber influido hechos externos como los tumultos de 1692, desatados por la escasez de cosechas y el hambre, que mermaron la autoridad del virrey (el conde de Galve) y aumentaron la de Aguiar y Seijas (a quien Francisco de la Maza califica de "neurótico obsesivo, misógino feroz, asceta con

---

[14] *Sor Juana Inés…*, pp. 577-578.

aspiraciones a la santidad").[15] Es seguro que Aguiar y Seijas, como misógino casi patológico,[16] no veía con buenos ojos a sor Juana —mujer, además, muy célebre—, pero no creo que su animadversión haya sido la causa del cambio vital de la monja. También es seguro que la convulsión social la conmovió: su sensibilidad hacia las cuestiones sociales es patente en varias composiciones. En sus villancicos de negro, en los que comicidad y piedad se enlazan estrechamente, da voz a los esclavos y los pone a hablar de la vida que llevan: las mujeres refundidas en la cocina o vendiendo antojitos en las calles, los hombres sudando en el obraje:

> Eya dici que redimi:
> cosa palece encatala,
> porque yo la oblaje vivo
> y las parre no mi saca.[17]

---

[15] *Sor Juana Inés de la Cruz...*, p. 76.

[16] Su biógrafo Joseph de Lezamis cuenta como cosa digna de admiración que el arzobispo se congratulaba de ser miope para no tener que ver a las mujeres: "decía [Aguiar] que teniendo vista para leer, y lo que era necesario, lo demás que no importaba, antes hacía Dios merced a algunas personas en hacerlos cortos de vista, que con eso se excusaban de muchos malos pensamientos no viendo a las mujeres" (*Breve relación de...*, p. [38]).

[17] El villancico es para la fiesta de san Pedro Nolasco, fundador de la orden de los mercedarios, dedicada a redimir cautivos tomados por los árabes durante la Reconquista. Lo que dice la cuarteta, en lengua de negros, es: 'Ellos [los mercedarios] dicen que redimen, cosa que parece encantada, porque yo vivo en el obraje y los padres no me sacan' (*Obras completas*, t. 2, p. 40). En esta antología se incluye el romance "Gran marqués de la Laguna" (núm. 7), en el que sor Juana pide al virrey que condone la pena de muerte del estafador Antonio de Benavides.

Con todo, pienso que su crisis fue algo muy personal. Los años de 1691 (quizá hacia el final) y 1692 fueron de una fuerte lucha espiritual consigo misma. No hay documentación que pruebe la persecución eclesiástica o la inquina de Aguiar y Seijas, pero sí tenemos un hermoso testimonio de la íntima revuelta de su espíritu en el romance "Traigo conmigo un cuidado" (núm. 15), publicado en la *Fama y Obras póstumas* (lo que significa que lo escribió hacia 1691, después de mandar los originales para la publicación del *Segundo volumen*, de 1692). Méndez Plancarte clasifica este romance entre los "sacros" y lo considera una muestra de poesía mística. En efecto, sor Juana reproduce, muy literalmente, los juegos conceptuales y verbales propios de la mística:

> Muero (¿quién lo creerá?) a manos
> de la cosa que más quiero,
> y el motivo de matarme
> es el amor que le tengo.
> Así alimentando, triste,
> la vida con el veneno,
> la misma muerte que vivo,
> es la vida con que muero.

La evidente "falta de originalidad" de estos versos, más allá de toda retórica, está cargada de sentido; se trata de una hermosa declaración de principios: 'esta pasión por la cual me atormentan hasta la muerte es la razón de mi vida'. El remate del romance es contundente:

> Pero valor, corazón:
> porque en tan dulce tormento,

en medio de cualquier suerte
no dejar de amar protesto.

Sor Juana se ampara en las fórmulas y convenciones poéticas de la mística para articular un amor no configurado por los arquetipos literarios y la retórica de la época: su amor a las letras y al conocimiento. El lector encontrará en las notas a este romance varios vasos comunicantes con ideas y expresiones de la *Carta* a Núñez y de la *Respuesta*.

El corazón de sor Juana ya no tuvo fuerza ni valor para no dejar de amar; la monja "se quebró", quizá convencida de buscar su salvación (a fin de cuentas, por extraordinaria que fuera, era una mujer —y religiosa— de su tiempo); quizá cansada. Dos años después de su renuncia a toda actividad intelectual, el 17 de abril de 1695, murió durante una epidemia de peste.

Su poesía

El lector se habrá dado cuenta de que he tratado de presentar la vida de sor Juana trabándola con su poesía. Lo he hecho así porque, como dije, la documentación que tenemos para trazar con precisión su biografía es poca, pero lo que sí tenemos es un documento precioso, el testimonio más íntimo y valioso: sus versos.

En la *Carta* al padre Núñez dice a su confesor: "La materia, pues, de este enojo de V. R., muy amado padre y señor mío, no ha sido otra cosa que la de estos *negros* versos de que el Cielo tan contra la voluntad de V. R. me dotó". Nueve años después, en la *Respuesta*, lo repite: "¡Y que haya sido tal esta mi *negra* inclinación [a hacer versos], que todo lo haya vencido!". Hay que entender el contexto de estas afirmaciones (que tres tomos de obra poética contradicen feha-cientemente): lo que enoja a Núñez es que su hija espiritual se dedique a componer versos y sea tan célebre por ellos; lo que reprueba el obispo de Puebla no es la actividad intelectual, sino que buena parte de ese ejercicio consista en componer poesía frívola (no religiosa). Lo que resulta poco creíble es que sor Juana declare en la *Respuesta*: "no me acuerdo haber escrito por mi gusto sino es un papelillo que llaman *El Sueño*", cuando en algún romance habla de la seducción que ejercen sobre ella los versos:

> Pero el diablo del romance
> tiene, en su oculto artificio,
> en cada copla una fuerza
> y en cada verso un hechizo;
>   tiene un agrado tirano,
> que, en lo blando del estilo,
> el que suena como ruego
> apremia como dominio…
>   (núm. 13, vv. 13-20).

Sí, como dice en la *Respuesta*, habrá escrito muchas cosas por encargo; pero no cabe duda de que puso seriedad, empeño, oficio y, sobre todo, arte y pasión en la confección de sus encargos. Su poesía viene del alma, no de la obligación.

En esta antología el lector descubrirá la amplitud de formas métricas y de temas que trata sor Juana en sus poemas. Por un lado, encontrará que buena parte de su obra está dedicada a virreyes, arzobispos, letrados y amigos poderosos. No se asuste: es éste el signo de una época en la que la poesía era una suerte de conversación civil, de diálogo de la interioridad del poeta con su mundo. Lo que hay que ver en estos poemas de homenaje es la originalidad con que la poeta traba la alabanza con sus propias preocupaciones y la maestría del artificio formal. Por otro lado, el lector será testigo de la brillante manera en que sor Juana se inscribe dentro de la gran tradición hispánica; de cómo apela a los tópicos más importantes de la poesía de los Siglos de Oro y logra imprimir en cada uno su sello personal.

"Para muestra basta un botón": decidí abrir la antología con un romance conmovedoramente personal: "Finjamos que soy feliz, / triste Pensamiento, un rato", una reflexión sobre el dolor y el tormento en la búsqueda del conocimiento, que por momentos parece tan inútil, tan vana, tanto que sólo conduce a la infelicidad. El lector podrá comparar este romance con el *Primero sueño,* que habla de lo mismo, pero con un tono de exultante entusiasmo.

El romance siguiente ("Si es causa amor productiva") es, quizá, uno de los poemas más representativos de la casuística de sor Juana, de su manera de argüir y redargüir, de su lógica argumentativa y artística. Por ello me detengo un poco en él. Es una respuesta a un poema del español José Pérez de Montoro, quien sostenía, contra toda la tradición poética, que en un amor verdadero no hay lugar para los celos. Según Montoro, el amor verdadero (no el deseo o la pasión loca) es un afecto racional, producto del conocimiento y centro de la razón y de otros afectos. A lo que la monja responde que, en efecto, el amor es una pasión compleja que produce diversidad de afectos, y los celos son, precisamente, su afecto más natural: los celos son al amor lo que la humedad al agua, lo que el humo al fuego. No sólo son inseparables de la pasión amorosa, sino que son "[su] signo más manifiesto".

Argumenta Montoro que los celos no son racionales, pues los producen la imaginación y el miedo. Usando los mismitos argumentos del español, sor Juana responde: por supuesto, los celos son locos e irracionales, y, como tales, "tienen propiedad / de verdaderos"; quien los sufre no tiene poder sobre ellos, no los puede mandar: lo superan, porque no son "ilaciones del discurso, / sino abortos del tormento"; al carecer de razón, no pueden fingirse, por lo que "son prueba del amor / y la prueba de sí mesmos". Así va sor Juana rebatiendo cada uno de los puntos de Pérez de Montoro. Sin embargo, en la última parte da un giro inesperado. Lo alaba porque, cual caballero, defendió la opinión más desvalida, es decir, la del amor sin celos, con la cual, por cierto, ella está de acuerdo:

> La opinión que yo quería
> seguir, seguiste primero;
> dísteme celos, y tuve
> la contraria con tenerlos.

Imposible hablar de cada poema; cada uno da mucho que decir sobre la tradicionalidad y originalidad de sor Juana. Pero puedo proponerle al lector revisar algunos tópicos. Por ejemplo, los poemas de retrato, producto poético muy de la época. Estos retratos poéticos describían con imágenes los rasgos de una dama hermosa; la descripción estaba dictada por la convención poética, no por la realidad. El cabello, rubio como el sol; la frente blanca y lisa, como nácar, plata o mármol; las cejas, arcos; los ojos, luceros, por el color y el brillo; las mejillas, rosas y azucenas por su tono rosado; la boca, coral, etc. En sus retratos, sor Juana hace un despliegue impresionante de recursos. A veces las innovaciones son formales: el romance en eco dedicado a la condesa de Galve: "De plata bruñida *plancha*, / *ancha* es campaña de *esgrima*; / *grima* pone el ver dos *marcos*, / *arcos* que mil flechas vibran". En otros textos, la variación está en los términos metafóricos. Por ejemplo, conservando la convención de las mejillas rosadas, en lugar de recurrir a las tradicionales rosas y azucenas, da con la siguiente ocurrencia:

> Alencastro y Ayorque
> son sus mejillas,
> porque mezcladas rosas
> son sus divisas.

Ahí están las rosas, pero no en tanto que flores, sino en tanto que emblemas de las casas reales inglesas: roja la de Lancaster, blanca la de York.

Parte de la originalidad de un retrato estaba en la sensualidad con que se pintara a la hermosa. Sor Juana se lleva la palma con el romance "Lámina sirva el cielo…" (núm. 16), en el que al pintar cada rasgo va develando el hechizo que esos encantos ejercen sobre el implícito enamorado:

> Lámparas, tus dos ojos, febeas
> súbitos resplandores arrojan:
> pólvora que, a las almas que llega,
> tórridas, abrasadas transforma […]
> Bósforo de estrechez tu cintura,
> cíngulo ciñe breve por zona;
> rígida, si de seda, clausura,
> músculos nos oculta ambiciosa.

Además de la novedad métrica (un romance de diez sílabas, en que cada verso comienza con una sonora y exquisita palabra esdrújula), la descripción está hecha a partir de la rendición amorosa del amante (ese al que la seda de la falda le oculta los *músculos*, es decir, los muslos, las piernas). Sor Juana personaliza el tópico convencional subrayando, además de lo hermoso, la cualidad amatoria del rasgo descrito, lo que da al poema un tono de delicada e íntima sensualidad.

No conforme con demostrar este dominio del oficio, intenta también el tratamiento burlesco del retrato femenino en los ovillejos a Lisarda (núm. 60), en que se "pinta" en el aprieto de escribir el retrato de la tal Lisarda con imágenes tan gastadas:

Es, pues, Lisarda; es, pues... ¡Ay Dios, qué aprieto!
No sé quién es Lisarda, les prometo;
que mi atención sencilla
pintarla prometió, no definilla.
Digo, pues... ¡Oh, qué *pueses* tan soeces!
Todo el papel he de llenar de *pueses*.
¡Jesús, qué mal empiezo!
"Principio" iba a decir, ya lo confieso,
y acordéme al instante
que *principio* no tiene consonante.

Exhorta al lector a la complacencia con sus vacilaciones y fallas; se lamenta de sus dudas e indecisiones, lo que le sirve para pensar en voz alta acerca del trabajo poético y del acto mismo de la escritura.

Igualmente, trata de manera muy original el tradicional tema de la rosa en un sugerente tríptico, formado por los sonetos 41-43 (de esta antología). Siempre se había cantado la belleza de la reina de las flores desde una posición moral, advirtiéndole sobre su vida efímera, su caducidad, casi como un castigo divino al hecho de ser hermosa. Sor Juana responde a esta tradición con el primer soneto "Rosa divina que en gentil cultura", en que comienza alabando el tono rosado de la flor, para luego llamarla "ejemplo de vana sutileza", soberbia, presumida:

¡Cuán altiva en tu pompa, presumida,
soberbia, el riesgo de morir desdeñas,
y luego, desmayada y encogida,
    de tu caduco ser das mustias señas,
con que con docta muerte y necia vida,
viviendo engañas y muriendo enseñas!

Al final, la rosa sale regañada: su belleza es sólo vano espejismo, como las vanidades de la vida; su ser marchito es en lo que el hombre debe aprender a prepararse para la vida verdadera, la eterna.

En el segundo soneto, Celia admira una rosa que ostenta su belleza en un prado. Aquí la reflexión es completamente otra: "Goza —le dice Celia a la rosa— sin temor del Hado, / el curso breve de tu edad lozana, / pues no podrá la muerte de mañana / quitarte lo que hubieres hoy gozado...". "Goza" es el consejo de Celia; no pienses en la muerte, ni le temas, "no sientas —escribe sor Juana— el morir tan bella y moza [...] mira que la experiencia te aconseja / que es fortuna morirte siendo hermosa / y no ver el ultraje de ser vieja". Como quien dice: "Y lo bailado...".

En el tercer soneto el tratamiento es jocoso. En el primero partió del tópico del desengaño; en el segundo, del clásico *carpe diem* ('disfruta el día'); en este tercero se burla del tópico de la rosa y de los artificios de los poetas para cantarle:

> Pues a fe que me he visto en harto aprieto;
> y advierta vuesarced, señora Rosa,
> que no le escribo más este soneto,
> que porque todo poeta aquí se roza.

Conociendo su picardía, no sería extraño que la rima *rosa* (la flor)/*roza* (del verbo 'rozar', 'tocar'), imposible en un poeta español por el ceceo peninsular, sea también un énfasis en su condición de poeta y de americana.

Otro hermoso tríptico, de raigambre clásica (el tema proviene de Ausonio, poeta del siglo IV), es el que dedica a los amores mal concertados: "Amo a ésta, pero ésta me aborrece. Aborrezco a aquélla, pero aquélla me ama". Como ha señalado Antonio Alatorre,[18] sor Juana fue casi la única mujer que recogió el tema, y lo hizo en tres sonetos (núms. 53-55), lo que le permite desplegar su pensamiento casuístico. En los dos primeros plantea el conflicto: en uno, Feliciano la adora y ella lo aborrece, mientras que adora a Lisardo pero éste la aborrece; los dos "atormentan [su] sentido": "aquéste [Feliciano] con pedir lo que no tengo, / y aquél [Lisardo] con no tener lo que le pido". En el otro soneto, el desamor de Fabio "es dolor sin igual" y que la quiera el aborrecido Silvio "es menor mal, mas no menos enfado"; "por activa y pasiva es mi tormento, / pues padezco en querer y en ser querida". Su gran aportación está en el tercer soneto de la serie, cuyos tercetos proponen, por única vez en toda la his-

---

[18] Alatorre, "Un tema fecundo…", p. 130.

toria del tema, una solución que implica renuncia: escoge aceptar a quien la ama, aunque con ello violente su deseo ("de quien no quiero, ser violento empleo"), y no rogar a quien la aborrece ("que de quien no me quiere, vil despojo").

Sor Juana sabía que su genio podía llevarla por cualquier sendero, y con lucidez y arte inigualables holló cada terreno, por difícil que fuera. Sin remilgos de mujercita propia y decente, incursionó en el truculento tema, para una mujer, de la misoginia burlesca. Lo hace con los sonetos 48-50. En el primero nos presenta a una Inés parlanchina y bellaca, que habla a lo baboso (como todas las mujeres en la tradición misógina), pero sabe muy bien "tapar la caca" (esto es, salir de los problemas en los que se mete por deslenguada). En el tercero, un pretendiente se regodea porque acabará refocilándose en la cama con otra tal Inés, ligera de cascos. El mejor es el segundo, "Aunque eres, Teresilla, tan muchacha", que alaba la promiscuidad de la tal Teresilla: trae al marido, Camacho, con tal cornamenta "que ya no puede entrar si no se agacha", y, además, lo convence de que los hijos que vienen por sus adulterios ("de lo que tu vientre desembucha") son una manera de ahorrarle el trabajo, pues sólo tendrá que cosechar lo que otros sembraron: "que has hecho, por hacer su hacienda mucha, / de ajena siembra suya la cosecha".

¡El soneto es muy grosero y desvergonzado!; parece poco creíble que sea de la misma sor Juana que defendió a la mujer contra los sarcasmos de la poesía misógina en esas redondillas que fueron tan célebres, "Hombres necios que acusáis…" (núm. 28), en las que sostiene que son los hombres los que echan a perder a las mujeres. ¿Olvidó su defensa de las mujeres en sus sonetos misóginos? No. Simplemente, la poeta ejerce lo que llama "la libertad de mi estudio", la libertad de pisar cualquier terreno poético adonde su talento la lleve.

Así podríamos seguir recorriendo más poemas: sus tres desgarradoras composiciones en liras sobre la ausencia (núm. 57), los celos (núm. 58) o la muerte del ser amado (núm. 59); sus sonetos: los amorosos ("Esta tarde, mi bien cuando te hablaba"), los que dedica a la esperanza (núms. 45-46), el de los trágicos Píramo y Tisbe (núm. 47), etc. Sin embargo, hay que decir algo del *Primero sueño*, la obra que expresa su pasión por el conocimiento y que da la medida de su capacidad artística. Hay que decir que el tema es absolutamente original, inédito en la poesía española y su materia es más propia de las ciencias naturales que de la poesía: cómo se producen el anochecer y el amanecer; qué pasa con la Naturaleza durante la noche; cómo funciona el cuerpo humano dormido; cuál es la fisiología del cerebro durante el sueño; cuáles son las características de los reinos mineral, vegetal y animal. Calleja resume así el "argumento" del poema: "Siendo de noche me dormí; soñé que de una vez quería comprender todas las cosas de que el universo se compone; no pude, ni aun divisas por sus categorías, ni aun solo un individuo. Desengañada, amaneció y desperté". ¿Qué chiste?, dirá el lector. Pues que cada uno de estos fenómenos: *siendo de noche, me dormí, soñé, comprender, todas las cosas, no pude, divisas categorías, un solo individuo, desengañada, amaneció y desperté* están explicados científicamente (según el conocimiento de la época), y cada explicación se articula en poderosas imágenes poéticas.

Los primeros 150 versos hablan de cómo se hace de noche: la sombra que empieza a proyectar la tierra cuando atardece ("Piramidal, funesta, de la tierra / nacida sombra…"); el silencio en que sólo se escucha el canto apagado de las aves nocturnas (la lechuza, los murciélagos y el búho); el dormir: todo un cosmos dormido, hasta el ladrón y el amante, trasnochadores por excelencia, duermen.

Siguen 100 versos (151-251) en que cuenta que ella también se durmió. Relata, con gozosa pasión de naturalista, a partir de las noticias del padre Granada[19] y con la precisión de las imágenes fraguadas a lo Góngora, el estado de las funciones anatomo-fisiológicas del cuerpo humano cuando está dormido: cómo sigue latiendo el corazón, ayudado por el fuelle de los pulmones; cómo el estómago sigue distribuyendo los nutrientes, después de haber descompuesto el alimento. Para luego, en los versos 251-266, exponer cómo, cuando ha pasado el tiempo de la digestión, se forman los vapores que llegan al cerebro y se producen los sueños. A partir de aquí, viene la narración del sueño (versos 267-826): soñó que se encontraba en un mirador altísimo, frente al que resultaban chiquitos el Faro de Alejandría, los montes Atlante y Olimpo, las Pirámides de Egipto y la Torre de Babel. Desde esa cumbre, el alma / mente de sor Juana, emocionada y asustada ("gozosa mas suspensa, / suspensa pero ufana"), contempla todas las cosas del mundo y se dispone a conocerlas. Sin embargo, el entendimiento queda superado por la grandeza del universo y, cobarde, retrocede. Desde aquí (verso 454) hasta el verso 826, sor Juana habla de todo lo que le gustaría saber, pero también de lo que ya sabe: geometría, medicina, la linterna mágica (con las incipientes nociones ópticas de la época), la aristotélica doctrina de los Universales, la poesía de Homero, etcétera.

Para cerrar el poema, dedica 149 versos al amanecer (en simetría con los 150 iniciales sobre el anochecer). Ya sin alimento, el estómago deja de estimular la fantasía; despierta

---

[19] Autor de la *Introducción al Símbolo de la fe* (1ª ed. 1583), especie de tratado de ciencias naturales, dedicado a alabar la grandeza de la creación divina.

el mundo, el silencio de la noche termina con el canto de las aves mañaneras, y el día triunfa sobre la noche. La imagen del amanecer es la de una guerra entre el día y la noche: la Aurora llega como "amazona de luces mil vestida, / contra la noche armada, / hermosa si atrevida, / valiente, aunque llorosa" (pues sus lágrimas son las gotas de rocío); la noche usurpadora se repliega, "como tirana al fin, cobarde", con su ejército de sombras, aunque, "esforzando el aliento en la ruïna", alcanza el ocaso y vuelve a coronarse en la otra mitad del mundo. Mientras en nuestra mitad, el sol, "dorada madeja luminosa", cual juez justo y paternal distribuye el vital calor por todas partes y restituye "a las cosas visibles sus colores [...] quedando a luz más cierta / el mundo iluminado, y yo despierta". Así, lleno de luz, cierra el *Primero sueño*, el poema predilecto de sor Juana, su obra maestra; y ella lo firma con ese "despierta", que afirma su individualidad, su talento, su genio.

No sigo extendiéndome. La poesía de sor Juana me ha acompañado ya muchos años. Ha sido, en su momento, consuelo, crónica, enseñanza, gozo, y siempre emoción. No entretengo más al lector con "mi mal limada prosa". Lo dejo en compañía de algunos de los versos más hermosos de la lengua española.

Nota editorial

Para fijar el texto de los poemas usé las primeras ediciones: *Inundación castálida* (Madrid, 1689), *Segundo volumen* (Sevilla, 1692) y *Fama y Obras póstumas* (Madrid, 1700), publicadas de manera facsimilar por la Universidad Nacional Autónoma de México en 1995. Cotejé con dos ediciones modernas (a mi juicio, las más confiables): el tomo 1, *Lírica personal*, editado por Alfonso Méndez Plancarte para el Fondo de Cultura Económica en 1951, y ese mismo tomo en la edición de Antonio Alatorre, también para el Fondo, de 2009. En relación con las diferencias entre la edición de Méndez Plancarte y la de Alatorre, tomé mis propias decisiones y las justifiqué en notas.

El orden de presentación (no la numeración) de los textos es el mismo que el de Méndez Plancarte, que Alatorre respeta. El primero agrupa los poemas según formas métricas (romances, redondillas, décimas, sonetos, etc.) y, dentro de cada grupo, los clasifica según el tema y los ordena, hasta donde se puede, cronológicamente. Alatorre sigue este orden, sin marcar clasificación alguna. He preferido ofrecer la lírica de sor Juana como un todo, sin separaciones de índole formal, ni temática. En relación con el aspecto formal, en algunos metros, como el del romance —la forma donde sor Juana más experimenta—, para que la clasificación sea lo suficientemente precisa, habría que hacer varias divisiones y subdivisiones, cosa que nada más provocaría en el lector no especializado confusión o, en el mejor de los casos, aburrimiento. En cuanto a los temas, debo confesar que no sabría cómo clasificar varios poemas; muchas veces no es tan obvio como parece, y entonces, la distinción temática no resulta ni clara ni aclaratoria.

La ortografía está casi totalmente modernizada, excepto en los casos en que la forma original se necesita por cuestiones de rima o metro, incluyendo el acento secundario (*porquè*). Traté de anotar lo menos posible, pero la poesía barroca está muy lejos de nosotros, y el lector no habituado a ella se topará con usos lingüísticos y recursos estilísticos que desconoce o no entiende. Las notas pueden ser léxicas, cuando me limito a dar la definición de un término (ya sea porque es poco usual, o porque su significado actual es diferente al de entonces), y explicativas, cuando aclaro alguna complicación semántica, sintáctica o estilística, o bien doy alguna noticia pertinente (histórica, mitológica, contextual, etc.). Asimismo, incluí tres índices, que pueden ser de utilidad: de primeros versos, de autores y de términos anotados.

Mi intención ha sido que quien lea por primera vez la poesía de sor Juana tenga todos los elementos para entenderla y, lo más importante, disfrutarla.

Antología
en prosa y verso

1

Acusa la hidropesía[1] de mucha ciencia, que teme inútil
aun para saber, y nociva para vivir.

Finjamos que soy feliz,
triste Pensamiento, un rato;
quizá podréis persuadirme,
aunque yo sé lo contrario:
   que pues sólo en la aprehensión   5
dicen que estriban los daños,[2]
si os imagináis dichoso
no seréis tan desdichado.

   Sírvame el entendimiento
alguna vez de descanso,   10
y no siempre esté el ingenio
con el provecho encontrado.

   Todo el mundo es opiniones
de pareceres tan varios,
que lo que el uno que es negro,   15
el otro prueba que es blanco.

---

[1] *hidropesía*: 'sed insaciable'.

[2] Esto es, el daño está en la manera como cada uno se percibe; así, si uno
se imagina feliz, será feliz.

A unos sirve de atractivo
lo que otro concibe enfado;
y lo que éste por alivio,
aquél tiene por trabajo.   20

El que está triste, censura
al alegre de liviano;
y el que está alegre, se burla
de ver al triste penando.

Los dos filósofos griegos   25
bien esta verdad probaron:
pues lo que en el uno risa,
causaba en el otro llanto.[3]

Célebre su oposición
ha sido por siglos tantos,   30
sin que cuál acertó, esté
hasta agora averiguado;

antes, en sus dos banderas
el mundo todo alistado,
conforme el humor le dicta,   35
sigue cada cual el bando.

Uno dice que de risa

---

[3] Los dos filósofos griegos son los presocráticos Demócrito (2ª mitad, s.
V a.C.) y Heráclito (2ª mitad, s. VI a.C.). Ante la necedad de la condición
humana, Demócrito se ríe, Heráclito llora. Esta oposición surgió ya en la
filosofía griega, pasó a la literatura latina y de ahí a toda la tradición occi-
dental. En su *Silva de varia lección* (I, 39), Pedro Mejía dice: "Heráclito tenía
esto: que, cada vez que salía de su casa por las calles y lugares públicos, iba
llorando y derramando lágrimas sin cesar; y esto hacía él, según decía, movi-
do de compasión, porque toda esta vida le parecía miseria, y todo lo que los
hombres hacen y pasan, cosa de haber lástima, así por los males y trabajos
que sufren, como por los males y pecados que hacen"; en cambio, Demócrito "cada vez que salía de su posada y vía [veía], burlaba, y jamás hacía sino
reírse muy determinadamente. Y decía que la vida de los hombres era locura
y vanidad, y sus apetitos y deseos, locos y cosa de hacer burla y reír de ello".

sólo es digno el mundo vario;
y otro, que sus infortunios
son sólo para llorados.   40

    Para todo se halla prueba
y razón en que fundarlo;
y no hay razón para nada,
de haber razón para tanto.

    Todos son iguales jueces;   45
y siendo iguales y varios,
no hay quien pueda decidir
cuál es lo más acertado.

    Pues, si no hay quien lo sentencie,
¿por qué pensáis vos, errado,   50
que os cometió[4] Dios a vos
la decisión de los casos?

    O ¿por qué, contra vos mismo
severamente inhumano,
entre lo amargo y lo dulce   55
queréis elegir lo amargo?

    Si es mío mi entendimiento,
¿por qué siempre he de encontrarlo
tan torpe para el alivio,
tan agudo para el daño?   60

    El discurso es un acero
que sirve por ambos cabos:
de dar muerte, por la punta;
por el pomo, de resguardo.

    Si vos, sabiendo el peligro,   65
queréis por la punta usarlo,

---

[4] *os cometió*: 'os encomendó'; recordemos que sor Juana le habla al Pensamiento.

¿qué culpa tiene el acero
del mal uso de la mano?

No es saber, saber hacer
discursos[5] sutiles vanos; 70
que el saber consiste sólo
en elegir lo más sano.

Especular las desdichas
y examinar los presagios,
sólo sirve de que el mal 75
crezca con anticiparlo.

En los trabajos futuros,
la atención, sutilizando,[6]
más formidable[7] que el riesgo
suele fingir el amago. 80

¡Qué feliz es la ignorancia
del que, indoctamente sabio,
halla de lo que padece,
en lo que ignora, sagrado![8]

No siempre suben seguros 85
vuelos del ingenio osados,
que buscan trono en el fuego
y hallan sepulcro en el llanto.[9]

---

[5] *discurso*: 'pensamiento' (de *discurrir*: 'pensar').

[6] *sutilizar*: 'pensar, discurrir, con inteligencia y atención al detalle'.

[7] *formidable*: en el sentido latino de 'temible, espantoso'; vv. 79-80: muchas veces es más temible la amenaza (*amago*) que se supone que el riesgo.

[8] *sagrado*: es sustantivo, no adjetivo, y significa 'refugio'.

[9] La cuarteta se refiere a dos figuras mitológicas, Faetonte e Ícaro: el primero osó conducir el carro del sol, provocó un desastre y fue fulminado por Júpiter; el segundo voló demasiado alto y el sol derritió la cera con que estaban pegadas las alas, y se precipitó al mar. La idea es que es casi seguro el fracaso cuando se aspira a demasiado.

Tambien es vicio el saber,
que, si no se va atajando,   90
cuanto menos se conoce
es mas nocivo el estrago;
    y si el vuelo no le abaten,
en sutilezas cebado,
por cuidar de lo curioso   95
olvida lo necesario.
    Si culta mano[10] no impide
crecer al arbol copado,
quita la substancia al fruto
la locura de los ramos.   100
    Si andar a nave ligera
no estorba lastre pesado,
sirve el vuelo de que sea
el precipicio mas alto.[11]
    En amenidad inutil,   105
¿que importa al florido campo,
si no halla fruto el otoño,
que ostente flores el mayo?[12]
    ¿De que le sirve al ingenio
el producir muchos partos,   110
si a la multitud se sigue
el malogro de abortarlos?

---

[10] *culta mano*: una mano que cultiva, que se ocupa de podar el arbol y cuidarlo.

[11] Esta cuarteta no es muy clara. Parece decir que si un lastre pesado no modera la velocidad (ligereza) de un barco, esa velocidad solo provoca un mayor desastre (figurativamente: la caida desde un precipicio mas alto).

[12] El adorno de un campo lleno de flores es inutil, si esas flores no producen frutos.

Y a esta desdicha, por fuerza
ha de seguirse el fracaso
de quedar, el que produce,   115
si no muerto, lastimado.

El ingenio es como el fuego:
que, con la materia ingrato,
tanto la consume más
cuanto él se ostenta más claro.   120

Es de su propio señor
tan rebelado vasallo,
que convierte en sus ofensas
las armas de su resguardo.[13]

Este pésimo ejercicio,   125
este duro afán pesado,
a los hijos de los hombres
dio Dios para ejercitarlos.

¿Qué loca ambición nos lleva
de nosotros olvidados?   130
Si es para vivir tan poco,
¿de qué sirve saber tanto?

¡Oh, si como hay de saber,
hubiera algún seminario
o escuela donde a ignorar   135
se enseñaran los trabajos!

¡Qué felizmente viviera
el que, flojamente cauto,
burlara las amenazas
del influjo de los astros![14]   140

---

[13] vv. 121-124: el ingenio es como un vasallo rebelde y, con las mismas
armas que el ingenioso tiene para protegerse, lo ataca.

[14] En pocas palabras: "el que nada sabe, nada teme".

Aprendamos a ignorar,
Pensamiento, pues hallamos
que cuanto añado al discurso,
tanto le usurpo a los años.

2

Discurre con ingenuidad ingeniosa sobre la pasión de los celos.
Muestra que su desorden es senda única para hallar el amor;
y contradice un problema de don José Montoro, uno de los más
célebres poetas de este siglo.[15]

Si es causa amor productiva
de diversidad de afectos,
que, con producirlos todos,
se perfecciona a sí mesmo;
    y si el uno de los más   5
naturales son los celos,
¿cómo, sin tenerlos, puede
el amor estar perfecto?
    Son ellos, de que hay amor,
el signo más manifiesto,   10
como la humedad del agua
y como el humo del fuego.
    No son, que dicen, de amor
bastardos hijos groseros,
sino legítimos, claros   15
sucesores de su imperio.

---

[15] Este romance es una respuesta, casi cuarteta por cuarteta, a otro de Pérez de Montoro (1627-1694), en que el poeta español descalifica la pasión de los celos. Probablemente, sor Juana compuso este romance a petición de la condesa de Paredes, amiga del poeta español.

Son crédito y prueba suya;
pues sólo pueden dar ellos
auténticos testimonios
de que es amor verdadero.   20
    Porque la fineza,[16] que es
de ordinario el tesorero
a quien remite las pagas
amor, de sus libramientos,[17]
    ¿cuántas veces, motivada   25
de otros impulsos diversos,
ejecuta por de amor
decretos del galanteo?[18]
    El cariño ¿cuántas veces,
por dulce entretenimiento   30
fingiendo quilates, crece
la mitad del justo precio?
    ¿Y cuántas más el discurso
por ostentarse discreto,
acredita por de amor   35
partos del entendimiento?[19]
    ¿Cuántas veces hemos visto
disfrazada en rendimientos

---

[16] *fineza*: 'muestra de amor'.

[17] *libramientos*: 'órdenes para que el tesorero o administrador ejecute un pago'. Sor Juana usa aquí el léxico propio de la contabilidad (ella fue durante mucho tiempo la contadora de su convento). Lo que dice la cuarteta es que el amor encarga a la fineza, como administradora, que realice los "pagos", es decir, las muestras de cariño.

[18] Esto es, la fineza puede no ser una verdadera muestra de amor, sino un puro coqueteo hipócrita.

[19] ¿Cuántas veces es el ingenio (*discurso*), por mostrarse *discreto* ('inteligente'), y no la pasión, el que sustenta el supuesto enamoramiento?

a la propia conveniencia,
a la tema o al empeño?[20]   40

Sólo los celos ignoran
fábricas de fingimientos:
que, como son locos, tienen
propiedad de verdaderos;[21]

los gritos que ellos dan, son,   45
sin dictamen de su dueño,
no ilaciones del discurso
sino abortos del tormento;[22]

como de razón carecen,
carecen del instrumento   50
de fingir, que aquesto sólo
es en lo irracional bueno.

Desbocados ejercitan
contra sí el furor violento;
y no hay quien quiera en su daño   55
mentir, sino en su provecho.

Del frenético que, fuera
de su natural acuerdo,
se despedaza, no hay quien
juzgue que finge el extremo.   60

En prueba de esta verdad
mírense cuántos ejemplos
en bibliotecas de siglos
guarda el archivo del tiempo:[23]

---

[20] *tema*: en estos siglos, sustantivo femenino que significa 'porfía, obstinación, insistencia', casi 'capricho'.

[21] Alusión al refrán "Los niños y los locos dicen la verdad".

[22] *abortos*: en el sentido de que por profusión, por abundancia de sufrimiento, se derraman, se desbordan.

[23] De aquí al v. 76, sor Juana enumera una serie de ejemplos históricos

a Dido fingió el troyano,   65
mintió a Arïadna Teseo,
ofendió a Minos Pasife,
y engañaba a Marte Venus;
    Semíramis mató a Nino,
Elena deshonró al griego,   70
Jasón agravió a Medea,
y dejó a Olimpia Bireno;
    Betsabé engañaba a Urías,
Dálida al caudillo hebreo,
Jael a Sísara horrible,   75
Judit a Holofernes fiero.
    Éstos y otros que mostraban
tener amor sin tenerlo,
todos fingieron amor,
mas ninguno fingió celos,   80
    porque aquél puede fingirse
con otro color, mas éstos
son la prueba del amor
y la prueba de sí mesmos.[24]

---

de amor fingido: Eneas engañó a Dido (sin explicación alguna, la abandonó para seguir su viaje a Italia: *Eneida*, lib. 4); Teseo abandonó a Ariadna
en la isla de Naxos, después de que ésta lo ayudó a salir del laberinto y a
matar al Minotauro; Pasífae engañó a Minos con un toro (amores de los
que nació el Minotauro); Venus engañó a Marte con Adonis; según alguna
tradición, Semíramis asesinó a su esposo Nino para quedarse con el trono
asirio; Helena traicionó a su esposo Menelao al dejarse raptar por Paris;
Jasón abandonó a Medea; Olimpia, después de sus bodas, es abandonada
en una isla desierta por Bireno (estos dos son personajes del *Orlando furioso*
de Ariosto), y los personajes bíblicos: Betsabé engañó a Urías con David;
Dalila traicionó a Sansón; Judith mató a Holofernes; Jael mató a Sísara
mientras éste se refugiaba en la tienda de aquélla.

[24] Dejo el arcaísmo *mesmos* para no romper la asonancia: *estos-mesmos*.

Si ellos no tienen más padre   85
que el amor, luego son ellos
sus más naturales hijos
y más legítimos deudos.[25]

Las demás demostraciones,
por más que finas las vemos,   90
pueden no mirar a amor,
sino a otros varios respectos.

Ellos solos se han con él
como la causa y efecto.
¿Hay celos? luego hay amor;   95
¿hay amor? luego habrá celos.

De la fiebre ardiente suya
son el delirio más cierto;
que, como están sin sentido,
publican lo más secreto.   100

El que no los siente, amando,
del indicio más pequeño,

---

[25] *deudos*: en todas las ediciones, antiguas y modernas, se lee *dueños*. En su edición (*Lírica personal*, p. 17), Antonio Alatorre corrige a partir de un manuscrito, que llama "Ms. Moñino" (porque perteneció a la Biblioteca de Antonio Rodríguez-Moñino), que se conserva en la Real Academia Española, bajo el título *Poesías humanas*. Incluye dieciséis composiciones de sor Juana; quince publicadas en su momento en alguno de los tres tomos de sus obras; sólo quedó inédita la que incluyo aquí con el núm. 38. Este romance de los celos figura con algunas erratas obvias, muchas variantes, algunas dignas de consideración; por ejemplo, el primer verso, en la *Inundación castálida* (1689), se lee: "Si es causa amor *productivo*", cuando lo correcto es "Si es causa amor *productiva*" (la *productiva* es la "causa" no el "amor"), como se lee en el "Ms. Moñino" (y como enmendó Méndez Plancarte en su edición); *deudos*, 'parientes', es mejor lectura que *dueños*, porque la cuarteta habla de la relación de parentesco, padre-hijos, entre el amor y los celos.

en tranquilidad de tibio
goza bonanzas de necio:[26]

    que asegurarse en las dichas   105
solamente puede hacerlo
la villana confianza
del propio merecimiento.

    Bien sé que tal vez, furiosos,[27]
suelen pasar, desatentos,   110
a profanar de lo amado
osadamente el respeto;

    mas no es esto esencia suya,
sino un accidente anexo
que tal vez los acompaña   115
y tal vez deja de hacerlo.[28]

    Mas doy que siempre: aun debiera
el más soberano objeto,
por la prueba de lo fino,
perdonarles lo grosero.   120

    Mas no es, vuelvo a repetir,
preciso que el pensamiento
pase a ofender del decoro
los sagrados privilegios.

---

[26] vv. 101-104: el que en verdad ama y no siente celos ante el más mínimo indicio, da muestras de su tibieza y de ignorar (es *necio*, 'ignorante')
el valor del sentimiento. La idea continúa en la cuarteta siguiente: sólo el
que es tan tonto para confiar completamente en sus merecimientos, puede
sentirse seguro de su dicha.

[27] *tal vez*: 'a veces', 'alguna vez'; a veces, el celoso, atormentado y furioso, ofende o agrede a quien ama; pero el amado o amada debe recibir la
agresión u ofensa (*accidente anexo*, v. 114, digamos, 'daño colateral') como
prueba de amor.

[28] La furia de los celos, que daña al amado/a, es accidental: no siempre
los celos se desbocan así; a veces se sufren en silencio.

Para tener celos basta   125
sólo el temor de tenerlos;
que ya está sintiendo el daño
quien está temiendo el riesgo.[29]

Temer yo que haya quien quiera
festejar a quien festejo,   130
aspirar a mi fortuna
y solicitar mi empleo,[30]

no es ofender lo que adoro;
antes, es un alto aprecio
de pensar que deben todos   135
adorar lo que yo quiero.

Y éste es un dolor preciso,
por más que divino el dueño
asegure en confianzas
prerrogativas de exento.[31]   140

Decir que éste no es cuidado
que llegue a desasosiego,
podrá decirlo la boca,
mas no comprobarlo el pecho.

Persuadirme a que es lisonja   145
amar lo que yo apetezco,

---

[29] Todas las ediciones leen: "que ya está sintiendo el daño / quien está *sintiendo* el riesgo". A. Alatorre (*Lírica personal*, p. 19) corrige: "quien está *temiendo* el riesgo", de acuerdo con el "Ms. Moñino"; este *temiendo* está en conjunción con el *temor* mencionado en el segundo verso de la cuarteta y con el *temer* del comienzo de la siguiente.

[30] *festejar*: 'cortejar', *empleo*: el 'amado' o 'amada'; léxico propio de la lírica amorosa.

[31] *dueño* como *empleo* es 'la persona amada'. Los celos son inevitables (*precisos*), por más que el amado/a asegure que, por ser "divino", inaccesible, no caerá en la tentación de algún otro cortejo (*prerrogativas de exento*).

aprobarme la elección
y calificar mi empleo,[32]
    a quien tal tiene a lisonja
nunca le falte este obsequio: 150
que yo juzgo que aquí sólo
son duros los lisonjeros;

    pues sólo fuera, a poder
contenerse estos afectos
en la línea del aplauso   155
o en el coto del cortejo.

    ¿Pero quién con tal medida
les podrá tener el freno,
que no rompan, desbocados,
el alacrán del consejo?[33]   160

    Y aunque ellos en sí no pasen
el término de lo cuerdo,
¿quién lo podrá persuadir
a quien los mira con miedo?

    Aplaudir lo que yo estimo,   165
bien puede ser sin intento
segundo; mas ¿quién podrá
tener mis temores quedos?

    Quien tiene enemigos, suelen
decir que no tenga sueño;   170
pues ¿cómo ha de sosegarse
el que los tiene tan ciertos?

---

[32] Lo que dicen esta y la cuarteta que le sigue es que el hecho de que
otros apetezcan lo que tú amas podría pasar por lisonja, pues significa que
aprueban tu elección y califican bien a la persona amada; para quien así
piense que siga sintiéndose halagado; pero la verdad es que sólo en este
caso las lisonjas dejan de ser suaves y halagüeñas, son "duras", hacen daño.

[33] *alacrán* equivale a 'freno': es una pieza del freno de los caballos.

Quien en frontera enemiga
descuidado ocupa el lecho,
sólo parece que quiere   175
ser, del contrario, trofeo.[34]

Aunque inaccesible sea
el blanco, si los flecheros
son muchos, ¿quién asegura
que alguno no tenga acierto?   180

Quien se alienta a competirme,
aun en menores empeños,
es un dogal que compone[35]
mis ahogos de su aliento.

Pues ¿qué será el que pretende   185
excederme los afectos,
mejorarme las finezas
y aventajar los deseos,

quien quiere usurpar mis dichas,
quien quiere ganarme el premio,   190
y quien en galas del alma
quiere quedar más bien puesto,

quien para su exaltación
procura mi abatimiento,
y quiere comprar sus glorias   195
a costa de mis desprecios,

quien pretende, con los suyos,
deslucir mis sentimientos,
que en los desaires del alma
es el más sensible duelo?   200

Al que este dolor no llega

---

[34] El que en plena batalla se echa a dormir, es trofeo seguro para el enemigo.
[35] *dogal*: cuerda usada en la horca.

al más reservado seno
del alma, apueste insensibles
competencias con el hielo.

    La confïanza ha de ser   205
con proporcionado medio:
que deje de ser modestia
sin pasar a ser despego.

    El que es discreto, a quien ama
le ha de mostrar que el recelo   210
lo tiene en la voluntad
y no en el entendimiento.

    Un desconfïar de sí
y un estar siempre temiendo
que podrá exceder al mío   215
cualquiera mérito ajeno;

    un temer que la Fortuna
podrá, con airado ceño,
despojarme por indigno,
del favor que no merezco,   220

    no sólo no ofende, antes
es el esmalte más bello
que a las joyas de lo fino
les puede dar lo discreto.

    Y aunque algo exceda la queja,   225
nunca queda mal, supuesto
que es gala de lo sentido
exceder de lo modesto.

    Lo atrevido en un celoso,
lo irracional y lo terco,   230
prueba es de amor que merece
la beca de su colegio.

Y aunque muestre que se ofende,
yo sé que por allá dentro
no le pesa a la más alta 235
de mirar tales extremos.

La más airada deidad
al celoso más grosero
le está aceptando servicios
los que riñe atrevimientos. 240

La que se queja oprimida
del natural más estrecho,
hace ostentación de amada
el que parece lamento.[36]

De la triunfante hermosura 245
tiran el carro soberbio
el desdichado, con quejas,
y el celoso, con despechos.

Uno de sus sacrificios
es este dolor acerbo, 250
y ella, ambiciosa, no quiere
nunca tener uno menos.[37]

¡Oh doctísimo Montoro,
asombro de nuestros tiempos,
injuria de los Virgilios, 255
afrenta de los Homeros!

Cuando de amor prescindiste
este inseparable afecto[38]

---

[36] vv. 237-244: aunque la amada finja molestarse por los celos del enamorado, en realidad, la halagan.

[37] vv. 249-252: no hay mejor sacrificio en las aras de la amada que el tormento de los celos; y la amada, aunque se queje, recibe gustosa el obsequio.

[38] En su romance, Montoro trata de probar que en el amor verdadero
no puede haber celos.

—precisión que sólo pudo
formarla tu entendimiento—,   260
   bien se ve que sólo fue
la empresa de tus talentos
el probar lo más difícil,
no persuadir a creerlo.[39]

   Al modo que aquellos que   265
sutilmente defendieron
que de la nieve los ampos[40]
se visten de color negro,
   de tu sutileza fue
airoso, galán empeño,   270
sofística bizarría
de tu soberano ingenio.

   Probar lo que no es probable,
bien se ve que fue el intento
tuyo; porque lo evidente   275
probado se estaba ello.

   Acudistes al partido[41]
que hallastes más indefenso
y a la opinión desvalida
ayudaste, caballero.[42]   280

---

[39] vv. 261-264: el verdadero triunfo en la argumentación de Montoro
no fue probar la posibilidad de un amor sin celos, sino convencer de que
tal amor es imposible.

[40] *ampo*: la 'blancura de la nieve' (imposible que sea negra, como imposible un amor sin celos).

[41] *acudistes*: 'acudisteis', *hallastes*: 'hallasteis'; sor Juana cambia el *tú* por
el *vos* por necesidades métricas.

[42] Como todo un caballero, Montoro apoyó la opinión más débil (la del
amor sin celos).

Éste fue tu fin; y así,
debajo de este supuesto,
no es ésta ni puede ser
réplica de tu argumento,
    sino sólo una obediencia   285
mandada de gusto ajeno,
cuya insinuación en mí
tiene fuerza de precepto.[43]

    Confieso que de mejor
gana siguiera mi genio   290
el extravagante rumbo
de tu no hollado sendero.

    Pero, sobre ser difícil,
inaccesible lo has hecho;
pues el mayor imposible   295
fuera ir en tu seguimiento.

    Rumbo que estrenan las alas
de tu remontado vuelo,
aun determinado al daño,
no lo intentara un despecho.   300

    La opinión que yo quería
seguir, seguiste primero;
dísteme celos, y tuve
la contraria con tenerlos.[44]

    Con razón se reservó   305
tanto asunto a tanto ingenio;

---

[43] Velada alusión a la petición de la condesa de Paredes; fue ella quien muy probablemente le pidió refutar a Montoro.

[44] Curiosa vuelta de tuerca: al final, sor Juana confiesa ser de la misma opinión que Montoro, pero el poeta español ya había llegado muy lejos y sería difícil alcanzarlo; y, además, la petición exigía una respuesta, no una confirmación, de la tesis de Montoro.

que a fuerzas sólo de Atlante
fía la esfera su peso.[45]

Tenla, pues, que si consigues
persuadirla al universo,[46]   310
colgará el género humano
sus cadenas en tu templo.

No habrá quejosos de amor,
y en sus dulces prisioneros
serán las cadenas oro   315
y no dorados los hierros;

será la sospecha inútil,
estará ocioso el recelo,
desterraráse el indicio
y perderá el ser el miedo;   320

todo será dicha, todo
felicidad y contento,
todo venturas; y en fin,
pasará el mundo a ser cielo.

Deberánle los mortales   325
a tu valeroso esfuerzo
la más dulce libertad
del más duro cautiverio.

Mucho te deberán todos;
y yo, más que todos, debo   330
las discretas instrucciones
a las luces de tus versos.[47]

Dalos a la estampa por que
en caracteres eternos

---

[45] *tanto*: 'tan grande'; Atlante cargaba la esfera del mundo.
[46] 'Si consigues persuadir al universo de tu tesis'.
[47] Otra vez se refiere sor Juana a la petición de la virreina.

viva tu nombre y con él   335
se extienda al común provecho.

3

Que resuelve con ingenuidad sobre [el] problema
entre las instancias de la obligación y el afecto.

Supuesto, discurso mío,[48]
que gozáis en todo el orbe,
entre aplausos de entendido,
de agudo veneraciones,[49]

  mostradlo en el duro empeño   5
en que mis ansias os ponen,
dando salida a mis dudas,
dando aliento a mis temores.

  Empeño vuestro es el mío;
mirad que será desorden   10
ser en causa ajena, agudo,
y en la vuestra propia, torpe.

  Ved que es querer que, las causas
con efectos desconformes,
nieves el fuego congele,   15
que la nieve llamas brote.

  Manda la razón de estado
que, atendiendo a obligaciones,
las partes de Fabio olvide,
las prendas de Silvio adore;[50]   20

---

[48] *discurso*: 'pensamiento'.

[49] En esta cuarteta sor Juana se muestra consciente de su fama de "en-
tendida": le constaban los "aplausos" recibidos a raíz de la *Inundación cas-*
tálida de 1689, y de su reedición, de 1690.

[50] *Fabio* y *Silvio* son representaciones de amor y desamor: ella ama a

o que, al menos, si no puedo
vencer tan fuertes pasiones,
cenizas de disimulo
cubran amantes ardores:
    que vano disfraz las juzgo, 25
pues harán, cuando más obren,
que no se mire la llama,
no que el ardor no se note.

    ¿Cómo podré yo mostrarme,
entre estas contradicciones, 30
a quien no quiero, de cera;
a quien adoro, de bronce?

    ¿Cómo el corazón podrá,
cómo sabrá el labio torpe
fingir halago, olvidando; 35
mentir, amando, rigores?[51]

    ¿Cómo sufrir, abatido
entre tan bajas ficciones,
que lo desmienta la boca
podrá un corazón tan noble?[52] 40

    ¿Y cómo podrá la boca,
cuando el corazón se enoje,
fingir cariños, faltando
quien le ministre razones?

    ¿Podrá mi noble altivez 45

Fabio, pero éste no le corresponde; Silvio la ama, pero ella no corresponde. Aparecen también en el soneto "Que no me quiera Fabio..." (núm. 53).

[51] vv. 33-36: ¿cómo fingir que correspondo a los halagos de Silvio y olvidar que amo a Fabio? ¿Cómo mostrarme esquiva con Fabio, si lo amo?

[52] vv. 37-40: con un hipérbaton muy gongorino, sor Juana separa la perífrasis *podrá sufrir* (*sufrir* figura en el primer verso, y *podrá*, hasta el cuarto): ¿Cómo podrá un corazón noble tolerar que lo desmienta la boca?

consentir que mis acciones
de nieve y de fuego, sirvan
de ser fábula del orbe?[53]

    Y yo doy que tanta dicha
tenga, que todos lo ignoren;   50
¿para pasar la vergüenza
no basta que a mí me conste?

    Que aquesto es razón me dicen
los que la razón conocen;
pues ¿cómo la razón puede   55
forjarse de sinrazones?

    ¿Qué te costaba, Hado impío,
dar, al repartir tus dones,
o los méritos a Fabio
o a Silvio las perfecciones?[54]   60

    Dicha y desdicha de entrambos
la suerte les descompone,
con que el uno su desdicha
y el otro su dicha ignore.

    ¿Quién ha visto que tan varia   65
la Fortuna se equivoque,
y que el dichoso padezca
por que el infelice goce?

    No me convence el ejemplo
que en el Mongibelo ponen,[55]   70

---

[53] vv. 45-48: ¿por qué han de ser mi desdén (*nieve*) y mi pasión (*fuego*) los que obedezcan la "razón de estado" (las normas sociales), para servir de ejemplo al mundo entero?

[54] Silvio tiene los *méritos*, porque hace todo lo posible para ser correspondido, pero no tiene las buenas prendas (*perfecciones*) del amado Fabio. El *Hado* es el destino.

[55] El *Mongibelo* es el Etna, volcán de Sicilia: en él es natural que su cum-

que en él es natural gala
y en mí voluntad disforme;

　y resistir el combate
de tan encontrados golpes,
no cabe en lo sensitivo　　　　　　　　75
y puede sufrirlo un monte.

　¡Oh vil arte, cuyas reglas
tanto a la razón se oponen,
que para que se ejecuten
es menester que se ignoren!　　　　　　80

　¿Qué hace en adorarme Silvio?
Cuando más fino blasone,
¿quererme es más que seguir
de su inclinación el norte?

　Gustoso vive en su empleo　　　　　85
sin que disgustos le estorben.
¿Pues qué vence, si no vence
por mí sus inclinaciones?[56]

　¿Qué víctima sacrifica,
qué incienso en mis aras pone,　　　　90
si cambia sus rendimientos
al precio de mis favores?

　Más hago yo, pues no hay duda
que hace finezas mayores,
que el que voluntario ruega,　　　　　95
quien violenta corresponde,

---

bre está cubierta de nieve, aunque sus entrañas ardan; pero el enamorado
no puede mostrarse frío, si su corazón se abrasa.

[56] 'Qué chiste el de Silvio mostrar que me quiere, si me quiere; y si en
verdad lo hace, ¿por qué no renuncia a mí (*vence sus inclinaciones*) y me
deja en paz?'

porque aquél sigue obediente
de su estrella el curso dócil,
y ésta contra la corriente
de su destino se opone.   100

　　Él es libre para amarme,
aunque a otra su amor provoque;
¿y no tendré yo la misma
libertad en mis acciones?

　　Si él resistirse no puede,   105
su incendio mi incendio abone.
Violencia que a él le sujeta
¿qué mucho que a mí me postre?

　　¿No es rigor, no es tiranía,
siendo iguales las pasiones,   110
no poder él reportarse
y querer que me reporte?[57]

　　Quererle porque él me quiere,
no es justo que amor se nombre;
que no ama quien para amar   115
el ser amado supone.

　　No es amor correspondencia;
causas tiene superiores:
que las concilian los astros
o la engendran perfecciones.[58]   120

---

[57] *reportar, reportarse*: 'refrenar, refrenarse; reprimir, reprimirse'.

[58] En el epígrafe al romance "Pues vuestro esposo, señora…", Francisco de las Heras (editor de la *Inundación castálida*) menciona como posible causa del amor de sor Juana por la virreina María Luisa "el secreto influjo de los humores de los astros, que llaman simpatía…". Así, las causas del amor están determinadas por la *simpatía*, y ésta es producto de la acción de los astros; en cambio, la correspondencia depende de las virtudes de quien ama.

Quien ama porque es querida,
sin otro impulso más noble,
desprecia el amante y ama
sus propias adoraciones.

Del humo del sacrificio 125
quiere los vanos honores,
sin mirar si al oferente
hay méritos que le adornen.

Ser potencia y ser objeto
a toda razón se opone, 130
porque era ejercer en sí
sus propias operaciones.[59]

A parte rei se distingue[60]
el objeto que conoce;
y lo amable, no lo amante, 135
es blanco de sus arpones.

Amor no busca la paga
de voluntades conformes,
que tan bajo interés fuera
indigna usura en los dioses. 140

No hay cualidad que en él pueda
imprimir alteraciones
del hielo de los desdenes,
del fuego de los favores.

---

[59] vv. 129-133: amar (*potencia*: 'la facultad de hacer algo') sólo porque se es amada es, en realidad, amarse a sí mismo; ser objeto y sujeto de la acción de amar.

[60] *A parte rei*: término técnico de la escolástica, 'en lo que respecta a la cosa'. Es decir: en lo que respecta a la persona a quien se ama (el *objeto*), el amor surge de sus cualidades, que lo hacen digno de ser amado (amable), no del hecho de que esa persona ame (sea *amante*).

Su ser es inaccesible   145
al discurso de los hombres,
que aunque el efecto se sienta,
la esencia no se conoce.

　　Y en fin, cuando en mi favor
no hubiera tantas razones,   150
mi voluntad es de Fabio;
Silvio y el mundo perdone.

4

Pide, con discreta piedad, al señor arzobispo de México
el sacramento de la confirmación.

Ilustrísimo don Payo,[61]
amado prelado mío;
y advertid, señor, que es de
posesión el genitivo:[62]
　　que aunque ser tan propietaria   5
no os parezca muy bien visto,
si no lo tenéis a bien,
de mí está muy bien tenido.
　　Mío os llamo, tan sin riesgo,

[61] Fray Payo Enríquez de Ribera (?-1684) fue arzobispo de la Ciudad de México de 1668 a 1681 y virrey de Nueva España de 1673 a 1680. Como sor Juana, también él fue hijo ilegítimo (del duque de Alcalá); fue un decidido promotor de los artistas novohispanos y, de hecho, el primer gran protector de sor Juana (gracias a él, el cabildo de la Catedral le encargó a ella el arco para recibir al virrey marqués de la Laguna: el *Neptuno alegórico*).

[62] El *genitivo* en latín es el caso que se usa para indicar posesión: *Liber Petri, Petri* es el genitivo: 'el libro de Pedro', pero no es su única función: hay genitivo subjetivo, objetivo, partitivo, etc.; por eso sor Juana aclara que el genitivo que está usando (*mío*) es posesivo.

que al eco de repetirlo,   10
tengo yo de los ratones
el convento todo limpio.[63]

   Que ser liberal de vos,
cuando sois de amor tan digno,
es grande magnificencia   15
que hacia los otros envidio;

   y yo, entre aquestos extremos,
confieso que más me inclino
a una avaricia amorosa
que a un pródigo desperdicio.[64]   20

   ¿Mas dónde, señor, me lleva
tan ciego el afecto mío,
que tan fuera del intento
mis afectos os explico?

   ¡Oh, qué linda copla hurtara,   25
para enhebrar aquí el hilo,
si no hubierais vos, señor,
a Pantaleón leído![65]

   Mas vamos, señor, al caso,
como Dios fuere servido.   30
Ya os asesto el memorial;[66]
quiera Dios que acierte el tiro:

   Yo, señor (ya lo sabéis),
he pasado un tabardillo,

---

[63] Entonces la onomatopeya para el *miau* del gato era *mío*.

[64] En la cuarteta anterior *liberal* significa 'generosa': 'no puedo ser generosa y compartirlo, a usted, fray Payo, con otros; lo quiero sólo para mí'.

[65] Se refiere a Anastasio Pantaleón de Ribera (1600-1629), poeta español, muy celebrado por su vena humorística.

[66] *memorial*: escrito por medio del cual se pide algún favor.

que me lo dio Dios, y que   35
Dios me lo haya recibido;[67]

    donde con las critiqueces
de sus términos impíos,
a ardor extraño cedía
débil el calor nativo.[68]   40

    Los instrumentos vitales
cesaban ya en su ejercicio;
ocioso el copo en Laquesis,
el huso en Cloto baldío.

    Átropos sola, inminente   45
con el golpe ejecutivo,
del frágil humano estambre
cercenaba el débil hilo.[69]

    De aquella fatal tijera
sonaban a mis oídos,   50
opuestamente hermanados,
los inexorables filos.

    En fin, vino Dios a verme;
y aunque es un susto muy fino

---

[67] *tabardillo*: 'especie de tifus'. Dice sor Juana que Dios le mandó la enfermedad y que espera que también reciba su sufrimiento, que lo tome en cuenta, que le valga como mérito, cuando la juzgue.

[68] En los momentos más críticos de la enfermedad (*critiqueces*), el "calor nativo" (dador de vida) cedía ante la fiebre (*ardor extraño*).

[69] Laquesis, Cloto y Átropos son las tres Parcas, que regulaban la duración de la vida con la ayuda de un hilo que, según una tradición mitográfica, Átropos hilaba, Cloto enrollaba y Laquesis cortaba cuando la existencia llegaba a su fin. Según otra versión del mito (que es la que parece seguir sor Juana), Cloto es la hilandera, Laquesis enrolla y Átropos corta. Como la muerte parece inminente, el huso de Cloto está *baldío* (no está hilando) y el copo de Laquesis está *ocioso*. Sólo Átropos está activa, a punto de cortar.

(lo que es para mí), mayor   55
el irlo a ver se me hizo.[70]

    Esperaba la guadaña,
todo temor los sentidos,
todo confusión el alma,
todo inquietud el juïcio.   60

    Queriendo ajustar de priesa
lo que a espacio he cometido,
repasaba aquellas cuentas
que tan sin cuenta he corrido.

    Y cuando pensé que ya,[71]   65
según quimeras de Ovidio,

---

[70] Aunque es una gran honor que Dios venga a verme, hubiera preferido ir yo a verlo; es decir, que no venga por mí todavía, que espere a que yo me vaya.

[71] Desde este verso hasta el 100 imagina sor Juana que su alma llega al Hades, el inframundo pagano (*abismos*), como lo describieron Ovidio (*Metamorfosis*, lib. VII) y Virgilio (*Eneida*, lib. VI): el *Leteo* es el río que lleva al Hades; el *Can trifauce* es Cerbero, el perro de las tres cabezas que guarda la entrada y no permite que entren los vivos; el *Orco* es el demonio de la muerte y, por extensión, el Hades. Cuando Eneas llega al Hades, en la entrada encuentra los Remordimientos, el Dolor, la Vejez, el Sueño, el Llanto, la Miseria, el Dolor, etc. Sísifo reveló a Asopo que Júpiter había raptado a su hija, y el dios lo condenó a subir eternamente una pesada roca por un monte; en cuanto llegaba a la cima, la roca se resbalaba (de ahí el *deleznable canto*: 'piedra resbaladiza'); Teseo fue cómplice de su amigo Pirítoo cuando éste bajó al Hades por Prosérpina, a quien quería por esposa; por ello fue castigado a estar eternamente sentado; Tántalo fue invitado por los dioses a un banquete en el Olimpo, del cual no debía revelar nada a los mortales; lo hizo y recibió como castigo estar siempre cerca de manjares sin poderlos comer (por eso el manjar es *verdugo*, porque atormenta); Ticio intentó violar a Latona, amante de Júpiter; el dios lo fulminó y lo dejó eternamente tendido con un buitre devorando sus entrañas; las *atrevidas hermanas* son las cincuenta hijas de Dánao, que aceptaron casarse con los cincuenta hijos del hermano y rival de su padre, pero la noche de bodas asesinaron a sus esposos; su castigo consistió en esforzarse eternamente en llenar un tonel sin fondo; el *lago Estigio* es un lago del Hades.

embarcada en el Leteo
registraba los abismos,
 del Can trifauce escuchaba
los resonantes ladridos,   70
benignos siempre al que llega,
duros siempre al fugitivo;
 allí miraba penantes
los espíritus precitos,[72]
que el Orco, siempre tremendo,   75
pueblan de varios suspiros;
 la Vejez, el Sueño, el Llanto,
que adornan el atrio impío,
miré, según elegante
nos lo describe Virgilio.   80
 Cuál, el deleznable canto
sube por el monte altivo;
cuál, en la peña sentado,
hace el descanso suplicio;
 a cuál, el manjar verdugo,   85
para darle más castigo,
provocándole el deseo,
le burlaba el apetito;
 cuál, de una ave carnicera
al imperio sometido,   90
inacabable alimento
es de insaciable ministro;
 las atrevidas hermanas,
en pena del homicidio,
con vano afán intentaban   95
agotar el lago Estigio.

---

[72] *precito*: 'condenado a las penas del infierno'.

Otras mil sombras miraba
con exquisitos martirios;
y a mejor librar, señor,
pisaba Campos Elíseos.   100

Pero, según las verdades[73]
que con la fe recibimos,
miraba del purgatorio
el duro asignado sitio.

De la divina justicia   105
admiraba allí lo activo,
que ella solamente suple
cordel, verdugo y cuchillos;

lastimábame el rigor
con que los fieros ministros   110
atormentaban las almas,
duramente vengativos;

miraba la proporción
de tormentos exquisitos,[74]
con que se purgan las deudas   115
con orden distributivo;

miraba cómo hacer sabe
de las penas lo intensivo,
desmentido ras del tiempo,
juzgar los instantes siglos.[75]   120

Y volviendo de mis culpas
a hacer la cuenta conmigo,

---

[73] *las verdades*: sor Juana deja el terreno pagano y está ahora en la teología católica.

[74] *exquisitos*: 'singulares', 'extraordinarios'; "con orden *distributivo*": a cada quien lo que le corresponde.

[75] vv. 117-120: lo intensivo de las penas, desmintiendo la medida del tiempo, hace los instantes siglos.

hallé que ninguna pena
les sobraba a mis delitos;[76]

    antes bien, para mis culpas,   125
dignas de eterno suplicio,
por temporales pudieran[77]
parecerles paraíso.

    Aquí, sin aliento el alma,
aquí, desmayado el brío,   130
el perdón, que no merezco,
pedí con mentales gritos.

    El Dios de piedad, entonces,
aquel Criador infinito
cuya voluntad fecunda   135
todo de nada lo hizo,

    concediéndose a los ruegos
y a los piadosos suspiros,
o lo que es más, de su cuerpo
al sagrado sacrificio,[78]   140

    del violento ardiente azote
alzó piadoso el castigo,
que movió como recuerdo[79]
y conozco beneficio;

    y con aquel vital soplo,   145
con aquel aliento vivo,
dio segunda vida a este
casi inanimado limo.

---

[76] 'No eran suficientes los castigos para mis pecados'.

[77] *temporales*: las penas del purgatorio no son eternas como las del infierno.

[78] *ruegos* y *piadosos suspiros*: 'misas'; *de su cuerpo al sagrado sacrificio*: 'comuniones'.

[79] Dios amenazó con el azote (la enfermedad), sólo como advertencia.

En efecto, quedo ya
mejor, a vuestro servicio,   150
con más salud que merezco,
más buena que nunca he sido.

Diréis que por qué os refiero
accidentes tan prolijos,
y me pongo a contar males   155
cuando bienes solicito.

No voy muy descaminada;
escuchad, señor, os pido:
que en escuchar un informe
consiste un recto juïcio.   160

Sabed que cuando yo estaba
entre aquellos parasismos[80]
y últimos casi desmayos
que os tengo ya referido,

me daba gran desconsuelo   165
ver que a tan largo camino,
sin todos mis sacramentos
fuese en años tan crecidos.

Que ya vos sabéis que aquel
que se le sigue al bautismo,   170
me falta (con perdón vuestro,
que me corro de decirlo).[81]

Porque como a los señores
mexicanos arzobispos

---

[80] *parasismos*: 'paroxismos'.
[81] El sacramento que sigue al bautismo es la confirmación (por eso, en
el v. 185, habla de *un bofetón*), que sólo pueden administrar los arzobispos,
que vienen tan de vez en vez (como dice en los vv. 175-176); *que me corro*:
'me avergüenzo'.

viene tan a espacio el palio,   175
con tanta prisa pedido;

    viendo que de él carecían
iguales, grandes y chicos,
cada uno trató en la fe
de confirmarse a sí mismo.   180

    Y así, señor (no os enoje),
humildemente os suplico
me asentéis muy bien la mano;
mirad que lo necesito.

    Sacudidme un bofetón   185
de esos sagrados armiños,
que me resuene en el alma
la gracia de su sonido;

    dadme, por un solo Dios,
el sacramento que os pido;   190
y si no queréis por solo,
dádmelo por uno y trino;[82]

    mirad que es, de no tenerlo,
mi sentimiento tan vivo,
que de no estar confirmada   195
pienso que me desbautizo.

    No os pido que vengáis luego,
que eso fuera desatino
que con razón mereciera
vuestro enojo y mi castigo: 200

    que bien sé que ocupaciones
de negocios más precisos
os usurpan del descanso
el más necesario alivio;

---

[82] *uno y trino*: la Santísima Trinidad.

           sino que, pues de elecciones   205
casi está el tiempo cumplido,
entonces, señor, hagáis
dos mandatos de un avío.[83]

           Así, príncipe preclaro,
vuestros méritos altivos   210
adorne gloriosamente
el cayado pontificio.[84]

           Si yo os viera padre santo,
tener, sacro vice-Cristo,
del universal rebaño   215
el soberano dominio,

           diera saltos de contento,
aunque éste es un regocijo
de maromero, que ha hecho
señal de placer los brincos.   220

           Fuera a veros al instante:
que, aunque encerrada me miro,
con las llaves de san Pedro
no nos faltara postigo.

           Y así, no penséis, señor,   225
que de estimaros me olvido
las licencias que en mi achaque
concedisteis tan propicio:

           que a tan divinos favores,
con mi propia sangre escritos,   230

---

[83] Sor Juana le dice a fray Payo que, puesto que va a haber elecciones (de abadesa) en el convento, y él tendrá que estar presente, "mate dos pájaros de un tiro", y de una vez la confirme.

[84] Que los méritos de fray Payo lo hagan llegar a papa; hasta el v. 224 está hablando del gusto que le daría verlo en el papado.

les doy, grabados en él,
el corazón por archivo.

Perdonad que, con el gusto
de que os hablo, no he advertido
que habréis para otros negocios   235
menester vuestros oídos.

Y a Dios, que os guarde, señor,
mientras al mismo le pido
que os ponga en el pie una cruz
de las muchas del oficio.[85]   240

5

Puro amor, que, ausente y sin deseo
de indecencias, puede sentir
lo que el más profano.

Lo atrevido de un pincel,
Filis, dio a mi pluma alientos:
que tan gloriosa desgracia
más causa ánimo que miedo.[86]

<hr />

[85] Sólo por si se ofreciera satisfacer la probable curiosidad de algún
lector: a pesar de tanta zalamería, fray Payo no confirmó a sor Juana.
Explica Méndez Plancarte en su edición (*Obras completas*, t. 1, p. 373)
que Guillermo Ramírez España (supuesto descendiente de la jerónima)
encontró su acta de Confirmación: la confirmó el obispo de Honduras,
Martín de Espinosa.

[86] El hecho de que un pincel atrevido haya intentado pintar la belleza
de la virreina (y amiga de sor Juana) María Luisa, *Filis* (en otros poemas es
Lisi), a pesar de su fracaso, alentó a sor Juana a representar con su pluma
esa belleza. (En el *Primero sueño*, vv. 803-810, dice que osadías fracasadas
de "ánimos arrogantes", como Ícaro o Faetonte, antes que disuadir a otros
atrevidos, "ánimos ambiciosos", les sirven de modelo, de "ejemplar pernicioso".)

Logros de errar por tu causa   5
fue de mi ambición el cebo;
donde es el riesgo apreciable
¿qué tanto valdrá el acierto?

Permite, pues, a mi pluma
segundo arriesgado vuelo,   10
pues no es el primer delito
que le disculpa el ejemplo.

Permite escale tu alcázar
mi gigante atrevimiento
(que a quien tanta esfera bruma,   15
no extrañará el Lilibeo),[87]

pues ya al pincel permitiste
querer trasladar tu cielo,[88]
en el que, siendo borrón,
quiere pasar por bosquejo.   20

¡Oh temeridad humana!
¿Por qué los rayos de Febo,
que aun se niegan a la vista,
quieres trasladar al lienzo?[89]

¿De qué le sirve al Sol mismo   25

---

[87] *Lilibeo*: es el monte de Sicilia bajo el cual (según Góngora) quedó enterrado Tifeo (o Tifón), uno de los gigantes que intentó escalar el Olimpo. (La tradición mítica cuenta que el gigante quedó bajo el Etna, otro monte siciliano.) Sor Juana compara su atrevimiento de escalar el alcázar de María Luisa con el de Tifeo; sólo que ella en lugar de quedar bajo el Lilibeo (que sería poca cosa), quedará *brumada* (*abrumada*: 'oprimida') por la enorme esfera que es la belleza de la retratada.

[88] Véase más adelante otro romance a la virreina, también un retrato, que comienza "Lámina sirva el cielo…" (núm. 16), que dice que la única superficie digna para pintar a María Luisa es el cielo.

[89] El retrato poético de los Siglos de Oro está inspirado en el modelo petrarquista, y la metáfora por antonomasia para describir el cabello de la hermosa es el sol, por eso sor Juana habla de "los rayos de Febo".

tanta prevención de fuego,
si a refrenar osadías
aun no bastan sus consejos?[90]

    ¿De qué sirve que, a la vista
hermosamente severo,   30
ni aun con la costa del llanto
deje gozar sus reflejos,[91]

    si, locamente la mano,
si atrevido el pensamiento,
copia la luciente forma,   35
cuenta los átomos bellos?

    Pues ¿qué diré, si el delito
pasa a ofender el respeto
de un sol que llamarlo sol
es lisonja del Sol mesmo?[92]   40

    De ti, peregrina Filis,[93]
cuyo divino sujeto
se dio por merced al mundo,
se dio por ventaja al cielo:

    en cuyas divinas aras   45
ni sudor arde sabeo,
ni sangre se efunde humana,
ni bruto se corta cuello,[94]

    pues del mismo corazón

---

[90] Los *consejos* del Sol, Febo, no fueron suficientes para refrenar el atrevimiento de su hijo Faetonte, quien condujo, erráticamente, el carro del Sol, causó grandes desastres y acabó fulminado por Júpiter.

[91] El Sol es severo con la vista, pues no lo podemos ver, aunque nos esforcemos y los ojos lagrimeen.

[92] Que a Filis se le llame sol por su refulgente belleza es un halago para el Sol.

[93] *peregrina*: 'extraordinaria', 'singular'.

[94] En el altar de Filis no se quema incienso (*sudor sabeo*), ni se hacen sacrificios humanos, ni se degüellan animales (*bruto*) en ofrenda.

los combatientes deseos   50
son holocausto poluto,[95]
son materiales afectos,

        y solamente del alma
en religiosos incendios,
arde sacrificio puro   55
de adoración y silencio.

        Éste venera tu culto,
éste perfuma tu templo;
que la petición es culpa
y temeridad el ruego.   60

        Pues alentar esperanzas,
alegar merecimientos,
solicitar posesiones,
sentir sospechas y celos,

        es de bellezas vulgares   65
indigno, bajo trofeo,
que en pretender ser vencidas
quieren fundar vencimientos.

        Mal se acreditan deidades
con la paga; pues es cierto   70
que a quien el servicio paga,
no se debió el rendimiento.

        ¡Qué distinta adoración
se te debe a ti, pues siendo
indignos aun del castigo,   75
mal aspiraran al premio![96]

---

[95] *poluto*: 'sucio', 'inmundo', 'impuro'.
[96] vv. 69-76: las deidades verdaderas se desacreditan si remuneran a sus servidores; en cambio, tus adoradores, Filis, no esperan premio, porque ni tu castigo merecen.

Yo, pues, mi adorada Filis,
que tu deidad reverencio,
que tu desdén idolatro
y que tu rigor venero: 80
     bien así, como la simple
amante que, en tornos ciegos,
es despojo de la llama
por tocar el lucimiento;[97]
     como el niño que, inocente,   85
aplica incauto los dedos
a la cuchilla, engañado
del resplandor del acero,
     y herida la tierna mano,
aún sin conocer el yerro,   90
más que el dolor de la herida
siente apartarse del reo;[98]
     cual la enamorada Clicie
que, al rubio amante siguiendo,
siendo padre de las luces,   95
quiere enseñarle ardimientos;[99]
     como a lo cóncavo el aire,
como a la materia el fuego,

---

[97] La *simple amante* es la mariposa que, atraída por la llama, da vueltas y vueltas (*en tornos ciegos*), hasta que no se resiste y se quema en ella. Es muy simpática la definición de *mariposa* del *Tesoro de la lengua* de Sebastián de Covarrubias (1611): "Es un animalito que se encuentra entre los gusanitos alados, el más imbécil de todos los que puede haber. Éste tiene inclinación a entrarse por la luz de la candela, porfiando una vez y otra, hasta que finalmente se quema".

[98] *el reo* es el culpable de la herida del niño, es decir, el cuchillo, cuyo brillo sigue atrayendo al pequeño.

[99] *Clicie* (Clitia) es una doncella enamorada de Febo, el sol (el *rubio amante*), cuyo amor es tan ardiente, que parece que enseña ardimientos al sol; desdeñada por él, fue transformada en girasol, que siempre sigue al sol.

como a su centro las peñas,
como a su fin los intentos;   100
     bien como todas las cosas
naturales, que el deseo
de conservarse, las une
amante en lazos estrechos…
     Pero ¿para qué es cansarse?   105
Como a ti, Filis, te quiero;
que en lo que mereces, éste
es solo encarecimiento.[100]
     Ser mujer, ni estar ausente,
no es de amarte impedimento,   110
pues sabes tú que las almas
distancia ignoran y sexo.
     Demás, que al natural orden
sólo le guardan los fueros
las comunes hermosuras,   115
siguiendo el común gobierno.[101]
     No la tuya que, gozando
imperiales privilegios,
naciste prodigio hermoso
con exenciones de regio: 120
     cuya poderosa mano,
cuyo inevitable esfuerzo,
para dominar las almas
empuñó el hermoso cetro.

---

[100] *éste es solo encarecimiento*: decirle a Filis que la quiere como sólo a ella se puede querer, es el único encarecimiento que ella merece.

[101] Sólo las bellas comunes y corrientes respetan el fuero de Naturaleza; en cambio, como dicen los vv. 117-124, la belleza de Filis *empuña el cetro* y domina sobre la propia Naturaleza (tópico del retrato poético: decir que la dama supera en hermosura a la Naturaleza).

Recibe un alma rendida,   125
cuyo estudioso desvelo[102]
quisiera multiplicarla
por sólo aumentar tu imperio.

Que no es fineza, conozco,
darte lo que es de derecho   130
tuyo; mas llámola mía
para dártela de nuevo.[103]

Que es industria de mi amor
negarte, tal vez, el feudo,
para que al cobrarlo, dobles   135
los triunfos, si no los reinos.

¡Oh, quién pudiera rendirte,
no las riquezas de Creso[104]
(que materiales tesoros
son indignos de tal dueño),   140

sino cuantas almas libres,
cuantos arrogantes pechos,
en fe de no conocerte
viven de tu yugo exentos!;

que quiso próvido Amor   145
el daño evitar, discreto,
de que en cenizas tus ojos
resuelvan el universo.[105]

---

[102] *estudioso*: 'afanoso', 'esforzado'.

[103] vv. 129-132: 'no es *fineza* (muestra de amor) darte lo que es tuyo (por derecho mi amor te corresponde), pero hago mía esa fineza para darte el alma nuevamente'.

[104] *Creso*: rey de Lida, según la leyenda, riquísimo.

[105] vv. 141-148: los que no conocen a Filis no sufren el yugo, no están irremediablemente enamorados; esto porque Amor no quiso que en el fuego de sus ojos ardiera el universo entero y quedara disuelto (*resuelvan*: 'disuelvan') en cenizas.

Mas ¡oh libres desdichados,
todos los que ignoran, necios,   150
de tus divinos hechizos
el saludable veneno!:
          que han podido tus milagros,
el orden contravirtiendo,
hacer el dolor amable   155
y hacer glorioso el tormento.
          Y si un filósofo, sólo
por ver al señor de Delo,
del trabajo de la vida
se daba por satisfecho,[106]   160
          ¡con cuánta más razón yo
pagara al ver tus portentos,
no sólo a afanes de vida,
pero de la muerte a precio!
          Si crédito no me das,   165
dalo a tus merecimientos;
que es, si registras la causa,
preciso hallar el efecto.
          ¿Puedo yo dejar de amarte,
si tan divina te advierto?   170
¿Hay causa sin producir?
¿Hay potencia sin objeto?
          Pues siendo tú el más hermoso,
grande, soberano exceso

---

[106] *un filósofo*: Diógenes el Cínico, que llevaba una vida muy sencilla y
era feliz con sólo recibir la luz del sol (el *señor de Delos*, donde nació Apolo,
el Sol); se contaba que alguna vez que Alejandro Magno estuvo en Corinto,
lo buscó para hablar con él; se le puso enfrente, y Diógenes le pidió que se
quitara, pues le tapaba el sol.

que ha visto en círculos tantos   175
el verde torno del Tiempo,[107]
        ¿para qué mi amor te vio?
¿Por qué mi fe te encarezco,
cuando es cada prenda tuya
firma de mi cautiverio?   180
        Vuelve a ti misma los ojos
y hallarás, en ti y en ellos,
no sólo el amor posible,
mas preciso el rendimiento,
        entre tanto que el cuidado,   185
en contemplarte suspenso,
que vivo asegura, sólo
en fe de que por ti muero.

6

Romance que escribe a la excelentísima señora condesa
de Paredes, excusándose de enviar un libro de música;
y muestra cuán eminente era en esta arte,
como lo prueba en las demás.

Después de estimar mi amor,
excelsa, bella María,
el que en la divina vuestra
conservéis memorias mías;
        después de haber admirado   5
que, en vuestra soberanía,
no borrada, de mi amor
se mantenga la noticia,

---

[107] El Tiempo gira constantemente, nunca envejece, es siempre joven,
"verde".

paso a daros la razón
que a no obedecer me obliga   10
vuestro precepto, si es que hay
para esto disculpa digna.

De la música un cuaderno
pedís, y es cosa precisa
que me haga a mí disonancia   15
que me pidáis armonías.[108]

¿A mí, señora, conciertos,
cuando yo en toda mi vida
no he hecho cosa que merezca
sonarme bien a mí misma?   20

¿Yo, arte de composiciones,[109]
reglas, carácteres, cifras,
proporciones, cuantidades,
intervalos, puntos, líneas,
quebrándome la cabeza   25

---

[108] Tanto *disonancia* como *armonías* son términos del área musical; con esto empieza sor Juana a entrar en materia, pues todo el romance hablará de lo que ella no sabe (demostrando con ello que sí sabe) de música. Aquí *armonías* se refiere al libro de música que le pide la virreina (probablemente en 1688, cuando la condesa ya estaba de regreso en España). Se sabe que sor Juana escribió un tratado de música al que tituló *El caracol*. Por su parte, *disonancia*, además de significar lo que suena mal o no armónicamente, quiere decir que sor Juana "disuena", esto es, que esta vez no podrá hacer lo que la condesa le pide.

[109] A partir de aquí viene una serie de términos técnicos de música: *sisma*: un tipo de intervalo musical; *coma*: una de las partes en que se divide la distancia entre dos notas consecutivas; *diatesarón*: intervalo de cuarta; *temple*: afinación de un instrumento; *punto de alteración*: una colocación específica de las figuras o puntos en la notación musical; *máxima*: el modo mayor, y es *perfecto* cuando consta de tres notas *longas*; *máxima, longa*: notas de la notación musical antigua; *áltera* es una medida de dos tiempos y *tripla*, de tres; *diapasón*: intervalo de octava; *diapente*: intervalo de quinta. (Tomo la información, tratando de traducirla al lego en música —como yo— de Manuel Corripio Rivero, "Sor Juana y la música", pp. 174-195.)

sobre cómo son las *sismas*,
si son cabales las *comas*,
en qué el tono se divida;
    si el *semitono* incantable
en número impar estriba,   30
a Pitágoras sobre esto[110]
revolviendo las cenizas;
    si el *diatesarón* ser debe
por consonancia tenida,
citando una extravagante   35
en que el papa Juan lo afirma;[111]
    si el *temple* en un instrumento,
al hacerlo, necesita
de hacer participación
de una *coma* que hay perdida;   40
    si el *punto de alteración*
a la *segunda* se inclina,
más por que ayude a la letra
que por que a las notas sirva;
    si el modo mayor perfecto   45
en la *máxima* consista,
y si el menor toca al *longo*;
cuál es *áltera* y cuál *tripla*;

---

[110] Pitágoras, filósofo griego, según la tradición, descubridor de las proporciones numéricas de la música.

[111] *extravagantes*: bulas o decretos no recopilados en el *Cuerpo de derecho canónico*; el *papa Juan* es Juan XXII, quien, entre 1316 y 1334, formó una colección de extravagantes (*Extravagantes de Juan XXII*), que se publicó a fines del siglo XV. Obviamente en esas extravagantes no hay nada que Juan XXII haya dicho sobre música. Sor Juana está jugando: sus reflexiones sobre el tema están sueltas, no reunidas en ningún volumen sistemático (lo dice más adelante, en el v. 129, que su tratado "está tan informe"), como los decretos que conforman los extravagantes.

si la imperfección que causa
a una nota, otra más chica,   50
es total, o si es parcial,
esencial o advenediza;

si la voz que, como vemos,
es cuantidad sucesiva,
valga sólo aquel respecto   55
con que una voz de otra dista;

si el *diapasón* y el *diapente*
el ser perfectos, consista
en que ni menos ni más
su composición admita;   60

si la *tinta* es a las notas
quien todo el valor les quita,
siendo así que muchas hay
que les da valor la *tinta*;[112]

lo que el *armónico* medio   65
de sus dos extremos dista,
y del *geométrico* en qué,
y *aritmético*, distinga;

si a dos mensuras es toda
la música reducida,   70
la una que mide la voz
y la otra que el tiempo mida;

si la que toca a la voz,
o ya intensa, o ya remisa,

---

[112] La notas tienen valor real cuando son tocadas, no escritas, de ahí la
duda de si la tinta les quita valor. El tema propicia la burla de los afeites
femeninos: hay mujeres que apuestan su valor al maquillaje (*tinta*). Según
Manuel Corripio Rivero ("Sor Juana y…", p. 189), la notación musical se
hacía en negro y rojo, cada color con diferente valor.

subiendo o bajando, el canto   75
llano sólo la ejercita,

    mas la exterior, que le toca
al tiempo en que es proferida,
mide el compás, y a las notas
varios valores asigna;   80

    si la proporción que hay
del *ut* al *re* no es la misma[113]
que del *re* al *mi,* ni el *fa sol*
lo mismo que el *sol la* dista:

    que aunque es cantidad tan tenue   85
que apenas es percibida,
sesquioctava o *sesquinona*
son proporciones distintas;

    si la *enarmónica* ser
a práctica reducida   90
puede, o si se queda en ser
cognición intelectiva;

    si lo *cromático* el nombre
de los colores reciba
de las teclas, o lo vario   95
de las voces añadidas?

    Y en fin, andar recogiendo
las inmensas baratijas
de calderones, güiones,
claves, reglas, puntos, cifras,   100

    pide otra capacidad[114]
mucho mayor que la mía,

---

[113] *ut*: nombre antiguo de la nota do.
[114] vv. 101-104: se refiere a la capacidad de un maestro de capilla, casi siempre un músico profesional.

que aspire en las catedrales
a gobernar las capillas.[115]

     Y más si es porque en él, la   105
bella doña Petronila
a la música, en su voz,
nueva añada melodía.[116]

     ¿Enseñar música a un ángel?
¿Quién habrá que no se ría   110
de que la rudeza humana
las inteligencias rija?[117]

     Mas si he de hablar la verdad,
eslo que yo, algunos días,
por divertir mis tristezas   115
di en tener esa manía,

     y empecé a hacer un tratado
para ver si reducía
a mayor facilidad
las reglas que andan escritas.   120

     En él, si mal no me acuerdo,
me parece que decía
que es una línea espiral,
no un círculo, la armonía;

     y por razón de su forma   125
revuelta sobre sí misma,
le intitulé *Caracol*,
porque esa revuelta hacía.

---

[115] *capillas*: coros de las iglesias y catedrales.

[116] *Petronila*: debió de ser cantante reconocida, de escuela; sor Juana no quiere mandar su libro de música para el uso de Petronila, pues no es para profesionales de la música.

[117] *inteligencias*: ángeles, uno de los cuales, por su hermoso canto, sería Petronila.

Pero éste está tan informe,
que no sólo es cosa indigna   130
de vuestras manos, mas juzgo
que aun le desechan las mías.

Por esto no os lo remito;
mas como el Cielo permita
a mi salud más alientos   135
y algún espacio a mi vida,

yo procuraré enmendarle,
por que teniendo la dicha
de ponerse a vuestros pies,
me cause gloriosa envidia.   140

De don Martín y don Pedro[118]
no podéis culpar de omisas
las diligencias, que juzgo
que aun excedieron de activas.

Y mandadme; que no siempre   145
ha de ser tal mi desdicha,
que queriendo obedeceros,
con querer no lo consiga.

Y al gran marqués, mi señor,
le diréis, de parte mía,   150
que aun en tan muertas distancias[119]
conservo memorias vivas;

que no olvido de su mano
sus mercedes recibidas:

---

[118] *Don Martín* y *don Pedro* debieron de ser amigos de la condesa, que, de pasada por México, buscaron a sor Juana para pedirle el libro que la virreina demandaba.

[119] *muertas distancias*: porque el marqués de la Laguna y su esposa, la condesa, ya estarían en España.

que no son ingratos todos 155
los que, al parecer, se olvidan;
que si no se lo repito,
es por la razón ya dicha
de excusar que lo molesta
ostente lo agradecida; 160
que no le escribo porquè,
siendo alhaja tan baldía
la de mis letras, no intento
que de embarazo le sirva;
que el carácter de crecer[120] 165
el número a su familia,
le tengo impreso en el alma
si no sale a las mejillas;
y que ya que mi desgracia
de estar a sus pies me priva, 170
le serviré en pedir sólo
a Dios la vuestra y su vida.

7

Con ocasión de celebrar el primer año que cumplió el hijo
del señor virrey, le pide a su Excelencia indulto para un reo.

Gran marqués de la Laguna,
de Paredes conde excelso,
que en la cuna reducís
lo máximo a lo pequeño;[121]

---

[120] *crecer*: 'acrecentar'; sor Juana sabe que es otro miembro más de la familia de los marqueses; honor que lleva en el corazón, aunque las mejillas no se sonrojen.

[121] *lo máximo a lo pequeño*: el hijo del marqués, con estos dos importantes títulos nobiliarios y sólo un añito de edad.

fondo diamante, que arroja[122]   5
tantos esplendores regios,
que en poca cantidad cifra
el valor de muchos reinos:
    yo, señor, una crïada
que sabréis, andando el tiempo   10
y andando vos, desde ahora
para entonces os prevengo
    que sepáis que os quise tanto
antes de ser, que primero
que de vuestra bella madre,   15
nacisteis de mi concepto,[123]
    y que le hice a Dios por vos
tantas plegarias y ruegos,
que a cansarse el Cielo, juzgo
que hubiera cansado al Cielo.   20
    ¡Cuánto deseé el que salierais
de ser mental compañero
de las criaturas posibles
que ni serán, son, ni fueron!
    Ana, por Samuel, no hizo   25
más visajes en el templo,
dando qué pensar a Elí,
que los que por vos he hecho.[124]

---

[122] *fondo*: brillo interior del diamante.

[123] Sor Juana dice que quiere tanto al hijo de los virreyes, que, antes de ser concebido por su madre, fue concebido por la imaginación (*concepto*) de ella.

[124] Ana: personaje bíblico, madre de Samuel. Según se cuenta en el Primer libro de Samuel, Ana oraba fervorosamente, pidiendo a Yahveh un hijo; rezaba para sí misma; se movían sus labios, pero no se oía su voz. El sacerdote que la veía, Elí, pensó que estaba ebria.

No dejé santo ni santa
de quien con piedad creemos   30
que de impetrar sucesiones
obtienen el privilegio,
  que no hiciera intercesora,
que no hiciera medianero,
por que os sacase de idea   35
al ser, el Poder Supremo.
  Salistes, en fin, a luz,[125]
con aparato tan bello,
que en vuestra fábrica hermosa
se ostentó el saber inmenso.   40
  Pasóse aquella agonía,
y sucedióle al deseo
(que era de teneros antes)
el cuidado de teneros.
  Entró con la posesión   45
el gusto, y al mismo tiempo
el desvelo de guardaros
y el temor de no perderos.[126]
  ¡Oh, cuántas veces, señor,
de experiencia conocemos   50
que es más dicha una carencia
que una posesión con riesgo!
  Dígolo porque, en los sustos
que me habéis dado y los miedos,
bien puedo decir que tanto   55
como me costáis, os quiero.

---

[125] *salistes*: era forma normal en la época; la conservo para no alterar la medida.

[126] *temor de no perderos*: está construido a la manera latina; lo que dice es: 'el temor de perderos'.

¡Cuántas veces ha pendido
de lo débil de un cabello,
de vuestra vida, mi vida,
de vuestro aliento, mi aliento!   60
    ¿Qué achaque habéis padecido,
que no sonase, aun primero
que en vuestra salud el golpe,
en mi corazón el eco?
    El dolor de vuestra madre,   65
de vuestro padre el desvelo,
el mal que pasabais vos
y el cariño que yo os tengo,
    todo era un cúmulo en mí
de dolor, siendo mi pecho   70
de tan dolorosas líneas
el atormentado centro.
    En fin, ya, gracias a Dios,
habemos llegado al puerto,[127]
pasando vuestra edad todo   75
el océano del cielo.
    Ya habéis visto doce signos,
y en todos, Alcides nuevo,
vencido doce trabajos
de tantos temperamentos.[128]   80
    Ya, hijo luciente del Sol,

---

[127] *habemos llegado*: arcaísmo por 'hemos llegado'.

[128] El hijo de los virreyes ya ha visto doce signos, los doce signos del zodíaco (menciona cada uno por su nombre en los siguientes versos: vv. 85-96), porque ya cumplió un año; como Hércules (*Alcides*) logró vencer en sus doce trabajos, el niño venció los doce meses, con sus diferentes climas y condiciones físicas (*temperamentos*), es decir, las estaciones del año, que enumera en los vv. 97-104.

llevando el carro de Febo,
sabéis a Flegón y Etonte
regir los fogosos frenos.[129]

Ya al León dejáis vencido,   85
ya al Toro dejáis sujeto,
ya al Cáncer sin la ponzoña
y al Escorpión sin veneno,
   sin flechas al Sagitario,
hollando de Aries el cuello;   90
a Géminis, envidioso,
y a Acuario dejáis sediento;
   enamorada a la Virgen,
a los Peces dejáis presos;
al Capricornio, rendido,   95
y a Libra, inclinado el peso.

   Ya habéis experimentado
la variedad de los tiempos
que divide en cuatro partes
la trepidación del cielo:[130]   100
   florida a la Primavera,
al Estío macilento,
con su sazón al Otoño
y con su escarcha al Invierno.

   Ya sabéis lo que es vivir: 105
pues, dado un círculo entero

---

[129] En la mitología el Sol conducía un carro llevado por cuatro caballos; Flegón y Etonte son dos de ellos. Metafóricamente, el hijo de los virreyes supo conducir el carro, sin causar el desequilibro que provocó Faetonte con su mala conducción.

[130] *trepidación*: según la astronomía ptolemaica, uno de los movimientos de los astros, el que da lugar a las cuatro estaciones (en la actual astronomía, la copernicana, las estaciones son resultado del movimiento de traslación).

a vuestra dichosa edad,
quien hace un año, hará ciento.[131]
    Ya, en fin, de vuestro natal…[132]
¿Natal dije? ¡Qué gran yerro!   110
¡Que este término me roce
las cuerdas del instrumento!
    Pero habiendo de ser años,
¿qué término encontrar puedo
que no sea años, edad,   115
natalicio, o nacimiento?
    Perdonad, señor, y al caso
un chiste contaros quiero;
que a bien que todas las coplas
son una cosa de cuento.   120
    Predicaba un cierto quídam[133]
los sermones de san Pedro
muchos años, y así casi
siempre decía uno mesmo;
    murmoróle el auditorio   125
lo rozado en los conceptos;
y avisóselo un amigo
con caritativo celo,
    y él respondió: "Yo mudar
discurso ni asunto puedo,   130

---

[131] Juego con el refrán: "Quien hace un cesto, hace ciento".

[132] *natal*: palabra dominguera por 'nacimiento', que luego sor Juana rechaza por pedante y trillada; términos como ésos no deben tentar al poeta ("rozar las cuerdas al instrumento").

[133] *quídam*: "quidam" pronombre indefinido latino: 'alguno'. Hay un juego verbal, porque *un* es artículo indefinido y *cierto*, a su vez, adjetivo indefinido; equivale a decir: 'predicaba un cierto alguno', esto es 'un fulano equis'.

mientras nuestra Madre Iglesia
no me mude el evangelio".

    Éste es el cuento, que puede
ser que gustéis de saberlo;
y si no os agrada, dadlo   135
por no dicho y por no hecho.

    Lo que agora nos importa
es, fresco pimpollo tierno,
que viváis largo y tendido
y que crezcáis bien y recio;   140

    que les deis a vuestros padres
la felicidad de veros
hecho unión de sus dos almas,
bisagra de sus dos pechos;

    que se goce vuestra madre   145
de ser, en vuestros progresos,
la Leto de tal Apolo,[134]
de tal Cupido la Venus;

    que deis sucesión dichosa,
a quien sirvan los imperios,   150
a quien busquen las coronas,
a quien aclamen los cetros;

    que mandéis en la Fortuna,
siendo, en sus opuestos ceños,
el móvil de vuestro arbitrio   155
el eje de su gobierno.[135]

---

[134] *Leto* es corrección muy justificada y acertada de Antonio Alatorre en su ya citada edición, pues todas las ediciones dicen *Leda*. La madre de Apolo es Leto o Latona (como Venus de Cupido); los hijos de Leda son: Équemo, Clitemestra, Helena, Cástor y Pólux.

[135] La Fortuna es voluble, arbitraria; lo que sor Juana quiere para el pequeño es que los deseos del niño sean el eje del gobierno de la Fortuna.

Creced Adonis y Marte,
siendo, en belleza y esfuerzo,[136]
de la corte y la campaña
el escudo y el espejo.   160
        Y pues es el fausto día,
que se cumple el año vuestro,
de dar perdón al convicto
y dar libertad al preso,
        dad la vida a Benavides,[137]   165
que aunque sus delitos veo,
tiene *parces* vuestro día[138]
para mayores excesos.
        A no haber qué perdonar,
la piedad que ostenta el Cielo   170
ocioso atributo fuera,
o impracticable a lo menos.
        A Herodes en este día
pidió una mujer, por premio,
que al sagrado precursor   175
cortase el divino cuello:[139]
        fue la petición del odio,
de la venganza el deseo,

---

[136] Que el pequeño sea tan bello como Adonis y tan valiente como Marte, dios de la guerra.

[137] *Benavides*: Antonio de Benavides, famoso estafador, condenado a la pena de muerte.

[138] *parces*: en latín, *parce* es un verbo en imperativo, 'perdona'; sor Juana lo hace sustantivo y le pone un plural castellano: 'como es tu cumpleaños, otorga muchos perdones'.

[139] Para un cumpleaños de Herodes bailó Salomé; el rey quedó tan complacido, que le dijo que la recompensaría con lo que ella pidiera; ella pidió la cabeza de san Juan Bautista, precursor de Cristo.

y ejecutó la crueldad
de la malicia el precepto.   180

　　　Vos sois príncipe cristiano,
y yo, por mi estado, debo
pediros lo más benigno
y vos no usar lo sangriento.

　　　Muerte puede dar cualquiera;   185
vida, sólo puede hacerlo
Dios: luego sólo con darla
podéis a Dios pareceros:

　　　que no es razón que, en el día
genial de vuestros obsequios,   190
queden manchadas las aras
ni quede violado el templo.[140]

　　　Y a Dios, que os guarde, señor;
que el decir que os guarde, creo
que para con Dios y vos   195
es petición y es requiebro.

8

Aplaude lo mismo que la Fama en la sabiduría sin par
de la señora doña María de Guadalupe Alencastre,
la única maravilla de nuestros siglos.

Grande duquesa de Aveiro,
cuyas soberanas partes[141]
informa cavado el bronce,
publica esculpido el jaspe;

---

[140] Según el *Diario de sucesos notables* de Antonio de Robles, Benavides
fue ejecutado el 12 de julio de 1684, una semana después del cumpleaños
del niño.

[141] *partes*: 'prendas'.

alto honor de Portugal, 5
pues le dan mayor realce
vuestras prendas generosas
que no sus quinas reales;[142]
     vos, que esmaltáis de valor
el oro de vuestra sangre, 10
y, siendo tan fino el oro,
son mejores los esmaltes;
     Venus del mar lusitano,
digna de ser bella madre
de Amor, más que la que a Chipre 15
debió cuna de cristales;[143]
     gran Minerva de Lisboa,
mejor que la que, triunfante
de Neptuno, impuso a Atenas
sus insignias literales;[144] 20
     digna sólo de obtener
el áureo pomo flamante
que dio a Venus tantas glorias
como infortunios a Paris;[145]
     cifra de las nueve Musas,[146] 25

---

[142] *generosas*: 'nobles'; *quinas*: las armas de Portugal, que son cinco escudos azules puestos en cruz; los cinco escudos representan las cinco llagas de Cristo.

[143] Venus nació de la espuma del mar que rodea Chipre; es ésa su *cuna de cristales*.

[144] *Minerva* (Atenea), diosa de la sabiduría, compitió con Neptuno por ver quién daría un mejor regalo a la humanidad; el que ganara pondría nombre (las *insignias literales*) a la ciudad de Atenas. Neptuno hizo brotar del mar el primer caballo; Minerva-Atenea regaló un olivo. Como se deduce del nombre de la ciudad, ganó Minerva.

[145] *áureo pomo*: la manzana de oro que dio Paris a Venus en la contienda de belleza entre las tres diosas (Minerva, Juno, Venus).

[146] *cifra*: 'compendio'.

cuya pluma es admirable
arcaduz, por quien respiran[147]
sus nueve acentos süaves;
    claro honor de las mujeres,
de los hombres docto ultraje,   30
que probáis que no es el sexo
de la inteligencia parte;
    primogénita de Apolo,
que de sus rayos solares
gozando las plenitudes,   35
mostráis las actividades;
    presidenta del Parnaso,
cuyos medidos compases
hacen señal a las Musas
a que entonen o que pausen;   40
    clara Sibila española,[148]
más docta y más elegante
que las que en diversas tierras
veneraron las edades;
    alto asunto de la Fama,   45
para quien hace que afanes
del martillo de Vulcano[149]
nuevos clarines os labren:
    Oíd una Musa que,
desde donde fulminante   50
a la Tórrida da el sol[150]
rayos perpendiculares,

---

[147] *arcaduz*: 'acueducto'; *quien*: 'por el cual'.
[148] *Sibila*: sacerdotisa que enuncia los oráculos.
[149] *Vulcano* es el herrero de los dioses, el que forja las armas (de ahí el *martillo*).
[150] *Tórrida*: 'zona tórrida' ('caliente'), situada entre un trópico y otro.

al eco de vuestro nombre,
que llega a lo más distante,
medias sílabas responde   55
desde sus concavidades,

        y al imán de vuestras prendas,
que lo más remoto atrae,
con amorosa violencia
obedece, acero fácil.   60

        Desde la América enciendo
aromas a vuestra imagen,
y en este apartado polo
templo os erijo y altares.

        Desinteresada os busco: 65
que el afecto que os aplaude
es aplauso a lo entendido
y no lisonja a lo grande.[151]

        Porque ¿para qué, señora,
en distancia tan notable   70
habrán vuestras altiveces
menester mis humildades?

        Yo no he menester de vos
que vuestro favor me alcance
favores en el Consejo   75
ni amparo en los tribunales;

        ni que acomodéis mis deudos,
ni que amparéis mi linaje,
ni que mi alimento sean
vuestras liberalidades.[152]   80

---

[151] 'Mi aplauso es objetivo, se basa en sus méritos (de la duquesa), no es sólo burda lisonja al poderoso para obtener prebendas' (como lo dicen los vv. 75-80).
[152] *liberalidades*: 'dádivas generosas'.

Que yo, señora, nací
en la América abundante,
compatriota del oro,
paisana de los metales,
    adonde el común sustento   85
se da casi tan de balde,
que en ninguna parte más
se ostenta la tierra madre.

    De la común maldición
libres parece que nacen   90
sus hijos, según el pan
no cuesta al sudor afanes.[153]

    Europa mejor lo diga,
pues ha tanto que, insaciable,
de sus abundantes venas   95
desangra los minerales,

    y cuantos el dulce lotos
de sus riquezas les hace
olvidar los propios nidos,
despreciar los patrios lares,[154]   100

    pues entre cuantos la han visto,
se ve con claras señales
voluntad en los que quedan
y violencia en los que parten.[155]

---

[153] Es decir: parece que los americanos nacen exentos del pecado original (*la común maldición*), pues la tierra, tan fértil en esta parte, les da el sustento, sin tener que ganarlo "con el sudor de su frente".

[154] En el libro IX de la *Odisea* se cuenta la historia de los lotófagos, hombres que se alimentaban sólo de la flor, *loto* o *lotos*, que provocaba olvido. Los compañeros de Ulises la comieron, se olvidaron de su patria y ya no querían regresar. Así los peninsulares que prueban las delicias y riquezas de América se olvidan de su patria.

[155] *Voluntad* en los que se quedan, porque hacen lo que quieren (que-

Demás de que, en el estado 105
que Dios fue servido darme,
sus riquezas solamente
sirven para despreciarse:[156]
    que para volar segura
de la religión la nave, 110
ha de ser la carga poca
y muy crecido el velamen;[157]
    porque si algún contrapeso
pide para asegurarse,
de humildad, no de riquezas, 115
ha menester hacer lastre.
    Pues ¿de qué cargar sirviera
de riquezas temporales,
si en llegando la tormenta
era preciso alijarse?[158] 120
    Conque por cualquiera de estas
razones, pues es bastante
cualquiera, estoy de pediros
inhibida por dos partes.
    ¿Pero adónde de mi patria 125
la dulce afición me hace
remontarme del asunto
y del intento alejarme?
    Vuelva otra vez, gran señora,
el discurso a recobrarse, 130

darse en América); *violencia* en los que se van, porque regresan a España
"a regañadientes".
[156] El *estado* de sor Juana es el de monja, y las monjas hacen voto de
pobreza.
[157] *velamen*: todas las velas de un navío.
[158] *alijarse*: 'aligerar la carga'.

y del hilo del discurso
los dos rotos cabos ate.
    Digo, pues, que no es mi intento,
señora, más que postrarme
a vuestras plantas, que beso   135
a pesar de tantos mares.
    La siempre divina Lisi,[159]
aquella en cuyo semblante
ríe el día, que obscurece
a los días naturales;   140
    mi señora la condesa
de Paredes (aquí calle
mi voz, que dicho su nombre
no hay alabanzas capaces);
    ésta, pues, cuyos favores   145
grabados en el diamante
del alma, como su efigie,
vivirán en mí inmortales,
    me dilató las noticias
ya antes dadas de los padres   150
misioneros, que pregonan[160]
vuestras cristianas piedades,
    publicando cómo sois
quien con celo infatigable
solicita que los triunfos   155
de nuestra fe se dilaten.

---

[159] *Lisi* es María Luisa, condesa de Paredes, la virreina, que conocía a la duquesa de Aveiro y le dio a sor Juana, como lo dice versos más adelante, noticias de ella.

[160] *ya antes dadas de los padres misioneros:* 'ya antes dadas por los padres misioneros'. La duquesa hacía donativos a las misiones jesuitas de Sinaloa y Sonora, de lo cual, dice sor Juana, supo primero por lo que contaban los misioneros, que por el relato de la virreina.

Ésta, pues, que sobre bella,
ya sabéis que en su lenguaje
vierte flores Amaltea[161]
y destila Amor panales,   160
  me informó de vuestras prendas,
como son y como sabe,
siendo sólo tanto Homero
a tanto Aquiles bastante.[162]
  Sólo en su boca el asunto   165
pudiera desempeñarse,
que de un ángel sólo puede
ser coronista otro ángel.
  A la vuestra, su hermosura
alaba, porque envidiarse   170
se concede en las bellezas
y desdice en las deidades.
  Yo, pues, con esto movida
de un impulso dominante,
de resistir imposible   175
y de ejecutar no fácil,
  con pluma en tinta, no en cera,
en alas de papel frágil
las ondas del mar no temo,
las pompas piso del aire,[163]   180

---

[161] *Amaltea* es una referencia al cuerno de la abundancia (es el nombre de la cabra que amamantó a Júpiter).

[162] Sólo un poeta tan grande como Homero pudo contar las hazañas de un héroe tan grande como Aquiles; sólo la virreina podía dar cuenta de los hechos de la duquesa.

[163] vv. 177-180: alusión a Ícaro que voló usando alas pegadas con cera, el sol las derritió y cayó al mar. Sor Juana no teme ese final, pues sus alas para llegar al sol (la duquesa) son de papel y tinta (o sea, los versos a ella dedicados).

            y venciendo la distancia
         (porque suele a lo más grave
         la gloria de un pensamiento
         dar dotes de agilidades),
            a la dichosa región   185
         llego, donde las señales
         de vuestras plantas me avisan
         que allí mis labios estampe.

            Aquí estoy a vuestros pies
         por medio de estos cobardes   190
         rasgos, que son podatarios[164]
         del afecto que en mí arde.

            De nada puedo serviros,
         señora, porque soy nadie;
         mas quizá por aplaudiros   195
         podré aspirar a ser alguien.

            Hacedme tan señalado
         favor, que de aquí adelante
         pueda de vuestros crïados
         en el número contarme.   200

                          9

Romance de pintura no vulgar, en ecos, de la excelentísima
  señora condesa de Galve, virreina de México.[165]

         El soberano Gas*par*
         par es de la bella El*vira*:

---

    [164] *podatario*: la persona que tiene el poder de hacer algo, porque alguien
se lo otorga. Sor Juana cede a sus versos ese poder de representarla ante la
duquesa.
    [165] Elvira de Toledo, esposa de Gaspar de Sandoval, conde de Galve;
fueron virreyes de Nueva España de 1688 a 1696.

vira de Amor más der*echa*,[166]
hecha de sus armas mismas.

  Su ensortijada ma*deja*   5
deja, si el viento la en*riza*,
riza tempestad, que en*crespa*
crespa borrasca a las vidas.

  De plata bruñida pl*ancha*,[167]
ancha es campaña de es*grima*;   10
grima pone el ver dos m*arcos*,
arcos que mil flechas vibran.[168]

  Tiros son, con que de en*ojos*,
ojos que al alma enca*mina*,
mina el pecho que, cob*arde*,   15
arde en sus hermosas iras.

  Árbitro, a su pare*cer*,
ser la nariz de*termina*:
termina dos confin*antes*,
antes que airados se embistan.[169]   20

  De sus mejillas el c*ampo*
ampo es, que con nieve em*prima*[170]
prima labor, y la r*osa*
osa resaltar más viva.

---

[166] *vira*: 'flecha'; recordemos que Amor (Cupido) traía un carcaj con flechas, y con ellas flechaba a sus víctimas.

[167] *De plata bruñida plancha*: su frente es una superficie blanca, lisa, sin arrugas y blanca.

[168] *grima*: 'horror', 'espanto'; *arcos*: las cejas, como arcos de Cupido.

[169] La nariz está como *árbitro* entre las dos mejillas, que compiten en belleza.

[170] *ampo*: 'blancura'; *emprimar*: significa preparar el lienzo, metal, tabla, para pintar sobre ellos; esto es, la superficie blanca de las mejillas permite que la rosa ('el tono rosado') luzca más, se realce.

De sus labios, el ru*bí*   25
vi que color a*prendía;*
prendía, teniendo en*sartas*[171]
sartas dos de perlas finas.

Del cuello el nevado t*orno*
horno es, que incendios res*pira;*   30
pira en que Amor, que ren*ace,*[172]
hace engaños a la vista.

Triunfos son, de sus dos p*almas,*
almas que a su sueldo a*lista;*
lista de diez alab*astros:*   35
astros que en su cielo brillan.

En lo airoso de su t*alle*
halle Amor su bizar*ría;*
ría de que, en el don*aire,*
aire es todo lo que pinta.   40

Lo demás, que bella o*culta,*
culta imaginaria ad*mira;*[173]
mira, y en lo que rec*ata,*
ata el labio, que peligra.

10

En cumplimiento de años del capitán don Pedro
Velázquez de la Cadena,[174] *le presenta un regalo,*
y le mejora con la cultura de versos elegantes.

---

[171] *ensartas*: 'ensartadas'.

[172] *renace*: como el ave Fénix, Amor renace después de quemarse en su pira.

[173] *culta imaginaria*: 'culta imaginación', esto es, sólo la imaginación *culta* ('que venera') puede admirar lo que está oculto.

[174] Según el padre Calleja, primer biógrafo de sor Juana, Pedro Velázquez de la Cadena (político prominente, secretario de Gobierno y Guerra) pagó la dote para que sor Juana entrara al convento de las jerónimas. En su novela histórica, *Los libros del deseo,* Antonio Rubial recrea muy convincentemente

Yo, menor de las ahijadas,
al mayor de los padrinos
(por que se unan los extremos
de lo grande y de lo chico),
    a vos el suso nombrado,   5
que no digo el susodicho
por que no lleven resabios
de procesos mis escritos;
    a vos, el noble y galán,
que os vienen a un tiempo mismo   10
lo galán, como pintado,
lo noble, como nacido;
    a vos, no sólo el discreto,
sino el único entendido,
pues la misma *Antonomasia*,   15
aún no os alcanza al tobillo,
    tanto, que ya los discretos
a este vocablo pulido
lo llamaron *Pedromasia*,
tomando de vos principio;[175]   20
    a vos, de quien aprender
pudiera a hacer en su siglo
Tácito los documentos
y Platón los silogismos,
    Aristóteles lo agudo,   25
Demóstenes lo bien dicho,

---

el papel de los Velázquez de la Cadena (en el siglo XVIII aparece un Diego Velázquez de la Cadena, figura importante de la política eclesiástica): fueron, al parecer, personajes siniestros de la vida política —civil y
eclesiástica— de la Nueva España.

[175] *Pedromasia*: los inteligentes (*discretos*) formaron el término, pues Pedro Velázquez de la Cadena es el inteligente por antonomasia.

Séneca lo sentencioso
y lo métrico Virgilio,
    Augusto, la majestad,
la disposición, Filipo,   30
lo magnánimo, Alejandro,
y la religión, Pompilio…[176]
    Pues luego (que no sabéis,
con primoroso artificio,
ser cortés a lo moderno   35
y noticioso a lo antiguo),
    a vos, el gran cortesano,
que sabéis dar, advertido,
al oro de lo valiente
el esmalte de rendido;[177]   40
    a vos, que de la etiqueta
sabéis tan bien el estilo,
que temo que han de llevaros
a enseñar al Buen Retiro;[178]
    a vos, cuya liberal[179]   45
condición, tan sin ruïdo
da los dones, que se ve
que es el darlos sin sentirlos;
    a vos, honor de Occidente,

---

[176] El tono hiperbólico evidencia que sor Juana quería quedar bien con el padrino. Todos los nombrados son personajes destacados en algún área o cualidad: Tácito en la historia, Platón y Aristóteles en la filosofía, Demóstenes en la oratoria, Séneca en la filosofía moral, Virgilio en la poesía, Augusto y Filipo en el gobierno, Alejandro Magno en la generosidad y Pompilio (Numa Pompilio, sucesor de Rómulo) en la religión, pues creó las principales instituciones religiosas de Roma.

[177] *rendido*: 'cortés'; don Pedro es tan valiente como cortés.

[178] Palacio del Buen Retiro.

[179] *liberal*: 'generosa'.

de la América el prodigio,   50
la corona de la patria,
de la nación el asilo;
    por quien los arroyos nuestros
convocan a desafío
al Danubio y al Eufrates,   55
al Gange, al Tigris y al Nilo;
    por quien la imperial laguna
no sólo a los dos Palicos[180]
lagos aventaja, pero
al Tritonio y al Estigio;   60
    por quien vencen nuestros montes
al Peloro y al Paquino,
al Mongibelo y al Etna,
al Atlante y al Olimpo;[181]
    por quien son campos y bosques   65
animados y floridos,
más locuaces que el Dodóneo,[182]
más amenos que el Elíseo;
    por quien América, ufana,
de Asia marchita los lirios,   70
de África quita las palmas,
de Europa el laurel invicto;

---

[180] La *imperial laguna* es el lago de Texcoco; *Palicos*: en la mitología eran dioses gemelos originarios de Sicilia, que dan nombre a dos lagos volcánicos en las faldas del Etna; ni éstos ni los lagos míticos Tritonio y Estigio superan al lago de Texcoco.

[181] El *Peloro* y el *Paquino* son montes de Sicilia, como el volcán *Etna*, cuyo nombre poético es *Mongibelo* (sor Juana se equivoca: no son dos volcanes, sino uno solo), y el *Atlante* y el *Olimpo* son montes míticos.

[182] *Dodóneo*: Dodona es una ciudad de Epiro, donde había un oráculo muy consultado (por eso *locuaz*).

a vos, ¿y a quién sino a vos?,
a vos, y a voces lo digo,
va a parar este romance,   75
que por sus señas dirijo.

De vuestros dichosos años
al glorioso natalicio,
entre cisnes que le aplauden,[183]
quiere celebrarlo un grillo.   80

Vivid los años que os faltan
como los que habéis vivido,
aunque de vos temo que
os excedáis a vos mismo;

porque vos sois de manera   85
que, aunque le pese al estilo
gramatical, añadís
más altos superlativos,[184]

pues según acumuláis
a vuestros años aliños,   90
están, de ver los presentes,
los que han pasado, corridos:[185]

que habiendo sido ejemplares
de lo prudente y lucido,
el enmendar lo perfecto   95
a vos solo es concedido.

---

[183] *cisnes*: 'poetas': *grillo*: sor Juana, con falsa modestia, dice que ella también, aunque humildemente y aunque suene como *grillo*, se une a los poetas (*cisnes*) que celebran a Velázquez de la Cadena (por ser personaje importante y poderoso, muchos debieron de querer quedar bien con sus alabanzas poéticas).

[184] vv. 85-88: sería un error gramatical decir, por ejemplo, "muy principalísimo", pero así de *superlativo* es el homenajeado.

[185] *corridos*: en dos sentidos: 'pasados' y 'avergonzados'. Hay aquí un juego: tanto adorna don Pedro sus años presentes, que son mejores que los pasados (*corridos*), por lo que estos últimos están avergonzados (*corridos*).

Vivid, para que miremos
que vos solo habéis sabido
adelantar lo perfecto
con quilates más subidos.   100

　　Si en una culebra el año
figuraban los egipcios,
que, unidos los dos extremos,
junta el fin con el principio;

　　y si las sagradas letras   105
en sus sagrados escritos
nos dicen que es la serpiente
de la prudencia el archivo,[186]

　　pues de su prudencia vos
sois el retrato más vivo,   110
sedlo también en que dure
vuestra edad en infinito.

　　Y recibid ese corto
obsequio de mi cariño,
sin presunciones de ofrenda   115
ni altivez de sacrificio,

　　pues en el ara inmortal
del afecto que os dedico,
arden mentales aromas
con inmateriales ritos.   120

　　Bien mi obligación quisiera
daros, en dorados hilos,
las pálidas ricas venas
de los minerales finos;

---

[186] Dijo Cristo: "Sed, pues, prudentes como las serpientes, y sencillos
como las palomas" (Mateo 10: 16). Lo que dice en los vv. 111-112 es que
así como Velázquez de la Cadena se parece a las serpientes en lo prudente,
se parezca en la edad: que viva muchos años.

<pre>
        bien, la plata montaraz   125
que, naciendo entre los riscos,
quiere, a fuer de montañesa,[187]
tener en todo dominio;
        bien, del sol hermoso, aquel
primogénito lucido,[188]   130
diamante que rayo a rayo
va copiando brillo a brillo;
        bien, la apacible esmeralda
que, con su verdor nativo,
le roba la luz al cielo   135
y al campo usurpa los visos;
        bien, del afán del Oriente
el congelado rocío,[189]
que del llanto de la Aurora
fue precioso desperdicio;   140
        bien, el luciente topacio;
bien, el hermoso zafiro;
bien, el crisólito ardiente;
bien, el carbunco encendido.[190]
        Mas, pues la cortedad mía   145
me malogra los designios,
al *quod autem habeo*, *do*
de vuestro santo, me arrimo.[191]
</pre>

---

[187] *montañesa*: los nacidos en Montaña (Santander) se creían lo mejor de España.

[188] El *primogénito lucido del sol* es el oro.

[189] El *congelado rocío del Oriente* son las perlas; a su vez el *llanto de la Aurora* es el rocío.

[190] *carbunco*: carbunclo, piedra preciosa parecida al rubí.

[191] *vuestro santo* es san Pedro, porque Velázquez de la Cadena se llama Pedro. En los Hechos de los apóstoles (3:2-6) se cuenta que un tullido se le

        Y puesto que ya de pobre
he confesado el delito,   150
que es un querer con amenes[192]
pagaros los beneficios,
        para que como oración
acabe el romance, pido
a Nuestro Señor que os guarde   155
por los siglos de los siglos.

11

*Respondiendo a un caballero del Perú, que le envió unos
barros diciéndola que se volviese hombre.*[193]

Señor: para responderos
todas las Musas se eximen,
sin que haya quien, de limosna,
una que ahora me dicte;
        y siendo las Nueve Hermanas   5
madres del donaire y chiste,
no hay, oyendo vuestros versos,
una que chiste ni miste.[194]
        Apolo absorto queda,
tan elevado de oírle,   10

---

acercó a san Pedro pidiendo limosna; el apóstol contestó: "No tengo plata
ni oro; pero lo que tengo te doy [*quod autem habeo, do*]: en nombre de
Jesucristo Nazareno, ponte a andar", es decir: lo curó.

[192] Como no tiene dinero, sor Juana ofrece rezar por él ("amenes").

[193] *barros*: vasijas de barro que las mujeres mordían (y comían) para
mantener la palidez del rostro, según la moda de entonces.

[194] *miste*: 'musite' (según el DRAE, *mistar* como sinónimo de 'musitar' sólo
se usa en construcciones negativas, particularmente en este dicho: "que chiste
ni miste"). Oyendo los versos del caballero del Perú, no hay Musa que se
atreva a chistar.

que, para aguijar el carro,
es menester que le griten.

Para escucharlo, el Pegaso
todo el aliento reprime,
sin que mientras lo recitan   15
tema nadie que relinche.

Pára, contra todo el orden,
de sus cristales fluxibles[195]
los gorjeos Helicona,
los murmurios Aganipe:[196]   20

porque sus números viendo,[197]
todas las Musas coligen
que, de vuestros versos, no
merecen ser aprendices.

Apolo suelta la vara   25
con que los compases rige,
porque reconoce, al veros,
que injustamente preside.[198]

Y así, el responderos tengo
del todo por imposible,   30
si compadecido acaso
vos no tratáis de influïrme.

Sed mi Apolo, y veréis que
(como vuestra luz me anime)
mi lira sonante escuchan   35
los dos opuestos confines.

---

[195] *Pára*: acentúo *para* distinguir esta forma del verbo *parar* de la preposición *para*; *fluxibles*: 'que fluyen'.

[196] *Helicona* y *Aganipe*: fuentes de las Musas.

[197] *números*: 'ritmos', 'armonías' (alabanza al poema del caballero peruano).

[198] vv. 25-28: Apolo preside a las nueve Musas, aunque reconoce que, por sus méritos, debería hacerlo el caballero del Perú.

Mas ¡oh, cuánto poderosa
es la invocación humilde,
pues ya, en nuevo aliento, el pecho
nuevo espíritu concibe!   40

De extraño ardor inflamado,
hace que incendios respire;
y como de Apolo, de
Navarrete se reviste.[199]

Nuevas sendas al discurso   45
hace que elevado pise,
y en nuevos conceptos hace
que él a sí mismo se admire.

Balbuciente con la copia,[200]
la lengua torpe se aflige: 50
mucho ve, y explica poco;
mucho entiende, y poco dice.

Pensaréis que estoy burlando;
pues mirad, que el que me asiste
espíritu, no está un   55
dedo de que profetice.

Mas si es querer alabaros
tan reservado imposible,
que en vuestra pluma, no más,
puede parecer factible,   60

¿de qué me sirve emprenderlo,
de qué intentarlo me sirve,
habiendo plumas que en agua
sus escarmientos escriben?[201]

[199] *Navarrete*: el caballero de Perú y autor del romance que agradece sor
Juana fue Sebastián Navarrete.
[200] *copia*: 'abundancia'.
[201] Desde los vv. 45, cuando habla del discurso que se eleva a nuevas

Dejo ya vuestros elogios   65
a que ellos solos se expliquen:
pues los que en sí sólo caben,
consigo sólo se miden,

    y paso a estimar aquellos
hermosamente sutiles   70
búcaros, en quien el arte[202]
hace el apetito brindis:

    barros en cuyo primor
ostenta, soberbio, Chile
que no es la plata, no el oro,   75
lo que tiene más plausible,

    pues por tan baja materia
hace que se desestimen
doradas copas que néctar
en sagradas mesas sirven.[203]   80

    Bésoos las manos por ellos,
que es cierto que tanto filis[204]
tienen los barros, que juzgo
que sois vos quien los hicisteis.

    Y en el consejo que dais,   85
yo os prometo recibirle
y hacerme fuerza, aunque juzgo
que no hay fuerzas que entarquinen:[205]

sendas, está implícita la comparación con Ícaro, que voló tan alto, que el
sol derritió la cera con que tenía pegadas las alas (de pluma) y cayó al mar,
donde *escribió sus escarmientos*, recibió el castigo.

[202] *búcaros*: 'vasijas de barro', los *barros* mencionados en el epígrafe y en
el verso 73 (quizá los de Chile fueran famosos).

[203] Es decir: esos búcaros son tan deliciosos, que las *sagradas mesas*, las
de los dioses del Olimpo, desprecian la ambrosía (*néctar*) que se les sirve
en *doradas copas*.

[204] *tanto filis*: 'gracia tan grande'.

[205] *entarquinen*: 'entarquinar, hacerse Tarquino', es decir, volverse hom-

porque acá Sálmacis falta,
en cuyos cristales dicen   90
que hay no sé qué virtud de
dar alientos varoniles.[206]

    Yo no entiendo de esas cosas;
sólo sé que aquí me vine
porque, si es que soy mujer,   95
ninguno lo verifique.

    Y también sé que, en latín,
sólo a las casadas dicen
uxor, o mujer, y que
es común de dos lo virgen,[207]   100

    conque a mí no es bien mirado
que como a mujer me miren,
pues no soy mujer que a alguno
de mujer pueda servirle,

    y sólo sé que mi cuerpo,   105
sin que a uno u otro se incline,
es neutro, o abstracto, cuanto
sólo el alma deposite.

    Y dejando esta cuestión
para que otros la ventilen,   110

---

bre, pero no cualquier hombre, sino un "macho" como Sexto Tarquino, hijo del último rey romano, Tarquino el Soberbio, que violó a Lucrecia.

[206] Lo que dice sor Juana no es muy exacto: Sálmacis no se transformó en hombre; lo que se cuenta es que era una ninfa perdidamente enamorada de Hermafrodito (llamado así porque sus padres eran Afrodita y Hermes), y rechazada por él. Un día, mientras Hermafrodito se bañaba en el lago, Sálmacis se unió a él estrechamente, pidiendo a los dioses que sus cuerpos jamás se separaran. Así se formó un nuevo ser, con las dos naturalezas: de mujer y de hombre, y el lago tomó el nombre de la ninfa (son los *cristales* mencionados en el verso).

[207] *uxor*, 'mujer' en latín; *común de dos*: virgen es término que sirve tanto para mujer como para hombre.

porque en lo que es bien que ignore,
no es razón que sutilice,[208]

　　generoso perüano
que os lamentáis de infelice,
¿qué Lima es la que dejasteis,　　　　　115
si acá la lima os trajisteis?[209]

　　Bien sabéis la ley de Atenas,
con que desterró a Aristides:
que aun en lo bueno, es delito
el que se singularicen.[210]　　　　　　120

　　Por bueno lo desterraron,
y a otros varones insignes;
porque el exceder a todos
es delito irremisible.

　　El que a todos se aventaja　　　　　125
fuerza es que a todos incite
a envidia, pues el lucir
a todos juntos impide.

　　Al paso que la alabanza
a uno para blanco elige,　　　　　　　130

---

[208] Sor Juana entró al convento, por lo que no "ejerció" como mujer; ignora qué sea eso de "ejercer" como hombre, mujer o hermafrodito; así que mejor no habla (*sutiliza*: hacer argumentos sutiles) al respecto.

[209] Algo hizo Navarrete para ser desterrado de Lima y venir a vivir a Nueva España, por eso dejó Lima; lo que no dejó es la *lima* de los versos, es decir, los versos *limados*, 'corregidos', 'bien hechos'.

[210] La *ley de Atenas* es el ostracismo: reunidas en asamblea, las autoridades griegas escribían, en un pedazo de barro en forma de ostra, el nombre de aquella persona que debía ser desterrada. La medida se creó para luchar contra los tiranos, aunque también provocó que fueran desterrados aquellos que se singularizaban por algo; es el caso de Aristides, que luchó por los campesinos. Sor Juana recuerda esta ley en la *Respuesta a sor Filotea* (véase p. 339).

a ese mismo paso trata
la envidia de perseguirle.

    A vos de Perú os destierran
y nuestra patria os admite,
porque nos da el cielo acá   135
la dicha que allá despiden.

    Bien es que vuestro talento
diversos climas habite:
que los que nacen tan grandes,
no sólo para sí viven.   140

11 *bis*

Romance que un caballero recién venido
a la Nueva España escribió a la madre Juana.[211]

Madre que haces chiquitos
(no es pulla, no) a los más grandes,
pues que pones en cuclillas
los ingenios más gigantes:
    A ti van aquestos versos,   5
madre sin poder ser madre,
aunque más me cante Ovidio
lo de *mittere ad hunc carmen.*[212]
    Yo, el menor de los poetas,
el mínimo (sin ser fraile)[213]   10
de los que a Aganipe chupan
y de su caudal se valen,

---

[211] El romance es de un autor, seguramente español, que llegó a vivir a Nueva España; decidió quedar anónimo.

[212] *mittere ad hunc carmen*: verso de Ovidio, de una de sus epístolas del Ponto, en que le dice a su amigo Severo que mandarle un poema suyo es como "añadir ramas a los bosques" (*Pónticas*, IV, 2, v. 13).

[213] *mínimo* es un fraile franciscano.

di en decir que no había Fénix,
siguiendo autores de clase:
porque vivir de morir   15
es la vida perdurable.

Las Musas, como soplonas,
denuncian al dios de Dafne
mi calvinista opinión,
mi luterano dictamen.[214]   20

Enojado el dios de Delos,
despacha con un mensaje
al corredor de los dioses,
volador, y aun triquitraque.[215]

Mándame, por un decreto,   25
que no le suba ni baje
a aquel monte de dos frentes
a quien guardan nueve jaques;[216]

y que jura, por la Estigia,
que no ha de desenojarse   30
si al ave que está de nones
parces no le pido a pares.[217]

Inquiriendo vericuetos,

---

[214] *soplonas* porque van con el chisme y porque inspiran; *el dios de Dafne* es Apolo, dios de las artes, nacido en Delos; la opinión del autor es *calvinista* y *luterana* porque es hereje al no creer en el Fénix; en este caso, en la Fénix que es sor Juana (así había volado su fama; se le llamaba la "Fénix de América").

[215] El "corredor de los dioses" es Mercurio; *volador*: 'cohete', *triquitraque*: 'petardo' (onomatopeya por el ruido que hace).

[216] El *monte de dos frentes* es el Parnaso que tenía dos cumbres; el *jaque* en jerga del hampa es el rufián valentón y fanfarrón; los *nueve jaques* son las nueve Musas.

[217] El *ave que está de nones* es el Fénix, que no tiene par, es único (*peregrino*, se dice más adelante); *parce*, 'perdóname' en latín, aquí está como sustantivo plural: 'perdones'.

examinando andurriales,
siendo hijo de los montes,   35
siendo de los yermos padre,

    más peregrino que el Fénix,
partí en busca de esta ave
que se hace mosca muerta
y entre cenizas renace.   40

    "¿Quién sabe —decía a gritos—
de un pájaro cuya carne
es tostada con canela,
aunque es poco confortante?

    ¿De aquel que, si tiene sed,   45
de perlas se satisface,
y se harta de calabaza
si es que le aprieta la hambre;

    con quien son niños de teta
los de más luengas edades: 50
Néstor aún trae metedero,
y Matusalem pañales?"[218]

    Lo mismo era decir esto
en Egipto que en Getafe;
tanto sabía del Fénix   55
Nilo, como Manzanares.[219]

---

[218] Los vv. 37 a 52 dan cuenta de la leyenda del ave Fénix: ella misma construye su pira con maderas olorosas (canela, mirra, sándalo, etc.) y ahí se inmola; de sus cenizas vuelve a nacer, se nutre, según el poeta Claudiano (s. IV), de los rayos del sol y de las gotas de rocío (las gotas de rocío son, metafóricamente, las perlas; *calabaza* es un tipo de perla, criada en agua de sal y con forma de pera), pues no daña ser vivo alguno (no mata para comer). Vive, según Plinio, 540 años; es, pues, más longevo que Néstor, que por gracia de Apolo vivió mucho, y Matusalén, el anciano bíblico que vivió, según esto, 720 años. Estos viejos por excelencia serían niños de pañal frente al Fénix (*metedero* debe ser lo mismo que *metedor*, que era un paño que se ponía a los niños debajo del pañal).

[219] *Getafe*: población cercana a Madrid; *Manzanares*: río de Madrid.

Con mi palo y mi esclavina,
calabaza y alpargates,
hecho un Tobías sin peje,
hecho un san Roque sin landre,[220]   60
    dando al diablo al dios Apolo,
daba la vuelta a mis lares,
a pata y sin matalote,
solo y sin matalotaje,[221]
    cuando me sale al camino   65
el dios de los caminantes,
aquel que está hecho droga,
el que es amigo de Arasies.[222]
    De parte del dios a quien
no le es nuevo lo flamante,   70
del que en quitarse las barbas
nunca ha gastado dos reales,[223]

---

[220] La historia de Tobías se cuenta en el libro bíblico del mismo nombre. Mandado por su padre, recorrió varios lugares; en alguno pescó un pez y, aconsejado por el arcángel Rafael, lo guardó; con las entrañas curó la ceguera de su padre. San Roque: santo francés del siglo XIV; peregrinó, por el camino más largo, de Montpellier a Roma; siempre se le representa con una herida en la pierna (el *landre* del verso).

[221] *matalote*: 'caballo flaco y lento'; *matalotaje*: 'provisiones, comida para el camino'.

[222] *el dios de los caminantes* es Mercurio; está *hecho droga* porque con Mercurio se trataba la sífilis (se decía: "Una noche con Venus y una vida con Mercurio"). Anota Antonio Alatorre en su edición (*Lírica personal*, p. 199) que *Arasies* es un enigma: en la primera edición se lee *Ara si es*; en la reedición de 1693, *Ara si-es*; y en la de 1715, *Arasies*; Méndez Plancarte corrige a Araxes, río de Armenia, pero sin ninguna relación con Mercurio. Quizá pudiera ser Arcisio, abuelo de Ulises, al que alguna tradición hace hijo de Mercurio.

[223] A Apolo no le es nuevo lo flamante pues es el sol, y siempre es un joven imberbe.

compadecido de verme
hecho un don Pedro el Infante,[224]
más cansado que diez necios,   75
rendido que quince amantes,
 dice que hacia donde él muere
aqueste prodigio nace:
que el oriente de esta perla
hacia el Occidente cae;[225]   80
 que dé a América la vuelta
y a sus más nobles lugares,
y que, si hallarlo quiero,
la Ceca y la Meca ande.

 Con estos apuntamientos,   85
viendo ya claros los vates,
metí piernas a mis pies
y espoleé mis carcañales.

 Llegué hasta aquí, con más
trabajos y más percances   90
que el otro desuellacaras
de nemeos animales.[226]

 Descansando aquella noche
que llegué a aqueste paraje,

---

[224] Del infante Pedro de Portugal, hijo del rey Juan I, hay un libro que fue muy famoso: *Libro del infante don Pedro de Portugal, que anduvo las siete partidas del mundo*; vivió entre los siglos xiv y xv. Anduvo de un lado para otro: visitó prácticamente todas las cortes europeas e hizo varias expediciones marítimas por Asia y el norte de África.

[225] Apolo le dice al anónimo autor de este romance que donde él muere (donde se pone el sol), esto es occidente (América), resplandece el *oriente* ('brillo') de la perla que es sor Juana.

[226] El *desuellacaras* es Hércules que tuvo que realizar doce trabajos; uno de ellos fue matar y desollar al león de Nemea.

tu *Sueño* me despertó   95
de mi letargo ignorante.[227]

Empecé a leerlo, y dije:
"Cierto que soy gran salvaje.
Si hay noche en que Apolo luce,
¿que haya Fénix, no es más fácil?"   100

Proseguí, y dije admirado:
"¿Que haya físico vinagre
que, para huir de los pasmos,
subir a México mande?"[228]

Acabé diciendo: "¡Víctor,   105
víctor mil veces! Más vale
sola una hoja de Juana,
que quince hojas de Juanes".

Vive Apolo, que será
un lego quien alabare   110
desde hoy a la Monja Alférez,
sino a la Monja Almirante.[229]

Gracias a Dios que llegó
el *Laus Deo* del vïaje,[230]
la meta de los trabajos,   115
de los peligros el saque;

---

[227] "tu *Sueño*": el *Primero sueño* de sor Juana, que, por lo visto, tuvo lectores antes de imprimirse.

[228] *físico vinagre*: 'médico rudo'; el poeta se asombra de que un doctor prescriba *subir* (por la altura de la ciudad) a México a quien es propenso a los desvanecimientos; pero se trata de un juego: no se puede venir a México para evitar el *pasmo* (el 'asombro', la 'admiración'), porque justo aquí está sor Juana que provoca tanta admiración.

[229] *Monja Alférez*: Catalina de Erauso, que, vestida de hombre, combatió a los indios de Chile; el alférez es un cabo de la marina, mientras que el almirante es quien ya comanda toda una flota; la *monja almirante* sería sor Juana.

[230] *Laus Deo*: "¡Alabado sea Dios, ya llegué!"

hallé la Fénix que bebe
las perlas de más quilates
en los conceptos más altos
de los poetas más graves;   120
    la más única y más rara
que hay desde Etiopia a Flandes:[231]
no hable Córdoba palabra;
calle Mantua, Sulmo calle.[232]
    ¿Qué Fénix vivirá más   125
que tu fama, en los anales,
pues acabarse ella, es
cuento de nunca acabarse?
    Duerme más que aquellos Siete
que durmieron a millares: 130
que quien tal fama ha cobrado,
a dormir bien puede echarse.[233]
    Perdona mi negación;
y el no conocerte antes,
hoy me valga por disculpa.   135
Y si esto no vale, *Vale*.[234]

---

[231] En los Siglos de Oro se decía *Etiopia*, no *Etiopía*.

[232] En Córdoba nacieron Séneca, Lucano, Juan de Mena, Góngora; en Mantua, Virgilio, y en Sulmona, Ovidio. Que todos estos poetas callen, pues ninguno está a la altura de sor Juana.

[233] Los *Siete que durmieron* son los Siete durmientes de Éfeso. Cuando Decio era emperador romano, visitó Éfeso y obligó a sus habitantes a rendir culto a los dioses paganos; sólo siete jóvenes se resistieron (Maximiliano, Iámbico, Marín, Juan, Dionisio, Exacustodio y Antonino); se escondieron en una cueva, donde los soldados romanos los encontraron dormidos; taparon la cueva y ahí murieron como mártires. La segunda parte de la cuarteta alude al refrán: "Cría fama y échate a dormir".

[234] *Vale*: 'adiós'.

12

Romance que respondió nuestra poetisa.[235]

¡Válgate Apolo por hombre!
No acabo de santiguarme
(más que vieja cuando Jove
dispara sus triquitraques)[236]
    de tan paradoja idea,   5
de tan remoto dictamen;
sin duda que éste el autor
es de los *Extravagantes.*[237]
    Buscando dice que viene
a aquel pájaro que nadie   10
(por más que lo alaben todos)
ha sabido a lo que sabe;[238]
    para quien las cetrerías
se inventaron tan de balde,
que es un gallina el halcón   15
y una mandria el girifalte,
    el azor un avechucho,
una marimanta el sacre,
un cobarde el tagarote
y un menguado el gavilane;   20
    a quien no se le da un bledo
de que se prevenga el guante,
pihuelas y capirote,
con todos los demás trastes,[239]

---

[235] Respuesta al romance anterior (11 *bis*).
[236] *Jove* es Júpiter que truena con sus rayos (*triquitraques*).
[237] *Extravagantes*: véase p. 87, nota 111.
[238] Nadie ha comido mole de Fénix o Fénix en pipián.
[239] Como en el romance anterior el anónimo poeta dice que busca al ave

que, bien miradas, son unos   25
trampantojos boreales,
que inventó la golosina
para alborotar el aire;[240]

de cuyo antojo quedaron,
por mucho que lo buscasen,   30
Sardanapalo en ayunas,
Heliogábalo con hambre.[241]

De éste, el pobre caballero
dice que viene en alcance,
revolviendo las provincias   35
y trasegando los mares;

que, para hallarlo, de Plinio
un itinerario trae,
y un mandamiento de Apolo,
con las señas de *rara avis*.[242]   40

¿No echas de ver, peregrino,
que el Fénix sin semejante
es de Plinio la mentira
que de sí misma renace?

Fénix (que es sor Juana: por única), del v. 13 al 24 la poetisa habla de las
aves usadas en cetrería (caza de aves con gavilanes, halcones y otras aves de
presa): *halcón, gerifalte, azor, sacre, tagarote, gavilán*: todas son aves rapaces,
aunque todas palidecen al lado del Fénix; *mandria*, 'poca cosa', *marimanta*,
como el 'coco' con que se asusta a los niños; la *pihuela* es la correa con que
se amarran estas aves, y *capirote*, la cubierta de cuero con que se les tapa la
cabeza, antes de la caza.

[240] *trampantojo*: 'trampa'; *boreales* porque varias de estas aves procedían
del norte; *golosina* porque lo que cazaban estas aves era para comer; es decir,
el gusto por las aves cazadas desarrolló todo este asunto de la cetrería.

[241] *Sardanapalo*, rey de Asiria, s. VII a.C., y *Heliogábalo*, emperador romano, s. II d.C., son célebres por su indulgencia en el comer y en otros placeres.

[242] Plinio el Viejo escribió la *Historia natural*; habla del Fénix en el lib.
X, caps. 3-5; el Fénix es *rara avis* ('ave rara') por única.

En fin, hasta aquí es nonada,   45
pues nunca falta quien cante
daca el Fénix, toma el Fénix,
en cada esquina de calle.

    Lo mejor es que es a mí
a quien quiere encenizarme,   50
o enfenizarme, supuesto
que allá uno y otro se sale;

    dice que yo soy la Fénix
que, burlando las edades,
ya se vive, ya se muere,   55
ya se entierra, ya se nace;

    la que hace de cuna y tumba
diptongo tan admirable,
que la mece renacida
la que la guardó cadáver;   60

    la que en fragantes incendios
de las gomas más süaves,
es parecer consumirse
volver a vivificarse;

    la mayorazga del Sol,   65
que cuando su poma esparce,
le engasta Ceilán el pico,
le enriza Ofir el plumaje;[243]

    la que mira con zafiros,
la que vuela con diamantes,   70
la que pica con rubíes
y respira suavidades;

    la que Átropos y Laquesis

_____

[243] *Ceilán* es famoso por sus zafiros; *Ofir*, por su oro.

es de su vital estambre,
pues es la que corta el hilo   75
y la que vuelve a enhebrarle;[244]

    que yo soy, jurado Apolo,
la que vive de portante,[245]
y en la vida, como en venta,
ya se mete, ya se sale;   80

    que es Arabia la feliz
donde sucedió a mi madre
mala noche y parir hija,
según dicen los refranes[246]

    (refranes dije, y es que   85
me lo rogó el consonante,
y porque hay regla que dice:
pro singulari plurale);

    en fin, donde le pasó
la rota de Roncesvalles,   90
aunque quien nació de nones
non debiera tener Pares;[247]

    que yo soy la que andar suele
en símiles elegantes,

---

[244] El ave Fénix es Átropos y Laquesis (dos de las Parcas) al mismo tiempo, pues muere (*corta el hilo*) y renace (*vuelve a enhebrar el hilo*).

[245] *jurado Apolo*: 'lo juro por Apolo'; *de portante*: en marcha apresurada.

[246] Puesto que se ha venido comparando a sor Juana con el Fénix, se dice que nació en Arabia; lo de "mala noche y parir hija" significa vivir dos calamidades juntas: pasar mala noche por estar de parto, y parir hija (no hijo: ¡qué desgracia!). Sor Juana dice *refranes* y no *refrán* para no estropear la asonancia; pero, como explica la cuarteta siguiente, en latín existe la licencia de usar el plural en lugar del singular (*pro singulari plurale*).

[247] *rota*: 'derrota'; la derrota de Roncesvalles evoca a Carlo Magno y los doce Pares.

abultando los renglones   95
y engalanando romances.

    Él lo dice, y de manera
eficaz lo persüade,
que casi estoy por creerlo,
y de afirmarlo por casi.[248]   100

    ¿Que fuera, que fuera yo,
y no lo supiera antes?
¿Pues quién duda que es el Fénix
el que menos de sí sabe?

    Par Dios, yo lo quiero ser,   105
y pésele a quien pesare;
pues de que me queme yo,
no es razón que otro se abrase.

    Yo no pensaba en tal cosa;
mas si él gusta gradüarme   110
de Fénix, ¿he de echar yo
aqueste honor en la calle?

    ¿Qué mucho que yo lo admita,
pues nadie puede espantarse
de que haya quien se enfenice   115
cuando hay quien se ensalamandre?[249]

    Y de esto segundo, vemos
cada día los amantes

---

[248] vv. 99-100: 'Casi estoy por creerme que soy el ave Fénix o que casi
lo soy'.

[249] *enfenice*: 'hacerse Fénix', que se consume al fuego para renacer; *ensalamandre*: 'hacerse salamandra'; era creencia muy extendida que la salamandra era resistente al fuego; según Plinio, era un "animal tan frío que
con su contacto apaga el fuego como si fuera hielo" (*Historia natural*, lib.
X, § 86).

al incendio de unos ojos
consumirse sin quemarse.   120

    Pues luego no será mucho,
ni cosa para culparme,
si hay salamandras barbadas
que haya Fénix que no barbe.

    Quizá por eso nací   125
donde los rayos solares
me mirasen de hito en hito,
no bizcos, como a otras partes.

    Lo que me ha dado más gusto
es ver que, de aquí adelante,   130
tengo solamente yo
de ser todo mi linaje.

    ¿Hay cosa como saber
que ya dependo de nadie,
que he de morirme y vivirme   135
cuando a mí se me antojare;

    que no soy término ya
de relaciones vulgares,
ni ha de cansarme el pariente
ni molestarme el compadre;   140

    que yo soy toda mi especie
y que a nadie he de inclinarme,
pues cualquiera debe sólo
amar a su semejante;

    que al médico no he de ver   145
hacer juicio de mi achaque,
pagándole el que me cure
tanto como el que me mate;

    que mi tintero es la hoguera

donde tengo de quemarme,   150
supliendo los algodones[250]
por aromas orientales;

   que las plumas con que escribo
son las que al viento se baten,
no menos para vivirme   155
que para resucitarme;

   que no he de hacer testamento,
ni cansarme en *ítem máses*[251]
ni inventario, pues yo misma
he de volver a heredarme?   160

   Gracias a Dios que ya no
he de moler chocolate,
ni me ha de moler a mí
quien viniere a visitarme;

   ya, con estas buenas nuevas,   165
de hoy más tengo de estimarme,
y de etiquetas de Fénix
no he de perder un instante;

   ni tengo ya de sufrir
que en mí los poetas hablen,[252]   170
ni ha de verme de sus ojos
el que no me lo pagare.

   ¡Cómo! ¿Eso se querían,
tener al Fénix de balde?

---

[250] *algodones*: en plural siempre, se refiere a la tela que se ponía dentro
del tintero para que ésta absorbiera la mayor parte de la tinta, y la pluma
sólo tomara lo necesario.

[251] *ítem máses*: en testamentos y otros documentos jurídicos cada cláusula se introduce con un *item* ('igualmente'); *ítem máses*: muchas cláusulas.

[252] *en mí*: 'de mí'.

¿Para qué tengo yo pico   175
sino para despicarme?[253]
　　¡Qué dieran los saltimbancos
a poder, por agarrarme
y llevarme, como monstruo,
por esos andurrïales   180
　　de Italia y Francia, que son
amigas de novedades
y que pagaran por ver
la cabeza del gigante,
　　diciendo: "Quien ver el Fénix   185
quisiere, dos cuartos pague,
que lo muestra maese Pedro
en la posada de Jaques"!"[254]
　　¡Aquesto no! No os veréis
en ese Fénix, bergantes;   190
que por eso está encerrado[255]
debajo de treinta llaves.
　　Y supuesto, caballero,
que a costa de mil afanes,
en la invención de la Cruz   195
vos la del Fénix hallasteis,[256]

---

[253] *despicarme*: 'vengarme', 'cobrármela'.

[254] En esta cuarteta sor Juana se burla de la masa, siempre tan ávida de novedades, que va a ver al Fénix como va al circo a ver criaturas extraordinarias; pero esto es gusto de baja estofa, por eso se presenta en *la posada de Jaques, jaque*: 'rufián', 'malviviente' (más adelante, v. 190, *bergantes*: 'pícaro').

[255] El Fénix que es sor Juana no puede verse como espectáculo de circo, porque la monja vive encerrada en el convento.

[256] El anónimo romance debió de ir fechado un 3 de mayo (día de la Santa Cruz); jugando, dice sor Juana que esa fecha será también la de la ocurrencia de compararla con el ave Fénix.

por modo de privilegio
de inventor, quiero que nadie
pueda, sin vuestra licencia,
a otra cosa compararme.   200

12 *bis*

Romance de un caballero del Perú en elogio de la poetisa;
remítesele, suplicándola su rendimiento fuese mérito
a la dignación de su respuesta.

A vos, mexicana Musa,
que en ese sagrado aprisco,
del convento hacéis Parnaso,
del Parnaso paraíso;
    por quien las Nueve del Coro[257]   5
no sólo a diez han crecido,
mas les dais aquel valor
que a los ceros el guarismo,[258]
    pues aunque antes que nacierais
eran el común asilo,   10
teniendo cultos sin aras
en mentales sacrificios,[259]
    campando de semidiosas
y comunicando auxilios,
por donde con las deidades   15
se entienden los entendidos,
    y en chollas, como en pelotas,
metiendo el viento a crujidos,

---

[257] *las Nueve del Coro*: las nueve Musas.

[258] Si a 10 se añade un cero se hace 100; si a 100, pasa a 1000, etc.

[259] El *culto* que reciben las Musas y los sacrificios que se les rinden, como a diosas, son productos de la mente.

138

atacaban el ingenio
hasta arrempujar el juicio,   20
   influyendo a toda boca
y soplando a dos carrillos
los metros a borbollones,
sin espumar el estilo[260]
   (que aunque andaba el castellano   25
ya en andadores latinos,
hasta que en vos se soltó
no hacía más que pinitos),
   en vez de aquel cortesano
aire, que da temple al ritmo,   30
nos derretían los sesos
con el *calescimus illo.*[261]
   Mas después que vos salisteis
a ser del orbe prodigio,
y de ángel, hombre y mujer   35
organizado individuo;
   después que por vuestra vena
se desangró todo el Pindo,[262]
dejando en seco a los pobres
poetas de regadío;[263]   40
   después que el délfico numen[264]
en quintaesencia exprimido

---

[260] *espumar:* 'purificar, clarificar'.

[261] *calescimus illo*: fragmento de una cita de Ovidio (*Fastos,* lib. VI, v. 5): "Est deus in nobis; agitante *calescimus illo*" ("En nosotros hay un dios que, cuando se agita, entramos en ardor").

[262] *Pindo:* monte de Tesalia, dedicado a Apolo y a las Musas.

[263] Frente a la abundante inspiración de sor Juana, todos los demás poetas son "de regadío" (reciben agua, 'inspiración', de vez en cuando).

[264] *délfico numen:* inspiración de Delos, patria de Apolo.

se alambicó a los humanos
por vuestro ingenio divino;
    después que apurasteis, siendo   45
de la elocuencia el archivo,
a ciencias y artes la esencia
y a la erudición el quilo;[265]
    y después, en fin, después
de los despueses que he dicho,   50
pues después de vos, es nada
todo lo que antes ha sido,
    dígalo la venerable
sabia hermandad del Caístro,[266]
cuyo tribunal es ya   55
picota del Peralvillo;[267]
    y es que, como las soplasteis[268]
el viento y el ejercicio,
mano sobre mano, ociosas,
quedaron Musas de anillo,[269]   60
    y por que no pereciesen
y tuviesen del bolsillo
con que hacer rezar un ciego,
les dejáis los villancicos:[270]

---

[265] *quilo*: materia en la que los jugos gástricos convierten el alimento durante la digestión (*Primero sueño*, vv. 243-244).

[266] El *Caístro* es un río de Lidia, en Asia Menor, donde había muchos cisnes; la *hermandad del Caístro* es la comunidad de poetas.

[267] *picota*: 'horca'; *Peralvillo*: barrio de muy mala nota, donde estaba la horca: los poetas del Caístro, frente a sor Juana, parecen de Peralvillo.

[268] *las soplasteis*: 'les quitaste' la inspiración.

[269] *de anillo*: los obispos *de anillo* no tenían un obispado concreto, sólo lo eran de nombre; como ahora, a causa de sor Juana, a las Musas sólo son de nombre, pues ya no tienen inspiración.

[270] Los *villancicos* eran un género popular que cualquiera podía componer

no de los vuestros, que cubren   65
(aunque de sayal vestidos)
misterios de mucho fondo
en el vellón del pellico.[271]

Pero dejando esto aparte,
paso a expresar los motivos   70
que hacia vos me llevan, como
al hierro el imán activo.

Sabed, pues, que vuestras Obras
a mis manos han venido,
al modo que la fortuna   75
suele venirse al indigno.

Leílas, volviendo a leerlas,
con gana de repetirlo
tercera vez y trescientas,
del fin volviendo al principio,   80

hallando tal novedad
en lo propio que he leído,
que me parece otra cosa
aunque me suena a lo mismo.[272]

Querer comprenderlas es   85
un proceder infinito,
porque dan de sí según
las alarga el lector pío.

(aunque los de sor Juana no eran del montón, como se dice en el v. 65); se
imprimían en pliegos sueltos que los ciegos vendían a la entrada de las iglesias.

[271] *sayal*: tela rústica con que se hacían su ropa los pastores y campesinos; *vellón del pellico*: la piel de un animal, que también usaba la gente de campo para confeccionar ropa.

[272] vv. 77-84: lo que dice el anónimo poeta es que, aunque se da cuenta que sor Juana se inscribe en la tradición y usa los mismos temas y moldes métricos, su poesía es tan buena, que todo parece nuevo.

Con esto os he ponderado
lo bien que me han parecido;   90
y lo que en la voz no cabe,
por los efectos explico:
    pues lo que el entendimiento
aun no alcanza a apercibirlo,
fuera faltarle al respeto   95
mandarlo por los sentidos;
    y como son filigranas
más delicadas que un vidrio,
al tocarlas con los labios
se pueden hacer añicos.   100
    Y volviendo al maremágnum
de vuestros profundos libros,
donde hay en su mapamundi
metros de climas distintos,
    que a dos tomos se estrechasen[273]   105
tantos poemas, admiro;
mas como espíritus son,
sin abultar han cabido:
    y aun siéndolo, es tanta el alma
que les habéis influïdo,   110
que por que quepa, en dos cuerpos
fue menester dividirlos.
    El beneficio que hicisteis
en la prensa, al imprimirlos,
limpió los moldes, que estaban   115
de otras obras percudidos.
    Hasta la tinta (que efectos

---

[273] *dos tomos*: los dos tomos de las obras de sor Juana que ya habían salido: la *Inundación castálida* (1689) y el *Segundo volumen* (1692).

tenía de basilisco,
inficionando la vista),[274]
ya es de los ojos colirio.   120

    Vuelto en lámina el papel,
en bronce se ha convertido,
prestándole duración
la solidez de lo escrito.

    Ya todas las oficinas[275]   125
en ésta se han corregido,
que sirve de fe de erratas
a los modernos y antiguos.

    En lo heroico, habéis quitado
el principado a Virgilio;   130
y lo merece, pues siendo
culto, fue claro con Dido.[276]

    Lo enfático a vuestro *Sueño*
cedió Góngora; y, corrido,[277]
se ocultó, en las *Soledades*,   135
de los que quieren seguirlo.

    Como a Quevedo y a Cáncer[278]
(dándoles chiste más vivo)
la sal les habéis quitado,
han quedado desabridos.   140

---

[274] *inficionando*: 'envenenando', 'intoxicando', cual *basilisco* ('serpiente').

[275] *oficinas*: 'imprentas'.

[276] El estilo de Virgilio, por ser la *Eneida* un poema épico, fue *culto*, es decir, 'oscuro', 'complicado', aunque con Dido, la reina de Cartago, enamorada de Eneas, fue *claro*, esto es, no tuvo piedad y narró con todo detalle su suicidio después de que Eneas la abandonó.

[277] *corrido*: 'avergonzado'; las *Soledades* de Góngora palidecen frente al *Primero sueño*.

[278] *Quevedo*: Francisco de Quevedo; *Cáncer*: Jerónimo de Cáncer y Velasco, poeta español del siglo XVII; los dos autores son célebres por su picardía (*sal*).

Dulce abeja en el panal
del Amor es vuestro pico:
con vos, Ovidio y Camoes[279]
son zánganos de Cupido.

A los cómicos echaron   145
vuestras comedias, a silbos,
de las tablas, más bien que
los que las han contradicho.[280]

Sólo en Calderón seguís
de la Barca los vestigios,   150
y le habéis hecho mayor
con haberle competido.[281]

Con vos, son Arión y Orfeo[282]
en la música chorlitos,
y pueden irse a cantar   155
los *kyries* al lago estigio.

Ceso, por no desatar
de autores tantos el lío,
que el que los carga parece
más arriero que erudito.   160

---

[279] *Ovidio* y *Camoes* (Luís de Camões, poeta portugués) están aquí como representantes de la poesía amorosa.

[280] vv. 145-148: durante los Siglos Oro hubo mucha insistencia por parte de autoridades, tanto civiles como eclesiásticas, por cerrar los teatros y prohibir la representación de comedias, porque se pensaba que alentaban vicios y malas costumbres. Lo que dice el poeta es que sor Juana logró lo que dichas autoridades no consiguieron: acabar con las comedias, pues, apabullados por la excelencia de sus obras de teatro, nadie volvió a atreverse a componerlas.

[281] Calderón de la Barca compuso la comedia *Los enredos de un acaso* y el auto sacramental *El divino Orfeo*; sor Juana, *Los enredos de una casa* y *El divino Narciso*, en clara emulación de las obras de Calderón.

[282] *Arión* y *Orfeo*: personajes mitológicos que representan a los músicos por excelencia.

No hay profesión, ciencia ni arte,
u otro primor exquisito,
que su perfección no os deba,
si su origen no ha debido.

Pues lo palaciego es tal,   165
que allá en vuestro Buen Retiro,[283]
parece tenéis la toca
en infusión de abanino.[284]

Bien logró Naturaleza
los borradores que hizo   170
en todas las marisabias,
hasta sacaros en limpio.[285]

La archipoetisa sois,
con ingenio mero mixto
para usar en ambos sexos   175
de versos hermafroditos.

Vos sois el *Memento homo*,[286]
que en medio del frontispicio
la ceniza de Camoes
la ponéis al más perito.   180

El *totum continens* sois,[287]
y sois (salvo el pergamino)

---

[283] *Buen Retiro*: juego con el palacio del Buen Retiro (en Madrid) y el "buen retiro" en que está sor Juana, recluida en el convento.

[284] *abanino*: una gasa blanca que usaban las damas de palacio como adorno en el escote. Puesto que sor Juana está en su palacio del buen retiro (el convento), su toca es como un *abanino* que la distingue como "dama de palacio".

[285] *marisabias*: mujeres doctas; la Naturaleza hizo varias "marisabias" como ensayos hasta llegar a la perfección que es sor Juana.

[286] *Memento homo*: "Recuerda, hombre…" (Comienzo del "Recuerda, hombre, que polvo eres y en polvo te convertirás").

[287] *totum continens*: 'el que contiene todo'.

biblioteca racional[288]
de los estantes del siglo.

 Sois... Mas no sé lo que sois;   185
que, como al querer mediros,
en el mundo estáis de nones,
no tenéis comparativo.

 Aunque imperceptible sois,
si del todo no he podido,   190
al tamaño de mi idea
os he dibujado en chico;

 y aun en borrón, los afectos
atraéis con tal dominio,
que sobre ser voluntario   195
lo forzoso anda reñido.

 Mas yo, tales cuales son,
estos versos os dedico,
de la inclinación guïado,
de la razón compelido.   200

 Bien sé que versificar
con vos, fuera gran delito,
bien que no se ofende el mar
de que le tribute un río.

 Por tal, aquese romance   205
admitid, que yo os le envío
como uno de los obsequios
que sirven al desperdicio.

 Un socorro de respuesta
sólo de limosna os pido: 210

---

[288] *biblioteca racional*: 'biblioteca humana' (porque sor Juana lo sabe todo).

que para poetizar
vuestras migajas mendigo.

    A eso va ese romanzón
tan largo como el camino,
para que con él podáis   215
responder, si no hay navío;
    y también porque si yo
(con el resto del poetismo)
envido a la que es *Primera,*
sea con *cincuenta y cinco.*[289]   220

13

Romance en que responde la poetisa con la discreción
que acostumbra, y expresa el nombre del caballero
peruano que la aplaude.[290]

Allá va, aunque no debiera,
incógnito señor mío,
la respuesta de portante[291]
a los versos de camino.
    No debiera: porque cuando   5
se oculta el nombre, es indicio
que no habéis querido ser
hombre de nombre conmigo;

---

[289] Juego con el parecido fonético entre *envidar*, 'apostar', y *envidiar*, *primera* y *cincuenta y cinco* son juegos de cartas; los dos sentidos serían: 'le apuesto en primera con cincuenta y cinco'(como una apuesta en juegos de cartas); y 'envidio a la que es Primera (primera poetisa) con cincuenta y cinco cuartetas' (como señala A. Alatorre, *Lírica personal*, p. 216, el romance consta de 55 cuartetas).

[290] Respuesta al romance anterior.

[291] *de portante*: 'a paso apresurado'.

por lo cual fallamos que
fuera muy justo castigo,   10
sin perdonaros por pobre,
dejaros por escondido.[292]

    Pero el diablo del romance
tiene, en su oculto artificio,
en cada copla una fuerza   15
y en cada verso un hechizo;

    tiene un agrado tirano,
que, en lo blando del estilo,
el que suena como ruego
apremia como dominio;   20

    tiene una virtud, de quien
el vigor penetrativo
se introduce en las potencias,[293]
sin pasar por los sentidos;

    tiene una altiva humildad,   25
que con estruendo sumiso
se rinde, para triunfar
con las galas de rendido;

    tiene qué sé yo qué hierbas,
qué conjuros, qué exorcismos,   30
que ni las supo Medea
ni Tesalia las ha visto;[294]

---

[292] *si perdonaros por pobre, dejaros por escondido*: obvia evocación gongorina de los versos iniciales del romance de Angélica y Medoro: "En un pastoral albergue / que la guerra entre unos robres / lo dejó por escondido / o lo perdonó por pobre…".

[293] *potencias*: capacidades intelectuales del alma (memoria, voluntad y entendimiento).

[294] *Medea*: famosa por sus hechizos y encantamientos, originaria de *Tesalia*, lugar de hechiceras.

tiene unos ciertos sonsaques,
instrumentos atractivos,
garfios del entendimiento   35
y del ingenio gatillos,[295]

    que al raigón más encarnado
del dictamen más bien fijo
que haya, de callar, harán
salir la muela y el grito.   40

    Por esto, como forzada,
sin saber lo que me digo,
os respondo, como quien
escribe sin albedrío.

    Vi vuestro romance, y   45
una vez y otras mil visto,
por mi fe jurada, que
juzgo que no habla conmigo:

    porque yo bien me conozco,
y no soy por quien se dijo   50
aquello de haber juntado
milagros y basiliscos.[296]

    Verdad es que acá a mis solas,
en unos ratos perdidos,

---

[295] *gatillos*: tenazas de hierro con que se sacaban muelas y dientes; de ahí el *raigón* del verso siguiente: 'raíz de las muelas' y la imagen "odontológica" de esta cuarteta.

[296] *juntar milagros y basiliscos*: recordemos los versos del caballero del Perú: "Hasta la tinta (que efectos / tenía de basilisco…)"; pudiera ser, especulo, que el término *basilisco* llevara a la monja a estos versos de Calderón de la Barca, en que el villano describe a una mujer medio hechicera: "…¿Ahora sales / con que a buscar a Merluza / vienes? Por ventura, ¿sabes / que es una mujer que tiene / por moño y por aladares / milagros y basiliscos, / con licencia del romance?" (*Las fortunas de Andrómeda y Perseo*, jornada III).

a algunas vueltas de cartas   55
borradas, las sobre-escribo,
    y para probar las plumas,
instrumentos de mi oficio,
hice versos, como quien
hace lo que hacer no quiso.   60
    Pero esto no pasó de
consultar acá conmigo
si podré entrar por fregona
de las madamas del Pindo,[297]
    y si beber merecía   65
de los cristales nativos
castalios, que con ser agua
tienen efectos de vino,
    pues luego al punto levantan
unos flatos tan nocivos[298]   70
que, dando al seso vaivenes,
hacen columpiar el juicio,
    de donde se ocasionaron
los traspieses que dio Ovidio,
los tropezones de Homero,   75
los váguidos de Virgilio
    y de todos los demás
que, fúnebres o festivos,
conforme les tomó el numen,
han mostrado en sus escritos.   80

---

[297] *madamas del Pindo*: las Musas, que vivían en el monte Pindo (las *Nueve Hermanas* del v. 97); también a las musas se refiere el v. 67 con *castalios*: Castalia es la fuente consagrada a las Musas. Sor Juana no aspira a más que, si se puede, ser criada de las Musas, y no la "Décima musa", según el elogio del peruano.

[298] *flatos*: 'soplos de viento', en el sentido de 'inspiración'.

Entre cuyos jarros yo
busqué, por modo de vicio,
si les sobraba algún trago
del alegre bebedizo,
  y (si no me engaño) hallé   85
en el asiento de un vidrio,
de una mal hecha infusión
los polvos mal desleídos.

  No sé sobras de quién fueron;
pero, según imagino,   90
fueron de un bribón aguado,
pues hace efectos tan fríos.[299]

  Versifico desde entonces
y desde entonces poetizo,
ya en demócritas risadas,   95
ya en heráclitos gemidos.[300]

  Consulté a las Nueve Hermanas,
que con sus flautas y pitos
andan, de una en otra edad,
alborotando los siglos.   100

  Híceles mi invocación,
tal cual fue Apolo servido,
con necesitadas plagas[301]
y con clamores mendigos;

  y ellas, con piedad de verme   105
tan hambrienta de ejercicios,
tan sedienta de conceptos
y tan desnuda de estilos,

---

[299] *tan fríos:* tan poco graciosos.

[300] *demócritas* y *heráclitos:* véase p. 42, nota 3.

[301] *necesitadas plagas:* llagas que dan lástima; sor Juana mendiga a las Musas cual pordiosera.

        ejercitaron las obras,
que nos pone el catecismo,   110
de misericordia, viendo
que tanto las necesito.

        Diome la madama Euterpe[302]
un retazo de Virgilio,
que cercenó desvelado   115
porque lo escribió dormido;

        Talía me dio unas nesgas[303]
que sobraron de un corpiño
de una tabernaria escena,
cuando la ajustó el vestido;   120

        Melpómene, una bayeta[304]
de una elegía que hizo
Séneca, que a Héctor sirvió
de funesto frontispicio;[305]

        Urania, musa estrellera,   125
un astrolabio, en que vido
las maulas de los planetas
y las tretas de los signos;[306]

        y así, todas las demás

---

[302] De las nueve Musas, sor Juana sólo menciona por su nombre a cuatro, según su "especialidad". Euterpe: la flauta; Talía: la comedia (*tabernaria*, v. 119); Melpómene: la tragedia; Urania: la astronomía.

[303] *nesga*: trozo de tela en forma triangular, que se añadía a las faldas para darles vuelo.

[304] *bayeta*: tela negra que se usaba para la ropa de luto.

[305] Sor Juana se refiere a la tragedia *Las fenicias* de Séneca; en los versos 67-115 del primer acto, el coro y Hécuba lamentan la muerte de su hijo Héctor: "Vuelvan de nuevo los antiguos lamentos, / superad vuestra forma habitual de llanto: / a Héctor lloramos. […] Mostraos crueles, manos; / batid el pecho con potentes golpes, / no me basta el ruido de costumbre: / a Héctor lloramos".

[306] *maulas*: 'trampas', 'engaños'; los *signos* son los zodiacales.

que, con pecho compasivo,   130
vestir al soldado pobre
quisieron jugar conmigo.[307]

    Ya os he dicho lo que soy,
ya he contado lo que he sido;
no hay más que lo dicho, si   135
en algo vale mi dicho.

    Conque se sigue que no
puedo ser objeto digno
de los tan mal empleados
versos, cuanto bien escritos.   140

    Y no es humildad, porquè
no es mi genio tan bendito
que no tenga más filaucia[308]
que cuatrocientos Narcisos;

    mas no es tan desbaratado,   145
aunque es tan desvanecido,
que presuma que merece
lo que nadie ha merecido.

    De vuestra alabanza objeto
no encuentro, en cuantos he visto,   150
quien pueda serlo, si ya
no se celebrare él mismo.

    Si Dios os hiciera humilde
como tan discreto os hizo
y os ostentarais de claro,   155
como campáis de entendido,[309]

---

[307] *soldado pobre*: juego infantil, tipo ronda, que empieza "¿Que le das al soldadito pobre?".

[308] *filaucia*: 'amor a sí mismo' (de ahí los *Narcisos*).

[309] vv. 153-156: parece que sor Juana acusa al peruano de "pedante"

yo en mi lógica vulgar
os pusiera un silogismo
que os hiciera confesar
que ése fue solo el motivo,[310]   160
    y que cuando en mí empleáis
vuestro ingenio peregrino,
es manifestar el vuestro
más que celebrar el mío.

    Conque quedándose en vos   165
lo que es sólo de vos digno,
es una acción inmanente
como verbo intransitivo;[311]
    y así, yo no os lo agradezco,
pues sólo quedo, al oíros,   170
deudora de lo enseñado,
pero no de lo aplaudido.

    Y así, sabed que no estorba
el curioso laberinto
en que Dédalo escribano[312]   175
vuestro nombre ocultar quiso:
    pues aunque quedó encerrado,
tiene tan claros indicios,
que si no es el *Mino Tauro*,
se conoce el *Paulo minus*.[313]   180

---

y critica su romance por poco claro, aunque muy decorado con variadas
erudiciones (el *entendido* es el que sabe muchas cosas).

[310] Lo que el caballero del Perú tendría que confesar es que compuso el
romance más que para alabar a sor Juana, para lucirse él mismo.

[311] Una *acción inmanente* se queda en sí misma, como el verbo intransitivo que no pasa la acción a un objeto directo.

[312] Dédalo fue el constructor del laberinto de Creta, donde vivía el
Minotauro.

[313] Juego de palabras: *Mino*-Tauro (que se escondía en el laberinto) y

Pues si la combinatoria,
en que a veces kirkerizo,[314]
en el cálculo no engaña
y no yerra en el guarismo,
    uno de los anagramas   185
que salen con más sentido,
de su volumosa suma
que ocupara muchos libros,
    dice… ¿Dirélo? Mas temo
que os enojaréis conmigo,   190
si del título os descubro
la fe, como del bautismo.
    Mas ¿cómo podré callarlo,
si ya he empezado a decirlo,
y un secreto ya revuelto   195
puede dar un tabardillo?[315]
    Y así, para no tenerle,
diré lo que dice, y digo
que es el *conde de la Granja*.
Laus Deo. Lo dicho, dicho.   200

Paulo-*minus*, el que se esconde en el romance; a su vez este "Paulo minus" viene del salmo 8 que dice que Dios hizo al hombre "un poco menos [*paulo minus*] perfecto que los ángeles", desmedido elogio al caballero peruano.

[314] Atanasio Kircher (1601 o 1602-1680), jesuita alemán, matemático, astrónomo, físico, en fin, polígrafo. Autor de una *Ars magna sciendi, sive combinatoria* (gran arte de saber o combinatoria), doce volúmenes en que plantea que a través de crípticas correspondencias entre letras y números se pueden obtener los más arcanos conocimientos. Así, "kirkerizando" (haciendo estas correspondencias), sor Juana descubrió el nombre del caballero peruano: se trata de Luis Antonio de Oviedo y Rueda, conde de la Granja, madrileño avecindado en Perú.

[315] *tabardillo*: véase p. 69, nota 67.

14

Romance en reconocimiento a las inimitables plumas de la
Europa, que hicieron mayores sus Obras con sus elogios:
que no se halló acabado.

¿Cuándo, númenes divinos,
dulcísimos cisnes, cuándo[316]
merecieron mis descuidos
ocupar vuestros cuidados?

    ¿De dónde a mí tanto elogio?   5
¿De dónde a mí encomio tanto?
¿Tanto pudo la distancia
añadir a mi retrato?

    ¿De qué estatura me hacéis?
¿Qué coloso habéis labrado,   10
que desconoce la altura
del original lo bajo?

    No soy yo lo que pensáis,
si no es que allá me habéis dado
otro ser en vuestras plumas   15
y otro aliento en vuestros labios,

    y diversa de mí misma
entre vuestras plumas ando,
no como soy, sino como
quisisteis imaginarlo.   20

    A regiros por informes,
no me hiciera asombro tanto,
que ya sé cuánto el afecto
sabe agrandar los tamaños.

---

[316] Los "númenes divinos" y los "dulcísimos cisnes" son los autores que
la elogiaron en los preliminares del *Segundo volumen,* publicado en 1692.

        Pero si de mis borrones   25
visteis los humildes rasgos,
que del tiempo más perdido
fueron ocios descuidados,

        ¿qué os pudo mover a aquellos
mal merecidos aplausos?   30
¿Así puede a la verdad
arrastrar lo cortesano?

        ¿A una ignorante mujer,
cuyo estudio no ha pasado
de ratos, a la precisa   35
ocupación mal hurtados;

        a un casi rústico aborto
de unos estériles campos
que el nacer en ellos yo
los hace más agostados;   40

        a una educación inculta,
en cuya infancia ocuparon
las mismas cogitaciones
el oficio de los ayos,[317]

        se dirigen los elogios   45
de los ingenios más claros
que en púlpitos y en escuelas
el mundo venera sabios?

        ¿Cuál fue la ascendente estrella
que, dominando los astros,   50
a mí os ha inclinado, haciendo
lo violento voluntario?

---

[317] vv. 37-44: sor Juana se asombra de tantos elogios; dice que su obra es apenas un "aborto", algo mal formado y salido antes de tiempo; dice no haber recibido educación alguna; no tuvo maestros: sus *ayos*, 'tutores', fueron sus propios pensamientos, *cogitaciones*.

¿Qué mágicas infusiones
de los indios herbolarios
de mi patria, entre mis letras   55
el hechizo derramaron?

    ¿Qué proporción de distancia,
el sonido modulando
de mis hechos, hacer hizo
cónsono lo destemplado?   60

    ¿Qué siniestras perspectivas[318]
dieron aparente ornato
al cuerpo compuesto sólo
de unos mal distintos trazos?

    ¡Oh cuántas veces, oh cuántas,   65
entre las ondas de tantos
no merecidos loores,
elogios mal empleados;

    oh cuántas, encandilada
en tanto golfo de rayos,   70
o hubiera muerto Faetonte
o Narciso peligrado,

    a no tener en mí misma
remedio tan a la mano
como conocerme, siendo   75
lo que los pies para el pavo![319]

    Vergüenza me ocasionáis

---

[318] *siniestras*: 'torcidas'.

[319] vv. 65-76: dice sor Juana que no se cree todo lo admirable que dicen de
ella, porque se conoce bien; como el pavo real deja de presumir su hermoso
plumaje al ver la fealdad de sus patas (según se dice, recoge su cola cuando
ve sus pies), así ella, por saber bien quién es, no alardea de las alabanzas
recibidas. De habérselas creído, hubiera muerto como Faetonte, fulminado
por su soberbia; o como Narciso, muerto en la fuente por amor a su reflejo.

con haberme celebrado,
porque sacan vuestras luces
mis faltas más a lo claro.   80

    Cuando penetrar el sol
intenta cuerpos opacos,
el que piensa beneficio
suele resultar agravio:
    porque densos y groseros,   85
resistiendo en lo apretado
de sus tortüosos poros
la intermisión de los rayos,
    y admitiendo solamente
el superficial contacto,   90
sólo de ocasionar sombras
les sirve lo iluminado.

    Bien así, a la luz de vuestros
panegíricos gallardos,
de mis obscuros borrones   95
quedan los disformes rasgos.

    Honoríficos sepulcros
de cadáveres helados,
a mis conceptos sin alma
son vuestros encomios altos: 100
    elegantes panteones,
en quienes el jaspe y mármol
regia superflua custodia
son de polvo inanimado.

    Todo lo que se recibe   105
no se mensura al tamaño
que en sí tiene, sino al modo
que es del recipiente vaso.

Vosotros me concebisteis
a vuestro modo, y no extraño   110
lo grande: que esos conceptos
por fuerza han de ser milagros.

La imagen de vuestra idea
es la que habéis alabado;
y siendo vuestra, es bien digna   115
de vuestros mismos aplausos.

Celebrad ese, de vuestra
propia aprehensión, simulacro,
para que en vosotros mismos
se vuelva a quedar el lauro.   120

Si no es que el sexo ha podido
o ha querido hacer, por raro,
que el lugar de lo perfecto
obtenga lo extraordinario;[320]

mas a esto solo, por premio   125
era bastante el agrado,
sin desperdiciar conmigo
elogios tan empeñados.

Quien en mi alabanza viere
ocupar juicios tan altos,   130
¿qué dirá, sino que el gusto
tiene en el ingenio mando?...[321]

---

[320] vv. 121-124: como sor Juana no se cree digna de tantos elogios, se explica que pudieran estar motivados por ser mujer: no es que sus versos sean la gran cosa, pero es *extraordinario* que una mujer los escriba, aunque no sean perfectos.

[321] Como se dice en el epígrafe, este romance quedó inconcluso.

15

Romance en que expresa los efectos del amor divino,
y propone morir amante, a pesar de todo riesgo.

Traigo conmigo un cuidado,
y tan esquivo, que creo
que, aunque sé sentirlo tanto,
aun yo misma no lo siento.

    Es amor; pero es amor   5
que, faltándole lo ciego,
los ojos que tiene son
para darle más tormento.

    El término no es *a quo*,[322]
que causa el pesar que veo: 10
que siendo el término el bien,
todo el dolor es el medio.

    Si es lícito, y aun debido,
este cariño que tengo,
¿por qué me han de dar castigo   15
porque pago lo que debo?

    ¡Oh cuánta fineza, oh cuántos
cariños he visto tiernos!
Que amor que se tiene en Dios
es calidad sin opuestos.   20

    De lo lícito no puede
hacer contrarios conceptos,
con que es amor que al olvido
no puede vivir expuesto.

---

[322] El término *a quo* es el origen de donde emana una acción; por ejemplo, en el hecho de dar una muestra de afecto (que es la *fineza* a la que se refiere en el v. 17), el término *a quo* es quien manifiesta esa muestra, quien la recibe sería el término *ad quem*.

Yo me acuerdo (¡oh, nunca fuera!),   25
que he querido en otro tiempo
lo que pasó de locura
y lo que excedió de extremo;

      mas como era amor bastardo,
y de contrarios compuesto,   30
fue fácil desvanecerse
de achaque de su ser mesmo.

      Mas ahora (¡ay de mí!) está
tan en su natural centro,
que la virtud y razón   35
son quien aviva su incendio.

      Quien tal oyere, dirá
que, si es así, ¿por qué peno?
Mas mi corazón ansioso
dirá que por eso mesmo.   40

      ¡Oh humana flaqueza nuestra,
adonde el más puro afecto
aun no sabe desnudarse
del natural sentimiento!

      Tan precisa es la apetencia   45
que a ser amados tenemos,
que, aun sabiendo que no sirve,
nunca dejarla sabemos.

      Que corresponda a mi amor,
nada añade; mas no puedo,   50
por más que lo solicito,
dejar yo de apetecerlo.

      Si es delito, ya lo digo;
si es culpa, ya la confieso;
mas no puedo arrepentirme,   55
por más que hacerlo pretendo.

Bien ha visto, quien penetra
lo interior de mis secretos,
que yo misma estoy formando
los dolores que padezco;   60
    bien sabe que soy yo misma
verdugo de mis deseos,
pues, muertos entre mis ansias,
tienen sepulcro en mi pecho.

    Muero (¿quién lo creerá?) a manos   65
de la cosa que más quiero,
y el motivo de matarme
es el amor que le tengo.

    Así, alimentando, triste,
la vida con el veneno,   70
la misma muerte que vivo,
es la vida con que muero.

    Pero valor, corazón:
porque en tan dulce tormento,
en medio de cualquier suerte   75
no dejar de amar protesto.

16

Pinta la proporción hermosa de la excelentísima señora
condesa de Paredes, con otra de cuidados,
elegantes esdrújulos, que aún le remite desde México
a su Excelencia.[323]

---

[323] Lo que dice el epígrafe es que el romance pinta la hermosa *proporción*
('disposición') de la condesa con otra hermosa proporción: la de los esdrújulos que comienzan cada verso. Este romance decasílabo con comienzo es-
drújulo es "invención" del poeta Agustín de Salazar y Torres, que también
lo usó para confeccionar un poema de retrato.

Lámina sirva el cielo al retrato,[324]
Lísida, de tu angélica forma;
cálamos forme el sol de sus luces;
sílabas las estrellas compongan.

Cárceles tu madeja fabrica: 5
Dédalo que sutilmente forma
vínculos de dorados Ofires,
Tíbares de prisiones gustosas.[325]

Hécate, no triforme, mas llena,[326]
pródiga de candores asoma;   10
trémula no en tu frente se oculta,
fúlgida su esplendor desemboza.

Círculo dividido en dos arcos,
pérsica forman lid belicosa;[327]
áspides que por flechas disparas,   15
víboras de halagüeña ponzoña.

Lámparas, tus dos ojos, febeas[328]
súbitos resplandores arrojan:
pólvora que, a las almas que llega,
tórridas, abrasadas transforma.   20

---

[324] El único lienzo digno para pintar a María Luisa (*Lisis* en otros poemas; aquí, *Lísida*) es el cielo; v. 3 *cálamos*: 'pinceles'.

[325] La cabellera es como una cárcel, un laberinto de Dédalo (constructor del laberinto de Creta), para los enamorados de María Luisa; como en todo retrato petrarquista, el cabello es dorado: *Tíbar* era un lugar mítico, en el centro de África, en donde se obtenía oro; *Ofir*: lugar bíblico, también rico en oro (de donde, se supone, provino el oro para el célebre templo de Salomón).

[326] *Hécate* es la luna; *triforme* por sus fases; pero la belleza de María Luisa es sólo la de la luna llena.

[327] Los *arcos* son las cejas (por estar perfectamente arqueadas); llama *pérsica* a la lucha con arcos, porque los persas eran, proverbialmente, excelentes arqueros.

[328] *febeas*: de Febo, el sol.

Límite de una y otra luz pura,
último, tu nariz judiciosa,
árbitro es entre dos confinantes,
máquina que divide una y otra.

Cátedras del Abril, tus mejillas,   25
clásicas dan a Mayo, estudiosas,
métodos a jazmines nevados,
fórmula rubicunda a las rosas.

Lágrimas del aurora congela,[329]
búcaro de fragancias, tu boca: 30
rúbrica con carmines escrita,
cláusula de coral y de aljófar.

Cóncavo es, breve pira, en la barba,[330]
pórfido en que las almas reposan:
túmulo les eriges de luces,   35
bóveda de luceros las honra.

Tránsito a los jardines de Venus,[331]
órgano es de marfil, en canora
música, tu garganta, que en dulces
éxtasis aun al viento aprisiona.   40

Pámpanos de cristal y de nieve,[332]
cándidos tus dos brazos, provocan

---

[329] Las *lágrimas de la Aurora* son las gotas de rocío; congeladas son como perlitas blancas, o sea, los dientes; los *aljófares* son perlas pequeñas de río.

[330] La *pira de la barba* es el hoyuelo de la barbilla.

[331] *jardines de Venus*: los deliciosos pechos de María Luisa.

[332] *Pámpanos*: sarmiento tierno; *Tántalo* es un personaje mitológico que fue castigado por los dioses a sufrir hambre y sed eternas: sumergido en el agua hasta el cuello, no podía beber, pues cada que lo intentaba, el agua se alejaba; sobre él pendían ramas de árboles frutales, pero si intentaba coger una fruta, la rama se levantaba. El deseo hacia la virreina es como el de Tántalo: con la tentación eterna de su belleza, pero sin poder alcanzarla.

Tántalos, los deseos ayunos:
míseros, sienten frutas y ondas.

Dátiles de alabastro tus dedos,   45
fértiles de tus dos palmas brotan,[333]
frígidos si los ojos los miran,
cálidos si las almas los tocan.

Bósforo de estrechez tu cintura,[334]
cíngulo ciñe breve por zona;   50
rígida, si de seda, clausura,
músculos nos oculta ambiciosa.

Cúmulo de primores tu talle,
dóricas esculturas asombra:
jónicos lineamientos desprecia,   55
émula su labor de sí propia.

Móviles pequeñeces tus plantas,
sólidos pavimentos ignoran;
mágicos que, a los vientos que pisan,
tósigos de beldad inficionan.[335]   60

Plátano tu gentil estatura,[336]
flámula es, que a los aires tremola:
ágiles movimientos, que esparcen
bálsamo de fragantes aromas.

Índices de tu rara hermosura,   65

---

[333] Estás imágenes están hechas a partir de un ingenioso juego etimológico: las *palmas* de las manos tienen dedos, *dáctilos*, como las palmas, 'palmeras', dátiles (término que suena como *dáctilos*).

[334] El *Bósforo* es el estrecho que separa la parte europea de Turquía de la asiática; la cintura es, como el Bósforo, estrecha, por lo que ciñe como cinturón (*zona*) un *cíngulo* breve.

[335] *inficionan*: 'envenenan'.

[336] *Plátano*: no es el árbol de la fruta que conocemos, *banano*, sino un árbol de Europa, que es alto y frondoso.

rústicas estas líneas son cortas;
cítara solamente de Apolo
méritos cante tuyos, sonora.

17

Endechas que discurren fantasías tristes de un ausente.[337]

Prolija memoria,
permite siquiera
que por un instante
sosieguen mis penas.
   Afloja el cordel,   5
que, según aprietas,
temo que reviente
si das otra vuelta.
   Mira que si acabas
con mi vida, cesa   10
de tus tiranías
la triste materia.
   No piedad te pido
en aquestas treguas,
sino que otra especie   15
de tormento sea.
   Ni de mí presumas
que soy tan grosera
que la vida sólo
para vivir quiera.   20
   Bien sabes tú, como
quien está tan cerca,

---

[337] *endecha*: solía llamarse *endechas* a los romances de 6 y 7 sílabas (lo "normal" eran los romances de versos octosílabos).

que sólo la estimo
por sentir con ella,[338]

    y porque, perdida,   25
perder era fuerza
un amor que pide
duración eterna.

    Por eso te pido
que tengas clemencia,   30
no por que yo viva,
sí por que él no muera.[339]

    ¿No basta cuán vivas
se me representan
de mi ausente cielo   35
las divinas prendas?

    ¿No basta acordarme
sus caricias tiernas,
sus dulces palabras,
sus nobles finezas?   40

    ¿Y no basta que,
industriosa, crezcas
con pasadas glorias
mis presentes penas,

    sino que (¡ay de mí!,   45
mi bien, ¿quién pudiera
no hacerte este agravio
de temer mi ofensa?),

---

[338] *con ella*: con la vida; como en el verso siguiente, *perdida* se refiere a la vida.

[339] "sí porque *él* no muera", *él*: ese amor, ese tormento mencionado en el v. 16.

sino que, villana,[340]
persuadirme intentas   50
que mi agravio es
posible que sea?

    Y para formarlo,
con necia agudeza,
concuerdas palabras,   55
acciones contextas:[341]

        sus proposiciones
me las interpretas,
y lo que en paz dijo,[342]
me sirve de guerra.   60

        ¿Para qué examinas
si habrá quien merezca
de sus bellos ojos
atenciones tiernas;

        si de otra hermosura   65
acaso le llevan
méritos más altos,
más dulces ternezas;

        si de obligaciones
la carga molesta   70
le obliga en mi agravio
a pagar la deuda?

        ¿Para qué ventilas
la cuestión superflua

---

[340] *villana*: la memoria; vv. 49-60: la memoria, maliciosa, intenta convencerla de que su amor está en riesgo, y para ello, con agudeza y elocuencia, le hace recordar conversaciones y acciones, torciendo el sentido e intención auténtica.

[341] *contextas*: del verbo *contextar*, 'confrontar'.

[342] El sujeto de "lo que en paz dijo" es *mi cielo*, del v. 35.

de si es la mudanza   75
hija de la ausencia?[343]

      Yo ya sé que es frágil
la naturaleza,
y que su constancia
sola, es no tenerla.   80

      Sé que la mudanza
por puntos, en ella
es de su ser propio
caduca dolencia.

      Pero también sé   85
que ha habido firmeza;
que ha habido excepciones
de la común regla.

      Pues ¿por qué la suya
quieres tú que sea,   90
siendo ambas posibles,
de aquélla y no de ésta?[344]

      Mas ¡ay! que ya escucho
que das por respuesta
que son más seguras   95
las cosas adversas.

      Con estos temores,
en confusa guerra,
entre muerte y vida
me tienes suspensa.   100

---

[343] '¿Para qué, memoria, me atormentas con la idea de que si estoy ausente él mudará sus sentimientos?'.

[344] *aquélla* es la *mudanza* del v. 81, y *ésta*, la *firmeza* del v. 86: '¿por qué el amado ha de inclinarse más por la *mudanza* que por la *firmeza*, si ambas son igualmente posibles?'.

Ven a algún partido
de una vez, y acepta
permitir que viva
o dejar que muera.

18

Redondillas [sic] *para cantar a la música*
de un tono y baile regional,
que llaman el Cardador.[345]

A Belilla pinto
(tengan atención),
porque es de la carda,
por el cardador.[346]

 Del pelo el esquilmo,   5
mejor que Absalón,[347]
se vende por oro,
con ser de vellón.

 En su frente lisa
Amor escribió,   10

---

[345] En realidad, la composición es un romancillo hexasílabo, con asonancia aguda en *-ó*; no son redondillas, que son cuartetas de versos octosílabos con rima consonante.

[346] *carda*: tabla con púas que se usa para suavizar la lana; *cardador*: es el que carda la lana (por eso el v. 5 habla de *esquilmo*: fruto que se obtiene de viñas, huertos, ovejas; y de *vellón*, que es toda la lana que se obtiene de una oveja; es también una moneda, aleación de plata y cobre), y es el nombre del baile; pero también existe la expresión *gente de la carda* o *los de la carda*: 'rufianes'. Por lo que, quizá, sor Juana usó un registro irónico, y cada cuarteta tiene una doble lectura: seria y chusca.

[347] El cabello de Belilla es tan rubio y abundante como el de Absalón, héroe bíblico (en 2 Sam. 18:6-9 se cuenta que huyendo del ejército del rey David, su padre, fue atrapado porque su cabellera se quedó enredada en el ramaje de una encina).

y dejó las cejas
a plana renglón.[348]

   Los ojos rasgados,
de *ábate que voy,*[349]
y luego unas niñas   15
de *líbrenos Dios.*

   Con tener en todo
tan grande sazón,
sólo las mejillas
se quedan en flor.[350]   20

   Ámbar es y algalia[351]
la respiración,
y así las narices
andan al olor.

   De los lacticinios[352]   25
nunca se guardó,

---

[348] La única línea en la frente lisa, sin arrugas, de Belilla es la que dibujan las cejas. En la doble lectura que propongo, podría ser que las cejas fueran delgadas y bien formadas, o que fuera una "cejona".

[349] Los "ojos rasgados" no remiten a lo que ahora entendemos por *rasgados*; al contrario, significa grandes y muy abiertos; los de Belilla son tan grandes, que dicen 'Háganse que ahí les voy'.

[350] Es decir, las mejillas, que son como *flores* (las tradicionales rosas y azucenas que hacen el color rosado de la hermosa), no llegan a *sazón*, no maduran para ser fruto.

[351] *algalia*: suciedad que engendra cierta especie de gatos, con la que se hacía una pomada muy odorífera. Cuando don Quijote sale de la venta (Primera parte, cap. IV), se encuentra con unos mercaderes, con los que habla de Dulcinea; ellos le piden que les muestre un retrato de la dama, porque a lo mejor es tuerta y del otro ojo "le mana bermellón y piedra azufre". Don Quijote les responde: "No le mana, canalla infame [...], no le mana digo, eso que decís, sino ámbar y algalia..." (*Don Quijote...*, p. 54).

[352] *lacticinios*: 'lácteos', y la leche está para ponderar la blancura del cuello; "nunca se guardó": Belilla no se privó de comer lácteos. Como puede verse en la *Respuesta a sor Filotea de la Cruz*, sor Juana cuenta que de niña no comía queso, porque había oído decir que "hacía rudos ['tontos']" (véase pp. 326).

pues siempre en su cuello
se halla requesón.

    Es tan aseada[353]
que, sin prevención,   30
en sus manos siempre
está el almidón.

    Talle más estrecho
que la condición
de cierta persona   35
que conozco yo.

    Pie a quien de tan poco
sirve el calzador,
que aun el poleví[354]
tiene por ramplón.   40

    Éste, de Belilla
no es retrato, no;
ni bosquejo, sino
no más de un borrón.

19

Endechas que expresan cultos conceptos de afecto singular.

Sabrás, querido Fabio,
si ignoras que te quiero
—que ignorar lo dichoso
es muy de lo discreto—,
    que apenas fuiste blanco   5
en que el rapaz arquero[355]

---

[353] *aseada*: no tanto 'limpia', como 'bien arreglada'.
[354] *poleví*: zapato elegante, de tacón. Belilla es tan exquisita que incluso
el *poleví* le parece vulgar, o tiene el pie tan grande que no le entra el poleví.
[355] El *rapaz arquero* es Cupido.

del tiro indefectible
logró el mejor acierto,
    cuando en mi pecho amante
brotaron, al incendio   10
de recíprocas llamas,
conformes ardimientos.

    ¿No has visto, Fabio mío,
cuando el señor de Delos[356]
hiere con armas de oro   15
la luna de un espejo,
    que haciendo en el cristal
reflejo el rayo bello,
hiere, repercusivo,
al más cercano objeto?[357]   20

    Pues así —del Amor
las flechas, que en mi pecho
tu resistente nieve
les dio mayor esfuerzo,
    vueltas a mí las puntas—,   25
dispuso Amor soberbio
sólo con un impulso
dos alcanzar trofeos.[358]

    Díganlo las ruïnas
de mi valor deshecho,   30
que en contritas cenizas
predican escarmientos.

    Mi corazón lo diga,

---

[356] *el señor de Delos*: Apolo, el sol.

[357] vv. 13-20: el reflejo de los rayos del sol en un espejo es aún más resplandeciente que los rayos mismos.

[358] *dos alcanzar trofeos*: como lo aclaran, respectivamente, las dos cuartetas siguientes, un trofeo es su *valor*, el otro, su *corazón*.

que, en padrones eternos,[359]
inextinguibles guarda   35
testimonios del fuego: .
    segunda Troya el alma,[360]
de ardientes Mongibelos
es pavesa a la saña
de más astuto griego;   40
    de las sangrientas viras
los enherbados hierros[361]
por las venas difunden
el amable veneno;
    las cercenadas voces   45
que, en balbucientes ecos,
si el amor las impele,
las retiene el respeto;
    las niñas de mis ojos
que, con mirar travieso,   50
sinceramente parlan
del alma los secretos;
    el turbado semblante
y el impedido aliento,
en cuya muda calma   55
da voces el afecto;
    aquel decirte más

---

[359] *padrones*: lápidas o inscripciones donde se consignan y conservan los hechos memorables.

[360] El alma es una *segunda Troya* porque está, como estuvo Troya, abrasada por el fuego. *Mongibelo*: el Etna; sólo hay un volcán Etna, pero es para enfatizar el fuego (amoroso) que arde en el alma, que es como el de dos volcanes; el *más astuto griego* es Ulises, quien ideó la estratagema del caballo de madera, origen de la caída de Troya.

[361] *enherbados*: como "enyerbados"; las puntas metálicas de las flechas, untadas con hierbas venenosas.

cuando me explico menos,
queriendo en negaciones
expresar los conceptos.   60

    Y, en fin, dígaslo tú,
que de mis pensamientos,
lince sutil, penetras
los más ocultos senos.

    Si he dicho que te he visto,   65
mi amor está supuesto,
pues es correlativo
de tus merecimientos.[362]

    Si a ellos atiendes, Fabio,
con indicios más ciertos   70
verás de mis finezas
evidentes contextos.[363]

    Ellos a ti te basten;
que si prosigo, pienso
que con superfluas voces
su autoridad ofendo.   75

                        20
Endechas que prorrumpen en las voces
del dolor al despedirse para una ausencia.

Si acaso, Fabio mío,
después de penas tantas,
quedan para la queja
alientos en el alma;
    si acaso en las cenizas   5

---

[362] *mi amor está supuesto*: mi amor se sobreentiende; *pues es correlati-*
vo…: 'pues con esas prendas que te adornan, cómo no te voy a amar'.
[363] *contextos*: 'pruebas', 'demostraciones'.

de mi muerta esperanza
se libró por pequeña
alguna débil rama
    adonde entretenerse,
con fuerza limitada,   10
el rato que me escuchas
pueda la vital aura;
    si acaso a la tijera
mortal que me amenaza
concede breves treguas   15
la inexorable Parca,[364]
    oye, en tristes endechas,
las tiernas consonancias
que al moribundo cisne[365]
sirven de exequias blandas.   20
    Y antes que noche eterna,
con letal llave opaca,
de mis trémulos ojos
cierre las lumbres vagas,
    dame el postrer abrazo,   25
cuyas tiernas lazadas,
siendo unión de los cuerpos,
identifican almas.
    Oiga tus dulces ecos
y, en cadencias turbadas,   30
no permita el ahogo
enteras las palabras.

---

[364] La *Parca* que corta el hilo de la vida (véase la p. 69, nota 69).

[365] El cisne, en realidad, no canta: emite un graznido sordo; pero es lugar común, desde la literatura clásica, que canta muy melodiosamente justo antes de morir, como profetizando su muerte: "Con su lengua mortecina entona dulces canciones / el cisne, cantor él mismo de su propia muerte" (Marcial, *Epigramas*, lib. XIII, epig. 77).

De tu rostro en el mío
haz amorosa estampa;
y las mejillas frías   35
de ardiente llanto baña.

Tus lágrimas y mías
digan, equivocadas,[366]
que, aunque en distintos pechos,
las engendró una causa.   40

Unidas de las manos
las bien tejidas palmas,
con movimientos digan
lo que los labios callan.

Dame, por prendas firmes   45
de tu fe no violada,
en tu pecho escrituras,
seguros en tu cara,

para que cuando baje
a las estigias aguas,   50
tuyo el óbolo sea[367]
para fletar la barca.

Recibe de mis labios
el que, en mortales ansias,
el exánime pecho   55
último aliento exhala.[368]

---

[366] *equivocadas*: 'mezcladas tus lágrimas con las mías, sin poder distinguirse unas de otras'; *distintos pechos*: los corazones de él y de ella; *una causa*: el mutuo amor.

[367] *estigias aguas*: las aguas de la laguna Estigia, en el Hades, en el mundo clásico, el lugar de los muertos. El *óbolo* es la moneda que se daba a Caronte, el barquero que conducía las almas de los muertos de un extremo a otro de la laguna.

[368] vv. 53-56: hipérbaton a lo Góngora, que puede armarse así: 'Recibe de mis labios el último aliento que el exánime pecho exhala en mortales ansias'. La violencia sintáctica refleja el sofoco de ese *último aliento*.

Y el espíritu ardiente
que, vivífica llama,
de acto sirvió primero
a tierra organizada,[369]   60
recibe, y de tu pecho
en la dulce morada
padrón eterno sea
de mi fineza rara.
Y adiós, Fabio querido,   65
que ya el aliento falta,
y de vivir se aleja
la que de ti se aparta.

21

Endechas que explican un ingenioso sentir
de ausente y desdeñado.

Me acerco y me retiro:
¿quién sino yo hallar puedo
a la ausencia en los ojos,
la presencia en lo lejos?[370]
Del desprecio de Filis,[371]   5
infelice, me ausento.
¡Ay de aquel en quien es
aun pérdida el desprecio!
Tan atento la adoro

---

[369] El *espíritu ardiente* es el alma, y la *tierra organizada*, la parte material:
el cuerpo; *recibe el espíritu ardiente*: 'recibe mi alma'.

[370] vv. 1-4: 'Estoy contigo y te siento ausente (*hallar la ausencia en los
ojos*); estás lejos y te siento presente (*la presencia en los ojos*). Contradicciones propias del enamorado/a.

[371] *Filis*: equivale a *Lisi*, por tanto quizá también a la virreina María
Luisa, para este momento ya lejos (en España).

que, en el mal que padezco,   10
no siento sus rigores
tanto como el perderlos.

     No pierdo, al partir, sólo
los bienes que poseo,
si en Filis, que no es mía,   15
pierdo lo que no pierdo.

     ¡Ay de quien un desdén
lograba tan atento,
que por no ser dolor
no se atrevió a ser premio![372]   20

     Pues viendo, en mi destino,
preciso mi destierro,
me desdeñaba más
por que perdiera menos.

     ¡Ay! ¿Quién te enseñó, Filis,   25
tan primoroso medio:
vedar a los desdenes
el traje del afecto?

     A vivir ignorado
de tus luces, me ausento,   30
donde ni aun mi mal sirva
a tu desdén de obsequio.

22

Expresa, aún con expresiones más vivas.[373]

Agora que conmigo
sola en este retrete,[374]

---

[372] vv. 17-20: 'Qué diera por que Filis estuviera presente, aunque me desdeñara'.

[373] El tema es la muerte del amado/a.

[374] *retrete*: la habitación más apartada, reservada y privada de una casa.

por pena, o por alivio.
permite Amor que quede;
    agora, pues, que hurtada   5
estoy, un rato breve,
de la atención de tantos
ojos impertinentes,
    salgan del pecho, salgan
en lágrimas ardientes,   10
las represadas penas
de mis ansias crüeles.
    ¡Afuera ceremonias
de atenciones corteses,
alivios afectados,   15
consuelos aparentes!
    Salga el dolor de madre,
y rompa vuestras puentes[375]
del raudal de mi llanto
el rápido torrente.   20
    En exhalados rayos
salgan confusamente[376]
suspiros que me abrasen,
lágrimas que me aneguen.
    Corran de sangre pura,   25
que mi corazón vierte,
de mis perennes ojos
las dolorosas fuentes.
    Dé voces mi dolor,

---

[375] *Salir de madre* se dice cuando un río, por aumentar su caudal, sale de su cauce. Aquí el dolor es tan fuerte, que el llanto es "caudaloso" y rompe puentes; *vuestras puentes*: en la época, *puente* era sustantivo femenino.

[376] *confusamente*: 'mezcladamente' suspiros y lágrimas.

que empañen, indecentes,   30
esos espejos puros
de la esfera celeste.

    Publique, con los gritos,
que ya sufrir no puede
del tormento inhumano   35
las cuerdas inclementes.

    Ceda al amor el juicio,
y con extremos muestre
que es solo de mi pecho
el duro presidente.   40

    ¡En fin, murió mi esposo!
Pues ¿cómo, indignamente,
yo la suya pronuncio
sin pronunciar mi muerte?

    ¿Él sin vida, y yo animo   45
este compuesto débil?[377]
¿Yo con voz, y él difunto?
¿Yo viva, cuando él muere?

    No es posible; sin duda
que, con mi amor aleves,   50
o la pena me engaña
o la vida me miente.[378]

    Si él era mi alma y vida,
¿cómo podrá creerse
que sin alma me anime,   55
que sin vida me aliente?

    ¿Quién conserva mi vida,

---

[377] *compuesto débil*: cuerpo y alma de la pobre viuda.
[378] vv. 49-52: son *aleves* ('crueles') con su amor la pena y la vida; una *engaña*, la otra *miente*.

o de adónde le viene
aire con que respire,
calor que la fomente? 60

    Sin duda que es mi amor
el que en mi pecho enciende
estas señas, que en mí
parecen de viviente.

    Y como, en un madero 65
que abrasa el fuego ardiente,
nos parece que luce
lo mismo que padece,

    y cuando el vegetable
humor en él perece, 70
nos parece que vive
y no es sino que muere,

    así yo, en las mortales
ansias que el alma siente,
me animo con las mismas 75
congojas de la muerte.

    ¡Oh, de una vez acabe,
y no, cobardemente,
por resistirme de una,
muera de tantas veces! 80

    ¡Oh, caiga sobre mí
la esfera transparente,
desplomados del polo[379]
sus diamantinos ejes!

    ¡Oh, el centro en sus cavernas 85
me preste obscuro albergue,

---

[379] *polo*: el cielo.

cubriendo mis desdichas
la máquina terrestre!

    ¡Oh, el mar, entre sus ondas
sepultada, me entregue   90
por mísero alimento
a sus voraces peces!

    ¡Niegue el sol a mis ojos
sus rayos refulgentes,
y el aire a mis suspiros   95
el necesario ambiente!

    ¡Cúbrame eterna noche,
y el siempre obscuro Lete[380]
borre mi nombre infausto
del pecho de las gentes!   100

    Mas ¡ay de mí!, que todas
las criaturas crüeles
solicitan que viva
porque gustan que pene.

    ¿Pues qué espero? Mis propias   105
penas de mí me venguen
y a mi garganta sirvan
de funestos cordeles,

    diciendo con mi ejemplo
a quien mis penas viere: 110
Aquí murió una vida
por que un amor viviese.

---

[380] El *Lete* o *Leteo* es el río del Olvido, y, como la laguna Estigia, está en
el mundo de los muertos.

23

Consuelos seguros en el desengaño.

Ya, desengaño mío,
llegasteis al extremo
que pudo en vuestro ser
verificar el serlo.

Todo lo habéis perdido;   5
mas no todo, pues creo
que aun a costa es de todo
barato el escarmiento.

No envidiaréis de Amor
los gustos lisonjeros: 10
que está un escarmentado
muy remoto del riesgo.

El no esperar alguno
me sirve de consuelo;
que también es alivio   15
el no buscar remedio.

En la pérdida misma
los alivios encuentro:
pues si perdí el tesoro,
también se perdió el miedo.   20

No tener qué perder
me sirve de sosiego;
que no teme ladrones,
desnudo, el pasajero.

Ni aun la libertad misma   25
tenerla por bien quiero:
que luego será daño
si por tal la poseo.

No quiero más cuidados
de bienes tan inciertos,   30
sino tener el alma
como que no la tengo.

24

Endechas con otra pintura de la misma excelentísima
señora, por comparaciones de varios héroes.[381]

Con los héroes a Elvira
mi amor retrata,
para que la pintura
valiente salga.
   Ulises es su pelo,   5
con Alejandro:
porque es sutil el uno,
y el otro largo.[382]
   Un Colón es su frente
por dilatada,   10
porque es quien su imperio
más adelanta.[383]
   A Cortés y Pizarro
tiene en las cejas,
porque son sus divisas   15
medias esferas.
   César son y Pompeyo

---

[381] *la misma excelentísima señora* es la virreina condesa de Galve (véase p.
108, nota 165); no son *endechas*, sino seguidillas, pues cambia la asonancia
de una cuarteta a otra.

[382] Ulises es *sutil*, 'inteligente', 'agudo'; Alejandro (Alejandro Magno),
largo, 'generoso'.

[383] Colón descubrió América y *dilató* ('extendió') el imperio hispánico.

sus bellos ojos,
porque hay guerras civiles
del uno al otro.[384]   20

        Es su proporcionada
nariz hermosa
Anibal, porque siempre
se opone a Roma.[385]

        Alencastro y Ayorque   25
son sus mejillas,
porque mezcladas rosas
son sus divisas.[386]

        A su boca no hay héroe,
porque no encuentro   30
con alguno que tenga
tan buen aliento.[387]

        Es su bien torneado
cándido cuello,
Hércules, pues él solo   35
sustenta el cielo.[388]

        De Scévola las manos,

---

[384] César y Pompeyo se enfrentaron para quedar sólo uno como autoridad absoluta de Roma; se trató de una guerra civil, entre compatriotas, entre iguales y cercanos, de la misma manera que los ojos, siendo iguales, rivalizan por ver cuál es el más hermoso.

[385] *Anibal*: en estos siglos, palabra aguda. Aníbal, general cartaginense, eternamente en lucha contra Roma, por eso *opuesto a Roma*; *roma* significa también "chata"; la nariz de Elvira es opuesta a *roma* porque no es chata.

[386] Alencastro y Ayorque son las dos casas reales inglesas: Lancaster y York; la primera representada por la rosa roja, y la segunda, por la blanca. Las mejillas de Elvira reúnen las dos rosas por su color "rosado" (ni rojo, ni blanco).

[387] *aliento* vale por "olor" y por "valor" (de los héroes).

[388] Por un tiempo Hércules sustituyó a Atlante, quien cargaba la bóveda celeste, como el cuello de Elvira carga el *cielo* de su rostro.

aunque nevadas,
son: pues en ellas siempre
tiene las brasas.[389]   40
    Los pies, si es que los tiene,
nunca los vide;[390]
y es que nunca a un valiente
los pies le sirven.

25

Endechas irregulares, demostrando afectos
de un favorecido que se ausenta.[391]

Divino dueño mío:[392]
si, al tiempo de apartarme,
tiene mi amante pecho
alientos de quejarse,
oye mis penas, mira mis males.   5
    Aliéntese el dolor,
si es que puede alentarse;
y, a vista de perderte,
mi corazón exhale
llanto a la tierra, quejas al aire.   10

---

[389] *Scévola*: soldado romano que puso una de sus manos en el fuego, para autocastigarse porque no había logrado matar a Porsena, rey etrusco que sitiaba Roma. Las manos de Elvira son *nevadas*, 'blanquísimas', aunque *tienen las brasas* del amor.

[390] En la convención del retrato poético y de las características de una mujer hermosa, se suponía que los pies eran pequeñísimos, por eso no se alcanzan a ver; a un valiente no le sirven los pies, porque no huye.

[391] Normalmente las endechas son cuartetas de hexasílabos o heptasílabos; aquí son estrofitas de cinco versos: cuatro de siete sílabas y uno de diez, y riman los versos 2, 4 y 5 de cada una, por eso *irregulares* (excepto v. 35).

[392] El *dueño* es la amada; es una reminiscencia de la lírica del amor cortés: el poeta cantaba a la dama como si fuera un señor (feudal) y él su siervo.

Apenas de tus ojos
quise al sol elevarme,
cuando mi precipicio
da, en sentidas señales,
venganza al fuego, nombre a los mares.[393]   15
     Apenas tus favores
quisieron coronarme,
dichoso más que todos,
felice como nadie,
cuando los gustos fueron pesares.   20
     Sin duda el ser dichoso
es la culpa más grave,
pues mi fortuna adversa
dispone que la pague
con que a mis ojos tus luces falten.   25
     ¡Ay, dura ley de ausencia!,
¿quién podrá derogarte,
si adonde yo no quiero
me llevas, sin llevarme,
con alma muerto, vivo cadáver?[394]   30
     Será de tus favores
sólo el corazón cárcel,
por ser aun el silencio,
si quiero que los guarde,
custodio indigno, sigilo frágil.   35
     Y puesto que me ausento,

---

[393] Como Faetonte que, al volar tan alto, fue derribado por Júpiter (*mi precipicio*, *venganza de fuego*), y como Ícaro que, cuando se derritieron sus alas, cayó al mar, el cual recibió su nombre: mar de *Icaria*.

[394] Véanse los vv. 202-203 del *Primero sueño*: el cuerpo dormido es "un cadáver con alma / muerto a la vida y a la muerte vivo".

por el último *vale*[395]
te prometo, rendido,
con fe y amor constante,
siempre quererte, nunca olvidarte.   40

26

*En que describe los efectos irracionales
del amor, racionalmente.*

Este amoroso tormento
que en mi corazón se ve,
sé que lo siento, y no sé
la causa por que lo siento.

 Siento una grave agonía   5
por lograr un devaneo,
que empieza como deseo
y pára en melancolía.

 Y cuando con más terneza
mi infeliz estado lloro,   10
sé que estoy triste e ignoro
la causa de mi tristeza.

 Siento un anhelo tirano
por la ocasión a que aspiro,
y cuando cerca la miro   15
yo misma aparto la mano;

 porque, si acaso se ofrece,
después de tanto desvelo,
la desazona el recelo
o el susto la desvanece.   20

 Y si alguna vez sin susto

---

[395] *vale*: 'adiós' en latín.

consigo tal posesión,
cualquiera leve ocasión
me malogra todo el gusto.

Siento mal del mismo bien   25
con receloso temor,
y me obliga el mismo amor
tal vez a mostrar desdén.[396]

Cualquier leve ocasión labra
en mi pecho, de manera,   30
que el que imposibles venciera
se irrita de una palabra.

Con poca causa ofendida,[397]
suelo, en mitad de mi amor,
negar un leve favor   35
a quien le diera la vida.

Ya sufrida, ya irritada,
con contrarias penas lucho:
que por él sufriré mucho,
y con él sufriré nada.   40

No sé en qué lógica cabe
el que tal cuestión se pruebe:
que por él lo grave es leve,
y con él lo leve es grave.

Sin bastantes fundamentos   45
forman mis tristes cuidados,
de conceptos engañados,
un monte de sentimientos;

y en aquel fiero conjunto
hallo, cuando se derriba,   50

---

[396] *tal vez*: 'alguna vez', 'a veces' (también en los vv. 53, 66 y 74).
[397] *ofendida*: 'lastimada'.

que aquella máquina altiva
sólo estribaba en un punto.

   Tal vez el dolor me engaña
y presumo, sin razón,
que no habrá satisfacción   55
que pueda templar mi saña;

   y cuando a averiguar llego
el agravio por que riño,
es como espanto de niño
que pára en burlas y juego.   60

   Y aunque el desengaño toco,
con la misma pena lucho,
de ver que padezco mucho
padeciendo por tan poco.

   A vengarse se abalanza   65
tal vez el alma ofendida;
y después, arrepentida,
toma de mí otra venganza.

   Y si al desdén satisfago,
es con tan ambiguo error,   70
que yo pienso que es rigor
y se remata en halago.

   Hasta el labio desatento
suele, equívoco, tal vez,
por usar de la altivez   75
encontrar el rendimiento.

   Cuando por soñada culpa
con más enojo me incito,
yo le acrimino el delito
y le busco la disculpa.   80

   No huyo el mal ni busco el bien:

porque, en mi confuso error,
ni me asegura el amor
ni me despecha el desdén.

    En mi ciego devaneo,   85
bien hallada en mi engaño,
solicito el desengaño
y no encontrarlo deseo.

    Si alguno mis quejas oye,
más a decirlas me obliga   90
por que me las contradiga,
que no por que las apoye.

    Porque si con la pasión
algo contra mi amor digo,
es mi mayor enemigo   95
quien me concede razón.

    Y si acaso en mi provecho
hallo la razón propicia,
me embaraza la justicia
y ando cediendo el derecho.   100

    Nunca hallo gusto cumplido,
porque, entre alivio y dolor,
hallo culpa en el amor
y disculpa en el olvido.

    Esto de mi pena dura   105
es algo del dolor fiero;
y mucho más no refiero
porque pasa de locura.

    Si acaso me contradigo
en este confuso error,   110
aquel que tuviere amor
entenderá lo que digo.

*Enigmas ofrecidos a la discreta inteligencia de la soberana
asamblea de la Casa del Placer por su más rendida y fiel
aficionada, sóror Juana Inés de la Cruz.*

¿Cuál es aquella homicida
que, piadosamente ingrata,
siempre en cuanto vive mata
y muere cuando da vida?[399]

   ¿Cuál será aquella aflicción   5
que es, con igual tiranía,
el callarla, cobardía,
decirla, desatención?[400]

   ¿Cuál puede ser el dolor
de efecto tan desigual   10
que, siendo en sí el mayor mal,
remedia otro mal mayor?

---

[398] Esta composición no figura en el t. 1 de las *Obras completas* editadas por Méndez Plancarte. Enrique Martínez López la publicó por primera vez en su edición de los *Enigmas* (*Revista de Literatura*, 33, 1968, pp. 53-84. Antonio Alatorre la incluyó en su edición de la *Lírica personal* (pp. 307-311). En el prólogo, explica Alatorre que en Lisboa había varias monjas aficionadas a los juegos literarios; estas monjas estaban en contacto continuo y formaron una academia llamada "La Casa del Placer". Cuando leyeron la *Inundación castálida* (publicada en 1689) se fascinaron con la casuística de sor Juana, monja como ellas, y buscaron entrar en correspondencia con ella. Sor Juana entendió perfectamente qué clase de juegos poéticos esperaban las portuguesas y respondió a su petición con estos enigmas, especie de adivinanzas.

[399] Alatorre supone que la solución a este enigma es la esperanza.

[400] ¿Será el amor no correspondido? Véanse más adelante los sonetos "Que no me quiera Fabio, al verse amado…", "Feliciano me adora y le aborrezco…" y "Al que ingrato me deja, busco amante…". También hay que considerar los siguientes versos del romance "Alla va, Julio de Enero…" (Núm. 7 de las eds. de Méndez Plancarte y de Alatorre; no incluido en esta antología): "…y más, habiendo delitos / de afecto tan encontrados, / que, aunque es delito el hacerlos, / es pundonor sustentarlos" (vv. 81-84).

¿Cuál es la sirena atroz
que en dulces ecos veloces
muestra el seguro en sus voces,   15
guarda el peligro en su voz?[401]
　　¿Cuál es aquella deidad
que con tan ciega ambición,
cautivando la razón,
toda se hace libertad?   20
　　¿Cuál puede ser el cuidado
que, libremente imperioso,
se hace a sí mismo dichoso
y a sí mismo desdichado?[402]
　　¿Cuál será aquella pasión   25
que no merece piedad,
pues peligra en necedad
por ser toda obstinación?[403]
　　¿Cuál puede ser el contento
que, con hipócrita acción,   30
por sendas de recreación
va caminando al tormento?[404]
　　¿Cuál será la idolatría
de tan alta potestad
que hace el ruego indignidad,   35
la esperanza grosería?

---

[401] Alatorre da por buena la solución de Gabriel Zaid a este enigma: la Fama.
Véase el soneto: "¿Tan grande, ¡ay hado!, mi delito ha sido…?" (núm. 150 de
las eds. de Méndez Plancarte y de Alatorre; no incluido en esta antología):
"Dísteme aplausos, para más baldones; / subir me hiciste, para penas tales…".

[402] ¿Los celos?

[403] ¿El amor no correspondido?

[404] ¿El amor al conocimiento? (véase el romance "Traigo conmigo un
cuidado…", núm. 15).

¿Cuál será aquella expresión
que, cuando el dolor provoca,
antes de voz en la boca
hace eco en el corazón?   40

¿Cuáles serán los despojos
que, al sentir algún despecho,
siendo tormento en el pecho
es desahogo en los ojos?[405]

¿Cuál puede ser el favor   45
que, por oculta virtud,
si se logra es inquietud
y si se espera es temor?[406]

¿Cuál es la temeridad
de tan alta presunción   50
que, pudiendo ser razón,
pretende ser necedad?

¿Cuál el dolor puede ser
que, en repetido llorar,
es su remedio cegar   55
siendo su achaque el no ver?

¿Cuál es aquella atención
que, con humilde denuedo
defendido con el miedo
da esfuerzos a la razón?   60

¿Cuál es aquel arrebol
de jurisdicción tan bella
que, inclinando como estrella,
desalumbra como sol?[407]

---

[405] ¿El llanto? (véase el final del soneto "Esta tarde mi bien…", núm. 51).
[406] ¿La correspondencia por parte del que se ama?
[407] ¿La belleza, causa de la atracción amorosa?

¿Cual es aquel atrevido   65
que, indecentemente osado,
fuera respeto callado
y es agravio proferido?
　　¿Cuál podrá ser el portento
de tan noble calidad   70
que es, con ojos, ceguedad,
y sin vista, entendimiento?
　　¿Cuál es aquella deidad
que, con medrosa quietud,
no conserva la virtud   75
sin favor de la maldad?
　　¿Cuál es el desasosiego
que, traidoramente aleve,
siendo su origen la nieve
es su descendencia el fuego?[408]   80

28

Arguye de inconsecuentes el gusto y la censura de los
hombres, que en las mujeres acusan lo que causan.

Hombres necios que acusáis
a la mujer sin razón,
sin ver que sois la ocasión
de lo mismo que culpáis:
　　si con ansia sin igual   5
solicitáis su desdén,
¿por qué queréis que obren bien
si las incitáis al mal?
　　Combatís su resistencia

---

[408] ¿La esquivez del amado/a?

y luego, con gravedad,   10
decís que fue liviandad
lo que hizo la diligencia.

    Parecer quiere el denuedo
de vuestro parecer loco
al niño que pone el coco   15
y luego le tiene miedo.

    Queréis, con presunción necia,
hallar a la que buscáis,
para pretendida, Thais,
y en la posesión, Lucrecia.[409]   20

    ¿Qué humor puede ser más raro
que el que, falto de consejo,
él mismo empaña el espejo,
y siente que no esté claro?

    Con el favor y el desdén   25
tenéis condición igual,
quejándoos si os tratan mal,
burlándoos si os quieren bien.

    Opinión ninguna gana;
pues la que más se recata,   30
si no os admite, es ingrata,
y si os admite, es liviana.

    Siempre tan necios andáis
que, con desigual nivel,
a una culpáis por crüel   35
y a otra por fácil culpáis.

    Pues ¿cómo ha de estar templada
la que vuestro amor pretende,

---

[409] *Thais* y *Lucrecia* representan, respectivamente, la liviandad (la "mujer fácil") y la castidad.

si la que es ingrata, ofende,
y la que es fácil, enfada?   40

    Mas, entre el enfado y pena
que vuestro gusto refiere,
bien haya la que no os quiere,
y quejáos en hora buena.

    Dan vuestras amantes penas   45
a sus libertades alas,[410]
y después de hacerlas malas
las queréis hallar muy buenas.

    ¿Cuál mayor culpa ha tenido
en una pasión errada: 50
la que cae de rogada,
o el que ruega de caído?

    ¿O cuál es más de culpar,
aunque cualquiera mal haga:
la que peca por la paga,   55
o el que paga por pecar?

    Pues ¿para qué os espantáis
de la culpa que tenéis?
Queredlas cual las hacéis
o hacedlas cual las buscáis.   60

    Dejad de solicitar,
y después, con más razón,
acusaréis la afición
de la que os fuere a rogar.

    Bien con muchas armas fundo   65
que lidia vuestra arrogancia,

---

[410] vv. 45-46: cuando los hombres ruegan y ruegan, hablando de su gran sufrimiento, las mujeres acaban por ceder, y se liberan: dan rienda suelta a sus propios sentimientos y deseos.

pues en promesa e instancia
juntáis diablo, carne y mundo.[411]

29

Décimas que muestran decoroso esfuerzo de la razón
contra la vil tiranía de un amor violento.

Dime, vencedor rapaz,[412]
vencido de mi constancia,
¿qué ha sacado tu arrogancia
de alterar mi firme paz?
Que aunque de vencer capaz   5
es la punta de tu arpón
el más duro corazón,
¿qué importa el tiro violento,
si a pesar del vencimiento
queda viva la razón?   10
    Tienes grande señorío;
pero tu jurisdicción
domina la inclinación,
mas no pasa al albedrío;
y así, librarme confío   15
de tu loco atrevimiento:
pues aunque rendida siento
y presa la libertad,
se rinde la voluntad,
pero no el consentimiento.   20
    En dos partes dividida
tengo el alma en confusión:

[411] Según el *Catecismo* del padre Ripalda, los enemigos del alma son diablo, carne y mundo.
[412] *vencedor rapaz*. Cupido.

una, esclava a la pasión,
y otra, a la razón medida.
Guerra civil, encendida,   25
aflige el pecho, importuna:
quiere vencer cada una,
y entre fortunas tan varias,
morirán ambas contrarias
pero vencerá ninguna.   30

        Cuando fuera, Amor, te vía[413]
no merecí de ti palma;
y hoy que estás dentro del alma,
es resistir valentía.
Córrase, pues, tu porfía   35
de los triunfos que te gano:
pues cuando ocupas, tirano,
el alma, sin resistillo,[414]
tienes vencido el castillo
e invencible el castellano.   40

        Invicta razón alienta
armas contra tu vil saña,
y el pecho es corta campaña
a batalla tan sangrienta.
Y así, Amor, en vano intenta   45
tu esfuerzo loco ofenderme:
pues podré decir, al verme
expirar sin entregarme,
que conseguiste matarme,
mas no pudiste vencerme.   50

---

[413] *vía*: 'veía'; conservo el arcaísmo para que den las ocho sílabas.
[414] *resistillo*: 'resistirlo'; era muy común la asimilación de *-rl* en *-ll*; hay que dejar esta forma para no alterar la rima con *castillo*.

30

Alma que al fin se rinde al Amor resistido:
es alegoría de la ruina de Troya.

Cogióme sin prevención
Amor, astuto y tirano:
con capa de cortesano
se me entró en el corazón.
Descuidada la razón   5
y sin armas los sentidos,
dieron puerta, inadvertidos;
y él, por lograr sus enojos,
mientras suspendió los ojos
me salteó los oídos.[415]   10
    Disfrazado entró y mañoso;
mas ya que dentro se vio
del Paladïón, salió[416]
de aquel disfraz engañoso;
y, con ánimo furioso,   15
tomando las armas luego,
se descubrió astuto griego
que, iras brotando y furores,
matando los defensores,
puso a toda el Alma fuego.   20

---

[415] vv. 9-10: el que requiebra de amores a un tiempo *suspende* los ojos (los ciega con su belleza) y *saltea* los oídos (abruma con palabras bonitas).

[416] El *Paladión* es la estatua divina dotada de propiedades extraordinarias; representaba a la diosa Palas Minerva (*Palladium*) y tenía la virtud de preservar la integridad de la ciudad que guardaba. Así protegió a Troya por diez años. Como estaba hecha de madera, muchas veces pasó a designar el caballo de Troya, que es a lo que se refiere sor Juana: causante del incendio de Troya y aquí, del incendio del alma. El *astuto griego* del v. 17 es Ulises.

Y buscando sus violencias
en ella al Príamo fuerte,[417]
dio al Entendimiento muerte,
que era rey de las potencias;
y sin hacer diferencias   25
de real o plebeya grey,
haciendo general ley
murieron a sus puñales
los discursos racionales,
porque eran hijos del rey.[418]   30
    A Casandra su fiereza[419]
buscó, y con modos tiranos,
ató a la Razón las manos,
que era del Alma princesa.
En prisiones su belleza   35
de soldados atrevidos,
lamenta los no creídos
desastres que adivinó,
pues por más voces que dio
no la oyeron los sentidos.[420]   40
    Todo el palacio abrasado

---

[417] *Príamo* es el rey de Troya.

[418] Así como hubo discursos racionales que alertaban y pedían no recibir el caballo de madera y Príamo, rey de Troya, no hizo caso y vino la derrota; así son derrotados también los discursos racionales del rey, *Entendimiento*, que alertan sobre los peligros del amor.

[419] *Casandra*: heroína troyana, hermana de Héctor. Apolo le dio el don de la profecía, pero como no la pudo seducir, la castigó con que sus profecías, aunque verídicas, no fueran creídas. Ella profetizó la ruina de Troya, pero nadie le creyó; como la Razón que profetizó los desastres del amor, pero nadie la tomó en serio. Se mencionan después otros personajes troyanos, también hermanos de Héctor: *Deífobo, Paris, Polixena*.

[420] La *Casandra-Entendimiento* a quien no oyen los *troyanos* (los 'sentidos').

se ve, todo destruido;
Deifobo allí mal herido,
aquí Paris maltratado.
Prende también su cuidado   45
la modestia en Policena;
y en medio de tanta pena,
tanta muerte y confusión,
a la ilícita afición
sólo reserva en Elena.[421]   50
　　Ya la ciudad, que vecina
fue al cielo, con tanto arder,
sólo guarda de su ser
vestigios, en su ruïna.
Todo el Amor lo extermina;   55
y con ardiente furor,
sólo se oye, entre el rumor
con que su crueldad apoya:
"Aquí yace un Alma Troya.
¡Victoria por el Amor!"   60

31

Décimas que acompañaron
un retrato enviado a una persona.

A tus manos me traslada
la que mi original es,
que aunque copiada la ves,
no la verás retractada:[422]

---

[421] Sólo Helena sale ilesa de Troya y vuelve con su esposo, Menelao.

[422] *retractada*: juego de palabras con *retratada*; me verás *retratada* ('pintada'), pero no *retractada* ('arrepentida'). Hay que tomar en cuenta que quien habla es el retrato.

en mí toda transformada, 5
te da de su amor la palma;
y no te admire la calma
y silencio que hay en mí,[423]
pues mi original por ti
pienso que está más sin alma. 10

De mi venida envidioso[424]
queda, en mi fortuna viendo
que él es infeliz sintiendo,
y yo, sin sentir, dichoso.
En signo más venturoso, 15
estrella más oportuna
me asiste sin duda alguna;
pues que, de un pincel nacida,
tuve ser con menos vida,
pero con mejor fortuna.[425] 20

Mas si por dicha, trocada
mi suerte, tú me ofendieres,
por no ver que no me quieres
quiero estar inanimada:
porque el de ser desamada 25
será lance tan violento,
que la fuerza del tormento
llegue, aun pintada, a sentir:
que el dolor sabe infundir
almas para el sentimiento. 30

---

[423] *calma* y *silencio,* pues es una pintura.

[424] Quien está *envidioso* es el *mi original*: la pintura se queda (por eso es *dichosa,* aunque no sienta) y él se va.

[425] vv. 15-20: la pintura no tiene vida, pero es más afortunada porque estará siempre cerca de quien recibe el retrato (que es el interés amoroso del/la retratado/a).

Y si te es, faltarte aquí
el alma, cosa importuna,
me puedes tú infundir una
de tantas, como hay en ti:[426]
que como el alma te di,   35
y tuyo mi ser se nombra,
aunque mirarme te asombra
en tan insensible calma,
de este cuerpo eres el alma
y eres cuerpo de esta sombra.   40

32

Esmera su respetuoso amor; habla con el retrato;
y no calla con él, dos veces dueño.

Copia divina, en quien veo[427]
desvanecido al pincel,
de ver que ha llegado él
donde no pudo el deseo;
alto, soberano empleo   5
de más que humano talento;
exenta de atrevimiento,
pues tu beldad increíble,
como excede a lo posible,
no la alcanza el pensamiento.   10
        ¿Qué pincel tan soberano
fue a copiarte suficiente?
¿Qué numen movió la mente?

---

[426] Varios han rendido su alma ante quien recibe la pintura, por eso esa
persona es dueña de muchas almas.

[427] *Copia*: 'retrato'.

¿Qué virtud rigió la mano?
No se alabe el arte, vano,   15
que te formó, peregrino:[428]
pues en tu beldad convino,
para formar un portento,
fuese humano el instrumento,
pero el impulso, divino.   20

    Tan espíritu te admiro,
que cuando deidad te creo,
hallo el alma que no veo,
y dudo el cuerpo que miro.
Todo el discurso retiro,   25
admirada en tu beldad:
que muestra con realidad,
dejando el sentido en calma,
que puede copiarse el alma,
que es visible la deidad.   30

    Mirando perfección tal
cual la que en ti llego a ver,
apenas puedo creer
que puedes tener igual;
y a no haber original   35
de cuya perfección rara
la que hay en ti se copiara,
perdida por tu afición,
segundo Pigmaleón,[429]
la animación te impetrara.   40

---

[428] *peregrino*: 'singular', 'extraordinario'; igual el *rara* del v. 36.
[429] *Pigmaleón* o *Pigmalión*: rey y escultor de Chipre que se enamoró de una estatua de marfil (hecha por él mismo) que representaba a una mujer. Afrodita le dio vida a la estatua para que se casara con él.

Toco, por ver si escondido
lo viviente en ti parece:
¿posible es que de él carece
quien roba todo el sentido?
¿Posible es que no ha sentido[430]   45
esta mano que le toca,
y a que atiendas te provoca
a mis rendidos despojos?
¿Que no hay luz en esos ojos,
que no hay voz en esa boca?   50

Bien puedo formar querella,
cuando me dejas en calma,
de que me robas el alma
y no te animas con ella;[431]
y cuando altivo atropella   55
tu rigor, mi rendimiento,
apurando el sufrimiento,
tanto tu piedad se aleja,
que se me pierde la queja
y se me logra el tormento.   60

Tal vez pienso que piadoso[432]
respondes a mi afición;
y otras, teme el corazón
que te esquivas, desdeñoso.
Ya alienta el pecho, dichoso,   65
ya, infeliz, al rigor muere;

---

[430] El sujeto de *ha sentido* y *provoca* es el *original*. Siendo la pintura tan real, ¿cómo es posible que, cuando quien la recibe, la toma en las manos, el retratado no sienta que lo tocan?

[431] *no te animas*: 'cobras vida', como la estatua de Pigmalión.

[432] *tal vez*: 'a veces'.

pero, comoquiera, adquiere
la dicha de poseer,
porque al fin, en mi poder
serás lo que yo quisiere. 70

    Y aunque ostentes el rigor
de tu original, fiel,
a mí me ha dado el pincel
lo que no puede el amor.
Dichosa vivo al favor 75
que me ofrece un bronce frío:[433]
pues aunque muestres desvío,
podrás, cuando más terrible,
decir que eres impasible,
pero no que no eres mío. 80

33

Presentando un reloj de muestra a persona de autoridad
y su estimación, le da los buenos días.[434]

Los buenos días me allano
a que os dé un reloj, señor,
porque fue lo que mi amor
acaso halló más a mano.
Corto es el don, mas ufano 5
de que sirve a tus auroras:
admítele, pues no ignoras
que mal las caricias mías[435]
te pudieran dar los días
sin dar primero las horas. 10

---

[433] *bronce*: la pintura debió de estar hecha en lámina de metal.

[434] *reloj de muestra*: anota Antonio Alatorre (*Lírica personal*, p. 355) que es el que sólo da la hora y no da campanadas (de ahí los versos 21-24).

[435] *caricias*: muestras de cariño.

Raro es del arte portento
en que su poder más luce,
que a breve espacio reduce
el celestial movimiento,
y, imitando al sol, atento   15
mide su veloz carrera;
conque, si se considera,
pudiera mi obligación
remitirte mayor don,
mas no de mejor esfera.[436]   20

No tiene sonido en nada,
que fuera acción indecente
que tan pequeño presente
quisiera dar campanada;
sólo por señas le agrada   25
decir el intento suyo:
conque su hechura, concluyo,
con decir de su primor,
que fue muestra de mi amor,
mas ya es de sol, siendo tuyo.[437]   30

Y no pienses que me agrada
poner mensura a tu vida,
que no es quererla medida
pedírtela regulada;
y en aciertos dilatada,   35
solicita mi cuidado,

---

[436] *esfera* está usada en dos sentidos: esfera del cielo (por lo que ha dicho del movimiento del sol) y la carátula circular del reloj, cuyas manecillas, como el sol (en la astronomía ptolemaica era el sol el que daba la vuelta a la tierra), también dan la vuelta.

[437] *de sol* en dos sentidos: reloj de sol y, como te lo regalo a ti que eres un sol, reloj *del* sol.

para que el mundo, admirado,
pondere, al ver tu cordura,
el vivir, muy sin mensura,
y el obrar, muy mensurado.   40

34

Enviando una rosa a su Excelencia.

Esa, que alegre y ufana,
de carmín fragante esmero,
del tiempo al ardor primero
se encendió, llama de grana,
preludio de la mañana,   5
del rosicler más ufano,
es primicia del verano,
Lisi divina, que en fe
de que la debió a tu pie[438]
la sacrifica a tu mano.   10

35

*Describe, con énfasis de no poder dar la última mano
a la pintura, el retrato de una belleza.*[439]

Tersa frente, oro el cabello,
cejas arcos, zafir ojos,
bruñida tez, labios rojos,

---

[438] *la debió a tu pie*: donde Lisi (o cualquier mujer) pisa, ahí nacen rosas. (Alusión a la historia de Venus y Adonis, que cuenta que donde pisaba Venus nacían rosas.)

[439] No es que sor Juana no pueda dar "la última mano a la pintura" es que está jugando con el tópico del pie diminuto de la hermosa: como es pequeñísimo, no requiere de un pie, 'verso', completo; por eso el último verso es de cuatro sílabas.

nariz recta, ebúrneo cuello;
talle airoso, cuerpo bello,   5
cándidas manos en que
el cetro de Amor se ve,
tiene Fili; en oro engasta
pie tan breve, que no gasta
ni un pie.   10

36
Exhorta a conocer los bienes frágiles.

En vano tu canto suena:
pues no advierte, en su desdicha,
que será el fin de tu dicha
el principio de tu pena.
El loco orgullo refrena,   5
de que tan ufano estás
sin advertir, cuando das
cuenta al aire de tus bienes,
que, si ahora dichas tienes,
presto celos llorarás.   10

En lo dulce de tu canto,
el justo temor te avisa
que en un amante no hay risa
que no se alterne con llanto.
No te desvanezca tanto[440]   15
el favor: que te hallarás
burlado y conocerás
cuánto es necio un confiado;
que si hoy blasonas de amado,
presto celos llorarás.   20

---

[440] *No te desvanezca:* 'no te envanezca'.

Advierte que el mismo estado
que al amante venturoso
le constituye dichoso,
le amenaza desdichado,
pues le da tan alto grado   25
por derribarle, no más;
y así tú, que ahora estás
en tal altura, no ignores
que, si hoy ostentas favores,
presto celos llorarás.   30

La gloria más levantada
que Amor a tu dicha ordena,
contémplala como ajena
y tenla como prestada.
No tu ambición, engañada,   35
piense que eterno serás
en las dichas; pues verás
que hay áspid entre las flores,
y que, si hoy cantas favores,
presto celos llorarás.   40

37

Porque la tiene en su pensamiento, desprecia,
como inútil, la vista de los ojos.

Aunque cegué de mirarte.
¿qué importa cegar o ver,
si gozos que son del alma
también un ciego los ve?

Cuando el Amor intentó   5
hacer tuyos mis despojos,

Lisi, y la luz me privó,
me dio en el alma los ojos
que en el cuerpo me quitó.
Diome, para que a adorarte   10
con más atención asista,
ojos con que contemplarte;
y así cobré mejor vista,
aunque cegué de mirarte.

    Y antes los ojos en mí   15
fueran estorbos penosos:
que no teniéndote aquí,
claro está que eran ociosos
no pudiendo verte a ti.
Conque el cegar, a mi ver,   20
fue providencia más alta
por no poderte tener:
porque, a quien la luz le falta,
¿qué importa cegar o ver?

    Pero es gloria tan sin par   25
la que de adorarte siento,
que, llegándome a matar,
viene a acabar el contento
lo que no pudo el pesar.
Mas ¿qué importa que la palma   30
no lleven de mí, violentos,
en esta amorosa calma,
no del cuerpo los tormentos,
sí gozos que son del alma?[441]

---

[441] En una glosa como ésta, cada décima debe terminar con uno de los versos de la estrofa propuesta, glosándolos en orden. El tercer verso de la cuarteta dice "*si gozos que son del alma*"; es un *si* condicional, no adverbio afirmativo. Sor Juana hace algo de trampa.

Así tendré, en el violento   35
rigor de no verte aquí,
por alivio del tormento,
siempre el pensamiento en ti,
siempre a ti en el pensamiento.
Acá en el alma veré   40
el centro de mis cuidados
con los ojos de mi fe:
que gustos imaginados,
también un ciego los ve.

38[442]

Habiéndose hecho en Madrid esta quintilla a la acción
católica de nuestro monarca Carlos Segundo el año
de 168[5], cuando topando a un sacerdote a pie que llevaba
a Nuestro Señor en el pecho, se apeó del coche y hizo
que el sacerdote fuese en él, y prosiguió a pie en el estribo
del coche, acompañando y asistiendo a Nuestro Amo, la cual
quintilla pasó a México y la glosa la autora.[443]

---

[442] Esta glosa no figura en la edición de Méndez Plancarte. Se encuentra en lo que Antonio Alatorre llama "Manuscrito Moñino", descubierto por William C. Bryant ("Reaparición de una poesía de sor Juana Inés de la Cruz, perdida desde 1714, *Anuario de Letras*, 4, 1964, 277-285). Alatorre la incluyó en su *Lírica personal.*

[443] El sábado 20 de enero de 1685, en Madrid, tuvo lugar un suceso singular: Carlos II paseaba con algunos de sus cortesanos, en coche, por las orillas de Madrid, cuando se encontró con un humilde cura que llevaba el viático a un moribundo. Ante el asombro de propios y extraños, el rey cedió su carroza y, no conforme, acompañó la "misión eucarística" hasta su culminación. Para celebrar tan piadoso acontecimiento, pocos días después (3 de febrero) los ingenios españoles convocaron y publicaron la *Academia a la que dio assumpto la religiosa y cathólica acción que el rey nuestro señor (Dios le guarde) executó el día 20 de henero de este año de 1685* (Madrid, Sebastián de Armendáriz, 1685). Los novohispanos no se quedaron atrás

> *La acción religiosa de*
> *Rodulfo y de Carlos dio*
> *cetro a la Austria, pues su fe*[444]
> *cedió el trono, pero no*
> *glosarán cómo o por qué.*   5

Glosa

> ¿Cúya pudo ser acción
> llena de tanta piedad?[445]
> ¿Cúya tanta religión,
> sino de la cristiandad
> del católico león?[446]   10
> No se diga de quién fue,
> ni se llegue a pronunciar,
> que, pues conocen su fe,
> bastará con apuntar
> *la acción religiosa de.*[447]   15

---

y, con algún retraso por la natural dilación con que llegaban las noticias a América, dieron a luz la *Copia de la carta escrita en Madrid con sonetos de ingenios desta Corte* (México, Herederos de la Viuda de Calderón, 1685). Esta glosa no figura en la *Copia*.

[444] Carlos II perteneció a la casa real española de los Habsburgos, casa fundada por el austríaco Rodolfo I. Siendo emperador, Rodolfo I cedió una vez (1267) su caballo, no el *trono*, a un sacerdote que llevaba el viático y debía cruzar el río.

[445] *¿Cúya?*: '¿de quién?'; *tanta*: 'tan grande'.

[446] El *león* es símbolo del monarca español.

[447] Este verso es dificilísimo de glosar, pues implica terminar el verso, la oración y la idea con la preposición *de* que, normalmente, exigiría que siguiera algo inmediatamente para tener sentido. Con gran ingenio sor Juana dice: 'Sólo Carlos II pudo hacer una acción de esta envergadura, así que no hay necesidad de poner su nombre: *la acción religiosa de*..., de quién más puede ser, sino de nuestro rey. También hay que notar en estas décimas una curiosidad: más que *décimas* son *quintillas dobles*, como muy

El alto honor que corona
a la Europa toda dio,
más que la airada Belona
Rodulfo lo comenzó[448]
y Carlos lo perfecciona.   20
Más que el valor, dilató
la jurisdicción la fe,[449]
y más timbres que alcanzó
la espada, la piedad de
Rodulfo y de Carlos dio.   25
      No hay muro que derribado
no esté ya al sangriento bote
de su valor irritado,
y es por[que] ora el sacerdote
mientras combate el soldado.   30
Ambos lidian, mas aunquè
tanta gloria consiguió,
no se puede pensar que
fue su valor quien cedió
cetro al Austria, pues su fe.   35
      Una y otra acción se alaba,
y es que uno y otro creía,
y así el trono lo dejaba

---

intencionalmente lo marca sor Juana al hacer pausa al final del quinto verso
de cada estrofa (las *décimas* normales hacen la pausa en el cuarto o sexto
verso, precisamente para evitar la impresión de quintillas). Muy probablemente es un juego poético de la monja: si se glosa una quintilla, que sea en
un metro afín: la quintilla doble.

[448] *Belona*: diosa romana de la guerra.

[449] El imperio de los Habsburgo hispánicos se extendió mucho, según
esto, gracias a su misión de propagar la fe católica; en realidad, gracias a las
guerras de expansión.

no como quien lo perdía:
como quien lo mejoraba. 40
Y así, aunque el trono dejó,
con la fe que entonces tuvo,
mejor en él se afijó;[450]
perdió el solio y le retuvo,
cedió el trono pero no. 45

Aquesto sin quitar
los cuatro pies, a mi ver,
difíciles de ajustar,
que son fáciles de hacer
y imposibles de glosar,[451] 50
si no es que porque no sé
yo penetrar los primores
con que ha de glosarse el *de;*
otros ingenios mejores
glosarán cómo o por qué. 55

39

*Quintilla y redondillas en que se excusa de una glosa,
mostrando con gracia su imposibilidad.*[452]

Señora: aquel primer pie
es nota de posesivo;
y es inglosable, porque

---

[450] *se afijó*: 'se confirmó'; *solio*: 'trono'.
[451] Sor Juana se refiere a la dificultad de glosar los cuatro primeros pies de la quintilla porque, además de agudos, están encabalgados, es decir, la idea no termina en el verso, sino que se sigue al siguiente.
[452] La quintilla a glosar es, justamente, la del poema anterior ("*La acción religiosa de…*").

al caso de genitivo
nunca se pospone el *de*; [453]   5
      y así, el que aquesta quintí-
lla hizo, y quedó tan ufá-
no, pues tiene tan buena ma-[454]
no, glose esta redondí-
      lla. No el sentido no topo,   10
y no hay falta en el primor;
porque es pedir a un pintor
que copie con un hisopo.

      Cualquier facultad lo enseña,
si es el medio disconforme: 15
pues no hay músico que forme
armonía en una peña.

      Perdonad si fuera del
asunto ya desvarío,
por que no quede vacío   20
este campo de papel.

40

*Procura desmentir los elogios que a un retrato de la poetisa
inscribió la verdad, que llama pasión.*

Este, que ves, engaño colorido,
que del arte ostentando los primores,
con falsos silogismos de colores
es cauteloso engaño del sentido;

---

[453] El genitivo es un caso latino que expresa posesión (véase p. 67, nota 62). En español no hay casos, así que se emplea la preposición *de*: la casa *de* Juan; pero no se dice: *la casa Juan de*; ésta es la imposibilidad de la que habla sor Juana.

[454] Verso de nueve sílabas.

este en quien la lisonja ha pretendido   5
excusar de los años los horrores
y, venciendo del tiempo los rigores,
triunfar de la vejez y del olvido,
     es un vano artificio del cuidado,
es una flor al viento delicada,   10
es un resguardo inútil para el hado:
     es una necia diligencia errada,
es un afán caduco y, bien mirado,
es cadáver, es polvo, es sombra, es nada.[455]

41

En que da moral censura a una rosa,
y en ella a sus semejantes.

Rosa divina que en gentil cultura[456]
eres, con tu fragante sutileza,
magisterio purpúreo en la belleza,
enseñanza nevada a la hermosura.
     Amago de la humana arquitectura,   5
ejemplo de la vana gentileza,
en cuyo ser unió naturaleza
la cuna alegre y triste sepultura.

---

[455] Este último verso es una evocación-homenaje del muy famoso verso final del soneto gongorino "Mientras por competir con tu cabello…": "en tierra, en humo, en polvo, en sombra, en nada". El verso es tan célebre que hasta Borges lo recreó: "Dios mueve al jugador, y éste, la pieza. / ¿Qué dios detrás de Dios la trama empieza / de polvo y tiempo y sueño y agonías" ("Ajedrez", *El hacedor*); "Y mientras cree tocar enardecido / el oro aquel que matará la muerte, / Dios, que sabe de alquimia, lo convierte / en polvo, en nadie, en nada y en olvido" ("El alquimista", *El otro, el mismo*).

[456] *cultura*: 'cultivo'.

¡Cuán altiva en tu pompa, presumida,
soberbia, el riesgo de morir desdeñas,   10
y luego, desmayada y encogida,
   de tu caduco ser das mustias señas,
conque con docta muerte y necia vida,
viviendo engañas y muriendo enseñas!

42

Escoge antes el morir que exponerse
a los ultrajes de la vejez.

Miró Celia una rosa que en el prado
ostentaba feliz la pompa vana,
y con afeites de carmín y grana[457]
bañaba alegre el rostro delicado;
   y dijo: "Goza, sin temor del hado,   5
el curso breve de tu edad lozana,
pues no podrá la muerte de mañana
quitarte lo que hubieres hoy gozado;
   y aunque llega la muerte presurosa
y tu fragante vida se te aleja,   10
no sientas el morir tan bella y moza:
   mira que la experiencia te aconseja
que es fortuna morirte siendo hermosa
y no ver el ultraje de ser vieja".

43

Soneto jocoso, a la Rosa.

Señora doña Rosa, hermoso amago
de cuantas flores miran sol y luna:

---

[457] *afeites*: 'maquillaje'.

¿cómo, si es dama ya, se está en la cuna,
y si es divina, teme humano estrago?

   ¿Cómo, expuesta del cierzo al rigor vago,   5
teme, humilde, el desdén de la fortuna,
mendigando alimentos, importuna,
del turbio humor de un cenagoso lago?

   Bien sé que ha de decirme que el respeto
le pierdo con mi mal limada prosa.   10
Pues a fe que me he visto en harto aprieto;

   y advierta vuesarced, señora Rosa,
que no le escribo más este soneto,
que porque todo poeta aquí se roza.

44

Encarece de animosidad la elección
de estado durable hasta la muerte.

Si los riesgos del mar considerara,
ninguno se embarcara; si antes viera
bien su peligro, nadie se atreviera
ni al bravo toro osado provocara;

   si del fogoso bruto ponderara   5
la furia desbocada en la carrera
el jinete prudente, nunca hubiera
quien con discreta mano le enfrenara.

   Pero si hubiera alguno tan osado
que, no obstante el peligro, al mismo Apolo   10
quisiese gobernar con atrevida

   mano el rápido carro en luz bañado,[458]

---

[458] En la mitología, el sol (aquí Apolo) tiene un carro con el que recorre el mundo de oriente a occidente (recordemos que, según la astronomía de entonces, era el sol el que giraba alrededor de la tierra).

todo lo hiciera, y no tomara sólo
estado que ha de ser toda la vida.[459]

45

Sospecha crueldad disimulada,
el alivio que la esperanza da.

Diuturna enfermedad de la esperanza,
que así entretienes mis cansados años
y en el fiel de los bienes y los daños
tienes en equilibrio la balanza

que, siempre suspendida, en la tardanza   5
de inclinarse, no dejan tus engaños
que lleguen a excederse en los tamaños
la desesperación o confianza.

¿Quién te ha quitado el nombre de homicida?
Pues lo eres más severa, si se advierte   10
que suspendes el alma entretenida;

y entre la infausta o la felice suerte,
no lo haces tú por conservar la vida,
sino por dar más dilatada muerte.

46

[Otro soneto a la esperanza.]

Verde embeleso de la vida humana,
loca esperanza, frenesí dorado,

---

[459] Soneto curioso: el hombre más intrépido y osado podría llegar a
animarse a lanzarse al mar, a embestir un toro, a frenar el caballo más fogoso, incluso a gobernar el carro del sol, ignorando el riesgo de todas estas
aventuras, pero nunca se atrevería a tomar un estado que es para toda la
vida. ¿Alusión a su propio estado?

sueño de los despiertos intrincado,
como de sueños, de tesoros vana;
    alma del mundo, senectud lozana,   5
decrépito verdor imaginado;
el hoy de los dichosos esperado
y de los desdichados el mañana.

    Sigan tu sombra en busca de tu día
los que, con verdes vidrios por anteojos,   10
todo lo ven pintado a su deseo;
    que yo, más cuerda en la fortuna mía,
tengo en entrambas manos ambos ojos
y solamente lo que toco veo.

47

Refiere con ajuste, y envidia sin él,
la tragedia de Píramo y Tisbe.[460]

De un funesto moral la negra sombra,
de horrores mil y confusiones llena,
en cuyo hueco tronco aun hoy resuena
el eco que doliente a Tisbe nombra,

---

[460] *Píramo y Tisbe* son una especie de Romeo y Julieta de origen asiático: los padres prohíben su relación, pero ellos se ven a escondidas. Un día acuerdan reunirse por la noche junto a una fuente, bajo un moral. Primero llega Tisbe; ve venir a una leona con el hocico sangrando porque acaba de cazar una presa; corre a ocultarse, y en la huida se le cae el velo; la leona revuelca sus fauces en él y lo deja ensangrentado. Llega Píramo y, al ver el velo de Tisbe lleno de sangre, piensa que está muerta; se atraviesa, entonces, su espada por el pecho. Cuando Tisbe sale de su escondite, lo encuentra muerto y se arroja sobre la punta de la espada que atravesaba el cuerpo de Píramo. El epígrafe dice que el relato es "con ajuste", es decir, resumido, pero con envidia "sin ajuste", esto es, con mucha envidia: ¡qué dichosos amantes que pudieron morir juntos, atravesados por la misma espada, pecho contra pecho!

cubrió la verde matizada alfombra   5
en que Píramo amante abrió la vena
del corazón, y Tisbe de su pena
dio la señal que aún hoy el mundo asombra.[461]

Mas viendo del Amor tanto despecho
la Muerte, entonces de ellos lastimada,   10
sus dos pechos juntó con lazo estrecho.

¡Mas ay de la infeliz y desdichada
que a su Píramo dar no puede el pecho
ni aun por los duros filos de una espada!

48[462]

Para los cinco sonetos burlescos que se siguen,
se le dieron a la poetisa los consonantes forzados
de que se componen, en un doméstico solaz.

---

[461] *la señal que aún hoy al mundo asombra*: según la leyenda, los frutos
del moral eran blancos, pero se hicieron morados después de absorber la
sangre de los desdichados amantes.

[462] Estos tres sonetos (más otros dos no incluidos aquí) son composiciones, como dice el epígrafe, de *consonantes forzados*, lo que significa que
las rimas se establecieron previamente, como un reto por lo complicadas y
por su extraña sonoridad, ya dispuestas para poemas chuscos: *-aca, -aque,*
-uca, -eca, para el primero; *-acha, -acho, -ucha, -echa,* para el segundo; e
-ilo, -eo, -ello, -ino, -oso, para el tercero. Méndez Plancarte (*Obras completas,*
t. 1, p. 525) piensa que sor Juana debió de componerlos cuando era criada
en el palacio, entre 1665 y 1667, pues se trata de un juego demasiado
mundano, no propio de una monja. Sin embargo, los sonetos muestran
gran oficio y mucha malicia, es decir, una poetisa madura, y no una jovencita que empieza a escribir versos. Lo que más llama la atención es que
son poemas absolutamente misóginos, que recogen los tópicos defectos de
las mujeres, según la añeja tradición literaria de burla de mujeres: Inés es
una parlanchina incontenible; Teresilla, una promiscua desvergonzada; y la
Inés del tercer soneto, una coqueta descarada, además de fácil. Evidentemente, sor Juana no es misógina; con esos versos, simplemente, demuestra
que ella puede escribir sobre cualquier tema, con la misma maestría (o
más) que cualquier poeta hombre.

Inés, cuando te riñen por *bellaca*,
para disculpas no te falta *achaque*,
porque dices que traque y que *barraque*,[463]
con que sabes muy bien tapar la *caca*.

Si coges la parola, no hay *urraca*[464]   5
que así la gorja de mal año *saque*;[465]
y con tronidos, más que un *triquitraque*,
a todo el mundo aturdes cual *matraca*.

Ese bullicio todo lo *trabuca*,
ese embeleso todo lo *embeleca*;   10
mas aunque eres, Inés, tan mala *cuca*,[466]

sabe mi amor muy bien lo que se *peca*:
y así con tu afición no se *embabuca*,
aunque eres zancarrón, y yo de *Meca*.[467]

49

Otro.

Aunque eres, Teresilla, tan *muchacha*,
le das quehacer al pobre de *Camacho*,

---

[463] *barraque*: dice el *Diccionario de Autoridades* que este término no tiene significado propio, sino que siempre se junta con *traque*: *a traque y barraque* es una locución adverbial que significa 'a todo motivo y tiempo'; esto es, Inés no se calla, y, si la regañan, sale con un montón de sinrazones.

[464] *parola*: palabra.

[465] *de mal año saque*: "...se suele tomar por exageración" (*Diccionario de Autoridades*); *gorja* en dos sentidos: 'garganta' y 'broma'. Es decir, Inés se pasa de bromista y parlanchina.

[466] *mala cuca*: 'maliciosa'.

[467] *Meca* podría parecer sólo un juego por concesión a la rima; pero *zancarrón* en *Autoridades* significa 'flaco, viejo y feo', y también "los huesos de este falso profeta [Mahoma], que van a visitar los moros a la mezquita de Meca"; y ahí esta relación entre *zancarrón* y *Meca*; *meca* podría ser otro adjetivo con sentidos parecidos; aunque el término no está registrado en ningún diccionario, en mi pueblo (La Piedad, Mich.) a alguien que anda muy sucio y fachoso se le llama *meco/meca*: "Fulanita anda hecha una *meca*".

porque dará tu disimulo un *cacho*[468]
a aquel que se pintare más sin *tacha*.

De los empleos que tu amor *despacha*   5
anda el triste cargado como un *macho*,
y tiene tan crecido ya el *penacho*,
que ya no puede entrar si no se *agacha*.

Estás a hacerle burlas ya tan *ducha*
y a salir de ellas bien estás tan *hecha*,   10
que de lo que tu vientre *desembucha*,[469]

sabes darle a entender, cuando *sospecha*,
que has hecho, por hacer su hacienda *mucha*,
de ajena siembra, suya la *cosecha*.

50

Otro.

Inés, yo con tu amor me *refocilo*,[470]
y viéndome querer me *regodeo*;
en mirar tu hermosura me *recreo*,
y cuando estás celosa me *reguilo*;[471]

si a otro miras, de celos me *aniquilo*,   5
y tiemblo de tu gracia y tu *meneo*;
porque sé, Inés, que tú con un *voleo*[472]
no dejarás humor ni aun para *quilo*.[473]

---

[468] *cacho*: 'cuerno'.

[469] *lo que tu vientre desembucha*: todos los hijos que pare Teresilla y que no son de Camacho.

[470] *refocilarse*: 'complacerse'.

[471] *reguilo*: término que se inventa sor Juana, y que va en el mismo sentido de *refocilo* y *regodeo*.

[472] *voleo*: 'ligereza'.

[473] *quilo*: en lo que se transforma el alimento cuando es procesado por los jugos ('humores') gástricos (véanse los vv. 243-244 del *Primero sueño*: "del que alambicó quilo el incesante / calor, en el manjar que…").

Cuando estás enojada no *resuello*,
cuando me das picones me *refino*,   10
cuando sales de casa no *reposo*;

   y espero, Inés, que entre esto y entre *aquello*,
tu amor, acompañado de mi *vino*,
dé conmigo en la cama o en el *coso*.[474]

51

En que satisface un recelo con la retórica del llanto.

Esta tarde, mi bien, cuando te hablaba,
como en tu rostro y tus acciones vía
que con palabras no te persuadía,
que el corazón me vieses deseaba;

   y Amor, que mis intentos ayudaba,   5
venció lo que imposible parecía:
pues entre el llanto que el dolor vertía,
el corazón deshecho destilaba.

   Baste ya de rigores, mi bien, baste;
no te atormenten más celos tiranos,   10
ni el vil recelo tu quietud contraste

   con sombras necias, con indicios vanos,
pues ya en líquido humor viste y tocaste
mi corazón deshecho entre tus manos.

---

[474] Méndez Plancarte (*Obras completas*, t. 1, p. 527) piensa que *coso* puede ser una errata por *pozo* (sor Juana pudo haber escrito *poso*); es decir, con los dolores de cabeza que le causa Inés, el enamorado va a acabar enfermo (*en la cama*) o muerto (*en el pozo*), pero bien podría ser también en el *coso*, al acecho de fieros toros.

52

Que contiene una fantasía contenta
con amor decente.

Detente, sombra de mi bien esquivo,
imagen del hechizo que más quiero,
bella ilusión por quien alegre muero,
dulce ficción por quien penosa vivo.   5

    Si al imán de tus gracias, atractivo,
sirve mi pecho de obediente acero,
¿para qué me enamoras lisonjero
si has de burlarme luego fugitivo?

    Mas blasonar no puedes, satisfecho,   10
de que triunfa de mí tu tiranía:
que aunque dejas burlado el lazo estrecho

    que tu forma fantástica ceñía,
poco importa burlar brazos y pecho
si te labra prisión mi fantasía.

53

Resuelve la cuestión de cuál sea pesar más molesto
en encontradas correspondencias,
amar o aborrecer.

Que no me quiera Fabio, al verse amado,
es dolor sin igual en mi sentido;
mas que me quiera Silvio, aborrecido,
es menor mal, mas no menor enfado.

    ¿Qué sufrimiento no estará cansado   5
si siempre le resuenan al oído
tras la vana arrogancia de un querido
el cansado gemir de un desdeñado?

    Si de Silvio me cansa el rendimiento,
a Fabio canso con estar rendida;   10
si de éste busco el agradecimiento,
    a mí me busca el otro agradecida:
por activa y pasiva es mi tormento,
pues padezco en querer y en ser querida.

54

*Continúa el asunto y aun le expresa
con más viva elegancia.*

Feliciano me adora y le aborrezco;
Lisardo me aborrece y yo le adoro;
por quien no me apetece ingrato, lloro,
y al que me llora tierno, no apetezco;
    a quien más me desdora, el alma ofrezco;   5
a quien me ofrece víctimas, desdoro;[475]
desprecio al que enriquece mi decoro,
y al que le hace desprecios, enriquezco.

    Si con mi ofensa al uno reconvengo,
me reconviene el otro a mí, ofendido;   10
y a padecer de todos modos vengo,
    pues ambos atormentan mi sentido:
aquéste con pedir lo que no tengo,
y aquél con no tener lo que le pido.

---

[475] *víctimas*: es vocabulario propio de la *religio amoris*; se adora al amado/a como a un dios y se le ofrecen sacrificios.

Prosigue el mismo asunto, y determina
que prevalezca la razón contra el gusto.

Al que ingrato me deja, busco amante;
al que amante me sigue, dejo ingrata;
constante adoro a quien mi amor maltrata;
maltrato a quien mi amor busca constante.

Al que trato de amor, hallo diamante,   5
y soy diamante al que de amor me trata;[477]
triunfante quiero ver al que me mata,
y mato al que me quiere ver triunfante.

Si a éste pago, padece mi deseo;
si ruego a aquél, mi pundonor enojo: 10
de entrambos modos infeliz me veo.

Pero yo, por mejor partido, escojo
de quien no quiero, ser violento empleo,
que de quien no me quiere, vil despojo.

56

De amor, puesto antes en sujeto indigno,
es enmienda blasonar del arrepentimiento.

Cuando mi error y tu vileza veo,
contemplo, Silvio, de mi amor errado,

---

[476] En la *Inundación castálida* (pp. 3-4) estos tres últimos sonetos aparecen en otro orden: en primer lugar "Que no me quiera Fabio…", en
segundo "Al que ingrato me deja…" y en tercero "Feliciano me adora…";
como A. Alatorre, me decidí por este otro orden, porque los dos primeros
plantean el dolor de las encontradas correspondencias ('éste no me quiere,
pero yo lo adoro; el otro me quiere, pero yo lo aborrezco'), y el tercero
propone una solución: quedarse con el que la quiere y no ser despojo de
quien no la quiere, como dice el epígrafe.

[477] *diamante*: está aquí como símbolo de dureza.

cuán grave es la malicia del pecado,
cuán violenta la fuerza de un deseo.

    A mi mesma memoria apenas creo   5
que pudiese caber en mi cuidado[478]
la última línea de lo despreciado,
el término final de un mal empleo.[479]

    Yo bien quisiera, cuando llego a verte,
viendo mi infame amor, poder negarlo;   10
mas luego la razón justa me advierte
    que sólo se remedia en publicarlo:
porque del gran delito de quererte,
sólo es bastante pena, confesarlo.

57

Liras que expresan sentimientos de ausente.[480]

Amado dueño mío,
escucha un rato mis cansadas quejas,
pues del viento las fío,
que breve las conduzga a tus orejas,[481]
si no se desvanece el triste acento,   5
como mis esperanzas, en el viento.

    Óyeme con los ojos,
ya que están tan distantes los oídos,
y de ausentes enojos

---

[478] *cuidado*: 'pasión amorosa'.

[479] *empleo*: 'el amado'.

[480] La *lira* es una estrofa de cinco o seis versos, de siete y once sílabas. Las composiciones 57, 58 y 59 son todas liras de tema amoroso, dirigidas a Fabio, que tratan tres grandes cuestiones del amor: ausencia, celos y muerte (respectivamente).

[481] *breve*: 'rápidamente'.

en ecos de mi pluma mis gemidos;[482]   10
y ya que a ti no llega mi voz ruda,
óyeme sordo, pues me quejo muda.

    Si del campo te agradas,
goza de sus frescuras venturosas,
sin que aquestas cansadas   15
lágrimas te detengan, enfadosas;
que en él verás, si atento te entretienes,
ejemplos de mis males y mis bienes.[483]

    Si al arroyo parlero
ves, galán de las flores, en el prado,   20
que, amante y lisonjero,
a cuantas mira intima su cuidado,[484]
en su corriente mi dolor te avisa
que a costa de mi llanto tiene risa.

    Si ves que triste llora   25
su esperanza marchita, en ramo verde,
tórtola gemidora,[485]
en él y en ella mi dolor te acuerde,
que imitan, con verdor y con lamento,
él mi esperanza y ella mi tormento.   30

    Si la flor delicada,
si la peña que, altiva, no consiente
del tiempo ser hollada,

---

[482] *Óyeme con los ojos* porque estás lejos y porque mis *gemidos* son *ecos de mi pluma*, pues van por escrito. Al leerme, me "oirás con los ojos" (por eso también el v. 12: "óyeme sordo, pues me quejo muda").

[483] Los *ejemplos* de esos *males* y esos *bienes* están en los vv. 19-54: el arroyo, la tórtola, la flor, etc.

[484] *intima*: 'declara', 'decreta'.

[485] La *tórtola* viuda, generalmente, es tópico de fidelidad amorosa y de dolor cuando falta la prenda amada.

ambas me imitan, aunque variamente,
ya con fragilidad, ya con dureza,   35
mi dicha aquélla y ésta mi firmeza.

    Si ves el ciervo herido
que baja por el monte, acelerado,
buscando, dolorido,
alivio al mal en un arroyo helado,   40
y sediento al cristal se precipita,
no en el alivio, en el dolor me imita.

    Si la liebre encogida
huye medrosa de los galgos fieros,
y por salvar la vida   45
no deja estampa de los pies ligeros,
tal mi esperanza, en dudas y recelos,
se ve acosada de villanos celos.

    Si ves el cielo claro,
tal es la sencillez del alma mía;   50
y si, de luz avaro,
de tinieblas se emboza el claro día,
es, con su obscuridad y su inclemencia,
imagen de mi vida en esta ausencia.

    Así que, Fabio amado,   55
saber puedes mis males sin costarte
la noticia cuidado,[486]
pues puedes de los campos informarte;
y, pues yo a todo mi dolor ajusto,
saber mi pena sin dejar tu gusto.[487]   60

---

[486] Fabio puede darse por enterado de los sufrimientos con sólo ver los *ejemplos* del arroyo, etc.

[487] El *gusto* de Fabio es pasear por el campo, admirando los prodigios naturales (la flor, la luz del día, etc.).

Mas ¿cuándo, ¡ay gloria mía!,
mereceré gozar tu luz serena?
¿Cuándo llegará el día
que pongas dulce fin a tanta pena?
¿Cuándo veré tus ojos, dulce encanto,   65
y de los míos quitarás el llanto?

    ¿Cuándo tu voz sonora
herirá mis oídos, delicada,
y el alma que te adora,
de inundación de gozos anegada,   70
a recibirte con amante prisa
saldrá a los ojos desatada en risa?

    ¿Cuándo tu luz hermosa
revestirá de gloria mis sentidos?
¿y cuándo yo, dichosa,   75
mis suspiros daré por bien perdidos,
teniendo en poco el precio de mi llanto?:
que tanto ha de penar quien goza tanto.

    ¿Cuándo de tu apacible
rostro alegre veré el semblante afable,   80
y aquel bien indecible
a toda humana pluma inexplicable,
que mal se ceñirá a lo definido
lo que no cabe en todo lo sentido?

    Ven, pues, mi prenda amada,   85
que ya fallece mi cansada vida
de esta ausencia pesada;
ven, pues: que mientras tarda tu venida,
aunque me cueste su verdor enojos,[488]
regaré mi esperanza con mis ojos.   90

---

[488] *su verdor*: la esperanza de tu venida.

58

*Liras que dan encarecida satisfacción
a unos celos.*

Pues estoy condenada,
Fabio, a la muerte, por decreto tuyo,
y la sentencia airada
ni la apelo, resisto ni la huyo,
óyeme, que no hay reo tan culpado   5
a quien el confesar le sea negado.

   Porque te han informado,
dices, de que mi pecho te ha ofendido,
me has, fiero, condenado.
¿Y pueden, en tu pecho endurecido,   10
más la noticia incierta, que no es ciencia,
que de tantas verdades la experiencia?

   Si a otros crédito has dado,
Fabio, ¿por qué a tus ojos se lo niegas,
y, el sentido trocado   15
de la ley, al cordel mi cuello entregas,
pues liberal me amplías los rigores
y avaro me restringes los favores?[489]

   Si a otros ojos he visto,
mátenme, Fabio, tus airados ojos;   20
si a otro cariño asisto,
asístanme implacables tus enojos;

---

[489] vv. 15-18: mientras se comprueba la culpabilidad de un reo, deben extenderse las informaciones en su favor y limitarse las que van en su
contra. Fabio está haciendo lo contrario: es avaro con las favorables (por
ejemplo, lo que le dicen sus propios ojos) y generoso (*liberal*) con las des-
favorables (los rumores).

y si otro amor del tuyo me divierte,[490]
tú, que has sido mi vida, me des muerte.

    Si a otro, alegre, he mirado,   25
nunca alegre me mires ni te vea;
si le hablé con agrado,
eterno desagrado en ti posea;
y si otro amor inquieta mi sentido,
sáquesme el alma tú, que mi alma has sido.   30

    Mas, supuesto que muero
sin resistir a mi infelice suerte,
que me des sólo quiero
licencia de que escoja yo mi muerte;
deja la muerte a mi elección medida,   35
pues en la tuya pongo yo la vida:

    no muera de rigores,
Fabio, cuando morir de amores puedo;
pues con morir de amores,
tú acreditado y yo bien puesta quedo: 40
que morir por amor, no de culpada,
no es menos muerte, pero es más honrada.

    Perdón, en fin, te pido
de las muchas ofensas que te he hecho
en haberte querido: 45
que ofensas son, pues son a tu despecho;
y con razón te ofendes de mi trato,
pues que yo, con quererte, te hago ingrato.

---

[490] *divierte*: 'aparta'.

59

*Expresa, más afectuosa que con sutil cuidado, el sentimiento
que padece una mujer amante, de su marido muerto.*[491]

A estos peñascos rudos,
mudos testigos del dolor que siento
(que sólo siendo mudos
pudiera yo fiarles mi tormento,
si acaso de mis penas lo terrible   5
no infunde lengua y voz en lo insensible),
        quiero contar mis males,
si es que yo sé los males de que muero;
pues son mis penas tales,
que si contarlas por alivio quiero,   10
le son, una con otra atropellada,
dogal a la garganta, al pecho espada.[492]
        No envidio dicha ajena:
que el mal eterno que en mi pecho lidia,
hace incapaz mi pena   15
de que pueda tener tan alta envidia;
es tan mísero estado el en que peno,
que como dicha envidio el mal ajeno.
        No pienso yo si hay glorias,
porque estoy de pensarlo tan distante,   20
que aun las dulces memorias
de mi pasado bien, tan ignorante
las mira de mi mal el desengaño,
que ignoro si fue bien, y sé que es daño.

---

[491] *más afectuosa que con sutil cuidado*: el poema es más bien sencillo,
no hay recursos complicados o noticias mitológicas o de ningún otro tipo.

[492] *dogal*: "cuerda o soga para ahorcar al reo o utilizada en algún suplicio" (*Autoridades*).

Esténse allá en su esfera   25
los dichosos: que es cosa en mi sentido
tan remota, tan fuera
de mi imaginación, que sólo mido,
entre lo que padecen los mortales,
lo que distan sus males de mis males.   30

        ¡Quién tan dichosa fuera
que de un agravio indigno se quejara!
¡Quién un desdén llorara!
¡Quién un alto imposible pretendiera!
¡Quién llegara, de ausencia o de mudanza,   35
casi a perder de vista la esperanza!

        ¡Quién en ajenos brazos
viera a su dueño, y con dolor rabioso
se arrancara a pedazos
del pecho ardiente el corazón celoso!,   40
pues fuera menor mal que mis desvelos,
el infierno insufrible de los celos.

        Pues todos estos males
tienen consuelo o tienen esperanza,
y los más siniguales   45
solicitan o animan la venganza;
y sólo de mi fiero mal se aleja
la esperanza, venganza, alivio y queja.

        Porque ¿a quién sino al Cielo,
que me robó mi dulce prenda amada,   50
podrá mi desconsuelo
dar sacrílega queja destemplada?[493]

---

[493] La queja de la viuda es *sacrílega* porque lamenta, reclama, la voluntad del Cielo de que muriera el marido. Las orejas *sordas* y *rectísimas* son, precisamente, las del Cielo que recibe los lamentos de la viuda como blasfemias.

y él, con sordas, rectísimas orejas,
a cuenta de blasfemias pondrá quejas.

    Ni Fabio fue grosero,   55
ni ingrato, ni traidor; antes, amante
con pecho verdadero,
nadie fue más leal ni más constante:
nadie más fino supo, en sus acciones,
finezas añadir a obligaciones.   60

    Sólo el Cielo, envidioso,
mi esposo me quitó; la Parca dura,
con ceño riguroso,
fue solo autor de tanta desventura.
¡Oh Cielo riguroso, oh triste suerte,   65
que tantas muertes das con una muerte.

    ¡Ay dulce esposo amado!
¿Para qué te vi yo? ¿Por qué te quise,
y por qué tu cuidado[494]
me hizo, con las venturas, infelice?   70
¡Oh dicha, fementida y lisonjera!
¡Quién tus amargos fines conociera!

    ¿Qué vida es ésta mía,
que rebelde resiste a dolor tanto?
¿Por qué, necia, porfía,[495]   75
y en las amargas fuentes de mi llanto
atenuada, no acaba de extinguirse,
si no puede en mi fuego consumirse?

---

[494] *cuidado*: 'amor'.
[495] *porfía*: 'insistencia'; la *necia*, la que insiste es *esta vida mía*.

60

*Ovillejos. Pinta en jocoso numen, igual con el tan célebre
de Jacinto Polo, una belleza.*[496]

El pintar de Lisarda la belleza,
en que a sí se excedió Naturaleza,
con un estilo llano,
se me viene a la pluma y a la mano.
Y cierto que es locura   5
el querer retratar yo su hermosura,
sin haber en mi vida dibujado,
ni saber qué es azul o colorado,
qué es regla, qué es pincel, oscuro o claro,
aparejo, retoque, ni reparo.   10
El diablo me ha metido en ser pintora;
dejémoslo, mi Musa, por ahora,
a quien sepa el oficio.
Mas esta tentación me quita el juicio
y, sin dejarme pizca,   15
ya no sólo me tienta: me pellizca,
me cosca, me hormiguea,[497]

---

[496] *ovillejos:* silva (composición de versos heptasílabos y endecasílabos) de versos pareados (que riman en pares). Salvador Jacinto Polo de Medina (1603-1676), poeta español, cuya poesía jocosa fue muy celebrada en la segunda mitad del siglo XVII. Específicamente, sor Juana sigue aquí la "Fábula de Apolo y Dafne" que comienza: "Cantar de Apolo y Dafne los amores / sin más ni más me vino al pensamiento…", como a la monja se le "viene a la pluma y a la mano" "pintar de Lisarda la belleza", es decir, por puro juego y diversión.

[497] *cosca:* según el DRAE, 'concomerse', sentido metafórico por 'percatarse'. Aquí está usado como 'concomerse', que el *Diccionario de Autoridades* define así: "mover a un tiempo los hombros y espaldas en señal de que alguna cosa le pica o causa comezón". Todos los verbos de estos versos (*pellizca, cosca, hormiguea, punza, rempuja, aporrea*) tienen que ver con esa urgencia, esa ansiedad por hacer algo.

me punza, me rempuja y me aporrea.
Yo tengo de pintar, dé donde diere,
salga como saliere,   20
aunque saque un retrato
tal que, después, le ponga: "Aquéste es gato".[498]
Pues no soy la primera
que, con hurtos de sol y primavera,
echan con mil primores   25
una mujer en infusión de flores,[499]
y (después que muy bien alambicada
sacan una belleza destilada),
cuando el hervor se entibia,
pensaban que es rosada y es endibia.[500]   30
Mas no pienso robar yo sus colores;
descansen por aquesta vez las flores,
que no quiere mi Musa ni se mete
en hacer su hermosura ramillete.
Mas ¿con qué he de pintar, si ya la vena   35
no se tiene por buena
si no forma, hortelana, en sus colores
un gran cuadro de flores?
¡Oh siglo desdichado y desvalido
en que todo lo hallamos ya servido!:[501]   40

---

[498] *Aquéste es gato*: como si dibujara un gato, tan mal, que tuviera que ponerle una nota aclarando que se trata de un gato.

[499] *echan*: 'no soy la primera que *echa*'; el plural podría justificarse: 'no soy la primera de esos muchos que *echan*'; *en infusión de flores*: burla del retrato petrarquista convencional que compara la belleza de la dama con flores como rosas y claveles (por el color rosado o rojo), azucenas y lirios (por el tono blanco de la piel).

[500] Ponen a hacer un cocimiento de flores y, en lugar de sacar una hermosa dama de tez rosada, sacan una endibia, de color amarillo-verde pálido y amarga.

[501] Es decir, ya todo está dicho; no hay manera de renovar las comparaciones y metáforas para confeccionar un retrato.

pues que no hay voz, equívoco ni frase
que por común no pase
y digan los censores:
"¿Eso? ¡Ya lo pensaron los mayores!"
¡Dichosos los antiguos que tuvieron   45
paño de que cortar, y así vistieron
sus conceptos de albores,
de luces, de reflejos y de flores!
Que entonces era el Sol nuevo, flamante,[502]
y andaba tan valido lo brillante,   50
que el decir que el cabello era un tesoro,
valía otro tanto oro.
¡Pues las estrellas, con sus rayos rojos,
que aun no estaban cansadas de ser ojos
cuando eran celebradas!   55
¡Oh dulces luces, por mi mal halladas,
dulces y alegres cuando Dios quería,[503]
pues ya no os puede usar la Musa mía
sin que diga, severo, algún letrado
que Garcilaso está muy maltratado   60
y en lugar indecente!
Mas si no es a su Musa competente
y le ha de dar enojo semejante,
quite aquellos dos versos, y adelante.

---

[502] La tópica metáfora para la rubia caballera de la dama era 'sol' o 'rayos de sol'; como versos más adelante *estrellas* remite a los 'luceros', muy usados por el brillo y el color, para referirse a los ojos.

[503] Sor Juana toma los versos, adaptándolos, del soneto de Garcilaso de la Vega: "¡Oh dulces, *prendas*, por mi mal halladas...!". A su vez, Garcilaso los toma de la *Eneida* (lib. IV, vv. 651-652), donde hablan del dolor de Dido cuando encuentra las armas de Eneas, y sabe que ya partió y la abandonó. Como Dido y Garcilaso se decepcionan al encontrar las prendas del amado/a, por los tristes recuerdos, así sor Juana, frente a esos versos que le recuerdan que ya todo está dicho.

Digo, pues, que el coral entre los sabios   65
se estaba con la grana aún en los labios;
y las perlas, con nítidos orientes,
andaban enseñándose a ser dientes;[504]
y alegaba la concha, no muy loca,
que si ellas dientes son, ella es la boca: 70
y así entonces, no hay duda,
empezó la belleza a ser conchuda.[505]
Pues las piedras, ¡ay Dios, y qué riqueza![506]
Era una platería una belleza,
que llevaba por dote en sus facciones   75
más de treinta millones.
Esto sí era hacer versos descansado,
y no en aqueste siglo desdichado
y de tal desventura,
que está ya tan cansada la hermosura   80
de verse en los planteles
de azucenas, de rosas y claveles
ya del tiempo marchitos,
recogiendo humedades y mosquitos,
que, con enfado extraño,   85
quisiera más un saco de ermitaño.
Y así andan los poetas desvalidos,
achicando antiguallas de vestidos;
y tal vez, sin mancilla,[507]

---

[504] El *coral* por su color era metáfora común para los labios, y las perlas, para los dientes; *oriente* es el brillo de la perla.

[505] *conchuda*: "persona que es muy recatada, cautelosa, astuta y reservada, y difícil de engañar" (*Diccionario de Autoridades*).

[506] En los retratos petrarquistas, la frente podía ser *plata*, los labios *rubíes* o *coral*, los dientes perlas, los ojos zafiros, etc., por eso dice sor Juana que el rostro de una hermosa valía "más de treinta millones".

[507] *tal vez*: 'alguna vez'; *sin mancilla*: 'sin lástima, sin importarles'.

lo que es jubón, ajustan a ropilla,[508]   90
o hacen de unos centones[509]
de remiendos diversos, los calzones;
y nos quieren vender por extremada
una belleza rota y remendada.
¿Pues qué es ver las metáforas cansadas   95
en que han dado las Musas alcanzadas?[510]
No hay ciencia, arte, ni oficio,
que con extraño vicio
los poetas, con vana sutileza,
no anden acomodando a la belleza,   100
y pensando que pintan de los cielos,
hacen unos retablos de sus duelos.[511]
Pero diránme ahora
que quién a mí me mete en ser censora:
que, de lo que no entiendo, es grave exceso.   105
Pero yo les respondo que por eso:
que siempre el que censura y contradice
es quien menos entiende lo que dice.
Mas si alguno se irrita,
murmúreme también; ¿quién se lo quita?[512]   110
No haya miedo que en eso me fatigue,[513]
ni que a ninguno obligue

---

[508] *jubón*: 'vestido de medio cuerpo'.

[509] *centones*: mantas gruesas hechas de remiendos; también composiciones hechas con pedazos (versos) de obras ajenas.

[510] *alcanzadas*: en el *Diccionario de Autoridades* se encuentra la expresión *estar alcanzado*: "estar endeudado o empeñado"; con la "platería" gastada en el rostro de las hermosas, las Musas están más que endeudadas.

[511] *retablos de duelos*: "conjunto de trabajos, miserias y pesares en un sujeto" (*Diccionario de Autoridades*).

[512] *murmúreme*: 'hable mal de mí', 'critíqueme'.

[513] *No haya*: 'no tenga'.

a que encargue su alma:[514]

téngasela en su palma

y haga lo que quisiere,   115

pues su sudor le cuesta al que leyere.

Y si ha de disgustarse con leello,

vénguese del trabajo con mordello,[515]

y allá me las den todas,

pues yo no me he de hallar en esas bodas.   120

¿Ven? Pues esto de bodas es constante

que lo dije por sólo el consonante;[516]

si alguno halla otra voz que más expresa,

yo le doy mi poder y quíteme ésa.

Mas volviendo a mi arenga comenzada,   125

¡válgate por Lisarda retratada,

y qué difícil eres!

No es mala propiedad en las mujeres.[517]

Mas ya lo prometí: cumplillo es fuerza,

aunque las manos tuerza;   130

a acaballo me obligo;

pues tomo bien la pluma y ¡Dios conmigo!

Vaya, pues, de retrato;

denme un "¡Dios te socorra!" de barato.

¡Ay con toda la trampa,   135

---

[514] *que encargue su alma*: existe la expresión *encargarle la conciencia* que significa exhortar a alguien a que proceda con rectitud, sin dolo ni malicia. Lo que dice sor Juana es que ella no encarga su alma a ese que la critica, y puede decir lo que quiera, malicioso o no. Como aclaran los versos siguientes: *téngasela en su palma*: 'allá él'.

[515] *mordello* (arcaísmo por *morderlo*; como *leello* por 'leerlo', etc.): 'criticarlo'.

[516] *es constante*: 'consta que esto de las bodas sólo lo dije por el consonante (la rima)'.

[517] Es cualidad en las mujeres ser *difíciles* y no fáciles.

que una Musa de la hampa,[518]
a quien ayuda tan propicio Apolo,
se haya rozado con Jacinto Polo
en aquel conceptillo desdichado,
y pensarán que es robo muy pensado!   140
Es, pues, Lisarda; es, pues… ¡Ay Dios, qué aprieto!
No sé quién es Lisarda, les prometo;
que mi atención sencilla
pintarla prometió, no definilla.
Digo, pues… ¡Oh, qué *pueses* tan soeces!   145
Todo el papel he de llenar de *pueses*.
¡Jesús, qué mal empiezo!
"Principio" iba a decir, ya lo confieso,
y acordéme al instante
que *principio* no tiene consonante.   150
Perdonen, que esta mengua
es de que no me ayuda bien la lengua.
¡Jesús, y qué cansados
estarán de esperar desesperados
los tales mis oyentes!   155
Mas si esperar no gustan, impacientes,
y juzgaren que es largo y que es pesado,
vayan con Dios, que ya esto se ha acabado;
que quedándome sola y retirada,
mi borrador haré más descansada.   160
Por el cabello empiezo. Esténse quedos,
que hay aquí que pintar muchos enredos.
No hallo comparación que bien le cuadre:
¡que para poco me parió mi madre!
¿Rayos de sol? Ya aqueso se ha pasado;   165

---

[518] La Musa de sor Juana es *del hampa* porque está "robando" una idea
de Salvador Jacinto Polo.

la pregmática nueva lo ha quitado.[519]
¿Cuerda de arco de Amor, en dulce trance?
Eso es llamarlo cerda, en buen romance.[520]
¡Qué linda ocasión era
de tomar la ocasión por la mollera![521]   170
Pero aquesa ocasión ya se ha pasado
y calva está de haberla repelado,
y así en su calva lisa
su cabellera irá también postiza,
y el que llega a cogella   175
se queda con el pelo y no con ella.
Y en fin, después de tanto dar en ello,
¿qué tenemos, mi Musa, de cabello?
El de Absalón viniera aquí nacido,
por tener mi discurso suspendido;[522]   180
mas no quiero meterme yo en hondura
ni en hacerme que entiendo de Escritura.
En ser cabello de Lisarda quede,
que es lo que encarecerse más se puede,
y bájese a la frente mi reparo.   185
Gracias a Dios que salgo hacia lo claro,
que me pude perder en su espesura,
si no saliera por la comisura.

---

[519] *pregmática*: 'decreto' (la nueva poesía ha prohibido la trillada metáfora petrarquista sol-cabello).

[520] Las cuerdas de los arcos se hacían con cerdas de jabalí.

[521] Existe la expresión *Asir la ocasión por la melena o por los cabellos,* que significa aprovechar la oportunidad.

[522] El héroe bíblico *Absalón* era célebre por su hermosa y larga cabellera; perseguido por Joab, su cabello se enredó en un árbol; él quedó *suspendido* ('colgado') y Joab lo mató (II Samuel, cap. 18). En un poema jocoso, Anastasio Pantaleón de Ribera lo llama, aludiendo a esta misma anécdota, "la bellota humana".

Tendrá, pues, la tal frente
una caballería largamente,[523]   190
según está de limpia y despejada;
y si temen por esto verla arada,
pierdan ese recelo,
que estas caballerías son del cielo.
¿Qué apostamos que ahora piensan todos   195
que he perdido los modos
del estilo burlesco,
pues que ya por los cielos encarezco?
Pues no fue ése mi intento,
que yo no me acordé del firmamento,   200
porque mi estilo llano
se tiene acá otros cielos más a mano;
que a ninguna belleza se le veda
el que tener dos cielos juntos pueda.
¿Y cómo? Uno en su boca, otro en la frente.   205
(¡Por Dios que lo he enmendado lindamente!)
Las cejas son… ¿agora diré arcos?
No, que es su consonante luego zarcos,[524]
y si yo pinto zarca su hermosura,
dará Lisarda al diablo la pintura   210
y me dirá que sólo algún demonio
levantara tan falso testimonio.
Pues yo lo he de decir, y en esto agora
conozco que del todo soy pintora;
que mentir de un retrato en los primores[525]   215

---

[523] *caballería*: 'terreno ancho', esto es, 'frente amplia', no *arada* (v. 193), es decir, no arrugada.

[524] *zarco*: azul claro; popularmente era un color asociado a las brujas (que, según esto, tenían los ojos azul clarísimo); de ahí el chiste con el demonio, de los versos siguientes.

[525] *mentir*: 'fingir'.

es el último examen de pintores.
En fin, ya con ser arcos se han salido.
¿Mas que piensan que digo de Cupido,
o el que es la paz del día?
Pues no son sino de una cañería   220
por donde encaña el agua a sus enojos;[526]
por más señas, que tiene allí dos ojos.
¿Esto quién lo ha pensado?
¿Me dirán que esto es viejo y es trillado?
Mas ya que los nombré, fuerza es pintallos,   225
aunque no tope verso en que colgallos.
¡Nunca yo los mentara,
que quizás al lector se le olvidara!
Empiezo a pintar, pues. Nadie se ría
de ver que titubea mi Talía,   230
que no es hacer buñuelos,
pues tienen su pimienta los ojuelos;
y no hallo, en mi conciencia,
comparación que tenga conveniencia
con tantos arreboles.   235
¡Jesús!, ¿no estuve un tris de decir soles?
¡Qué grande barbarismo![527]
Apolo me defienda de sí mismo:
que a los que son de luces sus pecados,[528]
los veo condenar de alucinados,   240
y temerosa yo, viendo su arrojo,

---

[526] v. 221: se refiere al llanto.

[527] *barbarismo*: 'error lingüístico', 'mal uso de la lengua'.

[528] Sor Juana alude a los *alumbrados*, seguidores del iluminismo, considerado herejía, que fueron perseguidos y procesados por la Inquisición en la primera mitad del siglo XVI.

trato de echar mis luces en remojo.[529]
Tentación solariega en mí es extraña:
que se vaya a tentar a la Montaña.[530]
En fin, yo no hallo símil competente   245
por más que doy palmadas en la frente
y las uñas me como.
¿Dónde el *viste* estará y el *así como*,
que siempre tan activos
se andan a principiar comparativos?[531]   250
Mas ¡ay! que donde *vistes* hubo antaño,
no hay *así como* hogaño.[532]
Pues váyanse sin ellos muy serenos:
que no por eso dejan de ser buenos,
y de ser manantial de perfecciones,   255
que no todo ha de ser comparaciones;
y ojos de una beldad tan peregrina,
razón es ya que salgan de madrina,
pues a sus niñas fuera hacer ultraje
querer tenerlas siempre en pupilaje.   260
En fin, nada les cuadra, que es locura
al círculo buscar la cuadratura.
Síguese la nariz: y es tan seguida,
que ya quedó con esto definida;

---

[529] Recreación del refrán "Cuando la barba [*luces*] de tu vecino vieres pelar, echa la tuya a remojar".

[530] De *luces* ('sol') sor Juana saltó a *solariega*: su tentación es *solariega* por ser sola, escasa, infrecuente. La gente acomodada de Madrid tenía sus casas *solariegas* en la Montaña, para huir del calor en el verano.

[531] El *viste* y el *así como* se usan para introducir comparaciones.

[532] Adaptación del refrán "Ya en los nidos *de antaño* no hay pájaros *hogaño*", a partir del mismo chiste de Jacinto Polo: "…mas claveles no son lo que solían, / y en los labios *de antaño* / no hay claveles *hogaño*".

que hay nariz tortizosa, tan tremenda,[533] 265
que no hay geómetra alguno que la entienda.
Pásome a las mejillas;
y aunque es su consonante *maravillas*,
no las quiero yo hacer predicadores
que digan "Aprended de mí", a las flores.[534] 270
Mas si he de confesarles mi pecado,
algo el carmín y grana me ha tentado;
mas ahora ponérsela no quiero:
si ella la quiere, gaste su dinero,
que es grande bobería 275
el quererla afeitar a costa mía.[535]
Ellas, en fin, aunque parecen rosa,
lo cierto es que son carne y no otra cosa.
¡Válgame Dios, lo que se sigue agora!
Haciéndome está cocos el Aurora[536] 280
por ver si la comparo con su boca,
y el Oriente con perlas me provoca;
pero no hay que mirarme,
que ni una sed de Oriente ha de costarme.[537]
Es, en efecto, de color tan fina, 285
que parece bocado de cecina;

---

[533] *tortizosa*: no encuentro el término registrado en ningún diccionario; parece un neologismo chusco, de significado bastante transparente en su conformación fonética: nariz muy chueca y torcida.

[534] *Aprended de mí*: estribillo de una letrilla de Góngora (correctamente: "Aprended, flores, en mí"), que habla (*predica*) de la caducidad de la vida: "Aprended, Flores, en mí / lo que va de ayer a hoy, / que ayer maravilla fui / y hoy sombra mía aun no soy".

[535] *afeitar*: 'maquillar' ('poner afeites'), esto es, sor Juana no le va a poner "chapas" pagándolas ella.

[536] *hacer cocos*: 'provocar', 'incitar'.

[537] *Ni una sed de Oriente*: a partir del dicho "no dar *ni una sed de agua*", no dar nada; *oriente*: brillo de las perlas, metáfora común para dientes. ·

y no he dicho muy mal, pues de salada,
dicen que se le ha puesto colorada.
¿Ven cómo sé hacer comparaciones
muy propias en algunas ocasiones?   290
Y es que donde no piensa el que es más vivo,
salta el comparativo;
y si alguno dijere que es grosera
una comparación de esta manera,
respóndame la Musa más ufana: 295
¿es mejor el gusano de la grana,
o el clavel, que si el gusto los apura,
hará echar las entrañas su amargura?[538]
Con todo, numen mío,
aquesto de la boca va muy frío.[539]   300
Yo digo mi pecado:
ya está el pincel cansado.
Pero, pues tengo ya frïaldad tanta,
gastemos esta nieve en la garganta,[540]
que la tiene tan blanca y tan helada   305
que le sale la voz garapiñada.
Mas por su pasos, yendo a paso llano,
se me vienen las manos a la mano.
Aquí habré menester grande cuidado,
que ya toda la nieve se ha gastado,   310
y para la blancura que atesora
no me ha quedado ni una cantimplora,

[538] Sor Juana defiende por sabor su comparación *boca-cecina* (las dos rojo púrpura), que puede sonar algo prosaica, lo que no sucede con comparaciones como *grana-clavel*: el "gusano" de la grana no se puede comer, y los claveles tampoco por amargos; en cambio la cecina sí que es sabrosa.

[539] *muy frío*: 'poco gracioso'.

[540] *nieve* es un comparativo frecuente para la blancura del cuello (*garganta*) o de cualquier otra parte de la piel de la hermosa.

y fue la causa de esto
que como iba sin sal, se gastó presto.[541]

Mas puesto que pintarla solicito,   315
por la Virgen!, que esperen un tantito,
mientras la pluma tajo
y me alivio un poquito del trabajo
y, por decir verdad, mientras suspensa
mi imaginación piensa   320
algún concepto que a sus manos venga.

¡Oh, si Lisarda se llamara Menga,
qué equívoco tan lindo me ocurría,
que sólo por el nombre se me enfría![542]

Ello, fui desgraciada,   325
en estar ya Lisarda bautizada.

Acabemos, que el tiempo nunca sobra.
¡A las manos, y manos a la obra!

Empiezo por la diestra,
que aunque no es menos bella la siniestra,   330
a la pintura es llano
que se le ha de asentar la primer mano.

Es, pues, blanca y hermosa con exceso,
porque es de carne y hueso,
no de marfil ni plata: que es quimera[543]   335
que a una estatua servir sólo pudiera;

---

[541] La nieve o lo helado se conservaba entonces envuelta en mucha sal; aquí se le acabó a sor Juana la nieve porque se derritió, por falta de sal, es decir, de gracia.

[542] ¿Cuál sería el chiste que se le enfriaría si pudiera usar el nombre *Menga*? ¿*Renga* usado genéricamente como lisiado? ¿Es acaso juego con la frase *Dar con la de rengo*: "engañar a alguno, después de haberle entretenido con esperanzas" (*Diccionario de Autoridades*)? No tengo la respuesta.

[543] *no de marfil ni plata*: plata y marfil eran metáforas tópicas para la blancura.

y con esto, aunque es bella,
sabe su dueño bien servirse de ella,[544]
y la estima, bizarra,
más que no porque luce, porque agarra.   340
Pues no le queda en zaga la siniestra;
porque aunque no es tan diestra
y es algo menos en su ligereza,
no tiene un dedo menos de belleza.
Aquí viene rodada   345
una comparación acomodada;
porque no hay duda, es llano,
que es la una mano como la otra mano;
y si alguno dijere que es friolera
el querer comparar de esta manera,   350
respondo a su censura
que el tal no sabe lo que se murmura:
pues pudiera muy bien Naturaleza
haber sacado manca esta belleza,
que yo he visto bellezas muy hamponas,[545]   355
que si mancas no son, son mancarronas.[546]
Ahora falta a mi Musa la estrechura
de pintar la cintura;
en ella he de gastar poco capricho,
pues con decirlo breve, se está dicho: 360
porque ella es tan delgada,
que en una línea queda ya pintada.
El pie yo no lo he visto, y fuera engaño
retratar el tamaño;

---

[544] *dueño*: en la época valía también por *dueña*.
[545] *hamponas*: 'presumidas', 'encopetadas', 'de pipa y guante'.
[546] *mancarrón*: 'flojo', 'inútil para el trabajo'.

ni mi Musa sus puntos considera   365
porque no es zapatera;
pero, según airoso el cuerpo mueve,
debe el pie de ser breve,
pues que es, nadie ha ignorado,
el pie de arte mayor, largo y pesado.[547]   370
Y si en cuenta ha de entrar la vestidura
(que ya es el traje parte en la hermosura),
el *hasta aquí* del garbo y de la gala
a la suya no iguala,
de fiesta o de revuelta,   375
porque está bien prendida y más bien suelta.
Un adorno garboso y no afectado,
que parece descuido y es cuidado:[548]
un aire con que arrastra la tal niña
con aseado desprecio la basquiña,[549]   380
en que se van pegando
las almas entre el polvo que va hollando;
un arrojar el pelo por un lado,
como que la congoja por copado,[550]
y al arrojar el pelo,   385
descubrir un "por tanto digo *Cielo*",
quebrantando la ley; mas ¿qué importara

---

[547] No se puede ver el pie porque, según los cánones de belleza de la época, es pequeñísimo; el tamaño del pie se medía por puntos, lo que los zapateros consideraban para la elaboración de zapatos (por eso dice sor Juana que su Musa no es *zapatera*). El *pie de arte mayor* es el verso mayor de ocho sílabas, pero, por antonomasia, es el de doce sílabas, característico de Juan de Mena.

[548] Este verso se refiere a la naturalidad de su arreglo.

[549] *basquiña*: 'falda'.

[550] *como que la congoja por copado*: el pelo es tan abundante (*copado*) que la abruma (*congoja*).

que yo la quebrantara?
A nadie cause escándalo ni espanto,
pues no es la ley de Dios la que quebranto.   390
Y con tanto, si a ucedes les parece,[551]
será razón que ya el retrato cese;
que no quiero cansarme,
pues ni aun el costo de él han de pagarme.
Veinte años de cumplir en mayo acaba.   395
Juana Inés de la Cruz la retrataba.

61

Primero Sueño, que así intituló y compuso [este poema]
la madre Juana Inés de la Cruz, imitando a Góngora.[552]

Piramidal, funesta, de la tierra
nacida sombra, al cielo encaminaba[553]
de vanos obeliscos punta altiva,
escalar pretendiendo las estrellas;
si bien sus luces bellas,   5

---

[551] *ucedes*: arcaísmo por 'ustedes'.

[552] En la *Respuesta a sor Filotea* dice sor Juana que ella sólo ha escrito por gusto un "papelillo que llaman el *Sueño*"; así lo llamarán quienes conocen el poema, pero ella lo intituló *Primero sueño* para marcar su relación con la *Primera soledad* de Góngora.

[553] La sombra que la tierra proyecta cuando el sol se oculta está dirigida hacia arriba y tiene forma de cono. Por razones fonéticas, sor Juana debió de preferir *piramidal* (mejor que *cónica*), aunque hay un ilustre antecedente: el soneto a la muerte de Isabel de Borbón, del novohispano Juan Ortiz de Torres, que dice que el último recorrido de una famosa perla de Cleopatra fue su garganta (Cleopatra la disolvió en vino y se la tomó): "… mostrando en su garganta testimonio / que fue del sol *piramidal* columna". Esto es, el cuello de Cleopatra fue el último y brillante recorrido de la perla ya disuelta, el soporte de la cabeza de Cleopatra y el soporte del imperio egipcio (por eso el adjetivo piramidal es tan afortunado: remite a la tradición egipcia y a la fastuosidad y belleza de Cleopatra).

exentas siempre, siempre rutilantes,[554]
la tenebrosa guerra
que con negros vapores le intimaba[555]
la pavorosa sombra fugitiva[556]
burlaban tan distantes,   10
que su atezado ceño[557]
al superior convexo aun no llegaba
del orbe de la diosa
que tres veces hermosa[558]
con tres hermosos rostros ser ostenta,   15
quedando sólo dueño
del aire que empañaba
con el aliento denso que exhalaba;
y en la quietud contenta[559]
de imperio silencioso,   20
sumisas sólo voces consentía
de las nocturnas aves,
tan obscuras, tan graves,
que aun el silencio no se interrumpía.
Con tardo vuelo y canto, del oído   25
mal, y aun peor del ánimo admitido,

---

[554] De acuerdo con la astronomía ptolemaica, las estrellas ocupan el octavo cielo, el último, y están fijas; *exentas*: 'libres'. Por eso, como se dice en los siguientes versos, no temen la embestida de la noche.

[555] *intimaba*: 'declaraba'.

[556] La *sombra* ('noche') es *fugitiva* porque viene huyendo del sol que acaba de derrotarla, imponiendo su imperio de luz, en el hemisferio contrario.

[557] *atezado*: 'negro'.

[558] Es decir: la noche aún no llegaba al primer cielo, el de la luna; la luna es la diosa "tres veces hermosa" por sus tres fases: creciente, plenilunio (luna llena) y menguante. Véase el verso del romance "Lámina sirva el cielo...": "Hécate, no *triforme*, mas llena...".

[559] *contenta*: 'que contiene'; la quietud nocturna que contiene al silencio.

la avergonzada Nictimene acecha[560]
de las sagradas puertas los resquicios,
o de las claraboyas eminentes[561]
los huecos más propicios   30
que capaz a su intento le abren brecha,
y sacrílega llega a los lucientes
faroles sacros de perenne llama
que extingue, si no infama,
el licor claro, la materia crasa   35
consumiendo, que el árbol de Minerva[562]
de su fruto, de prensas agravado,
congojoso sudó y rindió forzado.
Y aquellas que su casa
campo vieron volver, sus telas hierba,   40
a la deidad de Baco inobedientes[563]
—ya no historias contando diferentes,

---

[560] *Nictimine* es la lechuza; en la mitología fue una muchacha que pro-
fanó (de ahí el *avergonzada*) el lecho de su padre y como castigo fue transformada en lechuza; su canto es *mal admitido* por los oídos porque es desa-
gradable, y peor admitido por el ánimo porque es de mal agüero. Hasta el
verso 36, sor Juana hace eco de una consigna popular que creía que durante
las noches las lechuzas entraban a los templos por las claraboyas y se bebían
el aceite de las lámparas. Por eso la lechuza es *sacrílega*.

[561] *eminentes*: 'altas'.

[562] En la primera edición, el v. 35 se lee: "*en* licor claro, la materia crasa"; así lo reproduce Méndez Plancarte. Alatorre propone, a mi juicio con
acierto, "*el* licor claro, la materia crasa"; *el árbol de Minerva*: el olivo; su fruto, la oliva, prensado, produce aceite; *agravado*: el árbol pesa por las olivas;
quien *sudó* y *rindió forzado* su jugo (el aceite) es la oliva. Está en masculino
porque sor Juana se refiere a ella como *el fruto* del *árbol de Minerva*.

[563] De aquí al v. 52, sor Juana se refiere a los murciélagos. Las tres hijas
de Minias (las Minieides) eran tres muchachas muy hacendosas (*oficiosas*)
que decidieron desdeñar las fiestas de Baco y quedarse en su casa bordando,
tejiendo y contando historias. Baco las castigó y las transformó en murciélagos: "aves sin pluma aladas".

en forma sí afrentosa transformadas—,
segunda forman niebla,
ser vistas aun temiendo en la tiniebla,   45
aves sin pluma aladas:
aquellas tres oficïosas, digo,
atrevidas hermanas,
que el tremendo castigo
de desnudas les dio pardas membranas,   50
alas tan mal dispuestas
que escarnio son aun de las más funestas.
Éstos, con el parlero
ministro de Plutón un tiempo, ahora
supersticioso indicio al agorero,[564]   55
solos la no canora
componían capilla pavorosa,[565]
máximas, negras, longas entonando,[566]
y pausas más que voces, esperando
a la torpe mensura perezosa   60
de mayor proporción tal vez, que el viento[567]
con flemático echaba movimiento,
de tan tardo compás, tan detenido,

---

[564] El *parlero ministro de Plutón* es Ascálafo, *parlero* por chismoso: cuando Prosérpina había sido raptada por Plutón y llevada al Hades, Ceres suplicó a Júpiter que la devolviera a la tierra. Júpiter puso una condición: que Prosérpina no hubiera comido nada mientras estuvo en el Hades. Ascálafo fue de corre-ve-y-dile y la acusó de haber comido siete granos de granada. La muchacha tuvo que quedarse en el Hades y, como castigo, Ascálafo fue transformado en búho, cuyo canto, como el de la lechuza, es de mal agüero.

[565] *capilla*: 'coro'.

[566] *máximas, negras, longas*: en música, *máximas* y *longas* son notas largas; las *negras* no, pero por llamarse *negras* sor Juana las trae a colación con la noche.

[567] El viento aquí es el maestro de capilla, el director del coro.

que en medio se quedó tal vez dormido.[568]
Este, pues, triste son intercadente   65
de la asombrada turba temerosa,[569]
menos a la atención solicitaba
que al sueño persuadía;
antes sí, lentamente,
su obtusa consonancia espacïosa   70
al sosiego inducía
y al reposo los miembros convidaba,
el silencio intimando a los vivientes[570]
(uno y otro sellando labio obscuro
con indicante dedo),   75
Harpócrates, la noche, silencioso;[571]
a cuyo, aunque no duro,
si bien imperïoso
precepto, todos fueron obedientes.
El viento sosegado, el can dormido,   80
éste yace, aquél quedo
los átomos no mueve,[572]
con el susurro hacer temiendo leve,
aunque poco, sacrílego ruïdo,[573]
violador del silencio sosegado.   85
El mar, no ya alterado,

---

[568] *tal vez*: 'alguna vez'.

[569] *asombrada*: 'ensombrecida', 'sombría'; *temerosa*: 'que provoca miedo'.

[570] *intimando*: 'decretando', 'imponiendo'.

[571] *Harpócrates*: dios del silencio; se le representaba con el dedo índice en los labios, pidiendo silencio.

[572] *átomos*: "las motas que andan por el aire, tan imperceptibles que sólo las vemos al rayo del sol, cuando entra por los resquicios de las ventanas" (*Diccionario de Autoridades*).

[573] El ruido sería *sacrílego* porque el dios Harpócrates ha ordenado silencio, y la desobediencia equivaldría a un sacrilegio.

ni aun la instable mecía
cerúlea cuna donde el sol dormía;
y los dormidos, siempre mudos, peces,
en los lechos lamosos   90
de sus obscuros senos cavernosos,
mudos eran dos veces;
y entre ellos, la engañosa encantadora
Almone, a los que antes[574]
en peces transformó, simples amantes,   95
transformada también, vengaba ahora.[575]
En los del monte senos escondidos,
cóncavos de peñascos mal formados,[576]
de su aspereza menos defendidos
que de su obscuridad asegurados,   100
cuya mansión sombría
ser puede noche en la mitad del día,
incógnita aun al cierto
montaraz pie del cazador experto,
depuesta la fiereza   105
de unos, y de otros el temor depuesto,
yacía el vulgo bruto,

---

[574] *Almone*: así en el original; como no se podía identificar al personaje, a partir de la propuesta de Karl Vossler, Méndez Plancarte cambia a *Alcíone* (hija de Eólo, casada con Ceix: formaban un matrimonio tan feliz, que se comparaban con Zeus y Hera; para castigar su orgullo, los dioses los transformaron en aves: a él, en somormujo; a ella, en alción). En 1965 Manuel Corripio Rivero dio con la solución: a mediados del siglo XVI, un Jorge Bustamante tradujo muy libremente las *Metamorfosis* de Ovidio, y bautizó como Almone a una náyade anónima en Ovidio. (Lo que significa que sor Juana leyó a Ovidio en esta traducción.)

[575] *vengaba ahora*: Almone, como ella hacía con sus amantes, también fue transformada en pez, con lo que sus enamorados quedaron vengados.

[576] *cóncavos* es sustantivo, equivalente a 'cuevas'.

a la naturaleza
el de su potestad pagando impuesto,
universal tributo;[577]   110
y el rey, que vigilancias afectaba,
aun con abiertos ojos no velaba.[578]
El de sus mismos perros acosado,
monarca en otro tiempo esclarecido,
tímido ya venado,[579]   115
con vigilante oído,
del sosegado ambiente
al menor perceptible movimiento
que los átomos muda,
la oreja alterna aguda   120
y el leve rumor siente
que aun le altera dormido.
Y en la quietud del nido,
que de brozas y lodo instable hamaca
formó en la más opaca[580]   125
parte del árbol, duerme recogida
la leve turba, descansando el viento
del que le corta, alado movimiento.
De Júpiter al ave generosa,[581]
como al fin reina, por no darse entera   130

---

[577] El *universal tributo* que todos pagamos a la Naturaleza es el sueño; vv. 105-106: duermen tanto los animales predadores (*depuesta la fiereza*) como los que son sus presas (*el temor depuesto*).

[578] El rey de los animales: el león, que según sor Juana, aunque con los ojos abiertos, también dormía.

[579] Sor Juana alude a *Acteón*, príncipe (no *monarca*) de Tebas, quien estando de cacería sorprendió a Diana con sus ninfas bañándose; la diosa lo convirtió en venado y fue cazado por sus propios perros de caza.

[580] *opaca*: 'tupida'.

[581] El *ave generosa* ('fina', 'de linaje') *de Júpiter* es el águila.

al descanso, que vicio considera
si de preciso pasa, cuidadosa
de no incurrir de omisa en el exceso,
a un solo pie librada fía el peso,
y en otro guarda cálculo pequeño   135
—despertador reloj del leve sueño—,[582]
por que, si necesario fue admitido,
no pueda dilatarse continuado,
antes interrumpido
del regio sea pastoral cuidado.   140
¡Oh de la Majestad pensión gravosa,
que aun al menor descuido no perdona!
Causa, quizá, que ha hecho misteriosa,
circular, denotando, la corona,
en círculo dorado,   145
que el afán es no menos continuado.[583]
El sueño todo, en fin, lo poseía;
todo, en fin, el silencio lo ocupaba:
aun el ladrón dormía;
aun el amante no se desvelaba.   150
El conticinio casi ya pasando[584]
iba, y la sombra dimidiaba, cuando
de las diurnas tareas fatigados
—y no sólo oprimidos

---

[582] Sor Juana atribuye al águila una característica tradicionalmente atribuida a las grullas: descansan con una pata deteniendo una piedrecilla (*cálculo*), que, si se quedan dormidas, se cae y las despierta; de esta manera se cuidan de los depredadores.

[583] vv. 141-146: '¡Qué pesada la carga de los monarcas!, por eso la corona, aunque dorada, es un círculo, que significa que el trabajo de quien gobierna no tiene fin'.

[584] *conticinio*: del latín *conticinium*, 'primera parte de la noche'.

del afán ponderoso[585]   155
del corporal trabajo, mas cansados
del deleite también (que también cansa
objeto continuado a los sentidos,
aun siendo deleitoso:
que la naturaleza siempre alterna   160
ya una, ya otra balanza,
distribuyendo varios ejercicios
ya al ocio, ya al trabajo destinados,
en el fiel infiel con que gobierna
la aparatosa máquina del mundo)—;   165
así pues, de profundo
sueño dulce los miembros ocupados,
quedaron los sentidos
del que ejercicio tienen ordinario
(trabajo en fin, pero trabajo amado,   170
si hay amable trabajo),
si privados no, al menos suspendidos,
y cediendo al retrato del contrario
de la vida, que, lentamente armado,[586]
cobarde embiste y vence perezoso   175
con armas soñolientas,
desde el cayado humilde al cetro altivo,
sin que haya distintivo
que el sayal de la púrpura discierna,
pues su nivel, en todo poderoso,   180

---

[585] *ponderoso*: 'pesado'.

[586] El *contrario de la vida* es, obviamente, la muerte, y el retrato de la muerte, el sueño (en el v. 198 le dice *muerte temporal*); como se dice versos más adelante, ni la muerte ni el sueño distinguen reyes (*púrpura*, v. 179) de pastores (*sayal*, v. 179): todos morimos, todos dormimos.

gradúa por exentas
a ningunas personas,
desde la de a quien tres forman coronas
soberana tïara,[587]
hasta la que pajiza vive choza;   185
desde la que el Danubio undoso dora,[588]
a la que junco humilde, humilde mora;
y con siempre igual vara
(como, en efecto, imagen poderosa
de la muerte) Morfeo   190
el sayal mide igual con el brocado.
El alma, pues, suspensa
del exterior gobierno —en que, ocupada
en material empleo,
o bien o mal da el día por gastado—,   195
solamente dispensa
remota, si del todo separada
no, a los de muerte temporal opresos[589]
lánguidos miembros, sosegados huesos,
los gajes del calor vegetativo,   200
el cuerpo siendo, en sosegada calma,
un cadáver con alma,
muerto a la vida y a la muerte vivo,
de lo segundo dando tardas señas
el de reloj humano   205
vital volante que, si no con mano,[590]

---

587 El que usa una tiara de tres coronas es el Papa.
588 Quien dora el Danubio es el Emperador.
589 *si del todo separada no*: en el sueño parece que el alma se separa del
cuerpo, pero sólo *parece*, pues se separa sólo con la muerte.
590 El *vital volante de reloj humano* es el corazón; en el v. 210 se refiere a
él como *miembro rey* y *centro vivo de espíritus vitales*.

con arterial concierto, unas pequeñas
muestras, pulsando, manifiesta lento
de su bien regulado movimiento.
Este, pues, miembro rey y centro vivo   210
de espíritus vitales,
con su asociado respirante fuelle[591]
—pulmón, que imán del viento es atractivo,[592]
que en movimientos nunca desiguales,
o comprimiendo ya, o ya dilatando   215
el musculoso, claro arcaduz blando,[593]
hace que en él resuelle
el que le circunscribe fresco ambiente
que impele ya caliente,
y él venga su expulsión haciendo, activo,   220
pequeños robos al calor nativo,
algún tiempo llorados,
nunca recuperados,
si ahora no sentidos de su dueño
(que, repetido, no hay robo pequeño)—;   225
estos, pues, de mayor, como ya digo,
excepción, uno y otro fiel testigo,[594]

---

[591] Buena parte de los conocimientos anatomo-fisiológicos provienen, como lo demostró Méndez Plancarte en su momento, de fray Luis de Granada, quien dice que el corazón "está como rey en medio de nuestro pecho" y que los pulmones trabajan "a manera de fuelles", abriendo y cerrando (Granada, *Introducción al Símbolo…*, 1585, cap. XXVI).

[592] *atractivo*: 'que atrae'; el pulmón "atrae" el aire.

[593] El *musculoso, claro arcaduz blando* parece ser la tráquea.

[594] De aquí al v. 233 sor Juana juega con el léxico jurídico: los pulmones y el corazón son *testigos de mayor excepción* que *aseguran* la vida en quien está dormido (es decir, testifican que está dormido, no muerto); los sentidos (suspendidos en sus funciones por el sueño) *defienden* su causa e *impugnan* lo testificado por corazón y pulmones no *replicando* (como no responden, se trata entonces de un muerto), como la lengua, al no hablar, los *desmentía*.

la vida aseguraban,
mientras con mudas voces impugnaban
la información, callados, los sentidos,   230
con no replicar sólo defendidos;
y la lengua que, torpe, enmudecía,
con no poder hablar los desmentía.
Y aquella del calor más competente
centrífica oficina,[595]   235
próvida de los miembros despensera,
que avara nunca y siempre diligente,
ni a la parte prefiere más vecina
ni olvida a la remota,
y en ajustado natural cuadrante   240

---

[595] *centrífica oficina*: así en el *Segundo volumen*; en su segunda edición
se lee *científica oficina*. Méndez Plancarte prefirió esta lectura, entendiendo
que el estómago es como un laboratorio donde se procesa el alimento y se
forman los nutrientes para todo el cuerpo. Alatorre restituyó el *centrífica*,
decisión errónea según algunos sorjuanistas, que piensan que *centrífica* es
errata por *científica*. Yo misma, en un principio, pensé que, en efecto, la
lectura *científica oficina* era preferible a *centrífica oficina*. Sin embargo, las
muchas veces que he tenido que explicar el poema en clase me han permitido reflexionar: de lo versos que siguen (vv. 236-245), sor Juana dedica siete
a hablar de la función del estómago como centro de distribución: es como
una oficina, *próvida despensera*, que no es *avara* sino *diligente* en la repar-
tición de los nutrientes, no sólo da a la parte que tenga más cercana, también a la más remota; equilibrando con precisión y justicia lo que a cada
una toca. En cambio, sólo dedica dos versos a la idea del estómago como
laboratorio: por medio de calor, *alambicó* el *manjar* en *quilo*, mientras que
para hablar ya del proceso "científico" de descomposición del alimento, sor
Juana prefiere un concepto que describe ingeniosamente la lucha entre el
húmedo radical y el calor vegetativo (véase la nota siguiente); según los vv.
244-252, el *manjar*, por piadoso o por metiche, se interpone entre las dos
fuerzas, y paga caro su mediación, pues es transformado; sor Juana remata
su concepto con una reflexión sobre la conducta humana: merecido castigo
a quien anda de entrometido. Así, después de haber estado por un tiempo
en desacuerdo con Alatorre, ahora creo preferible *centrífica oficina*.

las cuantidades nota
que a cada cual tocarle considera,
del que alambicó quilo el incesante
calor, en el manjar que, medianero
piadoso, entre él y el húmedo interpuso   245
su inocente substancia,[596]
pagando por entero
la que, ya piedad sea, o ya arrogancia,
al contrario voraz, necio, la expuso
(merecido castigo, aunque se excuse,   250
al que en pendencia ajena se introduce);
ésta, pues si no fragua de Vulcano,[597]
templada hoguera del calor humano,
al cerebro envïaba
húmedos, mas tan claros, los vapores   255
de los atemperados cuatro humores,
que con ellos no sólo no empañaba
los simulacros que la estimativa[598]

---

[596] Según la fisiología de la época, la operación del cuerpo estaba estre-chamente relacionada con la interacción entre el calor del cuerpo, calor *innato* o calor *vegetativo* y el húmedo radical. Del equilibrio entre los dos dependían todas las operaciones del *alma vegetativa*, como la nutrición, el crecimiento, la reproducción, etc. Dice el padre Granada que el calor natural es como la llama de una lámpara, que "siempre gasta y consume nuestro húmido radical, y por eso conviene restaurar lo que así se gasta, con el manjar que se come" (*Introducción al Símbolo…*, pp. 412-413).

[597] *Vulcano* era el forjador de las armas de los dioses; el estómago es como *fragua de Vulcano* porque para forjar el hierro se necesita calor. A partir de este verso, sor Juana pasa de lo anatomo-fisiológico a lo psicológi-co. El estómago (otra vez su función de centro de distribución) envía al cerebro, purificados, los vapores de los cuatro humores que nos conforman (sangre, flema, cólera y bilis negra), lo que permite el pensamiento y los sueños.

[598] De aquí al v. 264 sor Juana habla del funcionamiento del cerebro, según la teoría de los sentidos interiores: la *estimativa* recibe lo que los

dio a la imaginativa
y aquésta, por custodia más segura,   260
en forma ya más pura
entregó a la memoria (que, oficiosa,
grabó tenaz y guarda cuidadosa),
sino que daban a la fantasía
lugar de que formase   265
imágenes diversas. Y del modo
que en tersa superficie, que de Faro
cristalino portento, asilo raro
fue, en distancia longísima se vían,
sin que ésta le estorbase,   270
del reino casi de Neptuno todo
las que distantes le surcaban naves,
viéndose claramente
en su azogada luna
el número, el tamaño y la fortuna   275
que en la instable campaña transparente
arresgadas tenían,
mientras aguas y vientos dividían
sus velas leves y sus quillas graves:[599]
así ella, sosegada, iba copiando   280
las imágenes todas de las cosas,

---

sentidos exteriores captan del mundo, lo pasa a la *imaginativa*, que lo da a guardar a la *memoria*, pero también da material a la *fantasía*.

[599] vv. 266-279: se refiere sor Juana al Faro de Alejandría, del cual se decía que tenía un espejo en la punta, en el cual podía reflejarse todo lo que pasara en el mar (número de naves, suerte de cada una, etc.) sin importar la lejanía. Esta alusión al Faro es la primera parte de una comparación; la segunda comienza en el v. 280: así como en el espejo del Faro se reflejaba todo lo que pasaba en el océano, en la fantasía se refleja todo lo que la estimativa ha captado durante el día.

y el pincel invisible iba formando
de mentales, sin luz, siempre vistosas
colores, las figuras
no sólo ya de todas las criaturas   285
sublunares, mas aun también de aquellas
que intelectuales claras son estrellas,[600]
y en el modo posible
que concebirse puede lo invisible,
en sí, mañosa, las representaba   290
y al alma las mostraba.
La cual, en tanto, toda convertida
a su inmaterial ser y esencia bella,
aquella contemplaba,
participada de alto Ser, centella   295
que con similitud en sí gozaba;
y juzgándose casi dividida
de aquella que impedida
siempre la tiene, corporal cadena,
que grosera embaraza y torpe impide[601]   300
el vuelo intelectual con que ya mide
la cuantidad inmensa de la esfera,
ya el curso considera
regular, con que giran desiguales[602]
los cuerpos celestiales   305
—culpa, si grave, merecida pena

---

[600] *intelectuales estrellas*: 'ideas'.

[601] *embaraza*: 'estorba'; el alma está, en el sueño, *casi dividida*, pero no *dividida* (lo que sólo sucede con la muerte).

[602] Los astros *giran desiguales* porque tienen tres movimientos: giración (giro sobre su propio eje), trepidación (movimiento casi insensible en forma de un pequeño temblor) y rapto (movimiento de occidente a poniente, dando una vuelta al cielo).

(torcedor del sosiego, rigoroso)
de estudio vanamente judicioso—,[603]
puesta, a su parecer, en la eminente
cumbre de un monte a quien el mismo Atlante,   310
que preside gigante
a los demás, enano obedecía,
y Olimpo, cuya sosegada frente,
nunca de aura agitada
consintió ser violada,   315
aun falda suya ser no merecía,
pues las nubes que opaca son corona
de la más elevada corpulencia,
del volcán más soberbio que en la tierra
gigante erguido intima al cielo guerra,   320
apenas densa zona[604]
de su altiva eminencia,
o a su vasta cintura
cíngulo tosco son que, mal ceñido,
o el viento lo desata sacudido,[605]   325
o vecino el calor del sol lo apura.[606]
A la región primera de su altura
(ínfima parte, digo, dividiendo
en tres su continuado cuerpo horrendo),

---

[603] La *culpa grave* es la del *estudio vanamente judicioso* (que presume de serio) que tuerce (*torcedor rigoroso*) el sosiego; ese estudio es la astrología, condenada aquí por sor Juana.

[604] *zona*: 'cinturón'.

[605] *desata*: 'deshace', 'disuelve'.

[606] vv. 310-326: ni el *Atlante*, gigante entre los montes, ni el *Olimpo* se comparan con la altura del mirador adonde llegó el alma. El Atlante es un *enano* junto a él, y las nubes que cubren la cumbre del Olimpo apenas le llegarían a la mitad; ese Olimpo que los Gigantes que se rebelaron contra los dioses (v. 320) no pudieron alcanzar.

el rápido no pudo, el veloz vuelo   330
del águila que puntas hace al cielo[607]
y al sol bebe los rayos (pretendiendo
entre sus luces colocar su nido)
llegar; bien que, esforzando
más que nunca el impulso, ya batiendo   335
las dos plumadas velas, ya peinando
con las garras el aire, ha pretendido,
tejiendo de los átomos escalas,
que su inmunidad rompan sus dos alas.
Las Pirámides dos —ostentaciones[608]   340
de Menfis vano, y de la arquitectura
último esmero, si ya no pendones
fijos, no tremolantes—, cuya altura
coronada de bárbaros trofeos
tumba y bandera fue a los Ptolomeos,[609]   345
que al viento, que a la nubes publicaba
(si ya también al cielo no decía)
de su grande, su siempre vencedora

---

[607] *hacer puntas*: 'remontar'.

[608] *Pirámides dos*: se ha discutido mucho por qué sor Juana habla sólo de dos pirámides (hoy, por ejemplo, sabemos de tres): que si los dos volcanes, el Popocatépetl e Iztaccíhuatl, que si lo femenino y masculino, etc. ¿Qué pudo saber ella de las pirámides? En mi opinión, es probable que hubiera o leído o sabido de Plinio, que en su *Historia natural* habla de más de 200 pirámides, pero sólo destaca dos por ser las más altas; si sor Juana está hablando de un mirador altísimo, sin parangón, es natural —me parece— que sólo mencione las dos ponderadas por Plinio como las más altas.

[609] Anota Alatorre que seguramente sor Juana sabía que las pirámides se construyeron veinte siglos antes de los Ptolomeos, pero que aquí evoca un verso de Góngora: "*bárbaros trofeos* / que el Egipto erigió a sus Ptolomeos" (*Soledad I*, vv. 956-957). Las pirámides son trofeos, pendones ('insignias') fijos (como no son de tela no son *tremolantes*), sirven de tumba y bandera de los faraones.

ciudad —ya Cairo ahora—

las que, porque a su copia enmudecía,   350
la Fama no cantaba
gitanas glorias, ménficas proezas,[610]
aun en el viento, aun en el cielo impresas;
éstas, que en nivelada simetría
su estatura crecía   355
con tal diminución, con arte tanto,
que cuanto más al cielo caminaba,
a la vista, que lince la miraba,
entre los vientos se desparecía,
sin permitir mirar la sutil punta   360
que al primer orbe finge que se junta,
hasta que, fatigada del espanto,[611]
no descendida, sino despeñada
se hallaba al pie de la espaciosa basa,
tarde o mal recobrada   365
del desvanecimiento:
que pena fue no escasa
del visüal alado atrevimiento;[612]
cuyos cuerpos opacos
no al sol opuestos, antes avenidos   370
con sus luces, si no confederados
con él (como, en efecto, confinantes),
tan del todo bañados
de su resplendor eran, que —lucidos—

---

[610] *gitanas*: 'egipcias'.

[611] La *fatigada* es la vista que se alza tratando de ver la punta de las Pirámides.

[612] El *atrevimiento visual*, es decir, de la vista, se compara con el de Ícaro que con sus alas (de ahí *alado*) pretendió volar hasta el sol; la cera que pegaba las alas a su cuerpo fue derretida por el sol y él cayó al mar despeñado.

nunca de calorosos caminantes   375
al fatigado aliento, a los pies flacos,
ofrecieron alfombra
aun de pequeña, aun de señal de sombra;[613]
éstas, que glorias ya sean gitanas,
o elaciones profanas,[614]   380
bárbaros jeroglíficos de ciego
error, según el griego
ciego también, dulcísimo poeta[615]
—si ya, por las que escribe
aquileyas proezas   385
o marciales de Ulises sutilezas,
la unión no le recibe
de los historiadores, o le acepta,
cuando entre su catálogo le cuente,
que gloria más que número le aumente—,[616]   390
de cuya dulce serie numerosa
fuera más fácil cosa
al temido Tonante
el rayo fulminante
quitar, o la pesada   395
a Alcides clava herrada,
que un hemistiquio solo

---

[613] Dice sor Juana que, a pesar de su tamaño y opacidad, las Pirámides no daban sombra; más bien eran "cómplices" del sol, bañadas todas por su luz, la reflejaban. No sabemos de dónde sacó tal idea.

[614] *elaciones*: 'muestras de vanidad'.

[615] Lo *ciego* del *error* de los egipcios (pues eran paganos: vivían en el error) provoca en sor Juana la evocación del poeta ciego, Homero (el *dulcísimo poeta*), quien, en realidad, no habló de las Pirámides.

[616] Si el "sindicato de historiadores" acepta a Homero en sus filas, por haber contado el regreso de Ulises (*Odisea*) o la guerra de Troya (*Ilíada*), más que aumentar el número de sus miembros, aumentará su gloria.

de los que le dictó propicio Apolo;[617]
según de Homero, digo, la sentencia,
las Pirámides fueron materiales   400
tipos sólo, señales exteriores
de las que, dimensiones interiores,
especies son del alma intencionales:
que como sube en piramidal punta
al cielo la ambiciosa llama ardiente,   405
así la humana mente
su figura trasunta,
y a la Causa Primera siempre aspira,[618]
céntrico punto donde recta tira
la línea, si ya no circunferencia   410
que contiene, infinita, toda esencia.
Estos, pues, montes dos artificiales
(bien maravillas, bien milagros sean),[619]
y aun aquella blasfema altiva Torre
de quien hoy dolorosas son señales   415
—no en piedras, sino en lenguas desiguales,
por que voraz el tiempo no las borre—
los idiomas diversos que escasean
el socïable trato de las gentes
(haciendo que parezcan diferentes   420
los que unos hizo la naturaleza,

---

[617] vv. 391-398: sería más fácil quitarle el rayo a Júpiter (*Tonante*), la *clava* (el mazo) a Hércules (*Alcides*: nieto de Alceo) que copiar medio verso (un *hemistiquio*) de Homero. Es Macrobio, en *Saturnales*, lib. V, 3, 16, quien habla de estos tres "imposibles", ejemplos por antonomasia de cosas dificilísimas de hacer.

[618] *Causa Primera*: Dios.

[619] Recordemos que las Pirámides eran una de las Siete Maravillas del mundo antiguo.

de la lengua por sólo la extrañeza),[620]
si fueran comparados
a la mental pirámide elevada
donde —sin saber cómo— colocada   425
el alma se miró, tan atrasados
se hallaran, que cualquiera
gradüara su cima por esfera:
pues su ambicioso anhelo,
haciendo cumbre de su propio vuelo,   430
en la más eminente
la encumbró parte de su propia mente,
de sí tan remontada, que creía
que a otra nueva región de sí salía.
En cuya casi elevación inmensa,   435
gozosa mas suspensa,
suspensa pero ufana,
y atónita aunque ufana, la suprema
de lo sublunar reina soberana,
la vista perspicaz, libre de antojos,[621]   440
de sus intelectuales bellos ojos,
sin que distancia tema
ni de obstáculo opaco se recele
de que interpuesto algún objeto cele,[622]
libre tendió por todo lo crïado: 445

---

[620] vv. 414-422: alusión a la Torre de Babel, cuyos vestigios no son ruinas de piedra (que ésas las borra el tiempo), sino las diferentes lenguas que hablamos los seres humanos; siendo iguales, nos separamos por la extrañeza lingüística: "de la lengua por sólo la extrañeza". Hermoso verso y hermosa reflexión sobre la patria común que es la humanidad y sobre la diversidad de lenguas.

[621] *antojos*: arcaísmo por 'anteojos'.

[622] *cele*: 'esconda'.

cuyo inmenso agregado,
cúmulo incomprehensible,
aunque a la vista quiso manifiesto
dar señas de posible,
a la comprehensión no, que, entorpecida   450
con la sobra de objetos, y excedida
de la grandeza de ellos su potencia,
retrocedió cobarde.
Tanto no, del osado presupuesto[623]
revocó la intención, arrepentida,[624]   455
la vista que intentó, descomedida,
en vano hacer alarde
contra objeto que excede en excelencia
las líneas visüales
—contra el sol, digo, cuerpo luminoso,   460
cuyos rayos castigo son fogoso,
que fuerzas desiguales
despreciando, castigan rayo a rayo
el confïado, antes atrevido
y ya llorado ensayo   465
(necia experiencia que costosa tanto
fue, que Ícaro ya, su propio llanto
lo anegó enternecido)—,
como el entendimiento, aquí vencido
no menos de la inmensa muchedumbre   470
de tanta maquinosa pesadumbre
(de diversas especies conglobado
esférico compuesto),

---

[623] *Tanto no...* inicio de una comparación que continúa hasta el v. 469: *como el entendimiento...*

[624] *revocó*: 'hizo retroceder [a la vista]'.

que de las cualidades
de cada cual, cedió: tan asombrado   475
que, entre la copia puesto,
pobre con ella en las neutralidades[625]
de un mar de asombros, la elección confusa,
equívoco, las ondas zozobraba;
y por mirarlo todo, nada vía,   480
ni discernir podía
(bota la facultad intelectiva[626]
en tanta, tan difusa
incomprehensible especie que miraba
desde el un eje que librada estriba   485
la máquina voluble de la esfera,
al contrapuesto polo)
las partes ya no sólo
que al universo todo considera
serle perfeccionantes,   490
a su ornato, no más, pertenecientes,
mas ni aun las que integrantes[627]
miembros son de su cuerpo dilatado,
proporcionadamente competentes.
Mas como al que ha usurpado   495
diuturna obscuridad, de los objetos[628]
visibles los colores,
si súbitos le asaltan resplandores,
con la sobra de luz queda más ciego

---

[625] *neutralidades*: 'indecisiones'.

[626] *bota*: 'embotada'.

[627] Según la escolástica, los objetos tienen partes *integrantes* que son las que los forman, sin ellas no serían, y partes *perfeccionantes*, que los completan, pero no son indispensables

[628] *diuturna*: 'larga', 'prolongada'.

—que el exceso contrarios hace efectos   500
en la torpe potencia, que la lumbre
del sol admitir luego
no puede por la falta de costumbre—,
y a la tiniebla misma, que antes era
tenebroso a la vista impedimento,   505
de los agravios de la luz apela,
y una vez y otra con la mano cela[629]
de los débiles ojos deslumbrados
los rayos vacilantes,
sirviendo ya, piadosa medianera,   510
la sombra de instrumento
para que recobrados
por grados se habiliten,
por que después constantes
su operación más firmes ejerciten.   515
(Recurso natural, innata ciencia[630]
que, confirmada ya de la experiencia,
maestro quizá mudo,
retórico ejemplar, inducir pudo
a uno y otro Galeno   520
para que del mortífero veneno,

---

[629] *apela*: 'recurre'; quien ha estado mucho tiempo en la oscuridad, no soporta la luz, se "aluza" y *apela*, entonces, a la sombra de la que salió; o se ayuda de la mano (*piadosa medianera* entre los ojos y la luz) para *celar* y ocultar sus ojos.

[630] De aquí al v. 539 sor Juana habla de la medicina (*la apolínea ciencia*): como la mano ayuda a graduar la cantidad de luz que pueden admitir los ojos, así la medicina ensaya y experimenta combinaciones en diversas cantidades hasta encontrar el compuesto correcto y la dosis precisa de cada medicamento (*triaca*: veneno; la medicina actúa como un veneno conocido y dosificado: *que así del mal el bien tal vez* [alguna vez] *se saca*). Esa medicina se prueba, por más seguro, primero en animales (*bruta experiencia*).

en bien proporcionadas cantidades
escrupulosamente regulando
las ocultas nocivas cualidades,
ya por sobrado exceso   525
de cálidas o frías,
o ya por ignoradas simpatías
o antipatías con que van obrando
las causas naturales su progreso,
a la admiración dando, suspendida,   530
efecto cierto en causa no sabida,
con prolijo desvelo y remirada
empírica atención, examinada
en la bruta experiencia,
por menos peligrosa,   535
la confección hicieran provechosa,
último afán de la apolínea ciencia,
de admirable trïaca:
que así del mal el bien tal vez se saca.)
No de otra suerte el alma, que asombrada   540
de la vista quedó de objeto tanto,
la atención recogió, que derramada
en diversidad tanta, aun no sabía
recobrarse a sí misma del espanto
que portentoso había   545
su discurso calmado,[631]
permitiéndole apenas
de un concepto confuso
el informe embrïón que, mal formado,
inordinado caos retrataba   550

---

[631] *calmado*: 'inmovilizado'.

de confusas especies que abrazaba,[632]
sin orden avenidas,
sin orden separadas,
que cuanto más se implican combinadas
tanto más se disuelven desunidas,[633]   555
de diversidad llenas,
ciñendo con violencia lo difuso
de objeto tanto, a tan pequeño vaso,[634]
aun al más bajo, aun al menor, escaso.
Las velas, en efecto, recogidas,   560
que fió inadvertidas
traidor al mar, al viento ventilante[635]
—buscando, desatento,
al mar fidelidad, constancia al viento—,
mal le hizo de su grado   565
en la mental orilla
dar fondo, destrozado,
al timón roto, a la quebrada entena,[636]
besando arena a arena
de la playa el bajel, astilla a astilla,   570
donde, ya recobrado,
el lugar usurpó de la carena[637]

---

[632] *confusas*: en el sentido gongorino de 'mezcladas'; es decir, ante la riqueza del universo, la mente apenas logra hacerse un concepto, aunque confuso; un *embrión* de idea, pero *informe, mal formado*, un caos sin orden (*inordinado*).

[633] *implican*: 'traban', 'conjuntan'; cada una es difícil de asir, y en conjunto, más.

[634] El *objeto tanto* es la inmensidad del universo; el *pequeño vaso*, el entendimiento.

[635] *traidor al mar*: al mar traidor.

[636] *entena*: 'antena'.

[637] *carena*: 'acción de reparar el barco deshecho'.

cuerda refleja, reportado aviso[638]
de dictamen remiso:
que, en su operación misma reportado,   575
más juzgó conveniente
a singular asunto reducirse,
o separadamente
una por una discurrir las cosas
que vienen a ceñirse   580
en las que, artificiosas,
dos veces cinco son Categorías:[639]
reducción metafísica que enseña
(los entes concibiendo generales
en sólo unas mentales fantasías   585
donde de la materia se desdeña
el discurso abstraído)
ciencia a formar de los Universales,
reparando, advertido,
con el arte el defecto   590
de no poder con un intuïtivo
conocer acto todo lo crïado,
sino que, haciendo escala, de un concepto
en otro va ascendiendo grado a grado,
y el de comprender orden relativo   595
sigue, necesitado

---

[638] *cuerda refleja*: *cuerda* es adjetivo por 'sensata', *refleja*, sustantivo por 'reflexión': 'reflexión sensata'; *reportado*: 'moderado'; después de este "naufragio del entendimiento", la reflexión toma el lugar de la *carena* (recoge los pedazos de ideas y trata de volver a ordenar la mente).

[639] *dos veces cinco son Categorías*: las diez categoría aristotélicas: sustancia, cantidad, calidad, relación, acción, pasión, lugar, tiempo, sitio y hábito; *artificiosas* porque son una herramienta conceptual, que clasifica para entender (*reducción metafísica*), aunque el universo no se nos presenta clasificado.

del del entendimiento
limitado vigor, que a sucesivo
discurso fía su aprovechamiento:
cuyas débiles fuerzas, la doctrina   600
con doctos alimentos va esforzando,
y el prolijo, si blando,
continuo curso de la disciplina,
robustos le va alientos infundiendo,
con que más animoso   605
al palio glorïoso[640]
del empeño más arduo, altivo aspira,
los altos escalones ascendiendo,
en una ya, ya en otra cultivado
facultad, hasta que insensiblemente   610
la honrosa cumbre mira,
término dulce de su afán pesado,
de amarga siembra, fruto al gusto grato
(que aun a largas fatigas fue barato),[641]
y con planta valiente   615
la cima huella de su altiva frente.
De esta serie seguir mi entendimiento
el método quería,
o del ínfimo grado
del ser inanimado   620
(menos favorecido,
si no más desvalido,

---

[640] *palio*: 'premio'.

[641] vv. 600-614: toda una defensa de la utilidad del estudio; no importa lo amargo, fatigoso o afanoso del camino, los frutos son tales, que, al final, "salió barato". En cambio, véanse estos versos (125-128) del romance "Finjamos que soy feliz…" (aquí núm. 1): "Este pésimo ejercicio, / este duro afán pesado, / a los hijos de los hombres / dio Dios para ejercitarlos".

de la segunda causa productiva),[642]
pasar a la más noble jerarquía
que, en vegetable aliento,   625
primogénito es, aunque grosero,
de Temis: el primero[643]
que a sus fértiles pechos maternales,
con virtud atractiva,[644]
los dulces apoyó manantïales   630
de humor terrestre, que a su nutrimento
natural es dulcísimo alimento,
y de cuatro adornada operaciones
de contrarias acciones,
ya atrae, ya segrega diligente   635
lo que no serle juzga conveniente,
ya lo superfluo expele, y de la copia
la substancia más útil hace propia;[645]
y, ésta ya investigada,
forma inculcar más bella,[646]   640

---

[642] vv. 619-623: se refiere al reino mineral; la *segunda causa productiva* es la Naturaleza.

[643] *Temis* (Themis): hija de Urano y de Gea, aunque es representación de la Justicia, al descender de Gea (la Tierra) es una "diosa primordial" muy asociada a la vida vegetal (*The Oxford Classical Dictionary*). En su silva *Nutricia* Poliziano habla de "alma Themis", que es la diosa nodriza.

[644] *atractiva*: como antes 'que atrae'.

[645] Las *cuatro operaciones* del v. 633 serían: atracción, conversión, expulsión y selección. El *Vademecum* de sor Juana, es decir, el padre Granada, habla de *tres* operaciones y no en el reino vegetal, sino en el cuerpo humano: Dios puso "tres facultades necesarias en todos los miembros para su mantenimiento, que se llaman atractiva, conversiva y expulsiva" (*Introducción al Símbolo...*, p. 414). Aquí la monja descompone en dos la expulsiva: la planta expulsa lo que no necesita, quedándose (*seleccionando*) lo que le nutre. En pocas palabras, sor Juana parece describir la fotosíntesis.

[646] *inculcar*: el significado principal del verbo latino *inculco* es 'pisar', y creo que es el más apropiado aquí; es decir, una vez tocado (con la mente), 'conocido', 'estudiado', el reino vegetal, seguiría 'pisar' ('tocar', 'llegar a estudiar').

de sentido adornada,
y aun más que de sentido, de aprehensiva
fuerza imaginativa:[647]
que justa puede ocasionar querella,
cuando afrenta no sea,   645
de la que más lucida centellea
inanimada estrella,
bien que soberbios brille resplandores
(que hasta a los astros puede superiores,
aun la menor criatura, aun la más baja,   650
ocasionar envidia, hacer ventaja);[648]
y de este corporal conocimiento
haciendo, bien que escaso, fundamento,
al supremo pasar maravilloso
compuesto triplicado,   655
de tres acordes líneas ordenado[649]
y de las formas todas inferiores
compendio misterioso,
bisagra engazadora
de la que más se eleva entronizada   660
naturaleza pura
y de la que, criatura
menos noble, se ve más abatida:[650]

---

[647] Esto es: los animales no sólo tienen sentidos para, por ejemplo, ver, oler u oír a alguna fiera enemiga, sino que saben reconocerla como tal y cuidarse de ella, esto es, aprenden.

[648] Una hormiga es capaz de desplazarse, una estrella no; por eso, por mínima que sea la hormiga, provoca envidia en la rutilante y enorme estrella.

[649] *compuesto triplicado*: el hombre que une las tres naturalezas: vegetal, animal y racional.

[650] El hombre es *bisagra* entre la criatura más diminuta (un insecto, por ejemplo) y la *naturaleza pura* (los ángeles), une la naturaleza animal y la racional.

no de las cinco solas adornada
sensibles facultades,   655
mas de las interiores
que tres rectrices son, ennoblecida:[651]
que para ser señora
de las demás, no en vano
la adornó sabia poderosa mano,   670
fin de sus obras, círculo que cierra
la esfera con la tierra,
última perfección de lo crïado
y último de su eterno Autor agrado,
en quien con satisfecha complacencia   675
su inmensa descansó magnificencia;[652]
fábrica portentosa
que, cuanto más altiva al cielo toca,
sella el polvo la boca
(de quien ser pudo imagen misteriosa   680
la que Águila evangélica, sagrada
visión en Patmos vio, que las estrellas
midió y el suelo con iguales huellas;
o la estatua eminente
que del metal mostraba más preciado   685
la rica altiva frente,
y en el más desechado
material, flaco fundamento hacía,
con que a leve vaivén se deshacía);[653]

---

[651] Las *cinco sensibles facultades* son los cinco sentidos; las *tres rectrices* son las tres facultades del alma: memoria, entendimiento y voluntad.

[652] El séptimo día Dios descansó, al día siguiente de haber creado su gran obra: el hombre.

[653] Desde el v. 652 sor Juana ha venido haciendo un prodigioso elogio del hombre, pero no olvida su caducidad: no importa cuán alto llegue, polvo es y

el Hombre, digo, en fin mayor portento   690
que discurre el humano entendimiento;
compendio que absoluto
parece al ángel, a la planta, al bruto;
cuya altiva bajeza
toda participó naturaleza.   695
¿Por qué? Quizá porquè, más venturosa
que todas, encumbrada
a merced de amorosa
Unión sería (¡oh, aunque tan repetida,[654]
nunca bastantemente bien sabida   700
merced, pues ignorada
en lo poco apreciada
parece, o en lo mal correspondida!).
Estos, pues, grados discurrir quería
unas veces, pero otras, disentía,   705
excesivo juzgando atrevimiento
el discurrirlo todo
quien aun la más pequeña,
aun la más fácil parte no entendía
de los más manüales[655]   710
efectos naturales;

---

en polvo se convertirá (vv. 678-679); recuerda (vv. 680-683) la visión de san Juan (*sagrada Águila evangélica*) en el Apocalipsis: "Vi también a otro Ángel poderoso, que bajaba del cielo envuelto en una nube, con el arcoiris sobre su cabeza, su rostro como el sol y sus piernas como columnas de fuego… Puso el pie derecho sobre el mar y el izquierdo sobre la tierra…" (10, 1-2); y la estatua soñada por Nabucodonosor (Daniel, 2) con la cabeza de oro, el pecho de plata, el vientre de bronce, las piernas de hierro y los pies de barro.

[654] *amorosa Unión*: la Unión hipostática en virtud de la cual la Segunda Persona de la Trinidad (el Hijo) se une a la naturaleza humana.

[655] Los *efectos naturales* más *manuales* son los más a la mano, los más fáciles o evidentes.

quien de la fuente no alcanzó risueña
el ignorado modo
con que el curso dirige cristalino
deteniendo en ambages su camino,   715
los horrorosos senos
de Plutón, las cavernas pavorosas
del abismo tremendo,
las campañas hermosas,
los Elíseos amenos,   720
tálamos ya de su triforme esposa,
clara pesquisidora registrando
(útil curiosidad, aunque prolija,
que de su no cobrada bella hija
noticia cierta dio a la rubia diosa,   725
cuando montes y selvas trastornando,
cuando prados y bosques inquiriendo,
su vida iba buscando
y del dolor su vida iba perdiendo);[656]
quien de la breve flor aun no sabía   730
por qué ebúrnea figura
circunscribe su frágil hermosura;
mixtos, por qué, colores,
confundiendo la grana en los albores,

---

[656] Sor Juana se pregunta cómo entender el universo completo, si ni
siquiera puede comprender las cosas simples. Una de esas cosas simples es
la fuente, descrita en los vv. 712-729; concretamente se refiere a la fuente
Aretusa de Sicilia, que tiene un recorrido subterráneo. La historia mitológica de esta fuente es la siguiente: Aretusa era una ninfa de quien estaba enamorado Alfeo; perseguida por él, pidió ayuda a Diana, que la transformó
en fuente; sus aguas se hundieron en la tierra (evitando a Alfeo que se
convirtió en río) y salieron en Sicilia. En ese recorrido subterráneo, pasó
por el Hades donde vio a Prosérpina (la *triforme esposa* de Plutón) y pudo
referir a su atormentada madre (Ceres) noticias ciertas de su hija.

fragante le son gala;   735
ámbares por qué exhala,
y el leve, si más bello
ropaje al viento explica,[657]
que en una y otra fresca multiplica
hoja, formando pompa escarolada   740
de dorados perfiles cairelada,
que, roto del capillo el blanco sello,
de dulce herida de la cipria diosa
los despojos ostenta jactanciosa,
si ya el que la colora,   745
candor al alba, púrpura a la aurora
no le usurpó y, mezclado,
purpúreo es ampo, rosicler nevado,
tornasol que concita
los que del prado aplausos solicita:[658]   750
preceptor quizá vano,
si no ejemplo profano,
de industria femenil, que el más activo
veneno hace dos veces ser nocivo
en el velo aparente   755
de la que finge tez resplandeciente.[659]

---

[657] *explica*: 'extiende', 'despliega'.

[658] La segunda cosa simple que sor Juana no puede entender del todo es la rosa, hermosamente descrita en los vv. 730-750: *ebúrnea figura*: el blanco de la rosa (que mezclado con lo rojo le dan su color rosado, de ahí el *mixtos colores* del v. 733); *herida de la cipria diosa* (v. 743): la cipria diosa es Venus (nacida en Chipre), mitológicamente el color rojo de las rosas se atribuye a la sangre de la herida que se produjo Venus al correr en busca de Adonis. Según esta descripción, uno de los grandes misterios de la rosa es su color, que mezcla tan bien el rojo con el blanco que son indistinguibles, tanto que el púrpura es *ampo* ('blanco').

[659] El color de la rosa hace pensar a sor Juana en los afeites (maquillaje) de

Pues si a un objeto solo —repetía
tímido el pensamiento—
huye el conocimiento
y cobarde el discurso se desvía;   760
si a especie segregada
—como de las demás independiente,
como sin relación considerada—
da las espaldas el entendimiento,
y asombrado el discurso se espeluza   765
del difícil certamen que rehúsa
acometer valiente,
porque teme, cobarde, comprehenderlo
o mal, o nunca, o tarde,
¿cómo en tan espantosa   770
máquina inmensa discurrir pudiera?,
cuyo terrible incomportable peso
si ya en su centro mismo no estribara,
de Atlante a las espaldas agobiara,
de Alcides a las fuerzas excediera;[660]   775
y el que fue de la esfera
bastante contrapeso,
pesada menos, menos ponderosa[661]
su máquina juzgara, que la empresa

---

las mujeres. Anota Alatorre (*Lírica personal*, p. 528) que dos eran los principales cosméticos: el *albayalde* (carbonato de plomo) y el *solimán* (cloruro de mercurio), los dos venenosos (de ahí el *veneno* del v. 754) tanto para la mujer que los usaba como para el hombre que la besara o acariciara.

[660] *Atlante* sostenía en sus hombros el mundo; alguna vez lo reemplazó Hércules (*Alcides*); según se dice en los siguientes versos, los dos considerarían liviana su carga, si la compararan con el "peso" de conocer todo el universo.

[661] *ponderosa*: 'pesada'.

de investigar a la naturaleza.   780

Otras, más esforzado,

demasiada acusaba cobardía

el lauro antes ceder, que en la lid dura

haber siquiera entrado;

y al ejemplar osado   785

del claro joven la atención volvía,

auriga altivo del ardiente carro,[662]

y el, si infeliz, bizarro[663]

alto impulso, el espíritu encendía:

donde el ánimo halla,   790

más que el temor ejemplos de escarmiento,

abiertas sendas al atrevimiento,[664]

que una ya vez trilladas, no hay castigo

que intento baste a remover segundo

(segunda ambición, digo).   795

Ni al panteón profundo,

cerúlea tumba a su infeliz ceniza,

ni el vengativo rayo fulminante

mueve, por más que avisa,

al ánimo arrogante   800

que, el vivir despreciando, determina

su nombre eternizar en su ruïna.

Tipo es, antes, modelo,

ejemplar pernicioso

---

[662] Faetonte, que se atrevió a llevar el carro del sol (*auriga*: 'conductor'), provocó un desastre, fue fulminado por Júpiter y su ceniza cayó al mar (*panteón profundo, cerúlea tumba*, vv. 796, 797).

[663] *bizarro*: 'valiente'.

[664] El fracaso y trágico final de Faetonte no son un disuasivo para la osada empresa del entendimiento, al contrario, esa osadía es una invitación para el ánimo.

que alas engendra a repetido vuelo   805
del ánimo ambicioso
que, del mismo terror haciendo halago
que al valor lisonjea,
las glorias deletrea
entre los caracteres del estrago.   810
(O el castigo jamás se publicara[665]
por que nunca el delito se intentara;
político silencio antes rompiera
los autos del proceso
—circunspecto estadista—;   815
o en fingida ignorancia simulara
o con secreta pena castigara
el insolente exceso,
sin que a popular vista
el ejemplar nocivo propusiera: 820
que del mayor delito la malicia
peligra en la noticia,
contagio dilatado trascendiendo;
por que singular culpa sólo siendo,
dejara más remota a lo ignorado   825
su ejecución, que no a lo escarmentado.)
Mas mientras entre escollos zozobraba
confusa la elección, sirtes tocando[666]
de imposibles, en cuantos intentaba

---

[665] vv. 811-826: este largo paréntesis es toda una reflexión política de sor Juana, que propone que sería mejor que los estadistas no publicaran el castigo dado a algún delito, pues lejos de que el castigo sea un disuasivo, sucede todo lo contrario: la noticia sirve de modelo para nuevos delitos.

[666] *sirtes*: dos golfos en la costa mediterránea, al norte de África, el Gran Sirte, en Libia, y el Pequeño Sirte, al sudoriente de Túnez; genéricamente se toma como estrechos peligrosos, difíciles de navegar.

rumbos seguir, no hallando   830
materia en que cebarse
el calor ya, pues su templada llama
(llama al fin, aunque más templada sea,
que si su activa emplea
operación, consume, si no inflama),   835
sin poder excusarse,
había lentamente
el manjar transformado,
propia substancia de la ajena haciendo,
y el que hervor resultaba bullicioso   840
de la unión entre el húmedo y ardiente,
en el maravilloso
natural vaso había ya cesado
faltando el medio, y consiguientemente
los que de él ascendiendo   845
soporíferos, húmedos vapores
el trono racional embarazaban[667]
(desde donde a los miembros derramaban
dulce entorpecimiento),
a los suaves ardores   850
del calor consumidos,
las cadenas del sueño desataban,
y, la falta sintiendo de alimento
los miembros extenuados,
del descanso cansados,   855
ni del todo despiertos ni dormidos,
muestras de apetecer el movimiento
con tardos esperezos

---

[667] *trono racional*: el cerebro.

ya daban, extendiendo
los nervios, poco a poco, entumecidos,   860
y los cansados huesos
aun sin entero arbitrio de su dueño
volviendo al otro lado,
a cobrar empezaron los sentidos,
dulcemente impedidos   865
del natural beleño,[668]
su operación, los ojos entreabriendo.
Y del cerebro, ya desocupado,
las fantasmas huyeron[669]
y, como de vapor leve formadas,   870
en fácil humo, en viento convertidas
su forma resolvieron.[670]
(Así linterna mágica, pintadas[671]
representa fingidas
en la blanca pared varias figuras,   875
de la sombra no menos ayudadas
que de la luz: que en trémulos reflejos
los competentes lejos
guardando de la docta perspectiva,

---

[668] *dulcemente impedidos*: 'dulcemente suspendidos' por el *natural beleño*, 'el sueño' (*beleño*: planta que produce sueño y alucinaciones).

[669] *fantasmas*: femenino en la época.

[670] *resolvieron*: 'disolvieron'.

[671] La *linterna mágica* era un aparato óptico precursor del cinematógrafo, basado en la cámara oscura que funcionaba recibiendo imágenes del exterior, que hacía visibles al interior de la cámara. En 1646 Atanasio Kircher habló al respecto en su *Ars magna lucis et umbrae* (El gran arte de la luz y de la sombra). A partir de este verso y hasta el 886 habla sor Juana de estas proyecciones en la pared, hechas a base de juegos de luz y sombra; los *lejos* (v. 878), en pintura, es lo que se representa atrás, más pequeño, para guardar la perspectiva. Dice que estas figuras proyectadas parecen tener las tres dimensiones (v. 885), pero ni superficie tienen (la superficie es la de la pared).

en sus ciertas mensuras   880
de varias experiencias aprobadas,
la sombra fugitiva,
que en el mismo esplendor se desvanece,
cuerpo finge formado,
de todas dimensiones adornado,   885
cuando aun ser superficie no merece.)
En tanto, el padre de la luz ardiente,
de acercarse al Oriente
ya el término prefijo conocía,
y al antípoda opuesto despedía   890
con transmontantes rayos:
que, de su luz en trémulos desmayos,
en el punto hace mismo su Occidente,
que nuestro Oriente ilustra luminoso.[672]
Pero de Venus, antes, el hermoso   895
apacible lucero
rompió el albor primero,
y del viejo Titán la bella esposa,[673]
amazona de luces mil vestida,
contra la noche armada,   900
hermosa si atrevida,
valiente aunque llorosa,
su frente mostró hermosa
de matutinas luces coronada,
aunque tierno preludio, ya animoso   905
del planeta fogoso,

---

[672] vv. 890-894: en un hemisferio, el sol se mete (*hace su Occidente*) en el mismo punto que sale (*ilustra nuestro Oriente*) para el hemisferio contrario.

[673] *Titán*: confusión con Titono, el anciano esposo de la Aurora (la *bella esposa*).

que venía las tropas reclutando
de bisoñas vislumbres
(las más robustas, veteranas lumbres
para la retaguardia reservando)[674]   910
contra la que, tirana usurpadora
del imperio del día,
negro laurel de sombras mil ceñía
y con nocturno cetro pavoroso
las sombras gobernaba,   915
de quien aun ella misma se espantaba.
Pero apenas la bella precursora
signífera del sol, el luminoso[675]
en el Oriente tremoló estandarte,
tocando al arma todos los süaves   920
si bélicos clarines de las aves,
diestros, aunque sin arte
trompetas sonorosos,[676]
cuando —como tirana al fin, cobarde,
de recelos medrosos   925
embarazada, bien que hacer alarde
intentó de sus fuerzas, oponiendo
de su funesta capa los reparos,
breves en ella de los tajos claros

---

[674] vv. 907-910: sor Juana relata el amanecer como una guerra entre
el día y la noche (por eso la Aurora llega como *amazona de luces mil vestida, contra la noche armada*), de ahí el vocabulario bélico: el ejército del
sol viene *reclutando sus tropas* (de luces), las más *bisoñas* ('jóvenes') para
la infantería, las más experimentadas (*robustas, veteranas lumbres*) para la
retaguardia.

[675] *signífera*: que porta el estandarte y anuncia.

[676] *trompeta*: en un ejército, el encargado de anunciar, con toque de
trompeta, la formación para la batalla, el inicio del combate, etc. Las aves
cantan con destreza aunque no hayan aprendido el *arte* del canto.

heridas recibiendo   930
(bien que, mal satisfecho su denuedo,
pretexto mal formado fue del miedo)—,
su débil resistencia conociendo,
a la fuga ya casi cometiendo[677]
más que a la fuerza el medio de salvarse,   935
ronca tocó bocina
a recoger los negros escuadrones
para poder en orden retirarse,
cuando de más vecina
plenitud de reflejos fue asaltada,   940
que la punta rayó más encumbrada
de los del mundo erguidos torreones.[678]
Llegó, en efecto, el sol cerrando el giro
que esculpió de oro sobre azul zafiro.
De mil multiplicados   945
mil veces puntos, flujos mil dorados,
líneas, digo, de luz clara, salían
de su circunferencia luminosa,
pautando al cielo la cerúlea plana;
y a la que antes funesta fue tirana   950
de su imperio, atropadas embestían:[679]
que sin concierto huyendo presurosa,
en sus mismos horrores tropezando,
su sombra iba pisando,
y llegar al ocaso pretendía   955

---

[677] *cometiendo*: 'encomendando'; es decir: la noche ve que la tiene perdida y huye.

[678] *torreones*: 'montañas'.

[679] Las que *atropadas* ('en formación de tropas') *embestían* a la noche son las *líneas de luz* del ejército del sol.

con el sin orden ya, desbaratado
ejército de sombras, acosado
de la luz que el alcance le seguía.
Consiguió, al fin, la vista del ocaso
el fugitivo paso,[680]   960
y en su mismo despeño recobrada,
esforzando el aliento en la ruïna,
en la mitad del globo que ha dejado
el sol desamparada,
segunda vez rebelde, determina   965
mirarse coronada,
mientras nuestro hemisferio la dorada
ilustraba del sol madeja hermosa,
que con luz judiciosa[681]
de orden distributivo, repartiendo   970
a las cosas visibles sus colores
iba, y restituyendo
entera a los sentidos exteriores
su operación, quedando a luz más cierta
el mundo iluminado, y yo despierta.   975

---

[680] *el fugitivo paso*: la noche que va huyendo.
[681] *judiciosa*: 'juiciosa', una luz repartida con buen juicio.

CARTA DE LA MADRE JUANA INÉS DE LA CRUZ ESCRITA
AL REVERENDO PADRE MAESTRO ANTONIO NÚÑEZ,
DE LA COMPAÑÍA DE JESÚS (1682)[1]
Pax Christi

Aunque ha muchos tiempos que varias personas me han informado de que soy la única reprehensible en las conversaciones de V. R.,[2] fiscalizando[3] mis acciones con tan agria pon-

---

[1] Reproduzco la *Carta* a Núñez a partir de la edición de Antonio Alatorre ("La *Carta* de sor Juana al P. Núñez (1682)", *Nueva Revista de Filología Hispánica*, 35, 1987, pp. 591-673).

[2] *V. R.*: Vuestra Reverencia. Sor Juana debió de conocer al padre Núñez por el año 1667; quizá también por entonces debió de empezar a confesarse con él, lo que duró hasta esta carta (1682) en que ella lo "despidió" de sus oficios como confesor.

[3] En una nota manuscrita, escrita ya publicada su edición de la *Carta* a Núñez ("La *Carta*...", pp. 591-673), se comenta el propio Antonio Alatorre sobre el término *fiscalizando*: "Cuando leí esta *Carta* (hacia 1982), hablé de ella con Octavio Paz en el Colegio Nacional, también estaba Antonio Gómez Robledo, que me había prestado su ejemplar. Octavio Paz dijo más o menos: «Sí, ya la vi: obviamente es una falsificación; por ejemplo, usa el verbo *fiscalizar*, que es moderno». Yo le cité de memoria el romance núm. 18, v. 46. Y Gómez Robledo y yo defendimos la autenticidad. Tal vez esto hizo que Paz se ocupara del asunto (y publicara la *Carta* en la tercera edición de *Las trampas de la fe*)". El romance al que se refiere Alatorre (no incluido en esta antología) comienza "Hete yo, divina Lisi...", y el pasaje donde figura el verbo fiscalizar es el siguiente: "Doy la causa, porque sé / cuán aprisa *fiscalizas*...".

deración como llegarlas a *escándalo público*[4] y otros epítetos no menos horrorosos, y aunque pudiera la propia conciencia moverme a la defensa, pues no soy tan absoluto dueño de mi crédito que no esté coligado con el de un linaje que tengo y una comunidad en que vivo;[5] con todo esto, he querido sacrificar el sufrimiento a la suma veneración y filial cariño con que siempre he respetado a V. R., queriendo más aína[6] que cayesen sobre mí todas las objeciones que no que pareciera pasaba yo la línea de mi justo y debido respeto en redargüir[7] a V. R. (en lo cual confieso ingenuamente que no pude merecer nada para con Dios, pues fue más humano respeto a su persona que cristiana paciencia), y esto no ignorando yo la veneración y crédito grande que V. R., con mucha razón, tiene con todos, y que le oyen como a un oráculo divino, y aprecian sus palabras como dictadas del Espíritu Santo, y que

---

[4] *escándalo público* está en cursivas en el original porque sor Juana está "citando" palabras textuales del padre Núñez. Es muy probable que el confesor estuviera escandalizado de la conducta de sor Juana y de su escasa proclividad a la obediencia. Vale la pena citar lo que dice Ezequiel Chávez sobre la relación Núñez-sor Juana, sobre eso que él llamó tan certeramente "choque de almas": "Imposible que el P. Antonio, confesor de sor Juana desde que era niña [en realidad, al parecer, desde los 19 años], no haya visto que sin cesar se escapaba ella a su dirección. Creyéndola conquista suya para el Cielo, imposible que no se haya desazonado cuando la miraba de repente pensar lo que él no pensaba, sentir lo que él no sentía, decir lo que él no soñaba que pudiera pensarse, que pudiera sentirse, que pudiera decirse. Y su voluntad firme y su decisión resuelta, imposible que no le parecieran burladas por aquella mujer de voluntad tan libre y alada…" (*Sor Juana Inés…*, p. 394).

[5] Sor Juana dice que no se animaba a escribir esta carta para contestar los "chismes" de Núñez, pues es parte de una comunidad, el convento de San Jerónimo, y su escrito podría comprometer a todas sus hermanas.

[6] *aína*: arcaísmo 'deprisa'.

[7] *redargüir*: 'contraargumentar', algo en lo que es experta sor Juana, si no véase el romance de los celos (núm. 2).

cuanto mayor es su autoridad tanto más queda perjudicado mi crédito;[8] con todo esto, nunca he querido asentir a las instancias que a que responda me ha hecho no sé si la razón o si el amor propio (que éste tal vez[9] con capa de razón nos arrastra), juzgando que mi silencio sería el medio más suave para que V. R. se desapasionase; hasta que con el tiempo he reconocido que antes parece que le irrita mi paciencia, y así determiné responder a V. R., salvando y suponiendo mi amor, mi obligación y mi respeto.

La materia, pues, de este enojo de V. R., muy amado padre y señor mío, no ha sido otra que la de estos negros versos de que el Cielo tan contra la voluntad de V. R. me dotó. Éstos he rehusado sumamente el hacerlos, y me he excusado todo lo posible; no porque en ellos hallase yo razón de bien ni de mal, que siempre los he tenido (como lo son) por cosa indiferente; y aunque pudiera decir cuántos los han usado, santos y doctos, no quiero entrometerme a su defensa, que no son mi padre ni mi madre: sólo digo que no los hacía por dar gusto a V. R., sin buscar ni averiguar la razón de su aborrecimiento —que es muy propio del amor obedecer a ciegas, demás que con esto también me conformaba con la natural repugnancia que siempre he tenido a hacerlos, como consta a cuantas personas me conocen—,[10] pero esto no fue

---

[8] Núñez, jesuita, tenía fama de letrado y de gran orientador espiritual; grandes personajes se confesaban con él (confesor de los virreyes marqueses de Mancera). Por todo ello era más o menos poderoso; sor Juana se atreve a "redargüirle" hasta ahora porque se sabe protegida por los virreyes condes de Paredes.

[9] *tal vez*: 'alguna vez', 'a veces'; sor Juana reconoce que, a veces, la motivación para hacer algo es el amor propio, la presunción, "disfrazado" de *razón*.

[10] No hay que tomar muy en serio esto de la *repugnancia* por hacer versos. Es evidente que, por encargo (como los villancicos, loas, etc.) o no (como el *Primero sueño*), sor Juana disfrutaba de sus versos.

posible observarlo con tanto rigor que no tuviese algunas excepciones, tales como dos villancicos a la Santísima Virgen[11] que, después de repetidas instancias, y pausa de ocho años,[12] hice con venia y licencia de V. R., la cual tuve entonces por más necesaria que la del señor arzobispo virrey, mi prelado,[13] y en ellos procedí con tal modestia, que no consentí en los primeros poner mi nombre, y en los segundos se puso sin consentimiento ni noticia mía, y unos y otros corrigió antes V. R.

A esto se siguió el Arco de la Iglesia. Ésta es la irremisible culpa mía,[14] a la cual precedió habérmelo pedido tres o

---

[11] Para estas fechas, sor Juana había compuesto, por lo menos, tres juegos de villancicos a la Virgen María, tanto para la fiesta de la Inmaculada Concepción, como de la Asunción. (Digo "por lo menos" porque es posible que hubiera más villancicos suyos, aunque circulando de manera anónima.)

[12] No sé bien a qué pausa de ocho años se refiera sor Juana. Sus primeros dos juegos de villancicos son de 1676, y son a la Asunción y a la Inmaculada Concepción; en 1679 compone otro a la Asunción. ¿Será que la pausa de *ocho años* se refiere a que desde 1668 las catedrales ya le pedían villancicos? No es improbable, pues en 1667, con apenas 19 años, se le pidió que escribiera un soneto para los preliminares de la obra de Diego de Ribera a la dedicación de la catedral (publicada en 1668); y si se lo pidieron, era porque gozaba de cierta celebridad.

[13] Entonces, fray Payo Enríquez de Ribera (véanse la nota 61 y el sincero y cariñoso romance que le dedica, núm. 4). Nótese, al decir *mi prelado*, el lugar que da a fray Payo en su vida y en su corazón; lugar que, en medio de tanta retórica, en realidad, le está negando a Núñez.

[14] El *Neptuno alegórico*, arco con que la catedral recibió a los virreyes condes de Paredes; el cabildo de la catedral votó unánimemente por que se le pidiera su composición a sor Juana (como lo dice líneas más abajo). Ésta es su "irremisible culpa", pues, al parecer, es esto lo que Núñez no le perdona, lo que desató su furia. Sobre todo porque, como cuenta Oviedo "fueron singulares los aplausos que [Núñez] obtuvo en algunos arcos triunfales, que dispuso para el festivo recibimiento de los señores virreyes, según se acostumbra". O sea que Núñez era de los que componía arcos, y sor Juana le vino a "quitar la chamba" (de Oviedo, *Vida ejemplar, heroicas...*, p. 13).

cuatro veces, y tantas despedídome yo, hasta que vinieron los dos señores jueces hacedores, que antes de llamarme a mí llamaron a la madre priora y después a mí, y mandaron en nombre del excelentísimo señor arzobispo lo hiciese, porque así lo había votado el cabildo pleno, y aprobado su Excelencia. Ahora quisiera yo que V. R., con su clarísimo juicio, se pusiera en mi lugar y, consultado, ¿qué respondiera en este lance? ¿Respondería que no podía? Era mentira. ¿Que no quería? Era inobediencia. ¿Que no sabía? Ellos no pedían más que hasta donde supiese. ¿Que estaba mal votado? Era, sobre descarado atrevimiento, villano y grosero desagradecimiento a quien me honraba con el concepto de pensar que sabía hacer una mujer ignorante lo que tan lucidos ingenios solicitaban:[15] luego no pude hacer otra cosa que obedecer.

Éstas son las obras públicas[16] que tan escandalizado tienen al mundo y tan dedificados[17] a los buenos, y así vamos a las no públicas: apenas se hallará tal o cual coplilla hecha a los años o al obsequio de tal o tal persona de mi estimación, y a quienes he debido socorro en mis necesidades (que no han sido pocas, por ser tan pobre y no tener renta alguna); una loa a los años del Rey nuestro señor hecha por mandato del mismo excelentísimo señor don fray Payo, y otra por orden de la excelentísima señora condesa de Paredes.

Pues ahora, padre mío y mi señor, le suplico a V. R. deponga por un rato el cariño del propio dictamen (que aun

---

[15] La composición de estos arcos era labor muy bien pagada; seguramente muchos aspiraban a ser los elegidos. El cabildo civil pidió el arco a Carlos de Sigüenza y Góngora, lo que habla de la significación de este tipo de composiciones y de lo importante que era para los poetas ser tomados en cuenta.

[16] El *Neptuno* y los villancicos son obras públicas porque estaban destinadas a ceremonias oficiales, *públicas*.

[17] *dedificados*: 'señalados' (con el dedo).

a los muy santos arrastra)[18] y dígame V. R.: ya que en su opinión es pecado hacer versos, ¿en cuál de estas ocasiones ha sido tan grave el delito de hacerlos?[19] Pues cuando fuera culpa (que yo no sé por qué razón se le pueda llamar así), la disculparan las mismas circunstancias y ocasiones que para ello he tenido, tan contra mi voluntad.[20] Y esto bien claro se prueba. Pues en la facilidad que todos saben que tengo, si a ésa se juntara motivo de vanidad (quizá lo es de mortificación), ¿qué más castigo me quiere V. R. que el que entre los mismos aplausos, que tanto le duelen, tengo? ¿De qué envidia no soy blanco? ¿De qué mala intención no soy objeto? ¿Qué acción hago sin temor? ¿Qué palabra digo sin recelo?[21]

---

[18] Aunque sutil, sor Juana es dura: 'no se haga, padre, usted también se deja arrastrar por el amor propio, aunque sea muy santo'. Incluso el mismo biógrafo de Núñez, el padre Oviedo, llega a escribir: "no ha faltado quien califique de demasiado severo, y aun de pagado de su propio juicio y dictamen al padre Antonio" (en Chávez, *Sor Juana Inés…*, p. 394). Sor Juana, líneas más abajo, le dice: 'Lo que a usted le molesta sobremanera es mi fama, que se me aplauda'.

[19] Hay que ver lo que dice en el soneto 150 (de la ed. de A. Alatorre): "¿Tan grande, ¡ay hado!, mi delito ha sido…?": "Dísteme aplausos, para más baldones; / subir me hiciste, para penas tales…".

[20] Véanse los vv. 53-56 del romance "Traigo conmigo un cuidado…" (núm. 15): "Si es delito, ya lo digo; / si es culpa, ya la confieso; / mas no puedo arrepentirme, / por más que hacerlo pretendo".

[21] La facilidad que tiene sor Juana para hacer versos, genio que recibió de Dios y que ella sabe que no lo da a todos (por ejemplo, no se lo dio al padre Núñez), le ha traído "aplausos y celebraciones vulgares" que ella no pidió, y que son, junto con su talento, motivo de envidia. La envidia es un tema recurrente en su obra; véanse estos versos de una de las letras de sus villancicos a santa Catarina: "Porque es bella la envidian, / porque es docta la emulan: / ¡oh qué antiguo en el mundo / es regular los méritos por las culpas!"; así como extensos pasajes de la *Respuesta a sor Filotea* (pp. 338-346). Incluso en sus *Ejercicios de la Encarnación*, el ejercicio (espiritual) propuesto para el "Día sexto" es abstenerse de la envidia: "que el día se trae la consideración de suyo, porque si hemos de amar la imagen de Dios, y ésta está en los hombres, claro está que los hemos de amar, y amarlos y envidiarlos no se compadece en ningún modo" (*Obras completas*, t. 4, p. 493).

Las mujeres sienten que las exceda; los hombres, que parezca que los igualo. Unos no quisieran que supiera tanto. Otros dicen que había de saber más, para tanto aplauso. Las viejas no quisieran que otras supieran más; las mozas, que otras parezcan bien; y unos y otros, que viese conforme a las reglas de su dictamen. Y de todo junto resulta un tan extraño género de martirio cual no sé yo que otra persona haya experimentado.[22] ¿Qué más podré decir ni ponderar?: que hasta el hacer esta forma de letra algo razonable me costó una prolija y pesada persecución, no más de porque dicen que parecía letra de hombre y que no era decente, conque me obligaron a malearla adrede, y de esto toda esta comunidad es testigo. En fin, ésta no era materia para una carta, sino para muchos volúmenes muy copiosos.

Pues ¿qué hechos son éstos tan culpables? Los aplausos y celebraciones vulgares ¿los solicité? Y los particulares favores y honras de los excelentísimos señores marqueses, que por sola su dignación y sin igual humanidad me hacen, ¿los procuré yo? Tan a la contra sucedió, que la madre Juana de San Antonio, priora deste convento y persona que por ningún caso podrá mentir, es testigo de que la primera vez que sus Excelencias honraron esta casa, le pedí licencia para retirarme a la celda y no verlos ni ser vista (¡como si sus Excelencias me hubiesen hecho algún daño!), sin más motivo que huir el aplauso, que así se convierte en tan pungentes espinas de persecución;[23] y lo hubiera conseguido a no mandarme la

---

[22] Otra vez hay que relacionar estas expresiones con versos del romance "Traigo conmigo un cuidado…": "Bien ha visto, quien penetra / lo interior de mis secretos, / que yo misma estoy formando / los dolores que padezco; // bien sabe que soy yo misma / verdugo de mis deseos, / pues, muertos entre mis ansias, / tienen sepulcro en mi pecho" (vv. 57-64).

[23] Esta misma idea sobre las punzantes (*pungente*: 'que punza') espinas de la persecución o de la envidia está en la ya citada letra a santa Catarina:

madre priora lo contrario. Pues ¿qué culpa mía fue el que sus Excelencias se agradasen de mí (aunque no había por qué)? ¿Podré yo negarme a tan soberanas personas? ¿Podré sentir el que me honren con sus visitas? V. R. sabe muy bien que no, como lo experimentó en tiempo de los excelentísimos señores marqueses de Mancera,[24] pues oí yo a V. R. en muchas ocasiones quejarse de las ocupaciones a que le hacía faltar la asistencia de sus Excelencias, sin poderla no obstante dejar. Y si el excelentísimo señor marqués de Mancera entraba cuantas veces quería en unos conventos tan santos como Capuchinas y Teresas, y sin que nadie lo tuviese por malo, ¿cómo podré yo resistir que el excelentísimo señor marqués de la Laguna entre en éste? (demás que yo no soy prelada, ni corre por mi cuenta su gobierno). Sus Excelencias me honran porque son servidos, no porque yo lo merezca, ni tampoco porque al principio lo solicité. Yo no puedo, ni quisiera aunque pudiera, ser tan bárbaramente ingrata a los favores y cariños (tan no merecidos, ni servidos) de sus Excelencias.

Mis estudios no han sido en daño ni perjuicio de nadie, mayormente habiendo sido tan sumamente privados, que no me he valido ni aun de la dirección de un maestro, sino que a secas me lo he habido conmigo y mi trabajo;[25] que no ignoro

---

"No extraña, no, la rosa / las penetrantes púas, / que no es nuevo que sean / *pungente* guarda de su pompa augusta". La rosa (santa Catarina o sor Juana) está acostumbrada a las espinas: ellas guardan su belleza.

[24] Muy sutilmente, sor Juana hace ver a Núñez que como ella goza ahora de la preferencia de los virreyes marqueses de Paredes, él gozó en su momento de la de los marqueses de Mancera, y no renunció a los privilegios que tuvo gracias a esa preferencia.

[25] Otro motivo recurrente: el lamento de sor Juana de lo arduo que le ha sido estudiar sin maestro, sin compañeros, sólo con un libro mudo. Debió de comentárselo a su amigo epistolar, el jesuita Diego Calleja, quien en su biografía escribe: "Ella se fue a sus solas a un mismo tiempo argumento,

que el cursar públicamente las escuelas no fuera decente a la honestidad de una mujer, por la ocasionada familiaridad con los hombres, y que ésta sería la razón de prohibir los estudios públicos; y el no diputarles lugar señalado para ellos será porque, como no las ha menester la república para el gobierno de los magistrados (de que por la misma razón de honestidad están excluidas), no cuida de lo que no le ha de servir;[26] pero los privados y particulares estudios ¿quién los ha prohibido a las mujeres? ¿No tienen alma racional como los hombres? Pues ¿por qué no gozará el privilegio de la ilustración de las letras con ellos? ¿No es capaz de tanta gracia y gloria de Dios como la suya?[27] Pues ¿por qué no será capaz de tantas noticias y ciencias, que es menos? ¿Qué revelación divina, qué determinación de la Iglesia, qué dictamen de la razón hizo para nosotras tan severa ley? ¿Las letras estorban, sino que antes ayudan, a la salvación? ¿No se salvó san Agustín, san Ambrosio y todos los demás santos Doctores?[28] Y V. R., cargado de tantas letras, ¿no piensa salvarse? Y si me responde que en los

---

respuesta, réplica y satisfacción, como si hubiera hecho todas las facultades de calidad de Poesía, que se sabe sin enseñanza" (en Alatorre, *Sor Juana a través...*, t. 1, p. 241). Véase también la *Respuesta a sor Filotea*, p. 329.

[26] Los estados no procuran escuelas o universidades para mujeres, porque no tiene caso: por aquello de la honestidad, ellas no pueden convivir con los hombres en la esfera pública, así que no podrían "ejercer" lo estudiado. (Al fin mujer de su época, aunque defiende la capacidad intelectual del género femenino y su posibilidad de estudiar, no se le ocurre que pueda haber escuelas para mujeres o, más simplemente, que ellas puedan acudir a las de los hombres. Lo mismo dice en la *Respuesta*.)

[27] En el romance a la duquesa de Aveiro (núm. 8) dice sor Juana que la duquesa, con sus talentos, ha probado "que no es el sexo / de la inteligencia parte..." (vv. 31-32); y en una de las letras de los villancicos a santa Catarina dice que la santa, tan sabia, es "...prueba de que el sexo / no es esencia en lo entendido".

[28] Los Doctores de la Iglesia (san Agustín, san Jerónimo, santo Tomás, etc.): teólogos y grandes letrados y eruditos.

hombres milita otra razón, digo: ¿no estudió santa Catalina, santa Gertrudis, mi madre santa Paula,[29] sin estorbarle a su alta contemplación ni a la fatiga de sus fundaciones el saber hasta griego; el aprender hebreo; enseñada de mi padre san Jerónimo, el resolver y el entender las Santas Escrituras, como el mismo santo lo dice, ponderando también en una epístola suya en todo género de estudios doctísima a Blesila,[30] hija de la misma santa, y en tan tiernos años que murió de veinte? Pues ¿por qué en mí es malo lo que en todas fue bueno? ¿Sólo a mí me estorban los libros para salvarme? Si he leído los poetas y oradores profanos (descuido en que incurrió el mismo santo),[31] también leo los Doctores Sagrados y Santas Escrituras —demás que a los primeros no puedo negar que les debo innumerables bienes y reglas de bien vivir, porque ¿qué cristiano no se corre[32] de ser iracundo a vista de la paciencia de un Sócrates gentil? ¿Quién podrá ser ambicioso a vista de la modestia de Diógenes Cínico?[33] ¿Quién no alaba a Dios en la inteligencia de Aristóteles? Y, en fin, ¿qué católico no se confunde si contempla la suma de virtudes morales en todos los filósofos gentiles?[34] ¿Por qué

[29] Santa Catalina (o Catarina) es una mártir de Alejandría, del siglo IV, con fama de docta; santa Gertrudis (1256-1301) fue una monja benedictina alemana, de gran cultura filosófica y literaria; santa Paula fue discípula de san Jerónimo, de grandes alcances intelectuales, fundadora de conventos jerónimos; es *su madre* porque sor Juana es jerónima.

[30] No sé, a ciencia cierta, cuáles sean los méritos de Blesila, fuera de ser hija de santa Paula; encontré que fue muy virtuosa, que enviudó a los siete meses de casada y que, como dice sor Juana, murió de 20 años.

[31] Se refiere a san Jerónimo.

[32] *se corre*: 'se avergüenza'.

[33] Para *Diógenes Cínico* véase p. 84, nota 106.

[34] Repite esta idea en *El divino Narciso*: "...pues muchas veces conformes / divinas y humanas letras, / dan a entender que Dios pone / aun en las plumas gentiles / unos visos en que asomen / los altos Misterios suyos..." (vv. 125-130; Méndez Plancarte, *Obras completas*, t. 3, p. 26).

ha de ser malo que el rato que yo había de estar en una reja hablando disparates, o en una celda murmurando cuanto pasa fuera y dentro de casa, o peleando con otra, o riñendo a la triste sirviente, o vagando por todo el mundo con el pensamiento, lo gastara en estudiar, y más cuando Dios me inclinó a eso, y no me pareció que era contra su ley santísima ni contra la obligación de mi estado? Yo tengo este genio. Si es malo, yo me hice. Nací con él y con él he de morir.[35] V. R. quiere que por fuerza me salve ignorando. Pues, amado padre mío, ¿no puede hacerse esto sabiendo, que al fin es camino para mí más suave? Pues ¿por qué para salvarse ha de ir por el camino de la ignorancia si es repugnante a su natural? ¿No es Dios, como suma bondad, suma sabiduría? Pues ¿por qué le ha de ser más acepta la ignorancia que la ciencia? Sálvese san Antonio con su ignorancia santa,[36] norabuena, que san Agustín va por otro camino, y ninguno va errado.

Pues ¿por qué es esta pesadumbre de V. R., y el decir *que a saber que yo había de hacer versos no me hubiera entrado religiosa, sino casádome?*[37] Pues, padre amantísimo (a quien forzada y con vergüenza insto lo que no quisiera tomar en boca),[38]

---

[35] La contundencia de las dos últimas oraciones puede muy bien relacionarse con los versos finales del romance "Traigo conmigo…": "Pero valor, corazón: / porque en tan dulce tormento, / en medio de cualquier suerte / no dejar de amar protesto".

[36] "Aquel gran monje Antonio ni aprendió letras ni admiró a los letrados, y dijo que no tenía necesidad de letras quien tenía buen alma", comenta Francisco Cascales (*Cartas filológicas*, t. 1, p. 85).

[37] Otra vez las cursivas significan que sor Juana cita textualmente palabras de Núñez. Cuenta Oviedo (en la ya citada biografía) que Núñez "solía decir que no podía Dios enviar azote mayor a aqueste reino [Nueva España], que si permitiese que Juana Inés se quedara en la publicidad del siglo [en el mundo fuera del convento]" (en Chávez, *Sor Juana…*, p. 379).

[38] *no quisiera tomar en boca*: 'no quisiera tener que decírselo, pero, ¿quién le dijo que era usted mi dueño?…'

¿cuál era el dominio directo que tenía V. R. para disponer de mi persona y del albedrío (sacando el que mi amor le daba y le dará siempre) que Dios me dio?[39] Pues cuando ello[40] sucedió, había muy poco que yo tenía la dicha de conocer a V. R.; y, aunque le debí sumos deseos y solicitudes de mi estado, que estimaré siempre como debo, lo tocante a la dote mucho antes de conocer yo a V. R. lo tenía ajustado mi padrino el capitán don Pedro Velázquez de la Cadena, y agenciádomelo estas mismas prendas en las cuales, y no en otra cosa, me libró Dios el remedio.[41] Luego no hay sobre qué caiga tal proposición, aunque no niego deberle a V. R. otros cariños y agasajos muchos que reconoceré eternamente, tal como el de pagarme maestro, y otros.[42]

Pero no es razón que éstos no se continúen, sino que se hayan convertido en vituperios, y en que no haya conversación en que no salgan mis culpas, y sea el tema espiritual el celo de V. R. por mi conversión. ¿Soy por ventura hereje? Y si lo fuera, ¿había de ser santa a pura fuerza? Ojalá y la santidad fuera cosa que se pudiera mandar, que con eso la tuviera

---

[39] Sor Juana defiende con vehemencia uno de los grandes dones de Dios: el libre albedrío.

[40] *ello*: la entrada al convento.

[41] Precisamente, su facilidad para los versos y su sabiduría le habían "agenciado" conocer gente importante, como el capitán Pedro Velázquez de la Cadena (véase p. 110, nota 174), quien pagó la dote para que sor Juana entrara al convento. Probablemente Núñez, "gran sableador de ricos" (como lo llama Alatorre: "La *Carta* de…, p. 659) colaboró algo en el cabildeo para sacarle el dinero a Velázquez de la Cadena, pero sin los talentos de sor Juana, hubiera sido mucho más difícil. Dice Oviedo (*Vida ejemplar…*, p. 129) que "fueron sin número las dotes que negoció [Núñez]".

[42] Núñez pagó las clases de latín de sor Juana; fue su maestro el bachiller Martín de Olivas, a quien sor Juana agradece en un soneto acróstico ("Máquinas primas de tu ingenio agudo…", el núm. 200 en la edición de A. Alatorre).

yo segura. Pero yo juzgo que se persuade, no se manda; y si se manda, prelados he tenido que lo hicieran: pues los preceptos y fuerzas exteriores, si son moderados y prudentes, hacen recatados y modestos; si son demasiados, hacen desesperados; pero santos, sólo la gracia y auxilios de Dios saben hacerlos.

¿En qué se funda, pues, este enojo, en qué este desacreditarme, en qué este ponerme en concepto de escandalosa con todos? ¿Canso yo a V. R. con algo? ¿Hele pedido alguna cosa para el socorro de mis necesidades, o le he molestado con otra espiritual ni temporal? ¿Tócale a V. R. mi corrección por alguna razón de obligación, de parentesco, crianza, prelacía o tal que cosa? Si es mera caridad, parezca mera caridad y proceda como tal, suavemente, que el exasperarme no es buen modo de reducirme, ni yo tengo tan servil natural que haga por amenazas lo que no me persuade la razón, ni por respetos humanos lo que no hago por Dios; que el privarme yo de todo aquello que me puede dar gusto, aunque sea muy lícito, es bueno que yo lo haga por mortificarme cuando yo quiera hacer penitencia, pero no para que V. R. lo quiera conseguir a fuerza de reprehensiones, y·éstas no a mí en secreto, como ordena la paternal corrección (ya que V. R. ha dado en ser mi padre, cosa en que me tengo por muy dichosa), sino públicamente con todos, donde cada uno siente como entiende y habla como siente.

Pues esto, padre mío, ¿no es preciso yo lo sienta de una persona que con tanta veneración amo y con tanto amor reverencio y estimo? Si estas reprehensiones cayeran sobre alguna comunicación escandalosa mía, soy tan dócil que (no obstante que ni en lo espiritual ni temporal he corrido nunca por cuenta de V. R.) me apartara de ella y procurara enmendarme y satisfacerle, aunque fuera contra mi gusto; pero si no es sino por la contradicción de un dictamen que en substancia tanto monta hacer versos como no hacerlos, y que éstos los aborrezco de forma que no habrá para mí penitencia como tenerme siempre haciéndolos, ¿por qué es tanta pesadumbre?

Porque si por contradicción de dictamen hubiera yo de hablar apasionada contra V. R. como lo hace V. R. contra mí, infinitas ocasiones suyas me repugnan sumamente (porque, al fin, el sentir en las materias indiferentes es aquel *alius sic et alius sic*),[43] pero no por eso las condeno, sino que antes las venero como suyas y las defiendo como mías, y aun quizá las mismas que son contra mí, llamándolas buen celo, sumo cariño y otros títulos que sabe inventar mi amor y reverencia cuando hablo con los otros.[44] Pero a V. R. no puedo dejar de decirle que rebosan ya en el pecho las quejas que en espacio de dos años pudiera haber dado;[45] y que pues tomo la pluma para darlas, redarguyendo a quien tanto venero, es porque ya no puedo más —que como no soy tan mortificada como otras hijas en quien se empleara mejor su doctrina, lo siento demasiado.

---

[43] 'Un modo u otro', es decir, unos piensan de un modo, otros de otro; es normal y ninguno debe imponer al otro su opinión.

[44] Cuando "otros" preguntan a sor Juana qué piensa de lo que Núñez anda diciendo de ella, la monja disculpa al confesor, diciendo que lo de Núñez no es chisme ni mala voluntad, sino aprecio y preocupación. Pero al jesuita puede decirle, en privado (no en público, como ha hecho él, difamándola) que ya no aguanta, que está harta de sus habladurías.

[45] *dos años*: probablemente se refiera sor Juana a los años de 1680 a fines de 1682 (fecha de esta carta); en 1680 compuso el *Neptuno alegórico* que fue su consagración como poeta "oficial", llegaron los virreyes marqueses de Paredes y la monja se había sentido protegida y apoyada, y había hecho pleno uso de sus facultades artísticas e intelectuales, con la complicidad de su gran amiga, María Luisa, la virreina. Todo esto es lo que tiene enojado a Núñez: sor Juana, sabiéndose "intocable" por su relación con los virreyes, anda muy "sueltita".

Y así le suplico a V. R. que si no gusta ni es ya servido favorecerme (que eso es voluntario) no se acuerde de mí, que aunque sentiré tanta pérdida mucho, nunca podré quejarme, que Dios que me crió y redimió, y que usa conmigo tantas misericordias, proveerá con remedio para mi alma, que espero en su bondad no se perderá, aunque le falte la dirección de V. R., que al cielo hacen muchas llaves, y no se estrechó a un solo dictamen, sino que hay en él infinidad de mansiones para diversos genios, y en el mundo hay muchos teólogos —y cuando faltaran, en querer más que en saber consiste el salvarse, y esto más estará en mí que en el confesor. ¿Qué precisión hay en que esta salvación mía sea por medio de V. R.? ¿No podrá ser por otro? ¿Restringióse y limitóse la misericordia de Dios a un hombre, aunque sea tan discreto, tan docto y tan santo como V. R.?[46] No por cierto, ni hasta ahora he tenido yo luz particular ni inspiración del Señor que así me lo ordene. Conque podré gobernarme con las reglas generales de la Santa Madre Iglesia mientras el Señor no me da luz de que haga otra cosa, y elegir libremente padre espiritual el que yo quisiere, que si como Nuestro Señor inclinó a V. R. con tanto amor y fuerza mi voluntad conformara también mi dictamen,[47] no fuera otro que V. R., a quien suplico no tenga esta ingenuidad a atrevimiento ni a menos respeto,

---

[46] En la *Carta atenagórica* la ironía en la crítica al padre Vieira es muy parecida: "Y pensando que no se estrechó la mano de Dios a Agustino, Crisóstomo y Tomás, piensa [Vieira] que se abrevió a él para no criar quien le responda" (*Obras completas*, t. 4, p. 435).

[47] 'Mi voluntad está con usted, pero mi razón no'. Se sabe quién fue el nuevo confesor de sor Juana: el padre Arellano. "Que sor Juana tuvo buen ojo, lo demuestra el que los diez años que siguieron a su ruptura con Núñez sean los de su pleno florecimiento literario" (Alatorre, "La *Carta* de…", p. 667).

sino a sencillez de mi corazón con que no sé decir las cosas sino como las siento, y antes he procurado hablar de manera que no pueda dejar a V. R. rastro de sentimiento o quejas. Y, no obstante, si en este manifiesto de mis culpas hubiere alguna palabra que haya escrito mala, será inadvertencia, que la voluntad no sólo digo de ofensa, pero de menos decoro a la persona de V. R., desde luego la retracto y doy por mal dicha y peor escrita, y borrara desde luego si advirtiera cuál era.

Vuelvo a repetir que mi intención es sólo suplicar a V. R. que si no gusta favorecerme, no se acuerde de mí si no fuere para encomendarme al Señor, que bien creo de su mucha caridad lo hará con todas veras.

Yo pido a Su Majestad me guarde a V. R., como deseo.

De este convento de mi padre San Jerónimo de México.

Vuestra Juana Inés de la Cruz.

Respuesta de la poetisa a la muy ilustre
sor Filotea de la Cruz[1]

Muy ilustre señora, mi señora: no mi voluntad, mi poca salud y mi justo temor han suspendido tantos días mi respuesta. ¿Qué mucho si, al primer paso, encontraba para tropezar mi torpe pluma dos imposibles? El primero (y para mí el más riguroso) es saber responder a vuestra doctísima, discretísima, santísima y amorosísima carta. Y si veo que preguntado el Ángel de las Escuelas, santo Tomás, de su silencio con Alberto Magno, su maestro, respondió que callaba porque nada sabía decir digno de Alberto; con cuánta mayor razón callaría, no como el santo, de humildad, sino que en la realidad es no saber algo digno de vos.[2] El segundo imposible

---

[1] *Sor Filotea de la Cruz* es el seudónimo escogido (*Filotea* en griego significa "amigo de Dios" o "inclinado a Dios") por el obispo de Puebla, Manuel Fernández de Santa Cruz, en la carta que envió a sor Juana, junto con la publicación de su *Crisis de un sermón* (véase p. 318, nota 3).

[2] Sor Juana usa mucho esta falsa modestia y esta apelación al silencio como herramienta retórica (la *Carta* a Núñez y ésta son prueba de la sabia e inteligente elocuencia de la monja). Es común; Góngora hace lo mismo en una carta dirigida al erudito Tomás Tamayo de Vargas: "Ha hecho vuestra merced en mis obligaciones tal ejecución con su carta, que ni aun palabras me ha dejado con que significar la merced que he recibido: acójome al

es saber agradeceros tan excesivo como no esperado favor, de dar a las prensas mis borrones:[3] merced tan sin medida que aun se le pasara por alto a la esperanza más ambiciosa y al deseo más fantástico; y que ni aun como ente de razón pudiera caber en mis pensamientos; y en fin, de tal magnitud que no sólo no se puede estrechar a lo limitado de las voces, pero excede a la capacidad del agradecimiento, tanto por grande como por no esperado, que es lo que dijo Quintiliano: *Minorem spei, maioremm benefacti gloriam parunt.*[4] Y tal, que enmudecen al beneficiado.

Cuando la, felizmente estéril para ser milagrosamente fecunda, madre del Bautista vio en su casa tan desproporcionada visita como la Madre del Verbo, se le entorpeció el entendimiento y se le suspendió el discurso; y así, en vez de agradecimientos, prorrumpió en dudas y preguntas: *Et unde hoc mihi?* ¿De dónde a mí viene tal cosa? Lo mismo sucedió a Saúl cuando se vio electo y ungido rey de Israel: *Numquid non filius Iemini ego sum de minima tribu Israel, et cognatio mea novissima inter omnes* [familias] *de tribu Beniamin? Quare igitur* [ergo] *locutus es mihi sermonem istum?*[5] Así yo diré: ¿de

---

silencio como a templo de falidos [*falido:* el que está quebrado y no paga su deuda]…" (Góngora, *Obras completas,* t. 2, p. 299).

[3] El obispo de Puebla publicó, sin el conocimiento ni el permiso de sor Juana, la crítica que escribió la monja a un sermón del celebérrimo padre Vieira (la *Crisis de un sermón,* a este escrito alude sor Juana con *mis borrones*), con el título de *Carta atenagórica* (es decir, 'digna de la sabiduría de Atenea').

[4] "Las esperanzas producen una gloria menor, las buenas acciones, una gloria mayor". El pasaje está *inspirado* en las *Instituciones oratorias* de Quintiliano, libro III, § 7, 13. Sor Juana cita de manera muy inexacta, quizá de memoria o a partir de alguna poliantea o enciclopedia de la época.

[5] I Samuel 9:21: "¿No soy yo de Benjamín, la menor de las tribus de Israel? ¿No es mi familia la más pequeña de todas las de la tribu de Benjamín? ¿Cómo me dices estas cosas?" (Lo que pongo entre corchetes, en esta cita y en las demás, falta o está alterado en las citas de sor Juana.)

dónde, venerable señora, de dónde a mí tanto favor? ¿Por ventura soy más que una pobre monja,[6] la más mínima criatura del mundo y la más indigna de ocupar vuestra atención? Pues *quare locutus es mihi sermonem istum? Et hunde hoc mihi?*

Ni al primer imposible tengo más que responder que no ser nada digno de vuestros ojos; ni al segundo más que admiraciones, en vez de gracias, diciendo que no soy capaz de agradeceros la más mínima parte de lo que os debo.[7] No es afectada modestia, señora, sino ingenua verdad de toda mi alma, que al llegar a mis manos, impresa, la carta que vuestra propiedad llamó *Atenagórica*, prorrumpí (con no ser esto en mí muy fácil) en lágrimas de confusión, porque me pareció que vuestro favor no era más que una reconvención que Dios hace a lo mal que le correspondo; y que como a otros corrige con castigos, a mí me quiere reducir a fuerza de beneficios. Especial favor de que conozco ser su deudora, como de otros infinitos de su inmensa bondad; pero también especial modo de avergonzarme y confundirme: que es más primoroso medio de castigar hacer que yo misma, con mi conocimiento, sea el juez que me sentencie y condene mi ingratitud. Y así, cuando esto considero acá a mis solas, suelo decir: "Bendito seáis vos, Señor, que no sólo no quisisteis en manos de otra criatura el juzgarme, y que ni aun en la mía lo pusisteis, sino que lo reservasteis a la vuestra, y me librasteis a mí de mí y de la sentencia que yo misma me daría —que,

---

[6] Hacia el final de la *Carta atenagórica*, dice sor Juana que quizá sea *mortificación* para un hombre, para el padre Vieira, "ver que se atreve [a responderle] una *mujer ignorante*" (*Obras completas*, t, 4, p. 435).

[7] Dice sor Juana en el romance "A las excelsas soberanas plantas…" (a una visita de los virreyes condes de Paredes al convento de San Jerónimo, núm. 65 de la ed. de A. Alatorre): "que cuanto los favores son más grandes, / tanto menos obligan a la deuda…", vv. 37-38).

forzada de mi propio conocimiento, no pudiera ser menos que de condenación—, y vos la reservasteis a vuestra misericordia, porque me amáis más de lo que yo me puedo amar".

Perdonad, señora mía, la digresión; que me arrebató la fuerza de la verdad; y si la he de confesar toda, también es buscar efugios para huir la dificultad de responder, y casi me he determinado a dejarlo al silencio; pero como éste es cosa negativa, aunque explica mucho con el énfasis de no explicar, es necesario ponerle algún breve rótulo para que se entienda lo que se pretende que el silencio diga; y si no, dirá nada el silencio, porque ése es su propio oficio: decir nada. Fue arrebatado el sagrado vaso de elección al tercer cielo,[8] y habiendo visto los arcanos secretos de Dios dice: *Audivit arcana Dei* [verba], *quae non licet homini loqui*.[9] No dice lo que vio, pero dice que no lo puede decir; de manera que aquellas cosas que no se pueden decir, es menester decir siquiera que no se pueden decir, para que se entienda que el callar no es no haber qué decir, sino no caber en las voces lo mucho que hay que decir. Dice san Juan que si hubiera de escribir todas las maravillas que obró nuestro Redentor, no cupieran en todo el mundo los libros;[10] y dice Vieira, sobre este lugar, que en sola esta cláusula dijo más el Evangelista que en todo cuanto

---

[8] El *vaso de elección* es san Pablo, pues cuando Dios mandó a Ananías a bautizarlo, dijo: "Vete, pues éste me es un vaso de elección que lleve mi nombre ante los gentiles…" (Hechos 9:15).

[9] Sor Juana modifica el versículo; originalmente dice: "…oyó palabras arcanas, que al hombre no conviene pronunciar" (II Corintios 12:4); con el cambio de la monja se traduciría: "…oyó secretos arcanos de Dios, que al hombre no conviene pronunciar". Así, sor Juana enfatiza hechos de los que ha sido testigo, no palabras que haya escuchado.

[10] En el Evangelio de san Juan 21:25 se lee: "Hay además otras muchas cosas que hizo Jesús. Si se contaran una por una, pienso que ni todo el mundo bastaría para contener los libros que se escribieran".

escribió; y dice muy bien el Fénix lusitano[11] (pero ¿cuándo no dice bien, aun cuando no dice bien?), porque aquí dice san Juan todo lo que dejó de decir y expresó lo que dejó de expresar. Así, yo, señora mía, sólo responderé que no sé qué responder; sólo agradeceré diciendo que no soy capaz de agradeceros;[12] y diré, por breve rótulo de lo que dejo al silencio, que sólo con la confianza de favorecida y con los valimientos de honrada, me puedo atrever a hablar con vuestra grandeza. Si fuere necedad, perdonadla, pues es alhaja de la dicha, y en ella ministraré yo más materia a vuestra benignidad y vos daréis mayor forma a mi reconocimiento.

No se hallaba digno Moisés, por balbuciente, para hablar con Faraón, y, después, el verse tan favorecido de Dios, le infunde tales alientos, que no sólo habla con el mismo Dios, sino que se atreve a pedirle imposibles: *Ostende mihi faciem tuam.*[13] Pues así yo, señora mía, ya no me parecen imposibles los que puse al principio, a vista de lo que me favorecéis; porque quien hizo imprimir la *Carta* tan sin noticia mía, quien la intituló, quien la costeó, quien la honró tanto (siendo de todo indigna por sí y por su autora), ¿qué no hará?, ¿qué no perdonará?, ¿qué dejará de hacer y qué dejará de perdonar? Y así, debajo del supuesto de que hablo con el salvoconducto de vuestros favores y debajo del seguro de vuestra benignidad, y de que me habéis, como otro Asuero,[14]

---

[11] El *Fénix lusitano* es el padre Vieira, por extraordinario y por portugués.

[12] Lo mismo dice en una décima de agradecimiento a Juan Ignacio de Castorena y Ursúa (por algo que éste escribió a su favor): "Favores que son tan llenos, / no sabré servir jamás… / De pagarse están ajenos / al mismo agradecimiento…" (núm. 112 de la ed. de A. Alatorre).

[13] "Muéstrame tu rostro" (Éxodo 33:13).

[14] El rey persa Asuero (Jerjes) dio a Esther su cetro de oro para que lo besara (Esther 5:2), en señal de que podía hablarle, dirigirse a él con sus peticiones.

dado a besar la punta del cetro de oro de vuestro cariño en señal de concederme benévola licencia para hablar y proponer en vuestra venerable presencia, digo que recibo en mi alma vuestra santísima amonestación de aplicar el estudio a libros sagrados, que aunque viene en traje de consejo, tendrá para mí sustancia de precepto;[15] con no pequeño consuelo de que aun antes parece que prevenía mi obediencia vuestra pastoral insinuación, como a vuestra dirección, inferido del asunto y pruebas de la misma *Carta*. Bien conozco que no cae sobre ella vuestra cuerdísima advertencia, sino sobre lo mucho que habréis visto de asuntos humanos que he escrito;[16] y así, lo que he dicho no es más que satisfaceros con ella a la falta de aplicación que habréis inferido (con mucha razón) de otros escritos míos. Y hablando con más especialidad os confieso, con la ingenuidad que ante vos es debida y con la verdad y claridad que en mí siempre es natural y costumbre, que el no haber escrito mucho de asuntos sagrados no ha sido desafición, ni de aplicación la falta, sino sobra de temor y reverencia debida a aquellas sagradas letras, para cuya inteligencia yo me conozco tan incapaz y para cuyo manejo soy tan indigna;[17] resonándome siempre en los oídos, con no

---

[15] En su carta, el obispo pide a sor Juana que deje los versitos profanos y de amores, y se aplique a materias más serias, como la teología, pues tiene la inteligencia para ello.

[16] A diferencia del momento en que le escribió al padre Núñez, pasados casi diez años, sor Juana ha escrito muchísimo, y casi todo, lejos de los temas que Fernández de Santa Cruz le recomendaba.

[17] *Smart people think alike*: el obispo de Córdoba acusó a Góngora exactamente de lo mismo que el obispo de Puebla a sor Juana, esto es, escribir cosas profanas; y la respuesta de Góngora es muy parecida a la de la monja: "si mi poesía no ha sido tan espiritual como debiera, mi poca teología me disculpa, pues es tan poca, que he tenido por mejor ser condenado por liviano, que por hereje" (*Obras completas*, ed. de Millé, pp. 1277-1278). Es el *ruido con el Santo Oficio* del que habla sor Juana más adelante.

pequeño horror, aquella amenaza y prohibición del Señor a los pecadores como yo: *Quare tu enarras iustitias meas? Et asssumis testamentum meum per os tuum?*[18] Esta pregunta y el ver que aun a los varones doctos se prohibía el leer los Cantares hasta que pasaban de treinta años, y aun el Génesis: éste por su oscuridad, y aquéllos porque de la dulzura de aquellos epitalamios no tomase ocasión la imprudente juventud de mudar el sentido en carnales afectos. Compruébalo mi gran padre san Jerónimo, mandando que sea esto lo último que se estudie, por la misma razón: *Ut ultimum sine periculo discat Canticum Canticorum, ne si in exordio legerit, sub carnalibus verbis spiritualium nuptiarum epithalamium non intellegens, vulneretur;*[19] y Séneca dice: *Teneris in annis haut clara est fides.*[20] Pues ¿cómo me atreviera yo a tomarlo en mis indignas manos, repugnándolo el sexo, la edad y sobre todo las costumbres? Y así confieso que muchas veces ese temor me ha quitado la pluma de la mano y ha hecho retroceder los asuntos hacia el mismo entendimiento de quien querían brotar; el cual inconveniente no topaba en los asuntos profanos, pues una herejía contra el arte no la castiga el Santo Oficio, sino los discretos con risa y los críticos con censura; y ésta, *iusta vel iniusta, timenda non est,*[21] pues deja comulgar y oír misa, por lo cual me da poco o ningún cuidado; por-

---

[18] "¿Qué tienes tú que recitar mis preceptos, y tomar en tu boca mi alianza" (Salmo 49:16).

[19] "Luego, al final puede leer sin peligro el Cantar de los Cantares; si lo leyera al principio podría dañarla el no entender que es un canto en palabras carnales sobre una boda espiritual" (san Jerónimo, epístola 107, "A Laeda", § 12).

[20] "No es muy clara la fidelidad en los años tiernos" (Séneca, *Octavia*, v. 538).

[21] "Justa o injusta [la crítica] no debe ser temida".

que, según la misma decisión de los que lo calumnian, ni tengo obligación para saber ni aptitud para acertar; luego, si lo yerro, ni es culpa ni es descrédito. No es culpa, porque no tengo obligación; no es descrédito, pues no tengo posibilidad de acertar, y *ad impossibilia nemo tenetur*.[22] Y, a la verdad, yo nunca he escrito sino violentada y forzada y sólo por dar gusto a otros; no sólo sin complacencia, sino con positiva repugnancia, porque nunca he juzgado de mí que tenga el caudal de letras e ingenio que pide la obligación de quien escribe; y así, es la ordinaria respuesta a los que me instan, y más si es asunto sagrado: ¿qué entendimiento tengo yo, qué estudio, qué materiales ni qué noticias para eso, sino cuatro bachillerías superficiales? Dejen eso para quien lo entienda, que yo no quiero ruido con el Santo Oficio, que soy ignorante y tiemblo de decir alguna proposición malsonante o torcer la genuina inteligencia de algún lugar. Yo no estudio para escribir, ni menos para enseñar (que fuera en mí desmedida soberbia), sino sólo por ver si con estudiar ignoro menos. Así lo respondo y así lo siento.

El escribir nunca ha sido dictamen propio, sino fuerza ajena; que les pudiera decir con verdad: *Vos me coegistis*.[23] Lo que sí es verdad que no negaré (lo uno porque es notorio a todos, y lo otro porque, aunque sea contra mí, me ha hecho Dios la merced de darme grandísimo amor a la verdad) que desde que me rayó la primera luz de la razón, fue tan vehemente y poderosa la inclinación a las letras, que ni ajenas represiones —que he tenido muchas—, ni propias reflejas[24]

---

[22] "Nadie es obligado a lo imposible".

[23] Habla san Pablo en la Segunda epístola a los corintios (12:11): "Ustedes me obligaron".

[24] *reflejas*: 'reflexiones'.

—que he hecho no pocas—, han bastado a que deje de seguir este natural impulso que Dios puso en mí:[25] Su Majestad sabe por qué y para qué; y sabe que le he pedido que apague la luz de mi entendimiento dejando sólo lo que baste para guardar su Ley, pues lo demás sobra, según algunos, en una mujer; y aun hay quien diga que daña. Sabe también Su Majestad que no consiguiendo esto, he intentado sepultar con mi nombre mi entendimiento, y sacrificárcele sólo a quien me lo dio; y que no otro motivo me entró en religión, no obstante que al desembarazo y quietud que pedía mi estudiosa intención eran repugnantes los ejercicios y compañía de una comunidad; y después, en ella, sabe el Señor, y lo sabe en el mundo quien sólo lo debió saber, lo que intenté en orden a esconder mi nombre, y que no me lo permitió, diciendo que era tentación;[26] y sí sería. Si yo pudiera pagaros algo de lo que os debo, señora mía, creo que sólo os pagara en contaros esto, pues no ha salido de mi boca jamás, excepto para quien debió salir. Pero quiero que con haberos franqueado de par en par las puertas de mi corazón, haciéndoos patentes sus más sellados secretos, conozcáis que no desdice de mi confianza lo que debo a vuestra venerable persona y excesivos favores.

Prosiguiendo en la narración de mi inclinación, de que os quiero dar entera noticia, digo que no había cumplido los

---

[25] En el romance "Traigo conmigo un cuidado...", habla sor Juana de *un cuidado*, un amor a "algo" (yo he supuesto que se trata de su amor al conocimiento), "algo" que "...está / tan en su natural centro, / que la virtud y razón / son quien aviva su incendio" (vv. 33-36).

[26] ¿Se referirá a Núñez o a Dios? En el romance "Traigo conmigo..." dice: "Bien ha visto, quien penetra / lo interior de mis secretos, / que yo misma estoy formando / los dolores que padezco..." (vv. 57-60). Me parece que alude a Núñez, pues, como dice en la *Carta* que le dirige, él la obligó a firmar los villancicos que iban sin su nombre (véase la *Carta* a Núñez, p. 304).

tres años de mi edad[27] cuando enviando mi madre a una hermana mía, mayor que yo, a que se enseñase a leer en una de las que llaman Amigas,[28] me llevó a mí tras ella el cariño y la travesura; y viendo que la daban lección, me encendí yo de manera en el deseo de saber leer, que engañando, a mi parecer, a la maestra, la dije que mi madre ordenaba me diese lección. Ella no lo creyó, porque no era creíble; pero, por complacer al donaire, me la dio. Proseguí yo en ir y ella prosiguió en enseñarme, ya no de burlas, porque la desengañó la experiencia; y supe leer en tan breve tiempo, que ya sabía cuando lo supo mi madre, a quien la maestra lo ocultó por darle el gusto por entero y recibir el galardón por junto; y yo lo callé, creyendo que me azotarían por haberlo hecho sin orden. Aún vive la que me enseñó (Dios la guarde), y puede testificarlo.

Acuérdome que en estos tiempos, siendo mi golosina la que es ordinaria en aquella edad, me abstenía de comer queso, porque oí decir que hacía rudos,[29] y podía conmigo más

---

[27] Lo mismo dice el padre Diego Calleja: "A los tres años de su edad, con ocasión de ir, a hurto de su madre, con una hermanita suya a la maestra, dio su entendimiento la primer respiración de vivo: vio que daban lección a su hermana y, como si ya entonces supiera que no es mayoría en las almas el exceso en los años, se creyó hábil de enseñanza y pidió que también a ella la diesen lección", y muy pronto, en las primeras lecciones, leyó "de corrido" (en Alatorre, *Sor Juana a través...*, t. 1, p. 238).

[28] *Amigas*: como las niñas no podían ir a la escuela, aprendían a leer, escribir y otros conocimientos básicos con señoras, llamadas *amigas*, y esto pasaba en todo el mundo hispánico. Por ejemplo, en su romance "Hermana Marica", Góngora habla de un niño que se relame ante la posibilidad de un día sin clases: "Hermana Marica, / mañana que es fiesta / no irás tú a la *amiga* / ni yo iré a la escuela" (vv. 1-4).

[29] *rudos*: 'tontos', los que tienen dificultad para aprender. Aulo Gelio (*Noches áticas*, lib. IV, cap. XI, § 3), citando a Cicerón, dice que Platón se abstenía de comer habas por las mismas razones que la niña Juana se abstenía del queso.

el deseo de saber que el de comer, siendo éste tan poderoso en los niños. Teniendo yo después como seis o siete años, y sabiendo ya leer y escribir, con todas las otras habilidades de labores y costuras que deprenden las mujeres,[30] oí decir que había universidad y escuelas en que se estudiaban las ciencias, en México; y apenas lo oí cuando empecé a matar a mi madre con instantes[31] e importunos ruegos sobre que, mudándome el traje, me enviase a México, en casa de unos deudos que tenía, para estudiar y cursar la universidad. Ella no lo quiso hacer, e hizo muy bien, pero yo despiqué[32] el deseo en leer muchos libros varios que tenía mi abuelo, sin que bastasen castigos ni represiones a estorbarlo; de manera que cuando vine a México, se admiraban, no tanto del ingenio, cuanto de la memoria y noticias que tenía en edad que parecía que apenas había tenido tiempo para aprender a hablar.

Empecé a deprender gramática, en que creo no llegaron a veinte las lecciones que tomé; y era tan intenso mi cuidado, que siendo así que en las mujeres —y más en tan florida juventud— es tan apreciable el adorno natural del cabello, yo me cortaba de él cuatro o seis dedos, midiendo hasta dónde llegaba antes, e imponiéndome ley de que si cuando volviese a crecer hasta allí no sabía tal o tal cosa que me había propuesto deprender en tanto que crecía, me lo había de volver a cortar en pena de la rudeza. Sucedía así que

---

[30] Un contemporáneo de sor Juana, Pedro Muñoz de Castro, habla muy elogiosamente de las labores costureras de la monja: "Mujer de quien, no menos que las obras de su entendimiento, me he admirado de las de sus curiosas manos. ¡Qué labores! ¡Qué cortados! ¡Qué prodigalidad! ¡Qué aseo! ¡Qué delgadeza [delicadeza]! Para todo sirve el entendimiento" (en José Rodríguez Garrido, *La Carta atenagórica...*, p. 132).

[31] *instantes*: del verbo *instar*, 'suplicar constantemente', casi 'molestar'.

[32] *despiqué*: 'satisfice'.

él crecía y yo no sabía lo propuesto, porque el pelo crecía aprisa y yo aprendía despacio, y con efecto le cortaba en pena de la rudeza: que no me parecía razón que estuviese vestida de cabellos cabeza que estaba tan desnuda de noticias, que era más apetecible adorno.[33] Entréme religiosa, porque aunque conocía que tenía el estado cosas (de las accesorias hablo, no de las formales), muchas repugnantes a mi genio, con todo, para la total negación que tenía al matrimonio, era lo menos desproporcionado y lo más decente que podía elegir en materia de la seguridad que deseaba de mi salvación; a cuyo primer respeto (como al fin más importante) cedieron y sujetaron la cerviz todas las impertinencillas de mi genio, que eran de querer vivir sola; de no querer tener ocupación obligatoria que embarazase la libertad de mi estudio, ni rumor de comunidad que impidiese el sosegado silencio de mis libros. Esto me hizo vacilar algo en la determinación, hasta que alumbrándome personas doctas de que era tentación, la vencí con el favor divino, y tomé el estado que tan indignamente tengo.[34] Pensé yo que huía de mí misma, pero ¡mise-

---

[33] Véase el comienzo del soneto "En perseguirme, Mundo, ¿qué interesas?" (núm. 146 de la edición de Alatorre): "En perseguirme, Mundo, ¿qué interesas? / ¿En qué te ofendo, cuando sólo intento / poner bellezas en mi entendimiento / y no mi entendimiento en las bellezas?".

[34] Sobre la decisión de sor Juana de entrar al convento, Calleja es muy claro. En relación con *la seguridad de su salvación* alerta que "la buena cara de una mujer pobre es una pared blanca, donde no hay necio que no quiera echar su borrón"; acerca de los inconvenientes de la vida conventual para la vocación intelectual, dice: "Tomó este acuerdo [de entrar de monja] la madre Juana Inés a pesar de la contradicción que la [le] hizo conocer tan entrañada en sí la inclinación vehemente al estudio. Temía que un coro indispensable ni la [le] podía dejar tiempo, ni quitar el ansia, de emplearse toda en los libros…"; finalmente, aclara que fue el padre Núñez quien la convenció de que lo mejor para ella era hacerse monja: "Era por aquel tiempo el padre Antonio Núñez, de la Compañía de Jesús, en la ciudad de

rable de mí! trájeme a mí conmigo y traje mi mayor enemigo en esta inclinación, que no sé determinar si por prenda o castigo me dio el Cielo, pues [lejos] de apagarse o embarazarse con tanto ejercicio que la religión tiene, reventaba como pólvora, y se verificaba en mí el *privatio est causa appetitus.*[35]

Volví (mal dije, pues nunca cesé); proseguí, digo, a la estudiosa tarea (que para mí era descanso en todos los ratos que sobraban a mi obligación)[36] de leer y más leer, de estudiar y más estudiar, sin más maestro que los mismos libros. Ya se ve cuán duro es estudiar en aquellos caracteres sin alma, careciendo de la voz viva y explicación del maestro;[37] pues todo este trabajo sufría yo muy gustosa por amor de las letras. ¡Oh, si hubiese sido por amor de Dios, que era lo acertado, cuánto hubiera merecido! Bien que yo procuraba elevarlo cuanto podía y dirigirlo a su servicio, porque el fin a que aspiraba era a estudiar teología,[38] pareciéndome menguada inhabilidad, siendo católica, no saber todo lo que en esta vida se puede alcanzar, por medios naturales, de los divinos misterios; y que siendo monja

México, por virtuoso y sabio, veneración de todos y confesor de los señores virreyes. Comunicó los recelos de su vocación Juana Inés con varón tan ilustre, que a fuer de luz le quitó el miedo…" (en Alatorre, *Sor Juana a través…*, t. 1, pp. 242-243).

[35] "La privación causa apetito".

[36] Sobre la idea de los dulces frutos de la disciplina del estudio, a pesar de lo ardua que pueda ser, véanse estos hermosos versos del *Primero sueño*: el entendimiento mira la "honrosa cumbre", su meta (que es el conocimiento), "término dulce de su afán pesado, / de amarga siembra, fruto al gusto grato / (que aun a largas fatigas fue barato)…" (vv. 612-614).

[37] Más adelante (véase p. 335) vuelve a hablar de lo que significó para ella el carecer de maestro. También en la *Carta* al padre Núñez menciona esta dificultad de estudiar sola: "que no me he valido ni aun de la dirección de un maestro, sino que a secas me lo he habido conmigo y mi trabajo" (véase p. 308); *a secas*: ¡qué elocuentemente dicho!

[38] Se consideraba que la teología era la reina de todas las ciencias, como se dice líneas abajo.

y no seglar, debía, por el estado eclesiástico, profesar letras; y más siendo hija de un san Jerónimo y de una santa Paula, que era degenerar de tan doctos padres ser idiota la hija. Esto me proponía yo de mí misma y me parecía razón; si no es que era (y eso es lo más cierto) lisonjear y aplaudir a mi propia inclinación, proponiéndole como obligatorio su propio gusto.

Con esto proseguí, dirigiendo siempre, como he dicho, los pasos de mi estudio a la cumbre de la sagrada teología; pareciéndome preciso, para llegar a ella, subir por los escalones de las ciencias y artes humanas; porque ¿cómo entenderá el estilo de la reina de las ciencias quien aun no sabe el de las ancilas?[39] ¿Cómo sin lógica sabría yo los métodos generales y particulares con que está escrita la Sagrada Escritura? ¿Cómo sin retórica entendería sus figuras, tropos y locuciones? ¿Cómo sin física, tantas cuestiones naturales de las naturalezas de los animales de los sacrificios, donde se simbolizan tantas cosas ya declaradas, y otras muchas que hay? ¿Cómo si el sanar Saúl al sonido del arpa de David fue virtud y fuerza natural de la música, o sobrenatural que Dios quiso poner en David?[40] ¿Cómo sin aritmética se podrán en-

---

[39] *ancilas*: 'criadas', 'siervas'; es decir, las ciencias auxiliares para llegar a la teología. Koldobika J. Bijuesca ("Una mujer introducida...", p. 110) da la noticia de que los *Questionarii expositivi liber quartus de studioso bibliorum*, de Juan Díaz de Arce, al que sor Juana cita más adelante (véase nota 101), tienen un apartado (pp. 80-89 de la ed. de Roma, 1750) en que la "quaestio" (pregunta) es si se debe permitir a los estudiosos de las letras sagradas el estudio de las artes y de las ciencias, o si se debe permitir combinar artes y ciencias con letras sagradas: "después de exponer las razones que pudiera haber en contra de la necesidad de las artes y ciencias en los estudios bíblicos, concluye [Díaz de Arce] que éstas sí son válidas, en cuanto «ancilas» para ascender a la teología, «reina» de todas ellas".

[40] En el Primer libro de Samuel se cuenta que "Cuando el espíritu de Dios asaltaba a Saúl, tomaba David la cítara, la tocaba, Saúl encontraba calma y bienestar y el espíritu malo se apartaba de él" (16:23).

tender tantos cómputos de años, de días, de meses, de horas, de hebdómadas tan misteriosas como las de Daniel,[41] y otras para cuya inteligencia es necesario saber las naturalezas, las concordancias y propiedades de los números? ¿Cómo sin geometría se podrán medir el Arca Santa del testamento y la ciudad santa de Jerusalén, cuyas misteriosas mensuras hacen un cubo con todas sus dimensiones, y aquel repartimiento proporcional de todas sus partes, tan maravilloso? ¿Cómo sin arquitectura, el gran templo de Salomón, donde fue el mismo Dios el artífice que dio la disposición y la traza, y el sabio rey sólo fue sobrestante[42] que la ejecutó; donde no había basa sin misterio, columna sin símbolo, cornisa sin alusión, arquitrabe sin significado; y así de otras sus partes, sin que el más mínimo filete estuviese sólo por el servicio y complemento del arte, sino simbolizando cosas mayores? ¿Cómo sin grande conocimiento de reglas y partes de que consta la historia se entenderán los libros historiales?[43] Aquellas recapitulaciones en que muchas veces se pospone en la narración lo que en el hecho sucedió primero. ¿Cómo sin grande noticia de ambos derechos[44] podrán entenderse los libros legales? ¿Cómo sin grande erudición tantas cosas de historias profanas, de que hace mención la Sagrada Escritura; tantas costumbres de gentiles, tantos ritos, tantas maneras de hablar? ¿Cómo sin muchas reglas y lección de Santos Padres se podrá entender la oscura locución de los profetas?

---

[41] *hebdómadas*: 'semanas'. El arcángel Gabriel le explica a Daniel una misteriosa profecía, diciéndole que están fijadas setenta semanas para que su pueblo salga de la rebeldía.

[42] *sobrestante*: quiere decir que Salomón se limitó a estar presente.

[43] Los libros *historiales* (históricos) de la Biblia son los 19 primeros, del Génesis al libro de Esther.

[44] *ambos derechos*: civil y canónico.

Pues sin ser muy perito en la música, ¿cómo se entenderán aquellas proporciones musicales y sus primores, que hay en tantos lugares, especialmente en aquellas peticiones que hizo a Dios Abraham, por las ciudades, de que si perdonaría habiendo cincuenta justos, y de este número bajó a cuarenta y cinco, que es sesquinona y es como de *mi* a *re*; de aquí a cuarenta, que es sesquioctava y es como de *re* a *mi*; de aquí a treinta, que es sesquitercia, que es la del diatesarón; de aquí a veinte, que es la proporción sesquiáltera, que es la del diapente; de aquí a diez, que es la dupla, que es el diapasón; y como no hay más proporciones armónicas no pasó de ahí?[45] Pues ¿cómo se podrá entender esto sin música? Allá en el libro de Job le dice Dios: *Numquid coniungere valebis micantes stellas Pleiadas, aut gyrum Arcturi poteris dissipare? Numquid producis luciferum in tempore suo, et vesperum super filios terrae consurgere facis?*,[46] cuyos términos, sin noticia de astrología, será imposible entender. Y no sólo estas nobles ciencias; pero no hay arte mecánica que no se mencione. Y en fin, cómo el libro que comprende todos los libros, y la ciencia en que se incluyen todas las ciencias,[47] para cuya inteligencia todas sirven; y después de saberlas todas (que ya se ve que no es fácil, ni aun posible) pide otra circunstancia más que todo lo dicho, que es una continua oración y pureza de vida para

---

[45] Para los términos musicales véanse las notas al romance "Después de estimar mi amor…" (núm. 6); el episodio de las peticiones de Dios a Abraham es el de la destrucción de Sodoma y Gomorra; primero Dios dice que perdonará estas dos ciudades si encuentra 50 hombres justos; luego baja a 45, 40, etc. hasta llegar a 20 (Génesis 18:16-32).

[46] "¿Puedes tú anudar los lazos de las Cabrillas, o desatar las cuerdas de Orión? ¿Haces salir a su tiempo el lucero del alba? ¿Conduces a la Osa con sus crías" (Job 38:31-32).

[47] El *libro que comprende todos los libros* es, por supuesto, la Biblia, y la *ciencia en que se incluyen todas las ciencias*, la teología.

impetrar de Dios aquella purgación de ánimo e iluminación de mente que es menester para la inteligencia de cosas tan altas; y si esto falta, nada sirve de lo demás.

Del Angélico Doctor santo Tomás dice la Iglesia estas palabras: *In difficultatibus locorum sacrae Scripturae, ad orationem ieiunium adhibebat. Quin etiam sodali suo fratri Reginaldo dicere solebat, quidquid sciret, non tam studio, aut labore suo peperisse, quam divinitus traditum accepisse.*[48] Pues yo, tan distante de la virtud y las letras, ¿cómo había de tener ánimo para escribir? Y así por tener algunos principios granjeados, estudiaba continuamente diversas cosas, sin tener para alguna particular inclinación, sino para todas en general; por lo cual, el haber estudiado en unas más que en otras, no ha sido en mí elección, sino que el acaso de haber topado más a mano libros de aquellas facultades les ha dado, sin arbitrio mío, la preferencia. Y como no tenía interés que me moviese, ni límite de tiempo que me estrechase el continuado estudio de una cosa por la necesidad de los grados, casi a un tiempo estudiaba diversas cosas o dejaba unas por otras;[49] bien que en eso observaba orden, porque a unas llamaba estudio y a otras diversión; y en éstas descansaba de las otras: de donde se sigue que he estudiado muchas cosas y nada sé, porque las unas han embarazado a las otras. Es verdad que esto digo de la parte práctica en que las que la tienen, porque claro

---

[48] Santo Tomás "en los lugares difíciles de las Sagradas Escrituras, a la oración añadía el ayuno. Y aún más, solía decir a su compañero fray Reginaldo que todo lo que sabía, no lo habían producido sólo el estudio y el trabajo, sino que lo había recibido transmitido de la divinidad" (esto lo dice la Iglesia en el *Breviario Romano*, en la liturgia del 7 de marzo que celebra a santo Tomás).

[49] Es ésta la gran aventaja del autodidacta: estudiar lo que le gusta, como le gusta, sin límite de tiempo y sin ningún tipo de compromiso.

está que mientras se mueve la pluma descansa el compás y mientras se toca el arpa sosiega el órgano, *et sic de caeteris*;[50] porque como es menester mucho uso corporal para adquirir hábito, nunca le puede tener perfecto quien se reparte en varios ejercicios; pero en lo formal y especulativo sucede al contrario, y quisiera yo persuadir a todos con mi experiencia a que no sólo no estorban, pero se ayudan dando luz y abriendo camino las unas para las otras, por variaciones y ocultos engarces[51] —que para esta cadena universal les puso la sabiduría de su Autor—,[52] de manera que parece se corresponden y están unidas con admirable trabazón y concierto. Es la cadena que fingieron los antiguos que salía de la boca de Júpiter, de donde pendían todas las cosas eslabonadas unas con otras.[53] Así lo demuestra el reverendo padre Atanasio

---

[50] "y así lo demás".

[51] Sobre este asunto de las variedades de conocimientos, en una conferencia leída en la Universidad de San Luis Potosí, dice Alfonso Reyes: "…Por lo demás, toda disciplina particular, por ser disciplina, ejercita la estrategia del conocimiento, robustece la aptitud de la investigación y no estorba, antes ayuda, al viaje por el océano de las humanidades. En Aristóteles hay un naturalista; en Bergson, un biólogo; y nuestra sor Juana Inés de la Cruz pedía a las artes musicales algunos esclarecimientos teológicos" (*Humanismo y literatura*, p. 281). En mi opinión, sor Juana no está pidiendo ningún "esclarecimiento teológico" a las diversas disciplinas, eso es pura retórica pura (valga la redundancia); la razones de la monja están, más bien, en todo lo que dice Reyes antes: el ejercicio del conocimiento, el fortalecimiento de la capacidad de investigación y el descubrimiento de los vasos comunicantes entre las diversas áreas, todo lo que lleva, con paso más firme, seguro y gozoso, al conocimiento.

[52] El *Autor* es Dios; sobre la "cadena del conocimiento" véanse los versos 575-618 del *Primero sueño*.

[53] Al comienzo del libro VIII de la *Ilíada*, Zeus convoca a todos los dioses para ordenarles que ya no apoyen ni a griegos ni a troyanos, amenazando con terribles castigos a quienes no obedezcan: "Colgad del cielo una áurea soga / y agarraos a ella todos los dioses y todas las diosas. / Ni así lograríais sacar del cielo y arrastrar hasta el suelo / a Zeus, el supremo maestro, por

Quirquerio en su curioso libro *De magnete*. Todas las cosas salen de Dios, que es el centro a un tiempo y la circunferencia de donde salen y donde paran todas las líneas criadas.[54]

Yo de mí puedo asegurar que lo que no entiendo en un autor de una facultad, lo suelo entender en otro de otra que parece muy distante; y esos propios, al explicarse, abren ejemplos metafóricos de otras artes: como cuando dicen los lógicos que el medio se ha con los términos como se ha una medida con dos cuerpos distantes, para conferir si son iguales o no; y que la oración del lógico anda como la línea recta, por el camino más breve, y las del retórico se mueve, como la corva, por el más largo, pero van a un mismo punto los dos; y cuando dicen que los expositores son como la mano abierta y los escolásticos como el puño cerrado. Y así no es disculpa, ni por tal la doy, el haber estudiado diversas cosas, pues éstas antes se ayudan, sino que el no haber aprovechado ha sido ineptitud mía y debilidad de mi entendimiento, no culpa de la variedad. Lo que sí pudiera ser descargo mío es el sumo trabajo no sólo en carecer de maestro, sino de condiscípulos con quienes conferir y ejercitar lo estudiado, teniendo sólo por maestro un libro mudo, por condiscípulo un tintero insensible; y en vez de explicación y ejercicio muchos estorbos, no sólo los de mis religiosas obligaciones

mucho que os fatigarais" (vv. 19-22). El contexto es muy diferente, y sor Juana sólo parece recordar la idea de una cadena con cosas (en realidad, dioses y diosas) eslabonadas.

[54] *Atanasio Quirquerio* es el padre Kircher (véanse pp. 155 y 295, notas 314 y 671); la obra aludida es *Magneticum naturae regnum* (algo así como "El reino del imán en la naturaleza"). No sé si ahí el padre Kircher afirme lo que dice sor Juana; la que sí lo afirma es ella misma en el *Primero sueño*: "y a la Causa Primera siempre aspira, / céntrico punto donde recta tira / la línea, si ya no circunferencia / que contiene, infinita, toda esencia" (vv. 408-411).

(que éstas ya se sabe cuán útil y provechosamente gastan el tiempo), sino de aquellas cosas accesorias de una comunidad: como estar yo leyendo y antojárseles en la celda vecina tocar y cantar; estar yo estudiando y pelear dos criadas y venirme a constituir juez de su pendencia; estar yo escribiendo y venir una amiga a visitarme, haciéndome muy mala obra con muy buena voluntad, donde es preciso no sólo admitir el embarazo, pero quedar agradecida del perjuicio. Y esto es continuamente, porque como los ratos que destino a mi estudio son los que sobran de lo regular de la comunidad, esos mismos les sobran a las otras para venirme a estorbar; y sólo saben cuánta verdad es ésta los que tienen experiencia de vida común, donde sólo la fuerza de la vocación puede hacer que mi natural esté gustoso, y el mucho amor que hay entre mí y mis amadas hermanas, que como el amor es unión, no hay para él extremos distantes.

En esto sí confieso que ha sido inexplicable mi trabajo; y así no puedo decir lo que con envidia oigo a otros: que no les ha costado afán el saber. ¡Dichosos ellos! A mí, no el saber (que aún no sé), sólo el desear saber me le ha costado tan grande que pudiera decir con mi padre san Jerónimo (aunque no con su aprovechamiento): *Quid ibi laboris insumpserim, quid sustinuerim difficultatis, quoties desperaverim, quotiesque cessaverim et contentione discendi rursus inceperim; testis est conscientia tam mea, qui passus sum, quam eorum qui mecum duxerunt vitam.*[55] Menos los compañeros y testigos

---

[55] "Qué de trabajo empleé en esto, qué de dificultades sufrí; cuántas veces me desesperé, y cuántas otras interrumpí y empecé de nuevo por mi empeño de aprender; testigos son tanto mi conciencia, que lo ha padecido, como la de aquellos que han llevado vida conmigo" (epístola núm. 125, "Al monje Rústico", § 12).

(que aun de ese alivio he carecido), lo demás bien puedo asegurar con verdad. ¡Y que haya sido tal esta mi negra inclinación, que todo lo haya vencido![56]

Solía sucederme que, como entre otros beneficios, debo a Dios un natural tan blando y tan afable y las religiosas me aman mucho por él (sin reparar, como buenas, en mis faltas) y con esto gustan mucho de mi compañía, conociendo esto y movida del grande amor que las tengo, con mayor motivo que ellas a mí, gusto más de la suya: así, me solía ir los ratos que a unas y a otras nos sobraban, a consolarlas y recrearme con su conversación. Reparé que en este tiempo hacía falta a mi estudio,[57] y hacía voto de no entrar en celda alguna si no me obligase a ello la obediencia o la caridad: porque, sin este freno tan duro, al de sólo propósito le rompiera el amor; y este voto (conociendo mi fragilidad) le hacía por un mes o por quince días; y dando, cuando se cumplía, un día o dos de treguas, lo volvía a renovar, sirviendo este día, no tanto a mi descanso (pues nunca lo ha sido para mí el no estudiar) cuanto a que no me tuviesen por áspera, retirada e ingrata al no merecido cariño de mis carísimas hermanas.

Bien se deja en esto conocer cuál es la fuerza de mi inclinación. Bendito sea Dios que quiso fuese hacia las letras y no hacia otro vicio, que fuera en mí casi insuperable; y bien se infiere también cuán contra la corriente han navegado (o por mejor decir, han naufragado) mis pobres estudios. Pues aún falta por referir lo más arduo de las dificultades; que las de hasta aquí sólo han sido estorbos obligatorios y casuales, que indirectamente lo son; y faltan los positivos que direc-

---

[56] Recordemos que en la *Carta* a Núñez habla de sus "*negros* versos".

[57] *en este tiempo hacía falta a mi estudio*: el sujeto es yo, "en este tiempo *yo* hacía falta (faltaba) a mi estudio".

tamente han tirado a estorbar y prohibir el ejercicio. ¿Quién no creerá, viendo tan generales aplausos, que he navegado viento en popa y mar en leche, sobre las palmas de las aclamaciones comunes? Pues Dios sabe que no ha sido muy así, porque entre las flores de esas mismas aclamaciones se han levantado y despertado tales áspides de emulaciones y persecuciones, cuantas no podré contar, y los que más nocivos y sensibles para mí han sido, no son aquellos que con declarado odio y malevolencia me han perseguido, sino los que amándome y deseando mi bien (y por ventura, mereciendo mucho con Dios por la buena intención), me han mortificado y atormentado más que los otros, con aquel: *No conviene a la santa ignorancia que deben, este estudio; se ha de perder, se ha de desvanecer en tanta altura con su misma perspicacia y agudeza.* ¿Qué me habrá costado resistir esto? ¡Rara especie de martirio donde yo era el mártir y me era el verdugo![58]

Pues por la —en mí dos veces infeliz—[59] habilidad de hacer versos, aunque fuesen sagrados, ¿qué pesadumbres no

---

[58] Es muy probable que entre esos que, amándola y deseando lo mejor para ella, le prohibían o la alejaban del estudio, estuviera el padre Núñez (como puede comprobarse en la *Carta* que le dirige); quizá no fuera el único que la reconviniera con las palabras que sor Juana puso en cursiva, pero sí la voz más autorizada. Igualmente, en el romance "Traigo conmigo…", dice que quien ha penetrado *lo interior de mis secretos* "bien sabe que soy yo misma / *verdugo* de mis deseos, / pues muertos entre mis ansias, / tienen sepulcro en mi pecho" (vv. 61-64). Luego, en la composición que comienza "Mientras la Gracia me excita" (núm. 57 de la ed. de Alatorre) repite: "De mí mesma soy verdugo / y soy cárcel de mí mesma. / ¿Quién vio que pena y penante / una propia cosa sean?" (vv. 17-20). Nótese cómo se repite y al hablar del tema vuelve a términos como *verdugo, mártir, martirio, cárcel, pena,* etc.

[59] Entiendo que su habilidad para hacer versos es *dos veces infeliz* porque ella se fuerza a sí misma para hacerlo (si hemos de creerle) y sufre envidias y regaños por hacerlos.

me han dado o cuáles no me han dejado de dar? Cierto, señora mía, que algunas veces me pongo a considerar que el que se señala —o le señala Dios, que es quien sólo lo puede hacer— es recibido como enemigo común, porque parece a algunos que usurpa los aplausos que ellos merecen o que hace estanque de las admiraciones a que aspiraban, y así le persiguen.[60]

Aquella ley políticamente bárbara de Atenas, por la cual salía desterrado de su república el que se señalaba en prendas y virtudes por que no tiranizase con ellas la libertad pública, todavía dura, todavía se observa en nuestros tiempos, aunque no hay ya aquel motivo de los atenienses;[61] pero hay otro,

---

[60] En su "Aprobación" de la *Inundación castálida* (publicada en 1689, cuando sor Juana todavía no había escrito la *Respuesta a sor Filotea*), dice fray Luis Tineo: "Bueno fuera que ignorara yo ahora, al cabo de mi vejez, el pecado original en que siempre fueron concebidos los ingenios de esta clase, que es la envidia y emulación de los necios". El mismo obispo de Puebla, Manuel Fernández de Santa Cruz, en su respuesta a la *Respuesta* (recientemente descubierta: *Sor Filotea y sor Juana…*, p. 192): le contesta a sor Juana: "No se puede negar que el exceso de prendas es el mayor delito en el tribunal del odio y de la envidia". Y en los preliminares de la *Fama y Obras póstumas* (de 1700, ya muerta sor Juana), José Miguel de Torres (cuñado de la monja) vuelve a hablar de la envidia; se dirige a la Muerte, diciéndole: "Advierte, sañuda fiera, / la grandeza de quien buscas, / bien que, en voto de la envidia, / la misma grandeza es culpa. // ¿Borrar esplendor divino / de inocente luz procuras? / Sí, que el lucir es delito / si es la ignorancia quien juzga" (Alatorre, *Sor Juana a través…*, t. 1, p. 41 y p. 337, respectivamente). Recordemos, asimismo, aquellos versos tan preñados de sentido del villancico a santa Catarina: "¡oh qué antiguo en el mundo / es regular los méritos por las culpas!" Salcedo Coronel, en su *"Soledades"…* (fol. 177), cita lo siguiente de san Juan Crisóstomo: "Esto es propio de la envidia: los envidiosos sufren cuando algo se encarece a otro, como si eso que a aquél se encareció se les hubiera quitado a ellos" (esto es, "regular los méritos por las culpas").

[61] La ley *políticamente bárbara* de Atenas es el ostracismo (véase p. 122, nota 210 a los vv. 117-120 de la composición núm. 11). Como se ve, sor Juana repite lo dicho: "Bien sabéis la ley de Atenas, / con que desterró a

no menos eficaz, aunque no tan bien fundado, pues parece máxima del impío Maquiavelo: que es aborrecer al que se señala porque desluce a otros. Así sucede y así sucedió siempre.

Y si no, ¿cuál fue la causa de aquel rabioso odio de los fariseos contra Cristo, habiendo tantas razones para lo contrario? Porque si miramos su presencia, ¿cuál prenda más amable que aquella divina hermosura? ¿Cuál más poderosa para arrebatar los corazones? Si cualquiera belleza humana tiene jurisdicción sobre los albedríos y con blanda y apetecida violencia los sabe sujetar, ¿qué haría aquélla con tantas prerrogativas y dotes soberanos? ¿Qué haría, qué movería, y qué no haría y qué no movería aquella incomprensible beldad, por cuyo hermoso rostro, como por un terso cristal, se estaban transparentando los rayos de la Divinidad? ¿Qué no movería aquel semblante que, sobre incomparables perfecciones en lo humano, señalaba iluminaciones de divino?[62] Si el de Moisés, de sólo la conversación con Dios, era intolerable a la flaqueza de la vista humana,[63] ¿qué sería el del mismo Dios humanado? Pues si vamos a las demás prendas, ¿cuál más amable que aquella celestial modestia, que aquella suavidad y blandura derramando misericordias en todos sus movimientos, aquella profunda humildad y mansedumbre, aquellas palabras de vida eterna y eterna sabiduría? Pues,

---

Aristides: / que aun en lo bueno, es delito / el que se singularicen. // Por bueno lo desterraron, / y a otros varones insignes; / porque el exceder a todos / es delito irremisible" (vv. 117-124).

[62] El rostro de Cristo "transparenta los rayos de la Divinidad" y añade a sus perfecciones humanas "iluminaciones de divino" por su doble naturaleza; de hombre y Dios.

[63] En el Éxodo se cuenta que, cuando Moisés bajó del monte Sinaí con las tablas de la ley, "no sabía que la piel de su rostro se había vuelto radiante, por haber hablado con el Señor" (34:29).

¿cómo es posible que esto no les arrebatara las almas, que no fuesen enamorados y elevados tras él?

Dice la santa madre y madre mía Teresa que, después que vio la hermosura de Cristo, quedó libre de poderse inclinar a criatura alguna, porque ninguna cosa veía que no fuese fealdad, comparada con aquella hermosura. Pues ¿cómo en los hombres hizo tan contrarios efectos? Y ya que como toscos y viles no tuvieran conocimiento ni estimación de sus perfecciones, siquiera como interesables ¿no les movieran sus propias conveniencias y utilidades en tantos beneficios como les hacía, sanando los enfermos, resucitando los muertos, curando los endemoniados? Pues ¿cómo no le amaban? ¡Ay Dios, que por eso mismo no le amaban, por eso mismo le aborrecían! Así lo testificaron ellos mismos.

Júntanse en su concilio y dicen: *Quid facimus, quia hic homo multa signa facit?*[64] ¿Hay tal causa? Si dijeran: éste es un malhechor, un transgresor de la ley, un alborotador que con engaños alborota el pueblo, mintieran, como mintieron cuando lo decían; pero eran causales más congruentes a lo que solicitaban, que era quitarle la vida; mas dar por causal que hace cosas señaladas, no parece de hombres doctos, cuales eran los fariseos. Pues así es, que cuando se apasionan los hombres doctos prorrumpen en semejantes inconsecuencias.[65] En verdad que sólo por eso salió determinado que Cristo muriese. Hombres, si es que así se os puede llamar, siendo tan brutos,[66] ¿por qué es esa tan cruel determina-

---

[64] "¿Qué hacemos, porque este hombre hace muchos prodigios?" (Juan 11:47).

[65] Hay que recordar lo que le dice al padre Núñez de que también él, a veces, se deja llevar por la pasión de su propio dictamen (véase p. 306, nota 18).

[66] *brutos*: 'animales'.

ción? No responden más sino que *multa signa facit*. ¡Válgame Dios, que el hacer cosas señaladas es causa para que uno muera! Haciendo reclamo este *multa signa facit* a aquel: *radix Iesse, qui stat in signum populorum*, y al otro: *in signum cui contradicetur*.[67] ¿Por signo? ¡Pues muera! ¿Señalado? ¡Pues padezca, que eso es el premio de quien se señala!

Suelen en la eminencia de los templos colocarse por adorno unas figuras de los vientos de la Fama, y por defenderlas de las aves, las llenan todas de púas; defensa parece y no es sino propiedad forzosa: no puede estar sin púas que la puncen quien está en alto. Allí está la ojeriza del aire; allí es el rigor de los elementos; allí despican la cólera los rayos; allí es el blanco de piedras y flechas. ¡Oh infeliz altura, expuesta a tantos riesgos! ¡Oh signo que te ponen por blanco de la envidia y por objeto de la contradicción! Cualquiera eminencia, ya sea de dignidad, ya de nobleza, ya de riqueza, ya de hermosura, ya de ciencia, padece esta pensión; pero la que con más rigor la experimenta es la del entendimiento. Lo primero, porque es el más indefenso, pues la riqueza y el poder castigan a quien se les atreve, y el entendimiento no, pues mientras es mayor es más modesto y sufrido y se defiende menos.[68] Lo segundo es porque, como dijo doctamente Gracián, las ventajas en el entendimiento lo son en el ser.[69] No por otra razón es el ángel más que el hombre que por-

---

[67] La primera cita, "*radix Iesse...*": "La raíz de Jesé, que está enhiesta para signo de los pueblos" (Isaías 11:10); la segunda, "*insignum...*": "para signo del que se contradice" (Lucas 2:34).

[68] Dice Plinio el Joven, citando un proverbio griego: "la ignorancia engendra audacia, la reflexión timidez" (*Cartas*, p. 206).

[69] "Toda ventaja en el entender lo es en el ser, y cualquier exceso de discurso no va menos que el ser más o menos persona" (Gracián, *El Discreto, Obras*, t. 2, p. 348).

que entiende más; no es otro el exceso que el hombre hace al bruto, sino sólo entender; y así como ninguno quiere ser menos que otro, así ninguno confiesa que otro entiende más, porque es consecuencia del ser más. Sufrirá uno y confesará que otro es más noble que él, que es más rico, que es más hermoso y aun que es más docto; pero que es más entendido apenas habrá quien lo confiese: *Rarus est, qui velit cedere ingenio.*[70] Por eso es tan eficaz la batería contra esta prenda.

Cuando los soldados hicieron burla, entretenimiento y diversión de Nuestro Señor Jesucristo, trajeron una púrpura vieja y una caña hueca y una corona de espinas para coronarle por rey de burlas. Pues ahora, la caña y la púrpura eran afrentosas, pero no dolorosas; pues ¿por qué sólo la corona es dolorosa? ¿No basta que, como las demás insignias, fuese escarnio e ignominia, pues ése era el fin? No, porque la sagrada cabeza de Cristo y aquel divino cerebro eran depósito de la sabiduría; y cerebro sabio en el mundo no basta que esté escarnecido, ha de estar también lastimado y maltratado; cabeza que es erario de sabiduría no espere otra corona que de espinas. ¿Cuál guirnalda espera la sabiduría humana si ve la que obtuvo la divina? Coronaba la soberbia romana las diversas hazañas de sus capitanes también con diversas coronas: ya con la cívica al que defendía al ciudadano; ya con la castrense al que entraba en los reales enemigos; ya con la mural al que escalaba el muro; ya con la obsidional al que libraba la ciudad cercada o el ejército sitiado o el campo o en los reales; ya con la naval, ya con la oval, ya con la triunfal

---

[70] Sor Juana cita, algo modificado, el verso 10 del epigrama 18 (libro VIII: "qui velit ingenio cedere rarus erit") de Marcial; para que se entienda mejor la traducción incluyo el verso anterior: "Un amigo te regalará con frecuencia oro, riquezas y tierras: / raro será quien quiera ceder en ingenio".

otras hazañas, según refieren Plinio y Aulo Gelio;[71] mas viendo yo tantas diferencias de coronas, dudaba de cuál especie sería la de Cristo, y me parece que fue obsidional, que (como sabéis, señora) era la más honrosa y se llamaba obsidional de *obsidio*, que quiere decir cerco; la cual no se hacía de oro ni de plata, sino de la misma grama o yerba que cría el campo en que se hacía la empresa. Y como la hazaña de Cristo fue hacer levantar el cerco al príncipe de las tinieblas, el cual tenía sitiada toda la tierra, como lo dice en el libro de Job: *Circuivi terram et ambulavi per eam*[72] y de él dice san Pedro: *Circuit, quaerens quem devoret*;[73] y vino nuestro caudillo y le hizo levantar el cerco: *nunc princeps huius mundi eiicietur foras,*[74] así los soldados le coronaron no con oro ni plata, sino con el fruto natural que producía el mundo que fue el campo de la lid, el cual, después de la maldición, *spinas et*

---

[71] En *Noches áticas*, lib. V, § 16, Aulo Gelio habla de las diferentes coronas romanas, y es más o menos lo que dice sor Juana: la *mural,* que era un círculo de oro, era para el primero que escalaba una muralla; la *castrense,* también de oro, para quien entraba primero al campo enemigo; la *naval,* igual, círculo de oro, para los primeros en ir al abordaje de navíos enemigos; la *oval,* de mirto, para los generales que entraban triunfantes a la ciudad; la *cívica,* de encina, al que salvaba a algún ciudadano; la *obsidional* o *graminea,* de grama y otras hojas, para el general que lograba que el ejército enemigo abandonara una plaza, o para el que era el primero en romper un sitio o cerco (y dos más que no menciona sor Juana: la *olímpica,* de olivo, para los encargados de negociar la paz; la *triunfal,* de laurel, para cualquier victoria). Plinio el Viejo (*Historia natural,* lib. XV, cap. 40), al hablar de las propiedades y características del laurel, se refiere únicamente a la *triunfal* y a la *olímpica.*

[72] A la pregunta de Yahvéh sobre de dónde viene, Satán responde: "Recorrí la tierra y me paseé por ella" (Job 1:7).

[73] "[Satán] ronda, buscando a quien devorar" (I Epístola de san Pedro 5:8).

[74] "Ahora el príncipe de este mundo [Satán] será echado abajo" (Juan 12:31).

tribulos germinabit tibi,[75] no producía otras cosa que espinas; y así fue propísima corona de ellas en el valeroso y sabio vencedor con que le coronó su madre la sinagoga; saliendo a ver el doloroso triunfo, como al del otro Salomón festivas, a éste, llorosas las hijas de Sión, porque es el triunfo de sabio obtenido con dolor y celebrado con llanto, que es el modo de triunfar la sabiduría; siendo Cristo, como rey de ella, quien estrenó la corona, porque santificada en sus sienes, se quite el horror a los otros sabios y entiendan que no han de aspirar a otro honor.[76]

Quiso la misma Vida ir a dar la vida a Lázaro difunto; ignoraban los discípulos el intento y le replicaron: *Rabbi, nunc quaerebant te Iudaei lapidare, et iterum vadis illuc?* Satisfizo el Redentor el temor: *Nonne duodecim sunt horae diei?*[77] Hasta aquí, parece que temían porque tenían el antecedente de quererle apedrear porque les había reprendido llamándoles ladrones y no pastores de las ovejas. Y así, temían que si iba a lo mismo (como las reprensiones, aunque sean tan justas, suelen ser mal reconocidas), corriese peligro su vida; pero ya desengañados y enterados de que va a dar vida a Lázaro, ¿cuál es la razón que pudo mover a Tomás para que tomando aquí los alientos que en el huerto Pedro: *Eamus et nos, ut moriamur cum eo.*[78] ¿Qué dices, apóstol santo? A morir no va

---

[75] "Espinas y abrojos te producirá [el campo]" (Génesis 3:18).

[76] Sobre la forma de la corona y su significación, véanse los siguientes versos del *Primero sueño*: "¡Oh de la Majestad pensión gravosa, / que aun al menor descuido no perdona! / Causa, quizá, que ha hecho misteriosa, / circular, denotando, la corona, / en círculo dorado, / que el afán es no menos continuado" (vv. 141-146).

[77] La primera cita, "*Rabbi, nunc...*": "Rabbí, con que hace poco los judíos querían apedrearte, ¿y vuelves allí?" (Juan 11:8); la segunda, "*Nonne...*": "¿No son doce las horas del día?" (Juan 11:9).

[78] "Vayamos también nosotros a morir con él" (Juan 11:16). Dice sor

el Señor, ¿de qué es el recelo? Porque a lo que Cristo va no es a reprender, sino a hacer una obra de piedad, y por esto no le pueden hacer mal. Los mismos judíos os podían haber asegurado, pues cuando los reconvino, queriéndole apedrear: *Multa bona opera ostendi vobis ex Patre meo, propter quod eorum opus me lapidatis?*, le respondieron: *De bono opere non lapidamus te, sed de blasphemia.*[79] Pues si ellos dicen que no le quieren apedrear por las buenas obras y ahora va a hacer una tan buena como dar la vida a Lázaro, ¿de qué es el recelo o por qué? ¿No fuera mejor decir: "Vamos a gozar el fruto del agradecimiento de la buena obra que va a hacer nuestro Maestro; a verle aplaudir[80] y rendir gracias al beneficio; a ver las admiraciones que hacen del milagro"? Y no decir, al parecer una cosa tan fuera del caso como es: *Eamus et nos, ut moriamur cum eo.* Mas ¡ay! que el santo temió como discreto y habló como apóstol. ¿No va Cristo a hacer un milagro? Pues ¿qué mayor peligro? Menos intolerable es para la soberbia oír las reprensiones, que para la envidia ver los milagros. En todo lo dicho, venerable señora, no quiero (ni tal desatino cupiera en mí) decir que me han perseguido por saber, sino sólo porque he tenido amor a la sabiduría y a las letras, no porque haya conseguido ni uno ni otro.

Hallábase el príncipe de los Apóstoles, en un tiempo, tan distante de la sabiduría como pondera aquel enfático:

Juana que Tomás tomó "los alientos que en el huerto Pedro", porque este último, cuando fueron a prender a Cristo, tuvo un momento de arrojo y coraje, y le cortó la oreja a Malco, uno de los soldados que iban a prenderlo.

[79] La primera cita, "*Multa…*": "Muchas obras buenas que vienen de mi Padre os he mostrado. ¿Por cuál de ellas queréis apedrearme?" (Juan 10:32); la segunda, "*De bono…*": "No queremos apedrearte por ninguna obra buena, sino por una blasfemia" (Juan 10:33).

[80] *a verle aplaudir*: 'a ver cómo le aplauden' (por resucitar a Lázaro).

Petrus vero sequebatur eum a longe, tan lejos de los aplausos de docto quien tenía el título de indiscreto: *Nesciens quid diceret*; y aun examinado del conocimiento de la sabiduría dijo él mismo que no había alcanzado la menor noticia: *Mulier, nescio quid dicis. Mulier, non novi illum.* Y ¿qué le sucede? Que teniendo estos créditos de ignorante, no tuvo la fortuna, sí las aflicciones, de sabio. ¿Por qué? No se dio otra causal sino: *Et hic cum illo erat.*[81] Era afecto a la sabiduría, llevábale el corazón, andábase tras ella, preciábase de seguidor y amoroso de la sabiduría; y aunque era tan *a longe*[82] que no le comprendía ni alcanzaba, bastó para incurrir sus tormentos. Ni faltó soldado de fuera que no le afligiese, ni mujer doméstica que no le aquejase. Yo confieso que me hallo muy distante de los términos de la sabiduría y que la he deseado seguir, aunque *a longe*. Pero todo ha sido acercarme más al fuego de la persecución, al crisol del tormento; y ha sido con tal extremo que han llegado a solicitar que se me prohíba el estudio.[83]

Una vez lo consiguieron con una prelada muy santa y muy cándida que creyó que el estudio era cosa de Inquisición

---

[81] "*Petrus…*": "Pero Pedro lo seguía de lejos" (Lucas 22:54); *indiscreto*: 'imprudente', 'no inteligente'. "*Nesciens…*": "No sabiendo lo que decía" (Lucas 9:33). "*Mulier…*": no es exacta la cita; debe ser: *Mulier, non novi illum… Homo, nescio quid dicis* ("Mujer, no lo conozco… Hombre, no sé de qué hablas"; se trata del momento en que Pedro negó a Cristo ante la criada de Caifás y ante un soldado que lo reconoció como su seguidor: Lucas 22:57 y 22:60). Tal como está la cita, se traduciría: "Mujer, no sé de qué hablas. Mujer, no sé de qué hablas", lo cual es más o menos un sinsentido. Las últimas cursivas, "*Et hic…*": "También éste estaba con él" (Lucas 22:56).

[82] *a longe*: 'desde lejos'.

[83] Véanse los siguientes versos del romance "Traigo conmigo…": "Si es lícito, y aun debido, / este cariño que tengo, / ¿por qué me han de dar castigo / porque pago lo que debo?" (vv. 13-16).

y me mandó que no estudiase. Yo la obedecí (unos tres meses que duró el poder ella mandar) en cuanto a no tomar libro, que en cuanto a no estudiar absolutamente, como no cae debajo de mi potestad, no lo pude hacer, porque aunque no estudiaba en los libros, estudiaba en todas las cosas que Dios crió, sirviéndome ellas de letras, y de libro toda esta máquina universal. Nada veía sin refleja;[84] nada oía sin consideración, aun en las cosas más menudas y materiales; porque como no hay criatura, por baja que sea, en que no se conozca el *me fecit Deus*,[85] no hay alguna que no pasme el entendimiento, si se considera como se debe. Así yo, vuelvo a decir, las miraba y admiraba todas; de tal manera que de las mismas personas con quienes hablaba, y de lo que me decían, me estaban resaltando mil consideraciones: ¿De dónde emanaría aquella variedad de genios e ingenios, siendo todos de una especie? ¿Cuáles serían los temperamentos y ocultas cualidades que lo ocasionaban? Si veía una figura, estaba combinando la proporción de sus líneas y mediándola con el entendimiento y reduciéndola a otras diferentes. Paseábame algunas veces en el testero de un dormitorio nuestro (que es una pieza muy capaz)[86] y estaba observando que siendo las líneas de sus dos lados paralelas y su techo a nivel, la vista fingía que sus líneas se inclinaban una a otra y que su techo estaba más bajo en lo distante que en lo próximo: de donde infería que las líneas

---

[84] *refleja*: como en otras ocasiones, 'reflexión'.

[85] "Dios me hizo". En su "Epístola a Arias Montano", el poeta Francisco de Aldana dice algo muy parecido: "y sienta que la mano dadivosa / de Dios cosas crïó tantas y tales, / hasta la más süez, mínima cosa"; y fray Luis de Granada (a quien sor Juana leyó) dice en la *Introducción al Símbolo de la fe* que en la creación de las cosas más pequeñas es donde más resplandece la bondad de Dios: cuanto más humildes más descubren la grandeza de Dios.

[86] *muy capaz*: 'muy grande', que le cabe mucho.

visuales corren rectas, pero no paralelas, sino que van a formar una figura piramidal.[87] Y discurría si sería ésta la razón que obligó a los antiguos a dudar si el mundo era esférico o no. Porque, aunque lo parece, podía ser engaño de la vista, demostrando concavidades donde pudiera no haberlas.

Este modo de reparos en todo me sucedía y sucede siempre, sin tener yo arbitrio en ello, que antes me suelo enfadar porque me cansa la cabeza; y yo creía que a todos sucedía esto mismo y el hacer versos, hasta que la experiencia me ha mostrado lo contrario; y es de tal manera esta naturaleza o costumbre, que nada veo sin segunda consideración. Estaban en mi presencia dos niñas jugando con un trompo, y apenas yo vi el movimiento y la figura, cuando empecé, con esta mi locura, a considerar el fácil moto[88] de la forma esférica, y cómo duraba el impulso ya impreso e independiente de su causa, pues distante la mano de la niña, que era la causa motiva, bailaba el trompillo; y no contenta con esto, hice traer harina y cernerla, para que, en bailando el trompo encima, se conociese si eran círculos perfectos o no los que describía con su movimiento; y hallé que no eran sino unas líneas espirales que iban perdiendo lo circular cuanto se iba remitiendo el impulso. Jugaban otras a los alfileres (que es el más frívolo juego que usa la puerilidad);[89] yo me llegaba a contemplar las figuras que formaban; y viendo que acaso se

---

[87] Este mismo asombro ante los prodigios de la geometría está en la descripción de las Pirámides de Egipto en el *Primero sueño*: "éstas, que en nivelada simetría / su estatura crecía / con tal diminución, con arte tanto, / que cuanto más al cielo caminaba, / a la vista, que lince la miraba, / entre los vientos se desparecía…" (vv. 354-359).

[88] *moto*: latinismo (*motus*) por 'movimiento'; abajo, *motiva*: 'del movimiento'.

[89] Los *alfileres* eran una especie de 'palitos chinos'.

pusieron tres en triángulo, me ponía a enlazar uno en otro, acordándome de que aquélla era la figura que dicen tenía el misterioso anillo de Salomón, en que había unas lejanas luces y representaciones de la Santísima Trinidad,[90] en virtud de lo cual obraba tantos prodigios y maravillas; y la misma que dicen tuvo el arpa de David, y que por eso sanaba Saúl a su sonido; y casi la misma conservan las arpas en nuestros tiempos.

Pues ¿qué os pudiera contar, señora, de los secretos naturales que he descubierto estando guisando? Veo que un huevo se une y fríe en la manteca o aceite y, por contrario, se despedaza en el almíbar; ver que para que el azúcar se conserve fluida basta echarle una muy mínima parte de agua en que haya estado membrillo u otra fruta agria; ver que la yema y clara de un mismo huevo son tan contrarias, que en los unos, que sirven para el azúcar, sirve cada una de por sí y juntas no. Por no cansaros con tales frialdades, que sólo refiero por daros entera noticia de mi natural y creo que os causará risa; pero, señora ¿qué podemos saber las mujeres sino filosofías de cocina? Bien dijo Lupercio Leonardo, que bien se puede filosofar y aderezar la cena.[91] Y yo suelo decir viendo estas

---

[90] En el anillo de Salomón figuraban dos triángulos entrelazados, por lo que parecía una estrella de seis puntas (la célebre "Estrella de David"); por lo del triángulo (y dos veces) muchas veces se lo interpretó como una prefiguración de las tres personas de la Santísima Trinidad. José de Eguiara y Eguren (*Biblioteca mexicana*) tiene una entrada para fray Antonio Correa que publicó una obra titulada *Anillo de Salomón o panegírico de la Santísima Trinidad* (México, 1682); no sé si sor Juana supo o no de la existencia de este texto, pero es un hecho que la trabazón entre el anillo y la Trinidad era de circulación más o menos común.

[91] En su sátira "¿Estos consejos das, Euterpe mía?...", hablando de las hermanas bíblicas Marta y María, Bartolomé (no Lupercio) Leonardo Argensola (poeta español, 1561-1631) escribe: "En efecto, lo acierta el que asegura / de la fiel Marta aquella parte buena, / aunque María insista en la más pura. / Bien que, pues son hermanas, y sin pena / se avienen entre sí,

cosillas: si Aristóteles hubiera guisado, mucho más hubiera escrito. Y prosiguiendo en mi modo de cogitaciones, digo que esto es tan continuo en mí, que no necesito de libros; y en una ocasión que, por un grave accidente de estómago me prohibieron los médicos el estudio, pasé así algunos días, y luego les propuse que era menos dañoso el concedérmelos, porque eran tan fuertes y vehementes mis cogitaciones, que consumían más espíritus en un cuatro de hora que el estudio de los libros en cuatro días; y así se redujeron a concederme que leyese. Y más, señora mía, que ni aun el sueño se libró de este continuo movimiento de mi imaginativa;[92] antes suele obrar en él más libre y desembarazada, confiriendo con mayor claridad y sosiego las especies que ha conservado del día, arguyendo, haciendo versos, de que os pudiera hacer un catálogo muy grande, y de algunas razones y delgadezas que he alanzado dormida mejor que despierta, y las dejo por no cansaros, pues basta lo dicho para que vuestra discreción y trascendencia penetre y se entere perfectamente en todo mi natural y del principio, medios y estado de mis estudios.

Si éstos, señora, fueran méritos (como los veo por tales celebrar en los hombres), no lo hubieran sido en mí, porque obro necesariamente. Si son culpa, por la misma razón creo que no la he tenido; mas, con todo, vivo siempre tan

---

muy bien se puede / filosofar y aderezar la cena" (vv. 139-144).

[92] Pedro Ciruelo, en su *Tratado de las supersticiones y hechizos*, tras los debidos a causa natural, menciona los sueños por "causa moral", que son los de, por ejemplo, "hombres de negocios *o de letras*", obsesionados (como sor Juana), o de los que andan "muy codiciosos en mercaderías o pleitos, o en *algunas cuestiones muy difíciles de ciencias*, [pues] algunas veces *los sueños aciertan mejor... que cuando velan. La causa es que está la fantasía del hombre más desocupada que velando...*" ("De los sueños...", parte II, cap. 6, p. 58). Véanse los vv. 258-264 del *Primero sueño* donde se explica la función de la *imaginativa*.

desconfiada de mí, que ni en esto ni en otra cosa me fío de mi juicio; y así remito la decisión a ese soberano talento, sometiéndome luego a lo que sentenciare, sin contradicción ni repugnancia, pues esto no ha sido más de una simple narración de mi inclinación a las letras.

Confieso también que con ser esto verdad tal que, como he dicho, no necesitaba de ejemplares, con todo no me han dejado de ayudar los muchos que he leído, así en divinas como en humanas letras. Porque veo a una Débora dando leyes, así en lo militar como en lo político, y gobernando el pueblo donde había tantos varones doctos. Veo una sapientísima reina de Sabá, tan docta que se atreve a tentar con enigmas la sabiduría del mayor de los sabios, sin ser por ello reprendida, antes por ello será juez de los incrédulos. Veo tantas y tan insignes mujeres: unas adornadas del don de profecía, como una Abigaíl; otras de persuasión, como Esther; otras, de piedad, como Rahab; otras de perseverancia, como Ana, madre de Samuel; y otras infinitas, en otras especies de prendas y virtudes.[93]

---

[93] Todas estas mujeres, todas heroínas bíblicas, han sido inspiración para sor Juana; muy astutamente, la monja comienza su lista de mujeres célebres con las de la historia sagrada. *Débora*: profetisa, en Jueces 5:6 se le llama "madre de Israel"; en virtud de una orden divina, exigió de Baraq que combatiera contra Sísara, y su triunfo se canta en el hermoso himno de Débora (Jueces 5:2-31). La historia de la *reina de Sabá* se cuenta en I Reyes 10: quiso conocer al rey Salomón porque oyó hablar de su inmensa sabiduría, y cuando estuvo frente a él lo probó con una serie de enigmas. *Abigaíl* era mujer "juiciosa y de buen ver"; cuando David se disgustó con el avaro Nabal (marido de Abigaíl), ella consiguió apaciguarlo (I Samuel 25:2-42). *Esther* fue elegida por Asuero reina, ignorando su origen judío. Asuero, influido por ella, salvó a los judíos que vivían en los dominios persas de la matanza planeada por Hamán (su historia se cuenta en el Libro de Esther). *Rahab* es una prostituta de Jericó que recibió en su casa y salvó a dos exploradores israelitas (Jueces 2). *Ana* era una de las esposas de Elcaná; era estéril y esperó muchos años para poder concebir a Samuel (I Samuel 1).

Si revuelvo a los gentiles, lo primero que encuentro es con las Sibilas, elegidas de Dios para profetizar los principales misterios de nuestra Fe; y en tan doctos y elegantes versos, que suspenden la admiración. Veo adorar por diosa de las ciencias a una mujer como Minerva, hija del primer Júpiter y maestra de toda la sabiduría de Atenas. Veo una Pola Argentaria, que ayudó a Lucano, su marido, a escribir la gran batalla farsálica. Veo a la hija del divino Tiresias, más docta que su padre. Veo a una Cenobia, reina de los palmirenos, tan sabia como valerosa. A una Arete, hija de Aristipo, doctísima. A una Nicostrata, inventora de las letras latinas y eruditísima en las griegas. A un Aspasia Milesia, que enseñó filosofía y retórica y fue maestra del filósofo Pericles. A una Hipasia, que enseñó astrología y leyó mucho tiempo en Alejandría. A una Leoncia, griega, que escribió contra el filósofo Teofrasto y le convenció. A una Jucia, a una Corina, a una Cornelia;[94] y en fin a toda la gran turba de las que merecieron

---

[94] *Sibilas*: *Sibila* es, básicamente, el nombre de la sacerdotisa encargada de pronunciar los oráculos de Apolo, y, en general, las *Sibilas* son profetisas y adivinas, y sus oráculos se enunciaban en complejos versos. Entre los letrados renacentistas y barrocos fue muy común que, ante las reticencias de la Iglesia, propusieran parte de la cultura y sabiduría paganas como "anuncios" del cristianismo; por eso dice sor Juana que las Sibilas profetizaban "los principales misterios de nuestra Fe". *Minerva*: diosa romana de la sabiduría (*Atenea* entre los griegos). *Pola Argentaria*: esposa del poeta latino Lucano (siglo I), autor de la *Farsalia*, poema sobre la guerra civil entre César y Pompeyo. G. J. Voss (*De los poetas de los tiempos antiguos*, lib. II) cuenta que, como Lucano murió a los 26 años, ella enmendó y conservó la *Farsalia*. *Manto*: hija del gran adivino de Tebas, Tiresias; dice Boccaccio que tenía una mente tan ágil y capaz, que se hizo experta en el antiguo arte de la piromancia (Boccaccio, *Famous women*, p. 60). *Zenobia de Palmira*: reina de Palmira (Siria), aunque era más cazadora y guerrera, aprendió egipcio y griego con el filósofo Longino; así leyó y memorizó mucha literatura griega y latina y, dice Boccaccio (p. 211) que llegó a escribir epítomes sobre esas obras. *Areta de Cirene*: del siglo IV a.C., filósofa de la escuela cirenaica. H. J.

nombres, ya de griegas,[95] ya de musas, ya de pitonisas; pues todas no fueron más que mujeres doctas, tenidas y celebradas y también veneradas de la antigüedad por tales. Sin otras infinitas, de que están libros llenos, pues veo aquella egipcíaca Catarina, leyendo y convenciendo todas las sabidurías de los sabios de Egipto.[96] Veo una Gertrudis leer, escribir y enseñar.

Mozans (*Women in science*, pp. 197-199) anota que se dice de ella que enseñó filosofía natural y moral en las escuelas y academias de Ática por 35 años, que escribió más de 40 libros, y que tenía el alma de Sócrates y la lengua de Homero. *Nicostrata*: hija de Jonio, rey de Arcadia; con su hijo Evandro se estableció en donde luego se fundaría Roma; ahí encontró que los habitantes sólo conocían la escritura griega, y ella usó "todo su genio" (dice Boccaccio, *Famous women*, p. 53) para crear un alfabeto (el latino) completamente nuevo y diferente de todos los demás: el que todavía usamos (otra vez, según Boccaccio). *Aspasia de Mileto*: s. V a.C., compañera de Pericles (gobernante, no *filósofo*), maestra de retórica que tuvo gran influencia en la vida cultural ateniense mientras gobernó Pericles. *Hipatia (Hipasia) de Alejandría*: s. IV, filósofa y maestra neoplatónica griega, que destacó en las matemáticas y la astronomía. *Leoncia*: dice Boccaccio (*Famous women*, p. 124) que fue una mujer griega que alcanzó fama en la época de Alejandro Magno por su excelencia en el estudio de las letras y que "por envidia o por temeridad femenina" se atrevió a escribir una invectiva contra el filósofo Teofrasto (que, según Boccaccio, se perdió; así que no sé a qué se refiera sor Juana con que lo convenció); intelectualmente muy destacada, pero —exclama Boccaccio— indecente y cortesana. No sé quién es *Jucia*. *Corina*: poetisa griega del siglo V a.C. que junto con Píndaro componía los poemas de homenaje para los vencedores olímpicos. *Cornelia*: hija del emperador romano Escipión, siglo II a.C. Según el *Diccionario biográfico universal de mujeres célebres*, de Vicente Díez Canseco (t. 1, p. 564), en su *Retórica*, Cicerón dice que Cornelia merecería ser única entre todos los filósofos, "porque jamás he visto proceder sentencias tan graves de carnes tan flacas".

[95] *ya de griegas*: así en todas las ediciones; parecería error por "ya de *diosas*" (por la mención de Minerva).

[96] No es la primera vez que aparece *Catarina de Alejandría*; una de las doncellas más sabias y bellas de Alejandría; de origen pagano, se convirtió al cristianismo y le pidió al emperador Majencio que dejara de perseguir a los cristianos, al mismo tiempo que le probaba la falsedad de la religión pagana. Como Majencio no pudo responderle, reunió a los cincuenta mejores filósofos de Alejandría para que la volvieran al paganismo; ella no

Y para no buscar ejemplos fuera de casa, veo una santísima madre mía, Paula, docta en las lenguas hebrea, griega y latina, y aptísima para interpretar las Escrituras. ¿Y qué más que siendo su cronista un máximo Jerónimo, apenas se hallaba el santo digno de serlo, pues con aquella viva ponderación y enérgica eficacia con que sabe explicarse dice: "Si todos los miembros de mi cuerpo fuesen lenguas, no bastarían a publicar la sabiduría y virtud de Paula". Las mismas alabanzas le mereció Blesila,[97] viuda; y las mismas la esclarecida virgen Eustoquio,[98] hijas ambas de la misma santa; y la segunda, tal, que por su ciencia era llamada prodigio del mundo. Fabiola, romana, fue también doctísima en la Sagrada Escritura. Proba Falconia, mujer romana, escribió un elegante libro con centones de Virgilio, de los misterios de nuestra santa Fe. Nuestra reina doña Isabel, mujer del décimo Alfonso, es corriente que escribió de astrología.[99] Sin otras que omito por

sólo no renegó de su nueva fe, sino que convenció a los filósofos. Murió martirizada.

[97] Sobre santa Gertrudis, santa Paula y Blesila véase p. 310, la nota 29 y 30.

[98] *Eustoquio*: santa Eustoquia o Eustoquio (siglo IV-V), hija también de santa Paula; sabía latín, griego y hebreo; san Jerónimo le dedicó sus comentarios a Isaías y Ezequiel, porque ella los inspiró. La epístola a la que se refiere sor Juana es la que le escribe el santo a Eustoquia a raíz de la muerte de su madre ("A Eustoquio"), que comienza: "Si todos los miembros de mi cuerpo se convirtieran en lenguas y cada una de mis extremidades fuera dotada de voz humana, aun así no podría hacer justicia a las virtudes de la santa y venerable Paula".

[99] *Fabiola*: Fabiola de Roma o santa Fabiola, noble romana del siglo IV, convertida al cristianismo y también discípula de san Jerónimo, a quien le dirigió las epístolas 64 y 78. *Proba Falconia*: otra romana, experta en Virgilio, que puso en verso, usando las obras de Virgilio, toda la historia del Viejo y del Nuevo Testamento. (Eso es un *centón*: una composición poética con versos ajenos y tema diferente al de la obra de donde se toman los versos.) No sé a qué *reina Isabel* se refiera, pues la esposa de Alfonso X el Sabio fue Violante de Aragón.

no trasladar lo que otros han dicho (que es vicio que siempre he abominado), pues en nuestros tiempos está floreciendo las gran Cristina Alejandra, reina de Suecia, tan docta como valerosa y magnánima, y las excelentísimas señoras duquesa de Aveiro y condesa de Villaumbrosa.[100]

El venerable doctor Arce (digno profesor de Escritura por su virtud y letras), en su *Studioso bibliorum* excita esta cuestión: *An liceat foeminis sacrorum bibliorum studio incumbere? eaque interpretari?*[101] Y trae por la parte contraria muchas sentencias de santos, en especial aquello del apóstol: *Mulieres in ecclesiis taceant, non enim permittitur eis loqui,* etc.[102] Trae después otras sentencias, y del mismo apóstol aquel lugar ad Titum: *Anus similiter in habitu sancto, bene docentes,*[103] con interpretaciones de los Santos Padres; y al fin resuelve, con su prudencia, que el leer públicamente en las cátedras y predicar en los púlpitos, no es lícito a las mujeres; pero que el estudiar, escribir y enseñar privadamente, no sólo les es lícito, pero muy provechoso y útil;[104] claro está

---

[100] *Cristina Alejandra de Suecia* (1626-1700), protectora de las artes, protestante de nacimiento y convertida luego al catolicismo. *Duquesa de Aveiro*: véanse las notas al núm. 8. *Condesa de Villaumbrosa*: supongo que se refiere a la III condesa, su contemporánea (1640-1700), gran bibliófila, como su esposo Pedro Núñez de Guzmán.

[101] El *venerable doctor Arce* es Juan Díaz de Arce (muerto en 1653), mexicano, doctor en teología y profesor de Sagrada Escritura en la Pontificia Universidad de México. La obra a la que se refiere sor Juana es: *Questionarii expositivi liber quartus de studioso bibliorum* (México, 1648; con reedición de Roma, 1750). "*An liceat...*": "¿Es lícito a las mujeres aplicarse al estudio de los libros sagrados e interpretarlos?"

[102] El *apóstol* es san Pablo. "Que las mujeres callen en las asambleas, que no les sea permitido hablar" (I Corintios 14:34).

[103] "Igualmente, que las ancianas, en hábito santo, enseñen bien" (Tito 2:3).

[104] En esto de los estudios *privados* de las mujeres sor Juana es muy insistente. Recuérdese que en la *Carta* al padre Núñez usa el mismo argumento: "Mis estudios no han sido en daño ni perjuicio de nadie, mayormente

que esto no se debe entender con todas, sino con aquellas a quienes hubiere Dios dotado de especial virtud y prudencia y que fueren muy provectas y eruditas y tuvieren el talento y requisitos necesarios para tan sagrado empleo. Y esto es tan justo, que no sólo a las mujeres, que por tan ineptas están tenidas, sino a los hombres, que con sólo serlo piensan que son sabios, se había de prohibir la interpretación de las Sagradas Letras, en no siendo muy doctos y virtuosos y de ingenio dóciles y bien inclinados; porque de lo contrario creo yo que han salido tantos sectarios y que ha sido la raíz de tantas herejías; porque hay muchos que estudian para ignorar, especialmente los que son de ánimos arrogantes, inquietos y soberbios, amigos de novedades en la ley (que es quien las rehúsa); y así hasta que por decir lo que nadie ha dicho dicen una herejía, no están contentos.[105] De éstos dice el Espíritu Santo: *In malevolam animan non introibit sapientia.*[106] A éstos, más daño les hace el saber que les hiciera el ignorar. Dijo un discreto que no es necio entero el que no sabe latín, pero

---

habiendo sido tan sumamente privados […]; que no ignoro que el cursar públicamente las escuelas no fuera decente a la honestidad de una mujer […]; pero los privados y particulares estudios ¿quién los ha prohibido a las mujeres?" (vease pp. 308-309).

[105] En este punto sor Juana coincide, muy curiosamente, con el singular arzobispo Aguiar y Seijas. José de Lezamis (*Breve relación de…*, p. [55]) pondera la severidad del arzobispo en asuntos doctrinales, y dice que Aguiar y Seijas solía acudir, sin previo aviso, a donde iba a haber sermón, pues le dolía que el lucimiento del predicador fuera en detrimento de la fe de los oyentes; y que el arzobispo solía contar que alguna vez Lucifer había mandado una carta a un predicador en París, diciéndole que "Lucifer con los demás compañeros damos muchas gracias a los predicadores por lo mal que hacen su oficio: pues por no buscar ellos la gloria de Dios, sino la suya, y no cuidar del aprovechamiento de sus oyentes, bajan tantas almas a los infiernos cuales nunca bajaron en los siglos pasados".

[106] "En alma malévola no entra la sabiduría" (Sabiduría 1:4).

el que lo sabe está calificado.[107] Y añado yo que le perfecciona (si es perfección la necedad) el haber estudiado su poco de filosofía y teología y el tener alguna noticia de lenguas, que con eso es necio en muchas ciencias y lenguas: porque un necio grande no cabe en sólo la lengua materna.

A éstos, vuelvo a decir, hace daño el estudiar, porque es poner espada en manos del furioso; que siendo instrumento nobilísimo para la defensa, en sus manos es muerte suya y de muchos.[108] Tales fueron las Divinas Letras en poder del malvado Pelagio y del protervo Arrio, del malvado Lutero y de los demás heresiarcas,[109] como lo fue nuestro doctor (nunca fue nuestro ni doctor) Cazalla;[110] a los cuales hizo daño la sabiduría, porque, aunque es el mejor alimento y vida del alma, a la manera que en el estómago mal acomplexionado[111] y de viciado calor, mientras mejores los alimentos que recibe, más áridos, fermentados y perversos son los humores que cría, así estos malévolos, mientras más estudian, peores opiniones engendran; obstrúyeseles el entendimiento con lo mismo que había de alimentarse, y es que estudian mucho y digieren poco, sin proporcionarse al vaso limitado de sus entendimientos. A esto dice el apóstol: *Dico enim per gratiam quae data est mihi, omnibus qui sunt inter vos: Non plus sapere*

---

[107] *necio*: 'ignorante', 'tonto'; *calificado*: 'garantizado'.

[108] Cómparese esta imagen con los siguientes versos del romance "Finjamos que soy feliz" (núm. 1): "El discurso es un acero / que sirve por ambos cabos: / de dar muerte, por la punta; / por el pomo, de resguardo" (vv. 61-64).

[109] *Pelagio*: monje britano, ascético, de los siglos IV-V; acusado de herejía (entre otras cosas, negó el dogma del pecado original). *Arrio*: asceta y sacerdote de Alejandría, de los siglos III-IV; su herejía tuvo que ver, básicamente, con su rechazo de la Santísima Trinidad.

[110] *Cazalla*: doctor Agustín Cazalla (1510-1559), luterano español.

[111] *mal acomplexionado*: 'enfermo' (*bien acomplexionado*: 'sano').

quam oportet sapere, sed sapere ad sobrietatem: et unicuique sicut Deus divisit mensuram fidei.[112] Y en verdad no lo dijo el apóstol a las mujeres, sino a los hombres; y que no es sólo para ellas el *taceant,*[113] sino para todos los que no fueren muy aptos. Querer yo saber tanto o más que Aristóteles o que san Agustín, si no tengo la aptitud de san Agustín o de Aristóteles, aunque estudie más que los dos, no sólo no lo conseguiré sino que debilitaré y entorpeceré la operación de mi flaco entendimiento con la desproporción del objeto.

¡Oh si todos —y yo la primera, que soy una ignorante— nos tomásemos la medida al talento antes de estudiar, y lo peor es, de escribir con ambiciosa codicia de igualar y aun de exceder a otros, qué poco ánimo nos quedara y de cuántos errores nos excusáramos y cuántas torcidas inteligencias que andan por ahí no anduvieran! Y pongo las mías en primer lugar, pues si conociera, como debo, esto mismo, no escribiera. Y protesto que sólo lo hago por obedeceros; con tanto recelo, que me debéis más en tomar la pluma con este temor, que me debiérades si os remitiera más perfectas obras. Pero, bien que va a vuestra corrección; borradlo, rompedlo y reprendedme, que eso apreciaré yo más que todo cuanto vano aplauso me pueden otros dar: *Corripiet me iustus in misericordia, et increpabit [me]: oleum autem peccatoris non impinguet caput meum.*[114]

Y volviendo a nuestro Arce, digo que trae en confirma-

---

[112] El *apóstol* es san Pablo. "En virtud de la gracia que me ha sido dada, os digo a cada uno de entre vosotros: «No sepáis más de lo que conviene saber, sino que sepan sobriamente, y según como a cada uno Dios repartió la medida de la fe»" (Romanos 12:3).

[113] *taceant*: 'que callen'.

[114] "Reprímame el justo en su misericordia, y censúreme: pero que el ungüento del pecador no lustre mi cabeza" (Salmo 140:5).

ción de su sentir aquellas palabras de mi padre san Jerónimo (ad Laetam, de institutione filiae), donde dice: *Adhuc tenera lingua psalmis dulcibus imbuatur [...] Ipsa nomina per quae consuescet paulatim verba contexere, non sint fortuita, sed certa, et coacervata de industria, prophetarum videlicet, atque apostolorum, et omnis ab Adam patriarcharum series, de Matthaeo, Lucaque descendat, ut dum aliud agit, futurae memoriae praeparetur [...]. Reddat tibi pensum quotidie, de Scripturarum floribus certum.*[115] Pues si así quería el santo que se educase una niña que apenas empezaba a hablar, ¿qué querrá en sus monjas y en sus hijas espirituales? Bien se conoce en las referidas Eustoquio y Fabiola y en Marcela, su hermana, Pacátula[116] y otras a quienes el santo honra en sus epístolas, exhortándolas a este sagrado ejercicio, como se conoce en la citada epístola donde noté yo aquel *reddat tibi pensum*, que es reclamo y concordante del *bene docentes* de san Pablo; pues el *reddat tibi* de mi gran padre da a entender que la maestra de la niña ha de ser la misma Leta su madre.

¡Oh cuántos daños se excusaran en nuestra república si las ancianas fueran doctas como Leta, y que supieran enseñar como manda san Pablo y mi padre san Jerónimo! Y no que por defecto de esto y la suma flojedad en que han dado en dejar a las pobres mujeres, si algunos padres desean doctrinar más de lo ordinario a sus hijas, les fuerza la necesidad y falta

---

[115] "Que su lengua aún tierna sea imbuida por las dulzuras del salmo [...] Que los nombres mismos, a través de los cuales poco a poco se acostumbra a enlazar palabras, no sean fortuitos, sino precisos y reunidos con la diligencia de los profetas y de los apóstoles, y que toda la serie de Adán a los patriarcas provenga de Mateo y Lucas, para que mientras hace otra cosa, prepare su memoria futura [...] Que te entregue diariamente a la tarea de recoger en las flores de las Escrituras" (epístola 107 "A Laeda").

[116] *Marcela* y *Pacátula*: otras dos discípulas de san Jerónimo.

de ancianas sabias, a llevar maestros hombres a enseñar a leer, escribir y contar, a tocar y otras habilidades, de que no pocos daños resultan, como se experimentan cada día en lastimosos ejemplos de desiguales consorcios, porque con la inmediación del trato y la comunicación del tiempo, suele hacerse fácil lo que no se pensó ser posible. Por lo cual, muchos quieren más dejar bárbaras e incultas a sus hijas que no exponerlas a tan notorio peligro como la familiaridad con los hombres, lo cual se excusara si hubiera ancianas doctas, como quiere san Pablo, y de unas en otras fuese sucediendo el magisterio como sucede en el de hacer labores y lo demás que es costumbre.

Porque ¿qué inconveniente tiene que una mujer anciana, docta en letras y de santa conversación y costumbres, tuviese a su cargo la educación de las doncellas? Y no que éstas o se pierden por falta de doctrina o por querérsela aplicar por tan peligrosos medios cuales son los maestros hombres, que cuando no hubiera más riesgo que la indecencia de sentarse al lado de una mujer verecunda[117] (que aun se sonrosea de que la mire a la cara su propio padre) un hombre tan extraño, a tratarla con casera familiaridad y a tratarla con magistral llaneza, el pudor del trato con los hombres y de su conversación basta para que no se permitiese. Y no hallo yo que este modo de enseñar de hombres a mujeres pueda ser sin peligro, si no es en el severo tribunal de un confesionario o en la distante decencia de los púlpitos o en el remoto conocimiento de los libros, pero no en el manoseo de la inmediación. Y todos conocen que esto es verdad; y con todo, se permite sólo por el defecto de no haber ancianas sabias;

---

[117] *verecunda*: latinismo, 'modesta', 'pudorosa'.

luego es grande daño el no haberlas. Esto debían considerar los que, atados al *Mulieres in ecclesia taceant*,[118] blasfeman de que las mujeres sepan y enseñen; como que no fuera el mismo apóstol el que dijo: *bene docentes*. Demás de que aquella prohibición cayó sobre lo historial que refiere Eusebio,[119] y es que en la Iglesia primitiva se ponían las mujeres a enseñar las doctrinas unas a otras en los templos; y este rumor confundía cuando predicaban los apóstoles y por eso se les mandó callar; como ahora sucede, que mientras predica el predicador no se reza en alta voz.

No hay duda de que para [la] inteligencia de muchos lugares es menester mucha historia, costumbres, ceremonias, proverbios y aun maneras de hablar de aquellos tiempos en que se escribieron, para saber sobre qué caen y a qué aluden algunas locuciones de las divinas letras. *Scindite corda vestra, et non vestimenta vestra*,[120] ¿no es alusión a la ceremonia que tenían los hebreos de rasgar los vestidos, en señal de dolor, como lo hizo el mal pontífice cuando dijo que Cristo había blasfemado?[121] Muchos lugares del apóstol[122] sobre el socorro de las viudas ¿no miraban también a las costumbres de aquellos tiempos? Aquel lugar de la mujer fuerte: *Nobilis in portis vir eius*[123] ¿no alude a la costumbre de estar los tribunales de los jueces en las puertas de las ciudades? El *dare terram*

---

[118] "Que las mujeres callen en la asamblea"; abajo, *mismo apóstol* es, por supuesto, san Pablo.

[119] *Eusebio*: Eusebio de Cesárea (siglo IV) escribió una *Historia eclesiástica* o *Historia de la Iglesia*, que abarca desde los apóstoles hasta sus días.

[120] "Desgarrad vuestro corazón y no vuestros vestidos" (Joel 2:13).

[121] "Entonces el sumo sacerdote rasgó sus vestidos y dijo: «¡Ha blasfemado…»" (Mateo 26:65).

[122] *el apóstol* debe de ser san Pablo.

[123] "Su esposo será conocido en las puertas" (Proverbios 31:23).

Deo[124] ¿no significaba hacer algún voto? *Hiemantes* ¿no se llamaban los pecadores públicos, porque hacían penitencia a cielo abierto, a diferencia de los otros que la hacían en un portal?[125] Aquella queja de Cristo al fariseo de la falta del ósculo y lavatorio de pies ¿no se fundó en la costumbre que de hacer estas cosas tenían los judíos?[126] Y otros infinitos lugares no sólo de las letras divinas sino también de las humanas, que se topan a cada paso, como el *adorate purpuram,*[127] que significaba obedecer al rey; el *manumittere eum,* que significaba dar libertad, aludiendo a la costumbre y ceremonia de dar una bofetada al esclavo para darle libertad. Aquel *intonuit coelum,*[128] de Virgilio, que alude al agüero de tronar hacia occidente, que se tenía por bueno. Aquel *tu nunquam*

---

[124] "Dar la tierra a Dios".

[125] *Hiemantes*: del latín *hiems* 'invierno', los que hacían penitencia a la intemperie, en el frío del invierno.

[126] Costumbres que se ven claramente en este pasaje del Evangelio de Lucas (7:44-45): "Al entrar en tu casa no me diste agua para los pies. Ella, en cambio, ha mojado mis pies con lágrimas, y los ha secado con sus cabellos. No me diste el beso. Ella, desde que entró, no ha dejado de besarme los pies". En la loa para *El mártir del Sacramento, san Hermenegildo*, sor Juana habla de estas costumbres: "…porque era entre los hebreos / costumbre lavar los pies, antes de tomar sustento, / a todos los convidados: / que en casa del fariseo, / se quejó de este descuido / Cristo…" (vv. 406-412).

[127] "Adorad la púrpura", esto es, adorar a cardenales y reyes, que usaban vestimentas color púrpura.

[128] En su edición (sor Juana Inés de la Cruz, *Obras completas*, t. 4, p. 659), Alberto G. Salceda dice que este *intonuit coelum*, 'tronó el cielo', debe ser un error por *intonuit laevum*, 'tronó a la izquierda', que Virgilio usa dos veces en la *Eneida*: en el lib. II, v. 693 y en IX, v. 631. En su traducción, Javier de Echave-Sustaeta, anota en estos lugares: "En la consulta por los augures de las señales del cielo, con el rostro vuelto hacia el sur, los fenómenos a su izquierda eran de buen agüero. Y es que la izquierda entonces señalaba el oriente, la región donde nace el sol, portador de vida" (*Eneida*, p. 429). Así, como se ve líneas abajo, sor Juana se equivoca: no *tronar hacia occidente*, sino hacia oriente.

leporem edisti,[129] de Marcial, que no sólo tiene el donaire de equívoco en el *leporem*, sino la alusión a la propiedad que decían tener la liebre. Aquel proverbio: *Maleam legens, quae sunt domi obliviscere,*[130] que alude al gran peligro de promontorio de Laconia. Aquella respuesta de la casta matrona al pretensor molesto, de: *por mí no se untarán los quicios, ni arderán las teas*, para decir que no quería casarse, aludiendo a la ceremonia de untar las puertas con manteca y encender las teas nupciales en los matrimonios; como si ahora dijéramos: por mí no se gastarán arras ni echará bendiciones el cura. Y así hay tanto comento de Virgilio y de Homero y de todos los poetas y oradores. Pues fuera de esto, ¿qué dificultades no se hallan en los lugares sagrados, aun en lo gramatical, de ponerse el plural por singular, de pasar de segunda a tercera persona, como aquello de los Cantares: *osculetur me osculo oris sui: quia meliora sunt ubera tua vino*?[131] ¿Aquel poner los adjetivos en genitivo, en vez de acusativo, como *Calicem salutaris accipiam*?[132] ¿Aquel

---

[129] Verso del epigrama 30 del lib. V de Marcial, que se traduce "Tú nunca comiste liebre". En el *Tesoro* de Sebastián de Covarrubias, en la entrada *liebre* se dice: "La carne de la liebre es melancólica y por esta causa recoge la sangre crasa y causa en el rostro serenidad y buena tez; y por esto dicen algunos que los que continúan a comer se paran hermosos". El juego del que habla sor Juana líneas más adelante es entre los términos latinos *lepus*, 'liebre' y *lepor*, 'gracia'.

[130] "Recorrer el Malia, olvidar lo que hay en casa"; el Malia era un promontorio griego muy difícil de navegar. El proverbio alude a la osadía de hacer algo riesgoso, olvidando todo lo que puede perderse.

[131] "¡Bésame con los besos de tu boca! Porque son mejores tus pechos que el vino!" (Cantar de los Cantares 1:1). Se pasa de la segunda persona del singular (el *tú* de *bésame*) a la tercera del plural (*tus pechos son*).

[132] "Tomaré el cáliz de la salud" (Salmo 115-13). En este caso, *calicem* ('cáliz') es el objeto directo o acusativo del verbo *accipiam* ('tomaré'), y está calificado por el adjetivo *salutaris* ('de salud') que debería concordar en género, número y caso con cáliz, pero no concuerda en caso, porque está en genitivo, usado más bien como sustantivo: 'de salud'.

poner el femenino por masculino; y, al contrario, llamar adulterio a cualquier pecado?

Todo esto pide más lección de lo que piensan algunos que, de meros gramáticos, o cuando mucho con cuatro términos de *Súmulas*, quieren interpretar las Escrituras y se aferran del *Mulieris in ecclesiis taceant*, sin saber cómo se ha de entender.[133] Y de otro lugar: *Mulier in silentio discat*;[134] siendo este lugar más en favor que en contra de las mujeres, pues manda que aprendan, y mientras aprenden claro está que es necesario que callen. Y también está escrito: *Audi, Israel, et tace*;[135] donde se habla con toda la colección de los hombres y mujeres y a todos se manda callar, porque quien oye y aprende es mucha razón que atienda y calle. Y si no, yo quisiera que estos intérpretes y expositores de san Pablo me explicaran cómo entienden aquel lugar: *Mulieres in ecclesia taceant*. Porque o lo han de entender de lo material de los púlpitos y cátedras, o de lo formal de la universalidad de los fieles, que es la Iglesia. Si lo entienden de lo primero (que es, en mi sentir, su verdadero sentido, pues vemos que, con efecto,

---

[133] Sor Juana no está sola en este desprecio por los letrados improvisados que se pensaban "humanistas" porque sabían latín y algo de escolástica. K. J. Bijuesca ("Una mujer introducida…", p. 108) cita a Francisco Rico (*Nebrija frente a los…* pp. 92-94), quien dice que los humanistas "denigra[ban] igualmente a los malos gramáticos medievales y a los autores de Súmulas como Pedro Hispano y Paolo Véneto".

[134] "Que la mujer aprenda en silencio" (I Timoteo 2:11).

[135] La cita es inexacta; lo que dice este versículo del libro de Job (33:31) es "Attende, Iob, et audi me; et tace…", cuya traducción es: "Atiende, Job, escúchame, y calla…"; lo de sor Juana se traduciría: "Escucha, Israel, y calla". La muy sensata "lección pedagógica" de las líneas que siguen (quien quiera aprender: atienda y calle), funciona porque sor Juana alteró la cita bíblica, así resulta que el Señor le habla a todo Israel (hombres y mujeres), no sólo a Job (aunque, pensándolo mejor, también la cita original hubiera funcionado: el Señor mandó callar a un hombre, a Job).

no se permite en la Iglesia que las mujeres lean públicamente ni prediquen), ¿por qué reprenden a las que privadamente estudian? Y si lo entienden de lo segundo y quieren que la prohibición del apóstol sea trascendentalmente, que ni en lo secreto se permita escribir ni estudiar a las mujeres, ¿cómo vemos que la Iglesia ha permitido que escriba una Gertrudis, una Teresa, una Brígida, la monja de Ágreda y otras muchas?[136] Y si me dicen que éstas eran santas, es verdad, pero no obsta a mi argumento; lo primero, porque la proposición de san Pablo es absoluta y comprende a todas las mujeres sin excepción de santas, pues también en su tiempo lo eran Marta y María, Marcela, María madre de Jacob, y Salomé,[137] y otras muchas que había en el fervor de la primitiva Iglesia, y no las exceptúa; y ahora vemos que la Iglesia permite escribir a las mujeres santas y no santas, pues la de Ágreda y María de la Antigua no están canonizadas y corren sus escritos;[138]

---

[136] Para *Gertrudis* véase p. 310, la nota 29; *una Teresa*, es por su puesto, santa Teresa, la gran mística española; *una Brígida*: santa Brígida de Suecia (1303-1373), religiosa católica sueca, mística y teóloga; su libro más famoso es *Profecías y revelaciones*. La *monja de Ágreda* es María de Jesús de Ágreda (1602-1665), monja agustina, autora de varias obras de índole ascética y mística; sor Juana se inspira en ella para sus *Ejercicios de la Encarnación*; cosa curiosa porque en 1670 la Inquisición prohibió su obra más célebre, *Mística Ciudad de Dios*, y el 24 de septiembre de 1690 hubo un edicto de la Inquisición "prohibiendo los libros de la monja de Ágreda"(Antonio de Robles, *Diario de sucesos…*).

[137] *Salomé*: obviamente sor Juana no se refiere a Salomé, la hija de Herodías, la que pidió la cabeza de Juan el Bautista. Esta Salomé es la madre de los apóstoles Santiago el mayor y de Juan; ella estuvo al pie de la cruz junto con Magdalena y la Virgen María.

[138] *María de la Antigua*: religiosa clarisa (1566-1617), de origen sevillano; escribió *Desengaño de religiosos y de almas que tratan de virtud* (Barcelona, 1697). Un dato curioso es que en 1771 fue denunciado ante la Inquisición de México un pasaje de *Desengaño de religiosos…* "sobre el amor de Dios, cuyo fuego se empieza a sentir *en las partes de la generación*" (cursivas mías).

y ni cuando santa Teresa y las demás escribieron, lo estaban: luego la prohibición de san Pablo sólo miró a la publicidad de los púlpitos, pues si el apóstol prohibiera el escribir, no lo permitiera la Iglesia. Pues ahora, yo no me atrevo a enseñar —que fuera en mí muy desmedida presunción—; y el escribir, mayor talento que el mío requiere y muy grande consideración. Así lo dice san Cipriano: *Gravi consideratione indigent, quae scribimus*. Lo que sólo he deseado es estudiar para ignorar menos: que, según san Agustín, unas cosas se aprenden para hacer y otras para sólo saber: *Discimus quaedam, ut sciamus; quaedam, ut faciamus*. Pues ¿en qué ha estado el delito, si aun lo que es lícito a las mujeres, que es enseñar escribiendo, no hago yo porque conozco que no tengo caudal para ello, siguiendo el consejo de Quintiliano: *Noscat quisque, et non tantum ex alienis praeceptis, sed ex natura sua capiat consilium?*[139]

Si el crimen está en la *Carta atenagórica*, ¿fue aquélla más que referir sencillamente mi sentir con todas las venias que debo a nuestra santa madre Iglesia? Pues si ella, con su santísima autoridad, no me lo prohíbe, ¿por qué me lo han de prohibir otros? ¿Llevar una opinión contraria de Vieira fue en mí atrevimiento, y no lo fue en su paternidad llevarla contra los tres santos Padres de la Iglesia?[140] Mi entendimien-

---

[139] No encontré por ninguna parte la cita de san Cipriano (200-258); la traducción es: "Lo que escribimos requiere de seria reflexión" (el santo es autor de varias epístolas y su obra más conocida es *De unita ecclesiae*, Sobre la unidad de la Iglesia). Lo de san Agustín está en sus *Comentarios a los Salmos* (en el comentario al salmo 118): "Aprendemos algunas cosas para saber, algunas, para hacer". Tampoco pude encontrar el pasaje de Quintiliano: "Que cada uno aprenda, y no sólo a partir de preceptos ajenos, sino que tome consejo de su propia naturaleza".

[140] En la *Carta atenagórica* sor Juana critica un sermón del jesuita portugués Antonio Vieira (1608-1697) sobre cuál fue la mayor fineza de Cristo

to tal cual ¿no es tan libre como el suyo, pues viene de un solar? ¿Es alguno de los principios de la santa Fe, revelados, su opinión, para que la hayamos de creer a ojos cerrados? Demás que yo ni falté al decoro que a tanto varón se debe, como acá ha faltado su defensor, olvidado de la sentencia de Tito Lucio: *Artes committatur decor*, ni toqué a la sagrada Compañía en el pelo de la ropa; ni escribí más que para el juicio de quien me lo insinuó; y, según Plinio, *non similis est conditio publicantis, et nominatim dicentis*.[141] Que si creyera se había de publicar, no fuera con tanto desaliño como fue. Si es, como dice el censor, herética, ¿por qué no la delata? Y con eso él quedará vengado y yo contenta, que aprecio, como debo, más el nombre de católica y de obediente hija de mi santa madre Iglesia, que todos los aplausos de docta. Si está bárbara[142] —que con eso dicen bien— ríase, aunque

---

(la mayor muestra de amor a la humanidad). Vieira refuta lo dicho por san Juan Crisóstomo, san Agustín y santo Tomás (*los tres santos Padres de la Iglesia*) y propone su propia *fineza*. En su escrito, la monja defiende las propuestas de los tres padres, critica la de Vieira y propone la suya. Su argumento es, pues, si el padre Vieira pudo cuestionar lo dicho por los Padres de la Iglesia, ¿por qué ella no va a poder cuestionar lo dicho por Vieira? O acaso ¿la opinión del portugués es un *principio revelado*, esto es, un dogma?

[141] *Tito Lucio*: la sentencia no es de un Tito Lucio (me parece inexistente), sino de Quintiliano, y la transcripción es errónea. Lo que se lee en Quintiliano es *comitetur semper artem decor* ("Que el decoro acompañe siempre al arte"). El sentido del pasaje de la *Respuesta* queda claro: 'Yo no falté al decoro que se debe al P. Vieira, como acá ha sentenciado su defensor, mientras que él me ha tratado a mí soezmente, olvidando la máxima que nos ordena hacer las cosas con decoro'. La *sagrada Compañía* es la Compañía de Jesús. No pude encontrar la cita de Plinio; yo creo que se refiere a Plinio el Joven (no al autor de la *Historia natural*), quien tiene varias cartas a Tácito en las que expone lo que él piensa que debe ser el estilo del orador frente al del escritor; en todo caso, la traducción es: "no es igual la condición del que publica y la del que dice formalmente".

[142] *bárbara*: 'inculta', 'grosera', 'llena de ignorancia'.

sea con la risa que dicen del conejo,[143] que yo no le digo que me aplauda, pues como yo fui libre para disentir de Vieira, lo será cualquiera para disentir de mi dictamen.[144]

Pero ¿dónde voy, señora mía? Que esto no es de aquí, ni es para vuestros oídos, sino que como voy tratando de mis impugnadores, me acordé de las cláusulas de uno que ha salido ahora, e insensiblemente se deslizó la pluma a quererle responder en particular, siendo mi intento hablar en general. Y así, volviendo a nuestro Arce, dice que conoció en esta ciudad dos monjas: la una en el convento de Regina, que

---

[143] *la risa del conejo*: 'de dientes para afuera'.

[144] Hubo varios lectores, letrados eminentes, que alabaron la *Carta atenagórica* (para empezar, el obispo de Puebla, a quien se dirige esta carta; qué mejor muestra de admiración el pensar que era digna de publicarse), pero, como es natural, hubo detractores (como Pedro Muñoz de Castro, mencionado arriba, p. 327, nota 30), quien con muchísima moderación defiende un poco a Vieira, aunque después de alabar hiperbólica y profusamente a sor Juana. Sin embargo, hubo un censor (anónimo) muy grosero y, al parecer, estúpido (ya antes se burló de los seudo-lógicos que se creen humanistas porque escriben Súmulas; aquí, muy sutilmente, se burla de su censor que se cree teólogo porque escribió su crítica en *cláusulas*, como dice líneas abajo), que se creyó que tenía la misión de defender a Vieira y arremetió contra sor Juana. De él habla también Calleja en su biografía, diciendo que quien lea la *Atenagórica* verá "que la objeción de que se atreva una mujer a presumir de formal escolástica es tan irracional, como si riñera con alguna mina de hierro porque fuera de su naturaleza se había entrometido a producir oro [es decir, uno de los argumentos del anónimo censor contra la *Atenagórica* era que la hubiera escrito una mujer: ¡que una mujer se atreviera contra Vieira!]. Allí verá que la madre Juana Inés no destinó este escrito para notorio, sino es que ilustrísima pluma la [le] ofreció la impresión a su mano antes que a su esperanza [otra objeción del loco: la monja que anda de presumida circulando sus escritos quesque teológicos, y lo peor: ¡publicándolos!]. Allí verá que, con la satisfacción que da la poetisa al padre Vieira, queda más ilustrado que con la defensa que le hizo quien lavó con tinta la nieve [el escrito de sor Juana honra al padre Vieira por la calidad de su argumentación, digna de la del portugués; el escrito del loco, rebaja la fama de Vieira]" (Alatorre, *Sor Juana a través…*, t. 1, p. 245).

tenía el *Breviario* de tal manera en la memoria, que aplicaba con grandísima prontitud y propiedad sus versos, salmos y sentencias de homilías de los santos, en las conversaciones. La otra, en el convento de la Concepción, tan acostumbrada a leer las epístolas de mi padre san Jerónimo, y locuciones del santo, de tal manera que dice Arce: *Hieronymum ipsum hispane loquentem audire me existimarem.*[145] Y de ésta dice que supo, después de su muerte, había traducido dichas epístolas en romance; y se duele de que tales talentos no se hubieran empleado en mayores estudios con principios científicos, sin decir los nombres de la una ni de la otra, aunque las trae para confirmación de su sentencia, que es que no sólo es lícito, pero utilísimo y necesario a las mujeres el estudio de las sagradas letras, y mucho más a las monjas, que es lo mismo a que vuestra discreción me exhorta y a que concurren tantas razones.

Pues si vuelvo los ojos a la tan perseguida habilidad de hacer versos —que en mí es tan natural, que aun me violento para que esta carta no lo sean, y pudiera decir aquello de *Quidquid conabar dicere, versus erat*—,[146] viéndola condenar a tantos tanto y acriminar, he buscado muy de propósito cuál sea el daño que puedan tener, y no le he hallado; antes sí los veo aplaudidos en las bocas de las Sibilas; santificados en las plumas de los profetas, especialmente del rey David, de quien dice el gran expositor y amado padre mío, dando

---

[145] "Me parecía que oía al mismo Jerónimo hablar en español".

[146] "Todo lo que intentaba decir salía en verso" (Ovidio, *Tristes*, lib. IV, elegía 10). En el romance "Daros las Pascuas, señora" (núm. 33 de la ed. de Alatorre) dice sor Juana: "Si es malo, yo no lo sé; / sé que nací tan poeta, / que azotada, como Ovidio, / suenan en metro mis quejas" (vv. 21-24). Nadie "azotaba" a Ovidio: su padre le insistía en que estudiara y escribiera cosas de provecho (discursos, tratados jurídicos, etc.), no "versitos".

razón de las mensuras de sus metros: *In morem Flacci* [nostri] *et* [Graeci] *Pindari nunc iambo currit, nunc alcaico personat, nunc sapphico tumet, nunc semipede ingreditur.*[147] Los más de los libros sagrados están en metro, como el Cántico de Moisés; y los de Job, dice san Isidoro, en sus *Etimologías*, que están en verso heroico. En los Epitalamios los escribió Salomón; en los Trenos, Jeremías.[148] Y así dice Casiodoro: *Omnis poetica locutio a Divinis Scripturis sumpsit exordium.*[149] Pues nuestra Iglesia católica no sólo no los desdeña, mas los usa en sus himnos y recita los de san Ambrosio, santo Tomás, de san Isidoro y otros. San Buenaventura les tuvo tal afecto que apenas hay plana suya sin versos. San Pablo bien se ve que los

---

[147] La cita de san Jerónimo está en el prefacio a la *Chronica* de Eusebio y habla de la poesía hebrea que "a la manera de [nuestro] Flaco [Horacio] y del [griego] Píndaro, ahora corre en yambo, ahora resuena en alcaico, ahora se inflama en sáfico, ahora camina en semi-pies" (*yambo, alcaico, sáfico, semi-pie* son diferentes tipos de versos latinos).

[148] El "Cántico de Moisés", en efecto, está en verso y se encuentra en el Éxodo 15:1-21; *los de Job*, en realidad es solo un libro el de Job; Alberto G. Salceda, en su nota a este lugar (*Obras completas*, t. 4, p. 661) cita y traduce lo que dice san Isidoro en sus *Etimologías*: "El principio y el fin del libro de Job están escritos en prosa; pero desde la mitad del libro, en el lugar que empieza *Pereat dies in qua natus sum* (3:3), hasta aquel otro en que dice: *Idcirco ipse me reprehendo* (42:6), está escrito en verso heroico"; la *Fe de erratas* de 1700 ordena añadir (seguramente al margen): "*In librum Job Praefatio* 113. Hexametri versus sunt, dactylo, spondeoque currentes…" ("En el Libro de Job, prefacio 113 son versos hexámetros, que corren en dáctilo y espondeo…"). Los *Epitalamios de Salomón* se refieren al Cantar de los Cantares.

[149] "Toda locución poética se originó de las Divinas Escrituras"; en su edición de *El cisne de Apolo*, de Luis Alfonso de Carvallo (p. 133), Alberto Porqueras Mayo explica que esta cita de Casiodoro (hacia 480-hacia 570-575) era muy popular, que la usó el marqués de Santillana en su *Prohemio al condestable de Portugal* y que quien da la referencia precisa es Bernardo de Balbuena en su *Compendio apologético en alabanza de la poesía* (1604): "…y Casiodoro en la exposición del *Psalterio* dice… [sigue lo de sor Juana, aunque ella cita de forma poco exacta]".

había estudiado, pues los cita y traduce el de Arato: *In ipso enim vivimus, et movemur, et sumus,* y alega el otro de Parménides: *Cretenses semper mendaces, malae bestiae,* [ventres] *pigri.*[150] San Gregorio Nacianceno disputa en elegantes versos las cuestiones de matrimonio y la de la virginidad. Y ¿qué me canso? La reina de la sabiduría y Señora nuestra, con sus sagrados labios, entonó el cántico de la *Magnificat;*[151] y habiéndola traído por ejemplar, agravio fuera traer ejemplos profanos, aunque sean de varones gravísimos y doctísimos, pues esto sobra para prueba; y el ver que, aunque como la elegancia hebrea no se pudo estrechar a la mensura latina, a cuya causa el traductor sagrado, más atento a lo importante del sentido, omitió el verso,[152] con todo, retienen los Salmos

---

[150] "Pues en él mismo vivimos, nos movemos y somos" (Hechos 17:2); el resto del versículo dice: "según también dijeron algunos poetas antiguos: 'Pues somos de su mismo linaje'", entre éstos está Arato, poeta griego de los siglos IV-III a. C., que escribió poesía didáctico-astronómica; su fama se debe al poema astronómico *Fenómenos,* y creo que lo que dice sor Juana (o se decía entonces) que san Pablo había tomado de Arato es, precisamente, el comienzo del poema, que habla de Zeus, origen de todo: "Pues también somos descendencia suya". El segundo pasaje proviene de Tito 1:12: "Los cretenses son siempre mendaces, malas bestias, [vientres] perezosos". En el *Diccionario de lógica* de Eli de Gortari, en la entrada *Epiménides,* se dice que fue un poeta, profeta y filósofo cretense, del siglo VI a.C., "bien conocido por haber formulado el juicio de que los cretenses son siempre mentirosos", lo cual va de acuerdo con el texto bíblico citado: san Pablo está hablando de los cretenses, y justo antes de lo que reproduce sor Juana, en el mismo versículo 12, afirma: "Dice alguno de aquéllos [de los cretenses], un profeta de ellos mismos".

[151] *San Gregorio Nacianceno* (329-389), autor de varios escritos teológicos. El *Magnificat* es el "canto" con que María responde al anuncio de su prima Isabel de que será la madre del Salvador; se llama así porque con esa palabra comienza.

[152] El *traductor sagrado* es san Jerónimo, que tradujo la Biblia del hebreo al latín y elaboró la famosa *Vulgata* (versión latina); lo que dice sor Juana es que la poesía hebrea no se pudo vaciar a la medida de los versos latinos.

el nombre y divisiones de versos: pues ¿cuál es el daño que pueden tener ellos en sí? Porque el mal uso no es culpa del arte, sino del mal profesor que los vicia, haciendo de ellos lazos del demonio; y esto en todas las facultades y ciencias sucede.

Pues si está el mal en que los use una mujer, ya se ve cuántas los han usado loablemente; pues ¿en qué está el serlo yo? Confieso desde luego mi ruindad y vileza; pero no juzgo que se habrá visto una copla mía indecente. Demás, que yo nunca he escrito cosa alguna por mi voluntad, sino por ruegos y preceptos ajenos; de tal manera, que no me acuerdo haber escrito por mi gusto sino es un papelillo que llaman *El sueño*. Esa carta que vos, señora mía, honrasteis tanto,[153] la escribí con más repugnancia que otra cosa; y así porque era de cosas sagradas a quienes[154] (como he dicho) tengo reverente temor, como porque parecía querer impugnar, cosa a que tengo aversión natural. Y creo que si pudiera haber prevenido el dichoso destino a que nacía[155] —pues, como a otro Moisés, la arrojé expósita a las aguas del Nilo del silencio, donde la halló y acarició una princesa como vos—; creo, vuelvo a decir, que si yo tal pensara, la ahogara antes entre las mismas manos en que nacía, de miedo de que pareciesen a la luz de vuestro saber los torpes borrones de mi ignorancia.

---

[153] Se refiere a la *Carta atenagórica*.

[154] *a quienes*: a las cosas sagradas (*quien* se podía usar como pronombre de cosa o de persona).

[155] Ese *destino* era la publicación, que sor Juana no había planeado ni previsto. Antonio Alatorre y yo pensamos (*Serafina y sor Juana*, pp. 19-21) que la idea de criticar el sermón de Vieira pudo haber surgido de alguna conversación de sor Juana con los letrados que la visitaban, posiblemente (especulamos) del intercambio sobre "materias espinosas" (de teología) que sostuvo con fray Antonio Gutiérrez. (Véase la Introducción, p. 19.)

De donde se conoce la grandeza de vuestra bondad, pues está aplaudiendo vuestra voluntad lo que precisamente ha de estar repugnando vuestro clarísimo entendimiento. Pero ya que su ventura la arrojó a vuestras puertas, tan expósita y huérfana que hasta el nombre le pusisteis vos, pésame que, entre mis deformidades, llevase también los defectos de la prisa; porque así por la poca salud que continuamente tengo, como por la sobra de ocupaciones en que me pone la obediencia, y carecer de quien me ayude a escribir, y estar necesitada a que todo sea de mi mano y porque, como iba contra mi genio y no quería más que cumplir con la palabra a quien no podía desobedecer, no veía la hora de acabar; y así dejé de poner discursos enteros y muchas pruebas que se me ofrecían, y las dejé por no escribir más; que, a saber que se había de imprimir, no las hubiera dejado, siquiera por dejar satisfechas algunas objeciones que se han excitado,[156] y pudiera remitir, pero no seré tan desatenta que ponga tan indecentes objetos a la pureza de vuestros ojos, pues basta que los ofenda con mis ignorancias, sin que los remita a ajenos atrevimientos. Si ellos por sí volaren por allá (que son tan livianos que sí harán), me ordenaréis lo que debo hacer; que, si no es interviniendo vuestros preceptos, lo que es por mi defensa nunca tomaré la pluma, porque me parece que no necesita de que otro le responda, quien en lo mismo que se oculta conoce su error, pues, como dice mi padre san Jerónimo, *bonus sermo secreta non quaerit*, y san Ambrosio: *latere* [enim] *criminosae est conscientiae*.[157] Ni yo me tengo

---

[156] Esas *objeciones* podrían ser las del anónimo censor, del que habló antes porque, como dice en lo que sigue, no quiere poner ante los ojos del obispo esas indecencias.

[157] Lo de san Jerónimo está en su epístola 16, "A Gaudencio": "Una bue-

por impugnada, pues dice una regla del derecho: *Accusatio non tenetur si non curat de persona, quae produxerit illam*.[158] Lo que sí es de ponderar es el trabajo que le ha costado el andar haciendo traslados.[159] ¡Rara demencia: cansarse más en quitarse el crédito que pudiera en granjearlo! Yo, señora mía, no he querido responder; aunque otros lo han hecho, sin saberlo yo: basta que he visto algunos papeles, y entre ellos uno que por docto os remito y porque el leerle os desquite parte del tiempo que os he malgastado en lo que yo escribo.[160] Si vos, señora, gustáredes de que yo haga lo contrario de lo que tenía propuesto a vuestro juicio y sentir, al menor movimiento de vuestro gusto cederá, como es razón, mi dictamen que, como os he dicho, era de callar, porque aunque dice san Juan Crisóstomo: *calumniatores convincere oportet, interrogatores* [autem] *docere*, veo que también dice san Gregorio: *Victoria non minor est, hostes tolerare, quam hostes vincere*;[161] y que la paciencia vence tolerando y triunfa sufriendo. Y si entre los gentiles romanos era costumbre, en la más alta cumbre de la gloria de sus capitanes —cuando

na discusión no procura el secreto". Encontré la cita de san Ambrosio en el lib. I, cap. 2 del volumen *De Abraham* (Sobre Abraham): "[Pues] ocultarse es propio de la conciencia criminal".

[158] "No se considera una acusación si la persona que la produjo no la toma a su cargo".

[159] *traslados*: 'copias manuscritas', o sea que el anónimo censor se dedicó a copiar a mano su texto y difundirlo por todas partes.

[160] Entre esos escritos en defensa de sor Juana estarían la *Carta de Serafina de Cristo* y el anónimo *Discurso apologético*. Los dos defienden a sor Juana, al parecer, sólo de ese anónimo censor, y muy probablemente sea el segundo el que, por *docto*, le manda al obispo.

[161] "Es conveniente convencer a los que acusan, enseñar [en cambio] a los que interrogan" (san Ambrosio, *In Mattheum*, cap. 22). Lo de san Gregorio sólo lo encontré como una sentencia, más o menos del dominio común: "No es menos victoria tolerar a los enemigos que vencerlos".

entraban triunfando de las naciones, vestidos de púrpura y coronados de laurel, tirando el carro, en vez de brutos,[162] coronadas frentes de vencidos reyes, acompañados de los despojos de las riquezas de todo el mundo y adornada la milicia vencedora de las insignias de sus hazañas, oyendo los aplausos populares en tan honrosos títulos y renombres como llamarlos Padres de la Patria, Columnas del Imperio, Muros de Roma, Amparos de la República y otros nombres gloriosos—, que en este supremo auge de la gloria y felicidad humana fuese un soldado, en voz alta diciendo al vencedor, como con sentimiento suyo y orden del Senado: "Mira que eres mortal; mira que tienes tal y tal defecto"; sin perdonar los más vergonzosos, como sucedió en el triunfo de César, que voceaban los más viles soldados a sus oídos: *Cavete, romani, adducimus vobis adulterum calvum.*[163] Lo cual se hacía porque en medio de tanta honra no se desvaneciese el vencedor, y porque el lastre de estas afrentas hiciese contrapeso a las velas de tantos aplausos, para que no peligrase la nave del juicio entre los vientos de las aclamaciones. Si esto, digo, hacían unos gentiles, con sola la luz de la ley natural, nosotros, católicos, con un precepto de amar a los enemigos, ¿qué mucho haremos en tolerarlos? Yo de mí puedo asegurar que las calumnias algunas veces me han mortificado, pero nunca me han hecho daño, porque yo tengo por muy necio al que teniendo ocasión de merecer, pasa el trabajo y pierde el mérito, que es como los que no quieren conformarse al morir y

---

[162] *brutos*: 'animales' (en este caso, caballos).

[163] "Cuidaos, romanos, os traemos al adúltero calvo" (según Alberto G. Salceda, *Obras completas*, t. 4, p. 662, la cita está en Suetonio, *Los doce Césares*, LI; yo no la encontré, supongo que el *adúltero calvo* es Pompeyo, derrotado por Julio César).

al fin mueren sin servir su resistencia de excusar la muerte, sino de quitarles el mérito de la conformidad, y de hacer mala muerte la muerte que podía ser bien. Y así, señora mía, estas cosas creo que aprovechan más que dañan, y tengo por mayor el riesgo de los aplausos en la flaqueza humana, que suelen apropiarse lo que no es suyo, y es menester estar con mucho cuidado y tener escritas en el corazón aquellas palabras del apóstol: *Quid autem habes quod non accepisti? Si autem accepisti, quid gloriaris quasi non acceperis?*,[164] para que sirvan de escudo que resista las puntas de las alabanzas, que son lanzas que, en no atribuyéndose a Dios, cuyas son,[165] nos quitan la vida y nos hacen ser ladrones de la honra de Dios y usurpadores de los talentos que nos entregó y de los dones que nos prestó y de que hemos de dar estrechísima cuenta. Y así, señora, yo temo más esto que aquello; porque aquello, con sólo un acto sencillo de paciencia, está convertido en provecho; y esto, son menester muchos actos reflejos[166] de humildad y propio conocimiento para que no sea daño. Y así, de mí lo conozco y reconozco que es especial favor de Dios el conocerlo, para saberme portar en uno y en otro con aquella sentencia de san Agustín: *Amico laudanti credendum non est, sicut nec inimico detrahenti.*[167] Aunque yo soy tal que las más veces lo debo de echar a perder o mezclarlo con tales defectos

---

[164] El *apóstol* es san Pablo: "Pues ¿qué tienes que no hayas recibido? Luego, si lo recibiste, ¿por qué gloriarte, como si no lo hubieras recibido?" (I Corintios 4:7).

[165] *cuyas son*: 'de quien son' (es decir, de Dios).

[166] *actos reflejos*: 'actos de reflexión'.

[167] Encontré la expresión como parte del refranero latino; san Agustín la usa (no sé si sea de su autoría o sólo recurra a un refrán conocido) en *Contra los escritos de Petiliano, obispo donatista*, lib. III, C: "No ha de creerse al amigo que alaba, como tampoco al enemigo que censura".

e imperfecciones, que vició lo que de suyo fuera bueno. Y así, en lo poco que se ha impreso mío, no sólo mi nombre, pero ni el consentimiento para la impresión ha sido dictamen propio,[168] sino libertad ajena que no cae debajo de mi dominio, como lo fue la impresión de la *Carta atenagórica*; de suerte que solamente unos *Ejercicios de la Encarnación* y unos *Ofrecimientos de los Dolores*, se imprimieron con gusto mío por la pública devoción, pero sin mi nombre; de los cuales remito algunas copias, porque (si os parece) los repartáis entre nuestras hermanas las religiosas de esa santa comunidad y demás de esa ciudad. De los *Dolores* va sólo uno porque se han consumido ya y no pude hallar más. Hícelos sólo por la devoción de mis hermanas, años ha, y después se divulgaron: cuyos asuntos son tan improporcionados a mi tibieza[169] como a mi ignorancia, y sólo me ayudó en ellos ser cosas de nuestra gran Reina: que no sé qué se tiene el que en tratando de María Santísima se enciende el corazón más helado. Yo quisiera, venerable señora mía, remitiros obras dignas de vuestra virtud y sabiduría; pero como dijo el poeta:

Ut desint vires, tamen est laudanda voluntas:
hac ego contentos auguror esse Deos.[170]

---

[168] Lo mismo le dice al padre Núñez: que en lo que ha publicado puso su nombre cuando así se lo ordenaron (véase p. 304).

[169] Nótese como ella misma reconoce su *tibieza* en asuntos religiosos. El padre Calleja también habla al respecto: "Veintisiete años vivió en la religión, sin los retiros a que empeña el estruendoso y buen nombre de extática, mas con el cumplimiento sustancial a que obliga el estado de religiosa..." (Alatorre, *Sor Juana a través...*, t. 1, p. 243).

[170] "Aunque me falten las fuerzas, con todo se debe alabar mi intención: auguro que los dioses están contentos con ella" (Ovidio, *Pónticas*, lib. III, elegía 4, vv. 79-80).

Si algunas otras cosillas escribiere, siempre irán a buscar el sagrado de vuestras plantas y el seguro de vuestra corrección, pues no tengo otra alhaja con que pagaros, y en sentir de Séneca, el que empezó a hacer beneficios se obligó a continuarlos; y así os pagará a vos vuestra propia liberalidad,[171] que sólo así puedo yo quedar dignamente desempeñada, sin que caiga en mí aquello del mismo Séneca: *Turpe est beneficiis vinci*.[172] Que es bizarría del acreedor generoso dar al deudor pobre, con que pueda satisfacer la deuda. Así lo hizo Dios con el mundo imposibilitado de pagar: diole a su Hijo propio para que se le ofreciese por digna satisfacción.

Si el estilo, venerable señora mía, de esta carta, no hubiere sido como a vos es debido, os pido perdón de la casera familiaridad o menos autoridad de que tratándoos como a una religiosa de velo, hermana mía, se me ha olvidado la distancia de vuestra ilustrísima persona, que a veros yo sin velo, no sucediera así; pero vos, con vuestra cordura y benignidad, supliréis o enmendaréis los términos, y si os pareciere incongruo el *Vos* de que yo he usado por parecerme que para la reverencia que os debo es muy poca reverencia la *Reverencia*,[173] mudadlo en el que os pareciere decente a lo que vos merecéis, que yo no me he atrevido a exceder de los límites de vuestro estilo ni a romper el margen de vuestra modestia.

Y mantenedme en vuestra gracia, para impetrarme la

---

[171] *liberalidad*: 'generosidad'.

[172] "Es vergonzoso ser vencido en beneficios" (*Sobre los beneficios*, lib. V, § 2).

[173] Con todo esto, lo que dice sor Juana es que si el tono de la carta no es el conveniente para la persona del obispo es porque, como él se "disfrazó" de monja, ella le escribió como a una igual; sin embargo, usó el *Vos* porque sabe muy bien que se trata de nadie menos que el obispo de Puebla, aunque no lo va a descubrir o delatar.

divina, de que os conceda el Señor muchos aumentos y os guarde, como le suplico y he menester. De este convento de nuestro padre San Jerónimo de México, a primero día del mes de marzo de mil seiscientos y noventa y un años. Besa Vuestra Mano vuestra más favorecida

JUANA INÉS DE LA CRUZ

CRONOLOGÍA

AÑO	AUTOR/ OBRA
1648	12 de noviembre: nace sor Juana Inés de la Cruz en San Miguel Nepantla, Estado de México.
¿1651?	Aprende a leer y escribir con la Amiga.
¿1656?	Compone una loa al Santísimo Sacramento para la parroquia de su pueblo.
¿1659?	Llega a la Ciudad de México.
1664	Antonio Sebastián de Toledo, marqués de Mancera, toma posesión como virrey de Nueva España.
1664 o principios de 1665	Llega a la corte y entra al servicio de la virreina, marquesa de Mancera.
1667	14 de agosto: entra al convento de San José de las carmelitas descalzas. 18 de noviembre: sale del convento de las carmelitas.
1668	Fray Payo Enríquez de Ribera es nombrado arzobispo de la Ciudad de México. Primera composición publicada: un soneto dedicado a Diego de Ribera, dentro de la obra *Poética descripción de la pompa plausible que admiró esta nobilísima Ciudad de México...*
¿1668?	Reunión en la Corte con los cuarenta sabios.
1669	24 de febrero: hace profesión de fe en el convento de San Jerónimo.
1673	Fallece la virreina Leonor Carreto, marquesa de Mancera. En noviembre llega el virrey duque de Veragua. 13 de diciembre: fallece el duque de Veragua, cinco días después de haber sido nombrado virrey. Fray Payo Enríquez de Ribera asume el virreinato.
1680	30 de septiembre: entran los virreyes marqueses de la Laguna, condes de Paredes. Composición del *Neptuno alegórico*.

1682	Escribe la *Carta* a Núñez.
1683	4 de octubre: Francisco de Aguiar y Seijas toma posesión como arzobispo de la Ciudad de México. En esta misma fecha se representa ante el virrey la comedia de sor Juana *Los empeños de una casa*.
1686	En noviembre el marqués de la Laguna deja el cargo de virrey y llega el virrey conde de Monclova.
1688	Se van los marqueses de la Laguna. 4 de diciembre: los virreyes condes de Galve asumen sus funciones.
1689	11 de febrero: se representa en la corte del virrey la comedia de sor Juana *Amor es más laberinto*. Publicación en Madrid de la *Inundación castálida*.
1690	Publicación en México del auto sacramental de sor Juana *El divino Narciso*. Noviembre: se publica la *Carta atenagórica*. 25 de noviembre: carta del obispo de Puebla, Manuel Fernández de Santa Cruz, a sor Juana, con el seudónimo sor Filotea de la Cruz.
1691	1 de marzo: *Respuesta a sor Filotea de la Cruz*. 20 de marzo: contesta el obispo de Puebla a la *Respuesta a sor Filotea de la Cruz*. Noviembre: aparece la edición poblana de los *Villancicos a santa Catarina*.
1692	Publicación en Sevilla del *Segundo volumen*.
¿1693?	Venta de su biblioteca.
1694	5 de marzo: firma con su sangre la "Profesión de fe". Confesión general y "Petición causídica".
1695	Muere el 17 de abril.
1700	Se publica en Madrid la *Fama y Obras póstumas*.

BIBLIOGRAFÍA

—Alatorre, Antonio, *Enigmas ofrecidos a la Casa del Placer*. México, El Colegio de México, 1994.

———, "La *Carta* de sor Juana al P. Núñez (1682)", en *Nueva Revista de Filología Hispánica*, 35 (1987), pp. 591-673.

———, "Un tema fecundo: «las encontradas correspondencias»", en *Nueva Revista de Filología Hispánica*, 51 (2003), pp. 81-146.

———, *Sor Juana a través de los siglos (1668-1910)*. México, El Colegio de México-El Colegio Nacional-Universidad Nacional Autónoma de México, 2007.

——— y Martha Lilia Tenorio, *Serafina y sor Juana (con tres apéndices)*. Edición corregida y muy aumentada. México, El Colegio de México, 2014.

—Aulo Gelio, *Noches áticas*. Versión de Amparo Gaos Schmidt. México, Universidad Nacional Autónoma de México, 2002.

—Bijuesca, Koldobika J., "Una mujer introducida a teóloga y escriturista: exegesis y predicación en la *Respuesta*", en *Sor*

Juana y Vieira, trescientos años después. Santa Barbara, University of California,1998.

—Bryant, William C., "Reaparición de una poesía de sor Juana Inés de la Cruz, perdida desde 1714", en *Anuario de Letras,* 4 (1964), pp. 277-285.

—Boccaccio, Giovanni, *Famous women.* Translated by V. Brown. Cambridge, MA, Harvard University Press, 2003.

—Calderón de la Barca, Pedro, *Obras completas.* Madrid, Aguilar, 1952-1960.

—Carvallo, Luis Alfonso, *El cisne de Apolo.* Edición de Alberto Porqueras Mayo. Kassel, Reichenberg, 1997.

—Cascales, Francisco,*Cartas filológicas.* Madrid, Castalia,1930.

—Cervantes, Miguel de, *Don Quijote de la Mancha.* Edición de Francisco Rico. México, Real Academia Española de la Lengua, 2004.

—Chávez, Ezequiel, *Sor Juana Inés de la Cruz: su vida y su obra.* Barcelona, Araluce, 1931.

—Ciruelo, Pedro, *Tratado de las supersticiones y hechizos.* Barcelona, Sebastián de Cormellas, 1628.

—Claudiano, *Poemas.* Traducción y notas Miguel Castillo Bejarano. Madrid, Gredos, 1993.

—Corripio Rivero, Manuel, "Sor Juana y la música", en *Ábside,* 27 (1963), pp. 174-195.

—Covarrubias, Sebastián de, *Tesoro de la lengua* (1611). Edición facsimilar. Madrid, Turner, 1979.

—Cruz, sor Juana Inés de la, *Inundación castálida* (1689). Edición facsimilar. México, Universidad Nacional Autónoma de México, 1995.

————, *Segundo volumen* (1692). Edición facsimilar. México, Universidad Nacional Autónoma de México, 1995.

————, *Fama y Obras pósthumas* (1700). Edición facsimilar. México, Universidad Nacional Autónoma de México, 1995.

————, *Obras completas*. Edición de Alfonso Méndez Plancarte y Alberto G. Salceda. México, Fondo de Cultura Económica,1951-1957.

————, *Lírica personal*. Edición de Antonio Alatorre. México, Fondo de Cultura Económica, 2009.

—*Diccionario de Autoridades* (1726-1733). Madrid, Gredos, 1992.

—*Diccionario de la Real Academia Española*. Madrid, Espasa-Calpe, 1989.

—Díez Canseco, Vicente, *Diccionario biográfico universal de mujeres célebres*. Madrid, José Félix Palacios, 1844.

—Eguiara y Eguren, José de, *Biblioteca mexicana*. Edición preparada por Ernesto de la Torre Villar. México, Universidad Nacional Autónoma de México, 1986.

—Góngora, Luis de, *Obras completas*. Edición de Antonio Carreira. Madrid, Fundación José Antonio de Castro, 2000.

—Gortari, Eli, *Diccionario de la lógica*. México, Plaza y Valdés, 1988.

—Gracián, Baltasar, *Obras*. Barcelona, María Ángela Martí y Gali, 1757.

—Granada, fray Luis de, *Introducción al Símbolo de la fe* (1585). Edición de José María Balcells. Madrid, Cátedra, 1989.

—Homero, *Odisea*. Introducción de Manuel Fernández Galiano. Traducción de José Manuel Pabón. Madrid, Gredos, 1982.

—*Humanismo y literatura*. Edición de A. Enríquez Perea. México, El Colegio Nacional, 2006.

—León Mera, Juan, *Biografía de sor Juana Inés de la Cruz, poetisa mejicana del siglo XVII, y juicio crítico de sus obras*. Quito, Imprenta Nacional, 1873.

—Lezamis, Joseph de, *Breve relación de la vida y muerte del ilustrísimo y reverendísimo señor doctor don Francisco de Aguiar y Seijas*. México, Doña María Benavides, 1699.

—Macrobio, *The Saturnalia*. Translated by Percival Vaughan Davies. New York, Columbia University Press, 1969.

—Marcial, *Epigramas*. Traducción y notas de Juan Fernández Valverde y Antonio Ramírez de Verger. Madrid, Gredos, 1997.

—Martínez López, Enrique, "Sor Juana Inés de la Cruz en Portugal: un desconocido homenaje y versos inéditos", en *Revista de Literatura*, 33 (1968), pp. 53-84.

—Maza, Francisco de la, *Sor Juana Inés de la Cruz ante la historia*. México, UNAM, 1980.

—Mejía, Pedro, *Silva de varia lección* (1540). Edición de Antonio Castro. Madrid, Cátedra, 1989-1990.

—Mozans, H. J., *Women in science* (1913). London, University of Notre Dame Press, 1991.

—OVIDIO, *Metamorfosis.* Edición y traducción Consuelo Álvarez y Rosa María Iglesias. Madrid, Cátedra, 1995.

————, *Tristes. Pónticas.* Introducción, traducción y notas de José González Vázquez. Madrid, Gredos, 1992.

—OVIEDO, JUAN ANTONIO DE, *Vida ejemplar, heroicas virtudes y apostólicos ministerios del venerable padre Antonio Núñez de Miranda.* México, Herederos de la viuda de Francisco Rodríguez Lupercio, 1702.

—PAZ, OCTAVIO, *Sor Juana Inés de la Cruz o Las trampas de la fe.* México, Fondo de Cultura Económica, 1983.

—PLINIO EL JOVEN, *Cartas.* Introducción, traducción y notas de J. González Fernández. Madrid, Gredos, 2005.

—PLINIO EL VIEJO, *Historia natural.* Traducción y notas de E. del Barrio Sanz, I. García Arribas, *et al.* Madrid, Gredos, 2003.

—QUINTILIANO, *Instituciones oratorias.* Traducción de Ignacio Rodríguez y Pedro Sandier. Madrid, Imprenta de Perlado, 1916.

—QUIÑONES MELGOZA, JOSÉ, "Sor Juana: una figura a través de los siglos", en *Literatura Mexicana,* 6 (1995), pp. 529-536.

—ROBLES, ANTONIO DE, *Diario de sucesos notables (1665-1703).* México, Porrúa, 1946.

—RODRÍGUEZ GARRIDO, JOSÉ ANTONIO, *La Carta atenagórica de sor Juana. Textos inéditos de una polémica.* México, Universidad Nacional Autónoma de México, 2004.

—RUBIAL, ANTONIO, *Los libros del deseo.* México, Conaculta-El Equilibrista, 1996.

—Salceda, Alberto G., "El acta de bautismo de sor Juana", en *Ábside*, 16 (1952), pp. 5-29.

—Salcedo Coronel, García de, *"Soledades" de D. Luis de Góngora, comentadas*. Madrid, Imprenta Real, 1636.

—Séneca, *Tragedias*. Introducción, traducción y notas de Jesús Luque Moreno. Madrid, Gredos, 1999.

—*Sor Filotea y sor Juana. Cartas del obispo de Puebla a sor Juana Inés de la Cruz*. Edición, introducción y notas de Alejandro Soriano Vallès. Toluca, Fondo Editorial Estado de México, 2014.

—*The Oxford Classical Dictionary*. Edited by Simon Hornblower and Anthony Spawforth. Oxford-New York, Oxford University Press, 1996.

—Virgilio, *Eneida*. Introducción de Vicente Cristóbal. Traducción y notas de Javier de Echave-Sustaeta. Madrid, Gredos, 1992.

ÍNDICE DE PRIMEROS VERSOS

A Belilla pinto (18) 171

A estos peñascos rudos (59) 238

Agora que conmigo (22) 180

Al que ingrato me deja, busco amante (55) 231

Amado dueño mío (57) 232

Allá va, aunque no debiera (13) 147

A tus manos me traslada (31) 204

Aunque cegué de mirarte (37) 213

Aunque eres, Teresilla, tan *muchacha* (49) 226

A vos, mexicana Musa (12bis) 138

Cogióme sin prevención (30) 202

Con los héroes a Elvira (24) 186

Copia divina, en quien veo (32) 206

Cuál es aquella homicida (27) 194

Cuando mi error y tu vileza veo (56) 231

Cuándo, númenes divinos (14) 156

Después de estimar mi amor (6) 85

Detente, sombra, de mi bien esquivo (52) 229

De un funesto moral la negra sombra (47) 224

Dime, vencedor rapaz (29) 200

Diuturna enfermedad de la esperanza (45) 223

Divino dueño mío (25) 188

El pintar de Lisarda la belleza (60) 241

El soberano Gaspar (9) 108

En vano tu canto suena (36) 212

Esa, que alegre y ufana (34) 211

Esta tarde, mi bien, cuando te hablaba (51) 228

Este amoroso tormento (26) 190

Este, que ves, engaño colorido (40) 219

Feliciano me adora y le aborrezco (54) 230

Finjamos que soy feliz (1) 41

Gran marqués de la Laguna (7) 92

Grande duquesa de Aveiro (8) 100

Hombres necios que acusáis (28) 197

Ilustrísimo don Payo (4) 67

Inés, cuando te riñen por *bellaca* (48) 225

Inés, yo con tu amor me *refocilo* (50) 227

La acción religiosa de (38) 215

Lámina sirva el cielo al retrato (16) 163

Lo atrevido de un pincel (5) 77

Los buenos días me allano (33) 209

Madre que haces chiquitos (11bis) 123

Me acerco y me retiro (21) 179

Miró Celia una rosa que en el prado (42) 221

Piramidal, funesta, de la tierra (61) 257

Prolija memoria (17) 167

Pues estoy condenada (58) 236

Que no me quiera Fabio, al verse amado (53) 229

Rosa divina que en gentil cultura (41) 220

Sabrás, querido Fabio (19) 173

Señora, aquel primer pie (39) 218

Señora doña Rosa, hermoso amago (43) 221

Señor: para responderos (11) 117

Si acaso, Fabio mío (20) 176

Si es causa amor productiva (2) 47

Si los riesgos del mar considerara (44). 222

Supuesto, discurso mío (3) 61

Tersa frente, oro el cabello (35) 211

Traigo conmigo un cuidado (15) 161

Válgate Apolo por hombre (12) 130

Verde embeleso de la vida humana (46). 223

Ya, desengaño mío (23). 185

Yo, menor de las ahijadas (10). 100

ÍNDICE DE AUTORES

Agustín, san 309, 311, 359, 367, 368, 377

Alatorre, Antonio 9, 19, 31, 37, 51, 53, 98, 126, 147, 194, 195, 209, 215, 231, 259, 268, 273, 291, 301, 312, 373

Aldana, Francisco de 348

Ambrosio, san 371, 374, 375

Argensola, Bartolomé Leonardo 350

Ariosto, Ludovico 50

Aristóteles 111, 112, 310, 334, 351, 359

Aulo Gelio 326, 344

Ausonio 31

Balbuena, Bernardo de 371

Bergson, Henri 334

Bijuesca, Koldobika J. 330, 365

Boccaccio, Giovanni 353, 354

Borges, Jorge Luis 220

Bryant, William C. 215

Bustamante, Jorge 262

Calderón de la Barca, Pedro 144, 149

Calleja, Diego 10, 11, 12, 13, 14, 15, 21, 110, 308, 326, 328, 369, 378

Camões, Luís de 144, 145

Cáncer y Velasco, Jerónimo de 143

Carvallo, Luis Alfonso de 371

Cascales, Francisco 311

Castorena y Ursúa, Juan Ignacio de 321

Chávez, Ezequiel 302

Cicerón 326, 354

Ciruelo, Pedro 351

Corripio Rivero, Manuel 86, 262

Covarrubias, Sebastián de 81, 364

Díaz de Arce, Juan 330, 356, 370

Díez Canseco, Vicente 354

Echave-Sustaeta, Javier de 363

Eguiara y Eguren, José de 19, 350

Gómez Robledo, Antonio 301

Góngora, Luis de 34, 78, 129, 252, 257, 273, 317, 322, 326

Gortari, Eli de 372

Gracián, Baltasar 342

Granada, fray Luis de 34, 267, 269, 285, 348

Homero 34, 107, 275, 276, 354, 364

Horacio 371

Isidoro de Sevilla, san 371

Jerónimo, san 309, 310, 323, 330, 336, 355, 360, 370, 371, 372, 374

Kircher, Atanasio 155, 295, 335

León Mera, Juan 11

Lezamis, Joseph de 22, 357

Longino 353

Lucano 129, 353

Macrobio 276

Maquiavelo, Nicolás 340

Marcial 177, 343, 364

Martínez López, Enrique 194

Maza, Francisco de la 22

Mena, Juan de 129, 256

Méndez Plancarte, Alfonso 9, 11, 23, 37, 51, 77, 126, 194, 195, 225, 228, 259, 262, 267, 268

Mejía, Pedro 42

Mozans, H. J. 354

Muñoz de Castro, Pedro 327, 369

Ortiz de Torres, Juan 257

Ovidio 70, 123, 129, 139, 144, 150, 262, 370, 378

Oviedo, Juan Antonio de 17, 304, 306, 311, 312

Pablo, san 320, 324, 356, 359, 360, 361, 366, 367, 371, 372, 377

Paz, Octavio 21, 301

Pedro Hispano 365

Pérez de Montoro, José 27, 47

Píndaro 354, 371

Platón 111, 112, 326

Plinio el Joven 342, 367, 368

Plinio el Viejo 125, 131, 134, 273, 344, 368

Poliziano, Angelo 285

Polo de Medina, Salvador Jacinto 241, 247, 251

Porqueras Mayo, Alberto 371

QUEVEDO, Francisco de 143

QUINTILIANO 318, 367, 368

RAMÍREZ ESPAÑA, Guillermo 10, 14, 77

REINA, Casiodoro de 371

REYES, Alfonso 334

RIBERA, Anastasio Pantaleón de 68, 248

RIBERA, Diego de 304

RICO, Francisco 365

ROBLES, Antonio de 100, 366

RODRÍGUEZ GARRIDO, José Antonio 327

RODRÍGUEZ-MOÑINO, Antonio 51

RUBIAL, Antonio 110

SALAZAR Y TORRES, Agustín de 163

SALCEDA, Alberto G. 10, 363, 371, 376

SALCEDO CORONEL, García 339

SÉNECA 112, 129, 152, 323, 379

SIGÜENZA Y GÓNGORA, Carlos 305

TÁCITO 111, 112, 368

TAPIA, Aureliano 17

TINEO, fray Luis 339

TOMÁS DE AQUINO, santo 309, 317, 333, 368

TORRES, José Miguel de 339

VEGA, Garcilaso de la 243

VIEIRA, Antonio 18, 19, 20, 315, 318, 319, 321, 367, 368, 369, 373

VIRGILIO 57, 70, 71, 112, 129, 143, 150, 152, 355, 363, 364

VOSSLER, Karl 262

VOSS, G. J. 353

ZAID, Gabriel 195

ÍNDICE DE TÉRMINOS ANOTADOS

ABIGAÍL 352

ABORTOS 49, 157

ABRAHAM 332, 375

ABSALÓN 171, 248

ACCIÓN INMANENTE 154

ACOMPLEXIONADO/A 358

ACTEÓN 263

ADONIS 50, 99, 211, 290

AD QUEM 161

AFEITES 88, 221, 252, 290

AFIJARSE 218

AFRODITA 121, 207

AGANIPE 118, 123

ÁGREDA, María de Jesús de 366

AGUIAR Y SEIJAS, Francisco de 357

ÁGUILA 263, 264, 273

AÍNA 302

ALACRÁN 54

ALBAYALDE 291

ALCAICO 371

ALCANZAR (estar alcanzado) 245

ALCIDES 95, 276, 291

ALCÍONE 262

ALEJANDRO MAGNO 84, 112, 186, 354

ALENCASTRE, María Guadalupe 100, 106, 309, 356

ALENCASTRE (Lancaster) 28, 187

ALEVE 182

ALFEO 289

ALFILERES 349

ALFONSO X 355

ALGALIA 172

ALGODONES 136

ALIJARSE 105

ALJÓFAR 165

ALMONE 262

ÁLTERA 86

ALUMBRADOS 250

AMAGO 44

AMALTEA 107

AMIGA 236

AMPO 58, 109, 290

ANA 93, 352

ANANÍAS 320

ANCILA 330

ANÍBAL 187

ANIMAL (reino) 286

ANTOJOS 277

A PARTE REI 66

APELAR 280

APOLÍNEA CIENCIA (medicina) 280

APOLO 84, 102, 118, 124, 126, 133, 139, 151, 167,174, 203, 222, 247, 250, 276, 353

AQUILES 107

A QUO 161

ARATO 372

ARAXES 126

ARCADUZ 102, 267

ARCISIO 126

ARELLANO, Pedro de 315

ARETA DE CIRENE 353

ARETUSA 289

ARIADNA 50

ARIÓN 144

ARISTIDES 122, 340

ARRIO 358

ASBAJE, Pedro Manuel de 10

ASCÁLAFO 260

ASEADO/A 173

ASOMBRADO/A 261

ASOPO 70

ASPASIA DE MILETO 354

ASTROLOGÍA 272

ASUERO 321, 352

ATENEA 101, 318, 353

ATEZADO 258

ATLANTE 60, 113, 187, 272, 291

ÁTOMOS 261

ATRACCIÓN 285

ATRACTIVO/A 229, 267, 285

ÁTROPOS 69, 133

AUGUSTO 112

AURIGA 292

AURORA 116, 165, 296, 297

AYORQUE (York) 187

AYOS 157

AZOR 131

BACO 259

BARAQ 352

BÁRBARO/A 273, 368

BARBARISMO 250

BARRAQUE ("a traque y barraque") 226

BARROS 117, 120

BASQUIÑA 256

BAYETA 152

BELEÑO 295

BELONA 217

BENAVIDES, Antonio de 22, 99, 100

BENJAMÍN (tribu de) 318

BERGANTE 137

BETSABÉ 50

BILIS (cólera) 269

BILIS NEGRA (melancolía) 269

BIRENO 50

BISAGRA 286

BISOÑO 297

BIZARRO/A 292

BLESILA 310

BÓSFORO 166

BOTO/A 279

BREVE 232

BRÍGIDA DE SUECIA, santa 366

BRUMADO/A 78

BRUTO/A 79, 341

BÚCAROS 120

CABALLERÍA 249

CACHO 227

CAIFÁS 347

CAÍSTRO 140

CALABAZA 125

CÁLAMOS 164

CALIFICADO/A 358

CALMADO/A 281

CALOR VEGETATIVO 269

CAPAZ 348

CAPILLA 90

CAPIROTE 131

CARBUNCLO 116

CARDA 171

CARDA (gente de la) 171

CARENA 282

CARICIAS 209

CARLOS II 215, 216

CARRETO, Leonor 13, 303, 308, 381

CARTA ATENAGÓRICA 315, 318, 319, 367

CASANDRA 203

CASTALIA 18, 150

CÁSTOR 98

CATARINA, santa 20, 306, 307, 310, 339.

CATEGORÍAS ARISTOTÉLICAS 283

CAUSA PRIMERA 276

CAUSA SEGUNDA 285

CAZALLA, Agustín 358

CEILÁN 132

CEIX 262

CELAR 280

CENTÓN 355

CERBERO 70

CERDA, Tomás Antonio de la 22, 67, 91, 92, 308, 281, 382

CERES 260, 289

CIFRA 101

CIPRIANO, san 367

CINCUENTA y cinco 147

CÍNGULO 166

CISNE (poeta) 114, 156

CLAUDIANO 125

CLEOPATRA

CLICIE (Clitia) 81

CLITEMESTRA 98

CLOTO 69

COCOS (hacer cocos) 252

COGITACIONES 157

COLÓN, Cristóbal 186

COMA 86

COMETER 43

COMPUESTO triplicado 286

CÓNCAVO (sust.) 262

CONCHUDA 244

CONDE DE GALVE (véase SAN-
DOVAL, Gaspar de)

CONDE DE LA GRANJA (véase
OVIEDO Y RUEDA, Luis An-
tonio de)

CONDE DE MONCLOVA (véase
Portocarrero Lasso de la Vega,
Melchor)

CONDESA DE GALVE (véase Toledo, Elvira de)

CONDESA DE PAREDES (véase
Manrique, María Luisa)

CONDESA DE VILLAUMBROSA 356

CONFUSO/A 282

CONFUSAMENTE 181

CONSONANTES FORZADOS 225

CONTENTO/A 258

CONTEXTAR 169

CONTEXTOS (demostraciones)
176

CONTICINIO 264

CONVERSIÓN 285

COPIA (abundancia) 119

COPIA (retrato) 206

CORAZÓN 266

CORINA 353, 354

CORNELIA 353, 354

CORONAS ROMANAS 344

CORREA, fray Antonio 350

CORRERSE 74

CORRIDO/A 114, 143

COSCAR 241

COSO 228

CRECER 92

CRESO 83

CRISTINA ALEJANDRA DE SUE-
CIA 356

CUATRO OPERACIONES 285

CUIDADO 232

CULTO/A 45, 138

CULTURA (cultivo) 220

CUPIDO 173, 200

CUYO/A 377

DAFNE 124, 241

DALILA (Dálida) 50

DÁNAO 70

DANAIDES (hijas de Dánao) 70

DANIEL 331

DAVID 50, 171, 330, 352

DÉBORA 352

DÉDALO 154, 164

DEDIFICADO/A 305

DEÍFOBO 203

DELOS 124, 139, 174

DEMÓCRITO 42

DEMÓSTENES 112

DE PORTANTE 133, 147

DESATAR 272

DESPICARSE 137

DESVANECERSE (envanecerse) 212

DEUDO 51

DIAMANTE 231

DIANA 263, 289

DIAPASÓN 86

DIAPENTE 86

DIDO 50, 143, 243

DIÓGENES el Cínico 84

DISCRETO/A 48, 111

DISCURRIR 44

DISCURSO 44, 48, 61

DISCURSO APOLOGÉTICO 160

DISONANCIA 86

DIATESARÓN 86

DIUTURNA 279

DODÓNEO 113

DOGAL 35

DUEÑO 53, 188

DUQUE DE ALCALÁ 67

DUQUESA DE AVEIRO (véase Alencastre, María Guadalupe)

ELCANÁ 352

EL CARACOL 86

ELACIÓN 275

ELÍ 93

EMBARAZAR 271

EMINENTE 259

EMPLEO 53, 232

EMPRIMAR 109

ENDECHA 167, 186, 188

ENEAS 50, 70, 143, 243

ENFENICE 134

ENHERBADO 175

ENRÍQUEZ DE RIBERA, fray Payo 67, 68, 76, 77,

ENSALAMANDRE 134

ENSARTO/A 110

ENTARQUINAR 120

ENTENA 282

ENTENDIDO/A 61

ENVIDIA 224, 306, 338

EÓLO 262

EPIMÉNIDES 372

ÉQUEMO 98

EQUIVOCADO/A (mezclado/a) 178

ERAUSO, Catalina de 128

ESCIPIÓN 354

ESFERA 210

ESPINOSA, Martín de 77

ESQUILMO 171

ESPUMAR 134

ESTHER 321, 352

ESTIGIO/A 70, 113

ESTIMATIVA 269

ESTÓMAGO 268, 269

ESTUDIOSA/A 83

ETIOPIA 129

ETNA (Mongibelo) 63, 78, 113, 175

ETONTE 96

EUSEBIO de Cesárea 362

EUSTOQUIO, santa 355

EUTERPE 152

EVANDRO 354

EXENTO/A 258

EXPLICAR 290

EXPULSIÓN 285

EXQUISITO 72

EXTRAVAGANTES 87

FABIO 61

FABIOLA DE ROMA, santa 355, 360

FAETONTE 44, 77, 79, 96, 158, 189, 192

FALIDO 318

FANTASÍA 229, 270

FANTASMA (fem.) 295

FARO DE ALEJANDRÍA 270

FEBO 79, 81, 164

FÉNIX (ave) 110, 124, 125, 130, 131

FERNÁNDEZ DE SANTA CRUZ, Manuel (obispo de Puebla) 317, 318, 322, 339, 369, 379

FESTEJAR 53

FILAUCIA 153

FILIPO 112

FILIS 77, 79, 80, 83, 179

FILIS 120

FINEZA 48, 83

FLATOS 150

FLEGÓN 96

FLEMA 269

FLUXIBLES 118

FONDO 93

FORMIDABLE 44

FORTUNA 98

FOTOSÍNTESIS 285

GABRIEL (arcángel) 331

GATILLOS 149

GEA 285

GENEROSO/A 101

GENITIVO 67

GERIFALTE 131

GERTRUDIS, santa 310

GETAFE 125

GIGANTES 272

GIRACIÓN 271

GITANO/A 274

GOLOSINA 131

GOMORRA 332

GORJA 226

GREGORIO, san 375

GREGORIO NACIANCENO, san 372

GRILLO 114

GRIMA 109

GRULLA 264

GUTIÉRREZ, FRAY ANTONIO 19, 373

HABSBURGOS 264

HADES 70, 178, 260

HADO 63

HALCÓN 131

HAMÁN 352

HAMPONA 255

HARPÓCRATES 261

HEBDÓMADA 331

HÉCATE 164

HÉCTOR 152, 203

HÉCUBA 152

HELENA 50, 98, 204

HELICONA 118

HELIOGÁBALO 131

HEMISTIQUIO 276

HERA 262

HERAS, Francisco de las 18, 65

HERÁCLITO 42, 151

HÉRCULES 95, 127, 187, 276, 291

HERMAFRODITO 121, 122, 145

HERMES 121

HERODES 99

HERODÍAS 366

HIDROPESÍA 41

HIEMANTES 363

HIPATIA (Hipasia) DE ALEJANDRÍA 353, 354

HISTORIALES (libros de la Biblia) 331

HOLOFERNES 50

HÚMEDO RADICAL 268, 269

HUMORES (los cuatro humores) 269

ICARIA (mar de) 189

ÍCARO 44, 77, 107, 120, 189, 274, 278

IMAGINATIVA 270, 351

IMPLICAR 282

INCULCAR 285

INDISCRETO/A 347

INFICIONAR 143, 166

INSTANTES 327

INSTAR 327

INTEGRANTE (parte) 279

INTELIGENCIAS (ángeles) 90

INTIMAR 258

ISABEL DE BORBÓN 257

IZTACCÍHUATL 273

JAEL 50

JAQUE 124, 137

JASÓN 50

JERJES 321

JOAB 248

JOB 332, 365, 371

JONIO 354

Jove (Júpiter) 130
Juan I (de Portugal) 127
Juan, san 288, 321
Juan Bautista, san 99, 366
Juan Crisóstomo, san 339, 368
Juan XXII 87
Juana de San Antonio 307
jubón 245
Judith 50
judicioso/a 272
Julieta 224
Julio César 376
Juno 101
Júpiter 44, 70, 79, 107, 130, 189, 260, 263, 276, 292, 334, 353
kirkerizar 155
La Casa del Placer 194
lacticinios 172
lágrimas de la Aurora (perlas) 165
landre 126
Laquesis 69, 132, 133
largo 186
Latona (Leto) 70, 98
Lázaro 345, 346
Leda 98
lejos 295
Leoncia 353, 354
Leteo 70, 71, 184
liberal 68, 112

liberalidad 103
libramiento 48
liebre (carne de) 364
Lilibeo 78
limar 122
linterna mágica 295
lira 232
Lisi (Lísida) 77, 106, 164, 179
longa 86, 260
lotófagos 104
Lucas, san 360
Lucrecia 121, 198
Magnificat 372
Majencio 354
mala cuca 226
Malco 346
Malia 364
mancarrón/a 255
mancilla 244
mandria 131
Manrique, María Luisa 17, 47, 65, 77, 106, 164, 179, 304, 314
Manto 353
manual 288
Manzanares 125
Marcela 360, 366
María de la Antigua 366
María Magdalena 366
marimanta 131
mariposa 81

MARQUÉS DE LA LAGUNA (véase CERDA, Tomás Antonio de la)

MARQUÉS de Mancera (véase TOLEDO, Antonio Sebastián de)

MARQUÉS DE SANTILLANA 371

MARQUESA DE MANCERA (véase CARRETO, Leonor)

MARTA 350, 366

MARTE 50, 99

MATALOTAJE 126

MATALOTE 126

MATEO, san 360

MATUSALÉN 125

MAULAS 152

MÁXIMA 86

MECA 226

MEDEA 50, 148

MELPÓMENE 152

MEMENTO HOMO 145

MEMORIA 287

MEMORIAL 68

MENELAO 50, 204

MENTIR 249

MERCURIO 124, 126

METEDERO (metedor) 125

MINERAL (reino) 285

MINERVA 101, 202, 259, 353, 354

MINIAS 259

MINIEIDES (hijas de Minias) 259

MÍNIMO 123

MINOS 50

MINOTAURO 50, 154

MÍO (miau) 68

MISTE 117

MOISÉS 321, 340, 371, 373

MONGIBELO (Etna) 63, 113, 175

MONJA ALFÉREZ (véase ERAUSO, Catalina de)

MONTANO, Arias 348

MONTAÑÉS/A 116

MOTIVO/A 349

MOTO 349

MUSAS 18, 101, 124, 138, 150, 152

NABAL 352

NABUCODONOSOR 288

NARCISO 153, 158

NATAL 97

NAVARRETE, Sebastián 119, 122

NECIO/A 52, 358

NEMEA (león de) 127

NEPTUNO 101, 270

NEPTUNO ALEGÓRICO 67, 304, 305, 314

NESGA 152

NÉSTOR 125

NEUTRALIDADES 279

NICOSTRATA 353, 354

NICTIMENE 259

NINO 50

NUMA POMPILIO 112

NÚMERO(S) 118

NUÑEZ DE GUZMÁN, Pedro 356

NUÑEZ DE MIRANDA, Antonio 10, 16, 17, 21, 24, 25, 301, 302, 303, 304, 306, 308, 311, 312, 314, 325, 328, 337, 338, 341, 378

ÓBOLO 178

OFENDIDO/A 191

OFIR 132

OFICINAS 143

OLIMPIA 50

OLIMPO 113, 272

OLIVAS, Martín de 312

OPACO/A 263

OPERACIONES (las cuatro operaciones) 285

ORCO 70

ORFEO 144

ORIENTE 127, 244, 252

OSTRACISMO 122, 339

OVIEDO Y RUEDA, Luis Antonio de 155

OVILLEJO 241

PACÁTULA 360

PADRES DE LA IGLESIA 368

PADRÓN 175

PALACIO DEL BUEN RETIRO 112

PALADIÓN 202

PALICOS 113

PALIO 284

PÁMPANO 165

PAOLO Véneto 365

PAQUINO 113

PARASISMO (paroxismo) 74

PARCAS 69, 133

PARCES 99, 124

PARIS 50, 101, 203, 204

PARNASO 102, 124, 138

PAROLA 226

PASÍFAE 50

PAULA, santa 310, 330, 355

PEDRO DE PORTUGAL 127

PEDRO, san 116, 344

PELAGIO 358

PELORO 113

PERALVILLO 140

PEREGRINO/A 79, 124

PERFECCIONANTE (parte) 279

PERICLES 353, 354

PETRONILA 90

PICOTA 140

PIE DE ARTE MAYOR 256

PIGMALIÓN 207

PIHUELA 131

PINDO 139

PIRAMIDAL 257

PIRÁMIDES 273, 275, 276, 349

PÍRAMO 32, 224, 225

PIRÍTOO 70

PITÁGORAS 87

PLÁTANO 166

PLUTÓN 260, 289

PODATARIO 108

POLA ARGENTARIA 353

POLEVÍ 173

POLIXENA 203

POLO (cielo) 183

POLUTO/A 80

PÓLUX 98

POMPEYO 187, 353, 376

PONDEROSO/A 265

POPOCATÉPETL 273

PORFIAR 240

PORSENA 188

PORTOCARRETO LASSO DE LA VEGA, Melchor 21, 108, 382

POTENCIA 66, 148

POTENCIAS del alma 148

PRECITO 71

PREGMÁTICA 248

PRÍAMO 203

PRIMERA 147

PROBA FALCONIA 355

PROSÉRPINA 70, 260, 289

PROPORCIÓN 163

PRO SINGULARI PLURALE 133

PTOLOMEOS 273

PUENTE (fem.) 181

PULMÓN 267

PUNGENTE 307

PUNTAS (hacer puntas) 273

PUNTO DE ALTERACIÓN 86

QUIDAM 97

QUIEN (relativo de cosa) 102

QUILO 140, 227

QUINAS 101

RAIGÓN 149

RAFAEL (arcángel) 126

RAMÍREZ DE SANTILLANA, Isabel 10

RAPTO 271

RARO/A 207

RASGADOS (ojos) 172

REDARGÜIR 302

REFLEJA 283

REFOCILARSE 227

REGINALDO, fray 333

REGUILO 227

RAHAB 352

RELIGIO AMORIS 230

RELOJ DE MUESTRA 209

RENACER 110

RENDIDO/A 112

REPORTAR, reportarse 65

RESOLVER (disolver) 83

RETABLOS DE DUELOS 245

RETRACTADA 204

RETRETE 180

REVOCAR 278

RIPALDA (catecismo) 200

RISA DEL CONEJO 369

RODOLFO I 216

ROMA (nariz) 187

ROMEO 224

RÓMULO 112

ROQUE, san 126

RUDO/A (hacer rudos) 172, 326

SABÁ (reina de) 352

SACRE 131

SÁFICO 371

SAGRADO 44

SALIR DE MADRE 181

SÁLMACIS 121

SALOMÉ 99

SALOMÉ (madre de Santiago y Juan) 366

SALOMÓN 164, 331, 350

SAMUEL 93, 330, 352

SANDOVAL, Gaspar de 21, 108

SANSÓN 50

SANTÍSIMA Trinidad 75, 350

SARDANAPALO 131

SARIÑANA, Isidro de 20

SAÚL 330

SAYAL 141

SCÉVOLA 188

SEGUIDILLAS 186

SELECCIÓN 285

SEMÍRAMIS 50

SEVERO 123

SEXTO TARQUINO 121

SIBILA 102

SIETE QUE DURMIERON 129

SIGNÍFERA 297

SILVIO 61

SINIESTRA 158

SIRTES 293

SÍSARA 50, 352

SÍSIFO 70

SISMA 86

SOBRESTANTE 331

SÓCRATES 354

SODOMA 332

SOLDADO POBRE (juego del) 153

SOLIMÁN 291

SUETONIO 376

SUTIL 186

SUTILIZAR 44, 122

TABARDILLO 69

TAGAROTE 131

TALÍA 152

TAL VEZ 52, 191, 244, 261, 303

TÁNTALO 70, 165

TANTO/A 60

TARQUINO EL SOBERBIO 121

TEMA 49

TEMEROSO/A 261

TEMIS (Themis) 285

TEMPLE 86

TEOFRASTO 353, 354

TERESA, santa 366

TESALIA 139, 148

TESEO 50, 70

TEXCOCO (lago de) 113

THAIS 198

Tíbar 164

Ticio 70

Tifeo (Tifón) 78

Tiresias 353

Tisbe 224

Titán 296

Titono 296

Tobías 126

Toledo, Antonio Sebastián de 13, 303, 308

Toledo, Elvira de 108

Tomás (apóstol) 346

Torre de Babel 277

tórrida 102

tortizosa 252

tórtola 233

totum continens 145

trampantojo 131

traque 226

traslados 375

trepidación 97

triaca 280

tripla 86

triquitraque 124, 130

Tritonio 113

trompeta 297

Troya (caballo de) 175, 202, 203

Troya 175, 202

ucedes (ustedes) 257

Ulises 104, 126, 175, 186, 202, 275

Urania 152

Urano 285

Urías 50

ut 89

uxor 121

vale 129, 190

vegetal (reino) 285

velamen 105

Velázquez de la Cadena, Diego 111

Velázquez de la Cadena, Pedro 110, 111, 114, 115, 116, 312

vellón 141, 171

veneno 291

Venus 50, 98, 101, 126, 165, 211, 290

verecundo/a 361

villancico 140

Violante de Aragón 355

vira 109

volador 124

voleo 227

Vulcano 102, 269

Vulgata 372

yambo 371

zancarrón 226

zarco 249

Zenobia de Palmira 353

Zeus 262, 334, 372

zona (cinturón) 160, 272

"Ecos de mi pluma". Antología
en prosa y verso,
de sor Juana Inés de la Cruz,

coeditado por Penguin Random House Grupo Editorial y el Instituto de Investigaciones Filológicas de la UNAM (siendo jefa de Publicaciones GUADALUPE MARTÍNEZ GIL) se terminó de imprimir en los talleres de Impresora Tauro S. A. de C. V., ubicados en av. Plutarco Elías Calles 396, col. Los Reyes, Ciudad de México, en enero de 2018. La composición tipográfica en tipos Adobe Garamond de 11, 10 y 9 puntos fue realizada por ELIFF LARA ASTORGA. La lectura de originales fue llevada al cabo por MARCELA SANTOS y CARLOS CHÁVEZ La edición, al cuidado de MARTHA LILIA TENORIO TRILLO, LÁZARO TELLO PEDRO y JOSÉ DE JESÚS PALACIOS SERRATO, consta de 2500 ejemplares impresos en papel Book cream de 60 g. Técnica de impresión: offset.